낙원


낙원

**RAKUEN**
by MIYABE Miyuki

Copyright © 2007 MIYABE Miyuki
All rights reserved.
Originally published in Japan by Bungei Shunju Ltd., Japan
Korean translation rights arranged with OSAWA OFFICE, Japan
through THE SAKAI AGENCY and SHINWON AGENCY.

Korean Translation Copyright © MUNHAKDONGNE Publishing Corp., 2008

이 책의 한국어판 저작권은 신원 에이전시를 통해
OSAWA OFFICE와 독점 계약한 (주)문학동네에 있습니다.
저작권법에 의해 한국 내에서 보호를 받는 저작물이므로
무단 전재 및 무단 복제를 금합니다.

이 도서의 국립중앙도서관 출판예정도서목록(CIP)은
서지정보유통지원시스템 홈페이지(http://seoji.nl.go.kr)와
국가자료공동목록시스템(http://www.nl.go.kr/kolisnet)에서 이용하실 수 있습니다.
(CIP제어번호: CIP2008001865)

# 낙원

미야베 미유키 장편소설 ― 권일영 옮김

## 2

문학동네

# 아이의 사정

'푸른하늘모임'에서 취재를 흔쾌히 수락하겠다는 답장이 왔다. 모임 이름이 찍힌 봉투 안에는 컬러사진이 많이 들어간 근사한 팸플릿도 함께 들어 있었다.

답장을 보낸 사람은 사무국장인 아라이 가오루荒井馨라는 사람으로, 글씨체가 무척 깨끗했다. 이름만으로는 성별을 알 수 없었지만, 이런 글씨라면 아마 여성일 것이다.

아라이 씨는 준비성 있게 취재하기 좋은 날짜를 몇 개 골라 적어보냈다. 7월 중순부터 8월 말 사이였다. 또한, 가네카와 회장도 이번 취재 의뢰를 환영하며 부디 '푸른하늘모임'의 활동을 널리 알릴 수 있는 기회가 되면 좋겠다는 말을 했다고 덧붙였다.

시게코는 아라이 씨에게 전화를 걸었다. 예상대로 여자 목소리가 들려왔다. 약간 빠른 말투로 시게코가 뭐라 말하기도 전에 먼저 이야기를 꺼냈다. 호의적이고 열의가 넘치는 말투였다.

시게코는 회원 어린이들이 모이는 행사도 취재하고 싶지만 그 전에 모임의 운영에 관해서도 알고 싶으니, 두 번에 걸쳐 취재를 하고 싶다고 부탁했다. 아라이 씨는 기꺼이 승낙했다. 사무국만 취재하는 거라면 내일이라도 좋다고 했다.

행사 취재일은 아이들이 여름방학에 들어가면 제일 먼저 열리는 '독서 낭독회' 날을 골랐다. 가네카와 회장도 그림책 한 권을 몸소 회원 어린이들 앞에서 낭독한다고 했다.

"그냥 읽기만 하는 게 아니에요. 슬라이드를 이용하기도 하고, 음악도 틀고, 여러 가지를 연출하죠."

아라이 씨는 진심으로 즐거운 듯한 말투로 설명했다.

"독서 낭독회는 어린이들 사이에서도 인기가 좋은 행사예요. 특히 여름방학에 하는 모임에서는 약간 무서운 이야기를 골라 읽거든요."

"여름엔 역시 괴담이라는 건가요?"

시게코가 웃으며 묻자, 아라이 씨는 기쁜 목소리로 그렇다고 대답했다.

"아이들이 마음이 여린 시기에 무서운 이야기를 접해두는 것은 아주 중요하다고 생각해요. 음산한 이야기나 살인사건 같은 것 말고, 무서운 이야기요. 잘 만들어진 이야기를 통해 세상의 어두운 부분과 인간의 공포심 같은 걸 알아두는 건 어린이들의 성장에 좋은 양식이 되죠."

하지만 그런 건 요즘 학교 교육에서는 할 수 없어요, 라고 아라이 씨는 덧붙였다.

"선생님이 괴담 같은 걸 들려주면 바로 학부모로부터 불평이 나와요. 그런 쓸데없는 이야기로 시간을 허비하지 말라고, 꾸며낸 이야기

로 학생들에게 겁을 주다니 이상한 선생이라고요. 잘못된 생각이에
요."

　계속 듣고 있으면 이야기가 한없이 이어질 것 같았다. 시게코는 직
업상 처음 보는 사람과 이야기하는 데 익숙했고, 거기서 받은 느낌을
통해 나름대로 정확하게 사람을 판단할 수 있었다. 아라이 가오루 사
무국장은 가네카와 회장의 설립 취지에 열렬히 찬동하고 열성적으로
운영하는 사람 같았다. 이런 열변도 진심인 듯했다.

　"행사 때 가네카와 회장님께 직접 말씀을 들을 수 있을까요? 폐가
되지 않는 선에서요."

　아마 괜찮을 거예요, 확인해보죠, 하고는 아라이 씨는 자랑스럽다는
듯이 덧붙였다.

　"회장님은 바쁘시니까 그쪽 스케줄에 맞춰주셔야 할 겁니다. 어지
간해서는 시간을 내기 힘든 분이라서요."

　아라이 씨가 친절하게 찾아오는 길을 가르쳐준 덕분에, 시게코는 길
을 헤매지 않고 이튿날 오후 2시 정각에 가네카와 유기재공업 본사에
도착했다. 푸른하늘모임 사무국과 도서실로 오려면 정문 말고 서쪽 출
입문으로 들어오면 된다고 했다.

　가네카와 유기재의 넓은 본사 부지에는 담이 빙 둘러 세워져 있었
다. 아라이 씨도 "역에서는 가깝지만 담을 따라 서쪽 출입문으로 가려
면 제법 걸어야 합니다"라고 했다.

　시게코의 키보다 높은 회색 담 너머로 몇 동의 건물이 보였다. 6층
철근콘크리트 건물과 슬레이트 지붕을 인 건물. 창고도 두 개 있다. 담
안쪽에 주차장도 있는지, 화살표나 'P' 자 표지판이 여기저기 붙어 있
었다.

서쪽 출입문으로 이어지는 길모퉁이를 하나 꺾었을 때, 바로 앞에 있는 건널목을 건너 초등학생 여자아이 둘이 걸어왔다. 책가방을 등에 지고 각자 귀여운 천 보조가방을 흔들며 걷고 있다. 3학년쯤 돼 보였다.

아마 이 아이들도 도서실에 가는 모양이다. 마침 잘됐다. 뒤를 따라가자. 여자아이들은 재잘거리며 웃고 때론 깡충깡충 뛰면서 시게코 앞을 걸어갔다.

서쪽 출입문은 무거운 쌍바라지 철문으로, 들어가서 바로 오른쪽에 수위실이 자리 잡고 있었다. 철문 옆에는 '주식회사 가네카와 유기재공업 출입구' 라는 표지판과 함께, '푸른하늘모임 사무국, 도서실 출입구는 이쪽입니다. 여러분, 큰 목소리로 인사합시다' 라는 게시판도 붙어 있었다. 한자에는 큼직한 히라가나로 발음이 달려 있다.

앞서가던 두 여자아이는 문 안으로 들어서자 고개를 나란히 꾸벅 숙이고는, 수위실 앞에 서 있는 제복 차림의 수위에게 "안녕하세요" 하고 인사를 했다. 옅은 파란색 셔츠에 검은 바지, 불룩 튀어나온 배에 꼭 끼는 벨트를 두르고 경찰봉을 찬, 어느 모로 보나 경비원에 어울리는 모습을 한 수위도 "안녕?" 하고 대답하며 웃음을 지었다.

"도서실에 가니? 자, 출입증 보여주렴."

여자아이들은 보조가방이며 치마 주머니에서 분홍색 카드를 꺼냈다. 수위는 그것을 힐끔 보고는 "그래, 됐다. 들어가라" 하고 싱글싱글 웃으며 아이들을 들여보냈다.

담 안쪽은 얼핏 보면 공원 같은 풍경이었다. 건물과 건물 사이가 녹지로 채워져 있다. 그 사이의 보도 역시 정취 없는 콘크리트가 아니라 예쁜 타일이 깔려 있었다. 여자애들은 바로 옆에 있는 3층짜리 초콜릿색 건물로 달리기 시합을 하듯 뛰어갔다. 저 건물에 사무국과 도서실이 있는 모양이다.

시게코도 수위에게 인사를 했다. 아라이 씨와 약속했다고 말하자, 수위는 전화로 연락을 취했다. 통화는 바로 끝났다.

"저기 초콜릿색 건물입니다. 사무국장님이 입구에서 기다리고 계실 겁니다."

퇴직한 경찰관인지도 모른다. 희끗희끗 센 머리에 쉰 목소리, 나이도 지긋해 보인다.

"감사합니다. 여기 경치 정말 좋네요."

수위가 고개를 끄덕였다.

"회장님이 어린이회를 만들면서 깨끗하게 정돈했지요."

"방금 그 여자아이들도 푸른하늘모임 회원인가요?"

"아뇨, 그애들은 도서실만 이용합니다. 이 지역 어린이들에게 개방하고 있거든요."

"어린아이들에겐 정말 기쁜 일이겠어요. 경비는 힘들지 않으세요?"

수위가 웃었다.

"힘들 것 없습니다. 여기 오는 아이들은 모두 예의가 바르니까요. 회사나 연구소로 가까이 가지 않게 주의를 주고 있고요."

시게코는 고맙다고 인사하고, 여자아이들이 지나간 길을 따라 걸었다. 초콜릿색 건물의 자동문 앞에 서 있던 말쑥한 정장 차림의 여자가 시게코를 보고 인사를 했다. 상냥한 미소를 띠고 있다.

아라이 가오루 사무국장은 쉰 안팎으로 보였다. 호리호리한 몸매에 다리가 길다. 머리카락은 뒤로 넘겨 고풍스럽게 정돈했고, 옅은 화장도 기품이 있었다.

"먼 길 오시느라 수고하셨습니다."

명함을 교환하고, 시게코는 자동문을 지났다. 로비는 파스텔톤으로 칠해져 있고, 정면에 안내창구가 있었다. 군데군데 소파가 놓여 있고, 벽에는 어린이들의 그림이 잔뜩 붙어 있다.

"5월 피크닉 모임 뒤에 다함께 그린 거예요. 아, 꽃구경 갔을 때 그린 것도 있군요."

"자주 모여서 그림을 그리나요?"

"네, 그림 그리기나 스케치 모임도 있지만,"

사무국장은 오른쪽 계단을 가리켰다.

"2층에 놀이방이 있어요. 낭독회도 거기서 하는데, 아이들이 뭐든 좋아하는 걸 할 수 있게 여러 가지 도구를 마련해두고 있어요. 거기서 그림을 그리는 아이도 많죠. 다 그리면 여기다 붙여주고요. 아이들이 좋아하거든요."

하기타니 히토시가 푸른하늘모임에서 그림을 그린 적이 있었을까? 만약 있다면 여기서도 눈길을 끌었을 것이다. 시게코는 걸음을 멈추고 벽에 붙은 그림을 찬찬히 살펴보았다. 색조가 풍부하고 구도가 확실한 그림들이다. 다만, 왠지 어느 그림이나 비슷해 보이는 것은 그냥 느낌일까?

"어떻게 하시겠어요? 일단 쭉 둘러보시겠습니까?"

시게코는 고개를 끄덕였다. 1층은 로비와 도서실, 2층은 놀이방과 사무국, 3층에는 가네카와 회장의 방과 회의실이 있다고 한다.

로비와 도서실에는 칸막이가 세워져 있었지만 문은 없었다. 시게코의 허리쯤 오는 높이의 칸막이는 잘 보니 책꽂이였다. 둘러보니 책꽂이는 모두 그 높이로 통일되어 있었다.

"아이들 손이 닿는 높이예요. 우리 스태프들이 둘러보기도 좋고요."

사무국장이 설명했다.

"아이들은 여기 오면 자유롭게 행동합니다. 우리도 그렇게 만들어 놓았고요. 그러니까 스태프의 시야에 사각지대가 생기지 않도록 신경을 써야 하죠."

아이들끼리 다투거나 불의의 사고가 나는 것에 대비하기 위해서다.

도서실에 마련된 책상과 의자도 모두 키가 낮았다. 가구 모서리는 전부 둥글게 마무리되어 있었다. 도서실 안의 카운터에서 젊은 여자 한 사람이 컴퓨터를 만지작거리고 있었다. 아이들은 대략 열 명쯤으로, 여자아이들이 많았다. 다들 책을 읽거나 책상에서 공부를 하고 있다. 아까 보았던 두 여자아이는 창가 쪽 책상에 교과서를 펼쳐놓고 마주 앉아 있다.

"하굣길에 숙제를 하러 오는 건가요?"

시게코가 묻자 사무국장이 고개를 끄덕였다.

"요즘은 초등학생 어머니라도 풀타임 직업을 가진 분들이 많으니까요. 집에 가봐야 혼자 집을 지켜야 하니 아이들도 심심하겠죠."

"도서실은 회원이 아니라도 이용할 수 있죠?"

"네. 먼 곳에 사는 아이들은 무리지만, 이 근처에 사는 초등학생이나 중학생들은 공공도서관처럼 이용할 수 있습니다."

공공도서관에서는 아이들이 낯선 어른들과 섞이게 된다. 요즘 들어 어린이를 표적으로 삼은 이상한 사건들이 많이 일어나기 때문에 신경이 날카로워졌던 부모들이, 푸른하늘모임의 도서실이라면 안심할 수 있다면서 좋게 평가하고 있다고 한다.

"여기는 수위도 있고, 원래 사무실이니까 보안이 제대로 돼요. 수상한 사람이 들어올 일이 없는 거죠."

2층 놀이방에서는 네다섯 명의 초등학생이 퍼즐을 풀거나 그림을 그리고 있고, 한 아이는 점토로 무언가를 만들고 있었다. 진지한 얼굴이었다.

이쪽에도 역시 젊은 여자 스태프 한 사람이 구석 책상에 앉아 있었다. 시게코가 고개를 숙이자 그 여자도 인사를 했다. 사무국에 들어가기 전에 3층도 한번 둘러보았다. 가네카와 회장의 집무실에는 들어가지 않았다.

"회장님이 이곳에 계실 때 사용하는 방입니다. 서고에도 회장님 장서 중 일부가 들어와 있고요."

그 때문인지 1, 2층과는 전혀 다르게 조용하고 약간 어두컴컴한 느낌이 들었다.

회의실도 텅 비어 있었는데, 구석에 흰 시트커버를 덮은 기계 같은 것이 놓여 있었다. 골판지상자도 두 개 쌓여 있다. 낭독회 때 사용할 장비와 의상, 소도구라고 했다.

"어수선해서 죄송합니다."

사무국장이 웃었다.

사무국은 시게코가 상상했던 것보다 훨씬 넓고, 깔끔하게 정돈되어 있었다. 일반 사무실의 잡다한 분위기는 거의 찾아볼 수 없었다. 가구나 비품의 선택과 배치에도 아마 전문 코디네이터의 손길이 닿았을 것이다. 일류 기업의 비서실처럼 시원스럽고 고급스러운 분위기였다. 조금 예상 밖이었다.

실내에는 사무국장보다 나이가 많아 보이는 남자가 한 사람 있었다. 재킷은 벗었지만, 깔끔한 양복 차림이다. 사무국장의 안내를 받아 시게코가 다가가자 그가 의자에서 일어섰다.

"다나시田無라고 합니다. 수고가 많으십니다."

책상 위에는 장부 비슷한 것이 펼쳐져 있고, 전표철도 있었다. 컴퓨터 모니터에 표계산 화면 같은 것이 보였다.

"경리 담당이세요. 이곳의 지갑 끈을 쥐고 있는 분이죠."

시게코는 사무실 창가에 있는 응접 공간으로 안내되었다. 같은 응접 공간이라도 노아 에디션의 낡은 소파나 탁자와는 하늘과 땅 차이였다. 시게코는 차갑고 부드러운 가죽 소파에 조심스레 걸터앉았다.

창밖으로는 바로 옆의 6층짜리 건물과 창고, 슬레이트 지붕 건물이 내다보였다. 정원처럼 꾸며놓은 부지 안에는 자세히 보니 군데군데 울타리가 설치되어 있다. 아까 수위가 '회사나 연구소 쪽으로는 가지 않게 한다'고 했던 게 저걸 말하는 걸까? 연구소라는 건 아마 저 슬레이트 지붕 건물일 것이다.

사무국장이 커피를 직접 가지고 와서 권하며 시게코의 맞은편에 앉았다. 시게코는 사무국에서 보내준 팸플릿과 취재노트를 꺼냈다.

"멋진 곳이군요."

솔직한 느낌을 말했다.

"하나하나 깔끔하게 정돈되어 있고, 청결하네요. 제가 어렸을 때 이런 곳이 있었다면 하루 종일 여기서 보냈을 거예요. 꼭 천국 같아요."

입에 발린 소리도 아니고, 과장된 표현도 아니었다. 말 그대로 호화로운 곳이다. 어린이를 위한 공간에 '호화롭다'는 표현은 어딘가 어울리지 않지만, 여기는 분명 고급스러운 느낌이 드는 곳이다. 말하자면 이곳 시설은 어딘가 어린이에게 어울리지 않는 셈이었다. 적어도 시게코가 느끼기에는.

하지만 그런 이야기를 불쑥 꺼내서 좋을 건 없다. 일단은 치켜세워
주자.

사무국장은 활짝 웃었다.

"덕분에 회원들 간에 평이 좋습니다. 어린이들이 이런 환경에서 공
부하고 놀 수 있다니, 무척 이상적이라고요."

"가정에서는 이렇게까지 꾸며놓을 수 없겠죠. 이쪽 사무국도 인테
리어가 멋진데, 약간 걱정되지는 않으세요? 아이들이 가구를 더럽히
거나, 뭘 망가뜨리거나 하진 않나요? 저는 어렸을 때부터 조심성이 없
어서 그런지, 그런 생각부터 드네요."

사무국장은 살짝 손을 흔들고는 대답했다.

"그런 문제는 없습니다. 아이들은 볼일이 없으면 여기까지 들어오
지 않아요. 푸른하늘모임에도 몇 가지 규칙이 있는데, 그 룰 중 하나에
요."

시게코는 고개를 끄덕였다.

"규칙을 지키는 걸 여기서 배우는 거군요."

"그렇습니다. 요즘 학교에서는 그게 불가능하죠."

있잖아요, 선생님 — 하며 학생들이 우당탕 뛰어드는 교무실. 시게코
때는 그랬다. 그런 환경에는 이런 멋진 가구를 놔둘 수 없을 것이다.
분명히 그렇다.

'호화롭다' 라는 표현처럼, 뭔가 어울리지 않는다는 느낌이 더욱 짙
어졌다.

"먼저 푸른하늘모임의 취지와 운영형태부터 설명드리는 게 좋겠
죠?"

시게코는 사무국장이 한바탕 늘어놓는 설명을 들었다. 이미 홈페이

지나 팸플릿에서 읽어 알고 있는 내용이지만, 열심히 메모를 했다.

이윽고 구체적인 운영방식 이야기가 나왔다.

"지금 현재 어린이 회원은 몇 명 정도인가요?"

사무국장은 자료도 보지 않고 바로 대답했다.

"123명입니다."

하기타니 도시코의 말로는 도시코와 히토시가 참가한 행사 때 함께 했던 아이들은 기껏해야 스무 명에서 서른 명 정도였다고 했다. 큰 차이가 난다.

"그만 한 인원이 늘 여기 모이거나 행사에 참가하는 건가요? 통제하기 힘드시겠어요."

아, 아뇨. 사무국장이 고개를 저었다.

"이쪽 시설을 이용하거나 이벤트에 참가하는 아이들은 대략……그 반도 안 될 겁니다. 회원 모두 열성적인 건 아니죠. 절반 정도는 회보만 받아보는 집입니다."

아깝네요, 라고 시게코가 말했다. 사무국장은, 뭐, 학부모에 따라 다르니까요, 라며 웃었다.

"게다가, 아시다시피 모임에는 특별한 입회자격이 없기 때문에 상당히 먼 곳에 사는 어린이가 회원이 되는 경우도 있습니다. 그렇게 되면 당연히 이곳을 이용할 수 없게 되죠."

"그럼 행사 때만이라도 꼭 참가하고 싶어하겠네요."

"그렇습니다. 아, 우리 홈페이지 보셨나요?"

"봤습니다. 잘 만들어져 있던데요."

사무국장은 살짝 고개를 갸웃했다.

"하지만 전부 다 볼 수는 없으셨죠?"

그렇다. '모임 앨범'은 히토시의 회원번호를 입력하면 볼 수 있었지만, 다른 몇몇 코너는 볼 수 없었다.

"회원이 어린이들이라 개인정보를 잘 지켜줘야 하기 때문에, 패스워드가 필요한 시스템으로 만들었습니다."

"당연한 일이군요."

"어린이 회원들과 학부모가 각자 이용할 수 있는 게시판과 채팅방도 있습니다. 그쪽은 이용자도 많고 활동이 무척 활발하죠. 사무국에서도 앞으로 홈페이지를 더 활성화해야 한다고 의논하는 중입니다. 회원 증가에도 도움이 될 테고요."

열심히 고개를 끄덕이며, 시게코는 취재노트에 적어넣었다.

"그 패스워드를 가르쳐주실 수는 없나요? 어떤 대화를 나누는지 취재해보고 싶은데요."

사무국장은 상냥하게 웃으며 잠깐 생각에 잠겼다. 아니, 생각하는 척했다.

"글쎄요…… 그건 좀 힘드네요. 이전에 취재 오신 분에게도 가르쳐드리지 않았습니다. 죄송합니다."

시게코는 바로 물러났다.

"알겠습니다. 그런데 이 정도 규모의 모임을 운영하는데다가 행사도 한둘이 아닌데 사무국 직원 분들이 상당히 바쁘실 것 같아요. 몇 분이 계세요?"

"저 포함해서 세 명입니다."

하기타니 도시코의 관찰이 틀리지 않은 셈이다.

가슴에 살짝 손을 얹으며, 사무국장이 쓴웃음을 지었다.

"그래서 사무국장이란 직함도 너무 거창하죠. 하지만 회장님이 꼭 그래야 한다고 하셔서요."

경리와 재무 담당인 다나시 씨 외에 모리라는 여직원이 있다고 한다.

"모리는 오늘 잠깐 외출중이지만, 주된 일은 서무 업무입니다. 홈페이지도 그녀가 관리하고 있어요. 물론 여기서 열리는 행사를 돕기도 하고요."

"그럼, 조금 전 도서실과 놀이방에서 뵈었던 여성 스태프 분들은요?"

"아아, 아르바이트생들입니다. 요일과 시간을 나누어 주로 대학생들에게 맡기고 있습니다. 몇몇 대학에 구인 의뢰를 해서요."

대개 교육학부 학생이 많다고 한다.

"전체적으로…… 글쎄, 아르바이트는 사람이 자주 바뀌니까 지금 한 열 명 정도 되지 싶네요."

사무국장은 천장을 올려다보며 떠올리고는 천천히 대답했다. 그리고 바로 미소를 지으며 시게코를 바라보았다.

"그래도 운영에는 전혀 지장이 없습니다. 사무국 업무는 회보 발행과 홈페이지 관리, 그리고 자질구레한 연락이 다예요. 날마다 야근하거나 하는 일은 없습니다."

시게코는 상냥하게 고개를 끄덕였다.

"저희 세 사람은 원래는 가네카와 유기재공업 사원입니다. 이쪽에 파견 나와 있는 상태죠."

아라이 씨는 비서과 출신이고, 서무 담당인 모리 씨는 총무과에서 일했으며, 다나시 씨는 전직 경리과장이었는데, 정년퇴직하던 해에 마침 푸른하늘모임이 발족하여 가네카와 회장에게 부탁해 촉탁으로 근무하는 것이라 했다.

"아까 마에하타 씨의 말처럼, 바쁜 본사 업무에 비하면 여긴 정말 천국이지요. 아이들도 귀엽고요. 여기서 일하다보면 기운이 나는 느낌입니다."

'본사'라는 말이 지극히 자연스럽게 흘러나왔다. 발기인이 여럿 있지만 그들은 간판일 뿐이고, 푸른하늘모임은 사실상 가네카와 회장 한 사람의 의지로 운영되고 있다 해도 과언이 아닐 것이다.

"그리고 행사에는 운영위원 분들도 힘을 보태주십니다. 아니, 오히려 운영위원회가 주체고, 우리는 보조 역할이에요."

"홈페이지에서 봤습니다. 위원 분들은 어린이 회원의 부모님들이죠?"

"네. 모임 취지에 찬성하시는 분들, 그중에서도 열성적인 아버님이나 어머님이 자원봉사로 활동을 지원해주고 계십니다. 행사 때—특히 피크닉이나 캠프에는 일손이 늘 부족하기 때문에 운영위원 분들이 친척이나 친구, 직장동료 같은 분들을 응원부대로 데리고 와주세요. 자식은 없어도 아이들을 좋아하는 독신자 분들도 도와주러 오십니다."

아라이 사무국장은 이것이야말로 모임의 홍보 포인트라는 듯이 목소리에 힘을 주었지만, 시게코는 맞장구를 치면서도 내심 일이 좀 번거로워졌다는 생각이 들었다.

도이자키 집안의 비밀을 알고, 그 기억을 히토시에게 '보인' 것은 아마 어른일 것이다. 아카네가 살해된 지 16년이나 지났으니, 시간적으로 봐도 히토시가 접촉했던 또래의 아이들은 대상에서 제외해도 문제가 없을 것이다. 그러니 모임의 운영관계자와 히토시와 함께 행사에 참가한 아이들의 보호자에만 표적을 맞춰 조사하면 될 거라 생각했는데—

이벤트 때마다 운영위원들이 다수의 외부인들을 불러들였다면 이야기가 전혀 달라진다. 누가 언제 왔는지 제대로 된 기록이 남아 있지 않을 가능성도 높다. 자원봉사이므로 급여나 일당을 지불하지 않기 때문에, 기록을 남길 필요가 없기 때문이다.

큰일이네, 하고 시게코는 속으로 중얼거렸다.

"그럼, 다 합치면 상당히 많은 분들이 운영에 관계하고 계신 셈이군요."

시게코의 물음에 아라이 사무국장은 고개를 크게 끄덕였다.

"고마운 일이죠. 모두 이 모임의 설립취지에 이해와 격려를 보내주시는 분들입니다."

"회원명부는 있나요?"

그렇게 말하고 시게코는 부드럽게 덧붙였다.

"물론 개인정보는 확실하게 보호하겠습니다. 회원 분들 중에 제 취재에 응해주실 분이 계시면 좋을 것 같아서요. 연락처를 알려주시면 제가 의향을 여쭤보고 개별적으로 찾아뵙고 싶어요."

"아, 그러실 필요는 없습니다, 마에하타 씨."

회원에 대한 취재는 우리 쪽에서 준비하겠습니다, 라고 했다.

"지금까지 취재 때는 늘 그렇게 해왔습니다. 전혀 번거로울 것 없어요. 저희 쪽에서 준비하지요."

누가 좋을지 머릿속으로 바로 검토를 시작한 듯 사무국장의 눈이 반짝거렸다. 역시 이렇게 단순한 방법으로는 명부에 접근할 수 없는 걸까?

시게코도 푸른하늘모임의 어두운 부분─그런 것이 있다고 가정했을 때─을 들춰내려는 것은 결코 아니었다. 분명히 이 화려한 내부 분위기는 어딘가 느낌이 좋지 않았지만, 그것은 시게코의 취향 문제일 뿐이다. 모임의 활동에 불만이 있는 것은 아니다. 그저 도이자키 가와 관련되어 있는 누군가를 찾아내고 싶을 뿐이다.

그리고, 그 '누군가'에 대해 무슨 의혹을 품고 있는 것도 아니다. 도이자키 아카네의 죽음을 알면서도 숨긴 것은, 아마도 도이자키 가족을 보호하기 위해서일 것이다. 또한 앞의 경우에 비해 가능성은 상당히 낮지만, '누군가'가 아카네의 죽음에 관련된 뭔가를 목격하고도 그것을 깨닫지 못했을 상황도 생각지 않을 수 없었다. 그 사람의 기억에 남아 있는 것이 히토시에게 '보였을' 테지만, 본인은 그 기억의 중요성을 의식하지 못하는 경우다.

하지만 —

행사와 활동에 관한 이야기를 열심히 늘어놓는 아라이 사무국장에게 맞장구를 쳐주면서, 시게코는 생각에 잠겼다.

이 사람은 시게코가 속사정을 다 털어놓는다 해도 쉽게 이해하지 못할 것이다. 시게코가 어떻게든 모임의 결점을 캐내려는 것으로 여길지도 모른다. 비록 시효는 지났지만, 아카네는 죽었고, 그것은 명백한 살인사건이다. 시게코에게서 그 사건과 푸른하늘모임이 어딘가 연결되어 있는 게 아니냐는 암시를 받으면 사무국장은 시게코를 바로 쫓아내려 하지 않을까? 아니, 화를 내는 게 차라리 낫다. 울음을 터뜨릴지도 모른다.

이 사람은 신자다. 신자에게는 아무리 조리 있게 설명한다 해도, 교리에 대한 의문으로 여겨질 말은 마이너스밖에 가져오지 못한다.

다른 사람의 기억을 '볼 수 있는' 능력 같은 건, 사실이니까 믿어달라고 우길수록 더 이상하게 들릴 것이다. 하지만 그렇다고 해서 그 부분을 건너뛰고서는 '푸른하늘모임'을 아무리 조사한다 해도 결말이 나지 않을 것이다. 앞뒤 사정을 상세히 밝히고 시게코의 목적을 털어놓은 다음에 협조를 요청하려면—

역시 교주다. 가네카와 회장을 잡아야 한다. 어떻게 될지는 몰라도, 일단 낭독회 때 회장과의 면담에 도박을 걸어보자.

두 시간에 걸친 취재가 끝나갈 무렵, 시게코는 다음 약속을 확인하고 자연스럽게 질문했다.

"모임을 시작했을 때는 회원 중에 아무래도 가네카와 유기재공업 사원이 많았다고 하셨는데, 이제는 그런 상황에도 변화가 왔겠죠?"

네, 하고 밝게 대꾸했지만 사무국장은 약간 주저하는 눈빛을 보였다. 정직한 사람이다. 아직은 가네카와 유기재공업을 위시해, 발기인들이 경영하는 회사의 사원들이 모임의 토대를 이루고 있을 것이다.

"여러 직업을 가진 보호자들이 모이셨다면, 그중에 혹시 현직 교사도 계세요?"

"교사 분이라…… 네, 계십니다."

"든든하시겠네요. 혹시 경찰 관계자나 언론사 분들은 안 계신가요?"

사무국장은 눈을 깜박거렸다.

"경찰, 말입니까?"

시게코는 웃었다.

"제가 예전에 한동안 사건 관련 취재를 했거든요. 그때 형사나 신문사 기자 분들에게 가끔 이런 이야기를 들었어요. 너무 바빠서 아이들 얼굴 볼 시간도 없는데, 어쩌다 시간이 나도 평소에 제대로 커뮤니케이션을 못 하다보니 어떻게 시간을 보내야 할지 몰라 난처하다고요.

말하자면 아버지의 푸념이죠."

아아, 그렇습니까? 사무국장도 웃었다.

"다음에 그런 말을 들으면 푸른하늘모임에 가입하라고 권해볼까 싶어요."

"그거 좋은 말씀이로군요. 부탁드리겠습니다."

사무국장은 현재로선 학부모 중에 그런 쪽에 종사하시는 분은 없다고, 고개를 살짝 갸웃하며 말했다.

돌아갈 때 시게코는 사무국장과 함께 다시 한번 놀이방과 도서실에 들러 아르바이트 여성들에게 직접 인사를 하고 명함을 건넸다. 만약 누가 흥미를 느껴 접촉해오면 좋겠다는 생각이었다.

사무국장에게 아까 그런 질문을 한 것은, 어린이 회원들의 보호자 중에 9년 전 사건을 다룬 형사나 기자가 있어서, 그 사람의 '기억'을 본 히토시가 '산장' 그림을 그렸을지도 모른다는 생각 때문이었다. 혹은 영화인일 수도 있다. 〈죽음의 산장〉을 찍은 스태프 중 하나일 수도 있다.

그 장소를, 샴페인 병을 알고 있는 인물.

—뭐, 일이 그렇게 쉽게 풀릴 리는 없겠지만.

아이들과 함께 가입하라고 아키쓰에게 진지하게 부탁해볼까? 좋은 아이디어일지도 모르겠다.


다음주 공휴일인 '바다의 날', 시게코는 도이자키 세이코와 하기타니 도시코를 집으로 초대했다. 오랜만에 집에서 쉬면서 휴일을 보내려던 쇼지는 그 말을 듣자마자 난감해하며 골프연습장으로 도망가버렸다.

항상 시간을 엄수하는 도시코가 먼저 도착했다. 둘이서 푸른하늘모임 이야기를 하고 있는데 집 앞에 차가 멈춰 서는 소리가 났다. 시게코가 현관 밖으로 나가니 스포츠카 같은 흰색 차의 조수석에서 세이코가 내리던 참이었다.

"안녕하세요? 실례할게요."

운전석에서 키가 크고 머리가 부스스한 젊은 남자가 내렸다. 차 지붕 너머로 시게코와 시선이 마주치자 남자는 당황한 듯 고개를 꾸벅 숙였다.

"다쓰짱이에요."

세이코가 수줍은 듯이 소개했다. 이노우에 다쓰오도 겸연쩍은 듯 목을 움츠렸다.

함께 온 건가? 시게코는 부드럽게 웃어 보였다.

"이렇게 뵙게 돼서 기쁘네요. 안이 좀 지저분하지만 들어오세요."

찌는 듯이 더운 날이었다. 장마가 끝났는지 하늘이 새파랗다. 차가운 아이스커피를 대접하고 서로 자기소개를 한 다음, 시게코는 본론으로 들어갔다.

시게코는 히토시의 작품—박쥐 풍향계가 달린 집에 누워 있는 회색 소녀의 그림을 탁자에 올려놓았다.

"우선 이걸 봐주세요."

도시코와 다쓰오, 세이코 모두 잔뜩 긴장했다. 세이코는 손을 뻗어 그림 가장자리를 살짝 매만졌다. 손끝이 떨렸다.

시게코는 자초지종을 설명했다. 가와사키 선생 이야기는 도시코에게도 처음이라, 도시코는 자칫하면 아이스커피 잔을 떨어뜨릴 뻔할 정도로 놀랐다.

시게코가 이야기를 마치고 입을 다물자 거실에는 에어컨이 기분 좋은 냉기를 내뿜는 소리만 들려왔다.

"정말…… 믿기 힘든 이야기네요."

침묵을 깬 사람은 이노우에 다쓰오였다. 시선은 히토시의 그림에 고정되어 있었지만, 다쓰오는 시게코가 이야기하는 동안 곁에 앉은 세이코의 등에 손바닥을 얹고 위로하듯 쓰다듬고 있었다. 그리고 천천히 손을 들어 땀을 닦듯이 코 밑을 문질렀다.

"대충 들은 것만으로는 도무지 믿을 수가 없는 이야기예요. 하지만 이건 진짜죠?"

특별히 누구를 향해 한 말은 아니었지만, 다쓰오의 시선은 마지막으로 도시코의 얼굴에 머물렀다.

도시코는 도이자키 세이코를 뚫어지게 바라보았다. 깜박이지도 않는 눈이, 동공까지 열린 듯 보였다.

"미안해요."

도시코가 작은 목소리로 사과했다. 도이자키 세이코는 눈길을 들었다. 방금 전까지 그림 안으로 빨려들어가서 회색 피부의 소녀가 되었다가, 도시코의 목소리에 현실로 불려나오기라도 한 듯이.

"제가 마에하타 씨에게 이런 일을 부탁해서, 세이코 씨까지 괴롭게 만들고 말았네요."

기어들어가는 듯한 도시코의 목소리를 듣자 세이코의 얼굴에 부드러운 표정이 돌아왔다.

"아니에요, 무슨 말씀이세요. 저는 기쁜걸요. 정말이에요. 언니도 분명히 저와 같은 심정일 거예요."

"기쁘다고요?"

촉촉해지기 시작한 눈을 깜박이며 도시코가 의외라는 듯이 물었다. 세이코는 고개를 끄덕였다. 오늘은 흰 반소매 셔츠에 체크무늬 치마를 걸쳐 마치 여고생 같아 보였다.

"네. 이 그림이 없었다면, 아주머니께서 이 그림에 주목하지 않으셨다면 저는 마에하타 선생님을 만날 수 없었을 거예요. 그러면 언니 문제도 그냥 묻혀버렸을 거고요."

세이코는 두 손으로 그림을 집어들며 히토시, 하고 중얼거렸다. 마치 히토시에게 말을 거는 것 같았다.

"마에하타 씨가, 히토시는 무척 예쁜 아이였다고 하더라고요."

시게코는 히토시의 사진을 꺼냈다. 세이코와 다쓰오는 얼굴을 마주 대고 사진을 들여다보았다.

"와, 정말 귀엽다."

세이코가 흥분한 듯이 웃으며 말했다.

"나오미네 유우랑 도모도 귀엽지만, 훨씬 더 귀여워. 크면 분명히 미남이 되었을 텐데."

그렇게 말하고는 살짝 한숨을 토했다.

"너무…… 안타깝게 되었네요."

도시코는 말없이 허리를 깊게 숙였다.

단 한 가지 시게코가 숨긴 사실이 있었다. 사쿠라 초등학교에서 하기타니 히토시가 자살한 게 아니냐는 소문이 나돌고 있다는 이야기다. 앞으로도 말하지 않을 것이다. 이것만은.

"보실 그림이 한 장 더 있어요."

이번에는 '산장' 그림을 꺼내 간단히 설명했다.

"진짜네…… 틀림없이 진짜야."

다쓰오가 잠꼬대하듯 중얼거리자 세이코가 미소 지었다.

"아까부터 계속 그 말만 하네."

"하지만, 누구든지 이걸 보면 다른 말이 안 나올걸."

시게코는 푸른하늘모임에 관한 것과, 히토시가 기억을 '본' 인물과 모임 행사에서 접촉했으리라는 가설을 세우고 있다고 이야기했다.

"이걸 검증하려면 좀 시간이 걸릴 겁니다. 가네카와 회장님이 말이 잘 통하는 사람이고 협력해준다면 훨씬 원활하게 풀리겠지만요."

"이런 이야기를 아예 믿지 않거나 우습게 여기는 사람이 분명히 있을 거예요."

세이코는 걱정스러운 모양이었다. 깔끔하게 정리한 눈썹을 약간 찡그리고 있었다.

"그렇다고 바로 초능력이니 영감이니 초자연적 현상이니 하는 이야기를 먼저 들먹이는 사람도 싫지만요. 처음부터 부정하든, 처음부터 믿어버리든 문제가 있는 건 마찬가지겠네요."

세이코는 그렇게 말하더니 갑자기 혼자 쓴웃음을 지었다.

"왜?"

다쓰오가 물었다.

"말할까? 다쓰짱한테 말하면 또 화낼 것 같아서 그냥 가만히 있었는데, 이젠 괜찮겠지."

사건이 알려진 직후, 다쓰오의 본가로 영매사나 종교인이라고 주장하는 사람이 몇 명이나 연락을 해왔다고 한다.

"댁의 며느리에게 죽은 언니의 귀신이 붙어 있으니 떼어내야 한다고, 그냥 놔두면 아카네라는 소녀의 원한 때문에 이노우에 집안에 재앙이 일어날 거라고 했대."

세이코는 웃으며 말했지만 다쓰오는 눈을 크게 떴다.

"정말이야? 세이코, 그걸 어떻게 알았어?"

"당신 어머니한테 들었어."

다쓰오의 동그래진 눈에 화가 난 기색이 어렸다.

"언니는 나나 부모님에게 큰 원한이 맺혀 있으니까, 집안에 화근이 될 거라고."

제3자는 뭐라 말하기 어려운 문제였지만, 세이코가 편한 표정이라서 시게코는 그나마 안심했다. 도시코도 마찬가지인 모양이다. 미소를 지으며 두 사람이 대화를 나누는 모습을 바라보고 있다.

"그거, 떠돌이 영매사 같은 거 아냐? 떠돌이라는 표현도 좀 이상하지만, 어머니는 그쪽 사람들하고 전부터 알고 지냈으니까."

그런 줄은 몰랐다며, 세이코는 깜짝 놀랐다.

"우리 어머니가 좀 그런 면이 있어서요."

다쓰오는 시게코와 도시코를 쳐다보더니 변명하듯 고개를 움츠렸다.

"대단한 부자는 아니지만 그래도 그 지역에서는 제법 오래 살아온 집안이고 땅도 많기 때문에 별별 인간들이 다 접근해와요. 어머니는 그런 사람들 이야기에 귀가 얇은 편이에요. 점치는 것도 좋아하고요."

다쓰오 어머니가 두 사람의 결혼을 반대한 이유 중 하나도 그것이었다고 한다.

"점괘가 흉으로 나왔대요. 그래도 자식이 어떻게든 결혼하겠다고 한다면 사실혼 관계만 유지하라느니 호적에는 절대 올려서는 안 된다느니 터무니없는 소리를 했죠."

세이코는 그것도 몰랐던 모양이었다. 흐음, 하고 귀여운 소리를 냈다.

"우리 결혼에 트집을 잡은 점쟁이는 고모와 아는 사람이었어요. 어떻게 아는 사이인지는 모르지만, 감이 딱 오더라고요. 고모부가 워낙 그런 양반이거든요. 제가 가정을 꾸리지 않고 혼자 사는 편이 언젠가 상속이니 뭐니 하는 문제가 생길 때 참견하기 편할 거라는 생각이겠죠. 다쓰오는 도쿄에 나가 사니 도움이 안 된다, 이쪽 재산은 이쪽에 사는 사람이 관리해야 한다, 그러면서 자기에게 이득이 되도록 하려는 계산이지. 그래서 간섭한 거야."

마지막은 세이코에게 설명하는 투였다. 세이코는 그 고모부란 사람의 됨됨이 — 아마 욕심쟁이겠지 — 를 잘 아는 듯 고개를 끄덕였다.

이때 뜻밖에 도시코가 먼저 입을 열었다.

"우리 할머님도 신점 같은 걸 보는 분이었어요."

두 사람은 동시에 도시코를 쳐다보았다. 공연한 이야기를 한 게 아닐까 하는 표정이었다. 하지만 도시코는 웃었다.

"잘 맞는다는 사람도 있었지만, 지금 생각해보면 정말로 맞았는지 어땠는지는 잘 모르겠어요. 하지만 우리집에서도 할머님 말씀 때문에 이런저런 문제가 있었지요."

시게코는 하기타니 집안의 속사정과 히토시의 출생에 관해서는 세이코에게 자세히 이야기하지 않았다. 도시코가 홀로 히토시를 키웠으며, 친정과는 절연한 상태이기 때문에 히토시가 그쪽을 통해 도이자키 집안의 정보를 얻었을 가능성은 거의 없을 거라는 설명만 해둔 상태였다. 그런데 도시코가 스스로 이야기를 꺼낼 줄이야.

"그 할머님은……?"

"이미 돌아가셨어요. 백 살까지 사셨지만요."

도시코의 말투는 부드러웠다. 그러고 보니 도시코는 아직 한 번도 하기타니 치야에 대해 원망스러운 투로 말한 적이 없었다.

"세상에는 정말로 남의 일을 잘 알아맞히는 신기한 능력을 지닌 사람이 있을지도 모르지만요……"

"히토시가 바로 그런 경우 아닌가요?"

다쓰오가 목소리에 힘을 주어 말했다.

"우리 어머니에게 달라붙은 인간은 가짜고, 히토시가 진짜예요."

감사합니다, 하고 도시코는 진심으로 기쁘다는 듯이 중얼거렸다.

"하지만 히토시는 어린아이였어요. 만약 그애가 그대로 자라서 어른이 될 때까지 그런 능력을 지니고 있었다 해도, 저는 그런 능력으로 남의 일에 이러쿵저러쿵 참견하는 사람이 되는 건 바라지 않았어요."

방 안이 조용해졌다. 세이코는 계속 도시코를 뚫어지게 바라보고 있었다.

도시코는 잠시 생각한 뒤에 말을 이었다.

"그런 건 다 마음의 문제예요. 이치를 따진다고 어떻게 되는 게 아니죠. 그래서 점을 치는 게 도움이 될 때도 있지만, 잘못하면 말하는 사람 마음대로 되어버려요. 점괘를 들은 사람은 속으로 그런 건 믿지 않는다고 생각하면서도 왠지 신경이 쓰이게 마련이에요. 그렇게 남의 마음에 간섭하는 것은 남의 방에 흙 묻은 신발을 신고 들어가는 짓이나 마찬가지예요."

다쓰오가 고개를 숙이고 입을 꾹 다문 채로 음, 하는 소리를 냈다.

탁자에 시선을 떨군 채, 입가에 살짝 웃음을 지으며 도시코가 말했다.

"저는 지금까지도 히토시가 제 바로 가까이에 있다는 걸 느껴요. 영혼이라면 영혼일지도 모르죠. 하지만 사실 제겐 그런 건 아무래도 상관없는 일이에요. 히토시는 히토시고, 앞으로도 제 아들입니다. 제가 살아 있는 한 제 마음속에 있을 거예요.”

불쑥 고개를 들어, 자신을 가만히 바라보는 세이코의 눈을 들여다보며 도시코가 말했다.

“아카네 씨는 동생 세이코 씨를 전혀 원망하지 않을 거예요. 오히려 지금은 기뻐하고 있을 게 분명해요. 세이코 씨가 언니에 관한 것을 알고 싶어하니까요.”

“네.”

세이코가 대답했다.

도시코가 고개를 끄덕이며 말을 이었다.

“사람은 세상을 떠나면 모두 부처님이 돼요. 아카네 씨도 부처님이 되어 세이코 씨를 지켜주고 있는 거고요. 살아 있는 인간의 이기적인 생각이라고 화를 내실지도 모르겠지만, 저는 그렇게 생각합니다. 그런 마음을 히토시에게 배웠어요.”

시게코는 눈을 동그랗게 뜨고 도시코의 옆얼굴을 주시했다.

“세이코 씨 아버님이나 어머님의 고통을, 저 같은 사람은 도저히 알 수 없습니다. 짐작도 할 수 없죠. 미안합니다.”

고개를 숙이고 도시코가 말했다.

“하지만 아버님이나 어머님이 괴로워하고 슬퍼하는 것은, 아카네 씨에게 원한을 샀기 때문이 아닐 거예요. 아카네 씨를 그렇게 만들 수밖에 없었다는, 그런 사실 자체가 지금도 고통스럽고 슬프실 겁니다. 괴롭고도 괴로운, 정말로 괴로운 벌이죠. 어머님이나 아버님은 아카네 씨가 부처님이 되었다고 생각하고 싶어도, 그렇게 할 수 없을 거예요.

아마 앞으로도 계속요. 너무나 괴로운 형벌이죠. 하지만 그건 절대 아카네 씨의 저주가 아니에요."

어느새 세이코의 눈가에 눈물이 가득 고였다.

"남편 분의 어머니에게 언니의 귀신을 떼야 한다고 권한 분은 정말로 영혼을 보거나 앞일을 읽을 수 있을지도 모릅니다. 하지만 사람의 마음은 제대로 모르는 분이라고 저는 생각해요. 어떤 형태로건, 핏줄이 이어진 사람을 잃고 난 뒤에도 계속 살아가야 하는 사람의 심정을 조금이라도 알고 있다면 그런 소리를 할 리 없으니까요."

참다못한 세이코는 얼굴을 숙이고 무릎 곁에 놓아둔 핸드백을 뒤졌다. 손수건을 찾으려고 했지만 눈물이 앞을 가려 잘 보이지 않는 듯했다. 옆에서 다쓰오가 자기 손수건을 내밀었다. 세이코는 그 손수건으로 얼굴을 가렸다.

"저 역시, 히토시가 원망해도 어쩔 도리가 없는 어미입니다."

도시코도 눈물을 머금으며 말을 이었다.

"제가 좀더 조심했다면 히토시는 지금도 살아 있겠죠. 그애가 12년 만에 삶을 마감할 수밖에 없었던 건 제 책임입니다. 대신 죽을 수만 있다면 지금이라도 그렇게 하고 싶어요."

하지만 히토시는 그러기를 바라지 않을 거라고 도시코는 단언했다.

"자길 잃은 뒤에도 열심히 살아가주길 바라겠죠. 제가 그렇게 키운 게 아니라, 그애가 그런 아이였던 거예요. 하늘이 내려준 아이였습니다. 자식은 모두 다 마찬가지예요."

아카네 씨도 그렇고요─라며 울먹이는 목소리로 덧붙였다.

"하지만 세상엔 수많은 일들이 일어나요. 하늘에서 내려준 생명이라도, 망가지거나 일그러져버리기도 해요. 슬픈 일이죠."

한동안 거실 안은 경건한 분위기로 가득 찼다. 세이코는 눈물을 닦고 도시코는 코를 훌쩍이고 있었다.

"저어,"

눈시울이 붉어진 다쓰오가 입을 열었다.

"정말 감사합니다."

도시코는 말없이 웃었다. 아무도 입을 열지 않았다. 침묵이 흘렀다. 그러자 다시 다쓰오가 말을 꺼냈다.

"그런데, 저는 세이코의 남편이 아닙니다."

다쓰오는 머리를 긁으며 난처해했다.

"일단 이혼했으니까요. 그러니까 옛날 애인…… 아, 아닌가? 전남편인가? 하지만 계속 만나고 있으니까, 그럼 지금은 애인인가?"

그것이 무척이나 중요한 문제인 양 생각에 잠겼다가 다쓰오는 의견을 구하듯 세이코의 얼굴을 들여다보았다. 아직도 손수건으로 눈가를 누르고 있던 세이코가 웃음을 터뜨렸다.

"왜 그래, 정말!"

세이코는 다쓰오의 등을 탁 때리고 소리내어 웃었다. 그러자 도시코도 웃음을 터뜨렸다.

"지금도 사이가 좋으시네요. 부러워요."

서로를 격려하는 밝은 웃음을, 시게코는 바라보았다. 인간은 강하다. 문득 그런 생각이 들었다.

쇼지가 나가줘서 다행이다. 이런 장면을 보면 남들 따라서 울어버리는 사람이니까. 그래도 왠지 보여주고 싶기도 했다.

"마에하타 씨."

세이코가 고개를 똑바로 들더니, 다쓰오가 손에 들고 온 커다란 종이봉투를 무릎 위에 얹었다.

"숙제 가져왔어요."

도이자키 가에 아카네에 관한 것이 남아 있는가. 세이코가 기억하는 아카네에 관한 에피소드를 떠올려 글로 써달라. 시게코는 그렇게 부탁했었다.

"이게 제가 쓴 거예요."

세이코는 스프링 노트를 한 권 꺼냈다.

"그리고 이건 창고 안에 있던 것 중에, 언니하고 관계가 있을 만한 것들이에요."

양철 쿠키 상자였다. 평평한 직사각형에 세로 20센티미터, 가로 30센티미터가량의 크기였다. 무척 오래된 것인 듯 표면의 그림이 흐릿하고, 깡통 주위를 둘러싸고 셀로판테이프 자국이 거무스름하게 보였다.

"통 안에 있는 것 모두예요."

세이코는 낙담한 기색이었다.

"겨우 이게 다네요. 다른 건 아무것도 없었어요. 앨범 같은 건 하나도 없고요."

화재 때문이기도 할 테지만, 아마 기타센주 집을 떠날 때 부모가 가지고 간 것 같다고 했다.

"제게 보여주고 싶지 않았겠죠."

세이코가 이를 악물듯이 말했다.

"불이 나기 전에는, 언니가 입던 셔츠나 스웨터 같은 게 옛날 옷상자에 반쯤 들어 있었을 거예요."

"하지만 옷은 실마리가 안 되잖아."

다쓰오가 말했다.

"그렇기는 하지……"

시게코는 자세를 가다듬고 쿠키 상자를 내려다보았다. 바로 손을 댈 수가 없었다. 손바닥에 살짝 땀이 뱄다.

"마에하타 씨를 만난 뒤에, 나오미와 가쓰오를 만나러 갔어요."

세이코가 그렇게 말하며 시게코에게 웃어 보였다.

"가기 전까지는 무척 긴장됐는데, 가보았더니 공연한 걱정이었어요. 나오미가 너무 기뻐해주었고, 세탁소 가쓰오는 눈물까지 흘렸어요."

이런, 역할이 뒤바뀐 것 아냐? 하지만 그 광경이 눈에 선했다.

"이런저런 옛날이야기를 하고, 마에하타 씨에게 언니 일을 알아봐달라고 부탁했다는 이야기도 했어요."

"두 분 다 놀랐겠네요."

"가쓰오는 처음엔 반대하는 것 같더라고요. 하지만 나오미가 그렇게 하는 게 제 마음이 후련해진다면 괜찮지 않겠냐고 말하니까 고개를 끄덕이더군요."

두 사람은 원래 그런 콤비예요, 라며 세이코가 웃었다.

세이코는 두 사람에게 동네에서 아카네를 기억하고 있을 만한 사람을 생각나는 대로 가르쳐달라고 부탁했다고 한다. 나오미의 부모와 가쓰오의 어머니도 그 일을 거들어준 듯했다.

역시 세이코 본인의 의사는 강력했다.

"전부 적어왔는데, 이분들을 방문할 때는 저도 동행할게요. 그게 조사하기 훨씬 수월할 거예요."

그야 더할 나위 없이 반길 일이다. 하지만 시게코는 이렇게 말했다.

"그래요. 그렇지만 세이코 씨에게 무리가 가지 않는 범위에서만요."

그래야지, 하고 옆에서 다쓰오가 못을 박았다. 세이코는 밝은 표정으로 알겠다고 대답했다.

"나오미와 가쓰오에게 들은 이야기인데요, 우리 부모님이 기타센주를 떠날 때 아버지가 경트럭을 운전했대요. 어디서 빌려왔나봐요. 거기 짐칸에 둘이서 짐을 실었다더라고요."

짐은 그리 많지 않았다고 한다. 가구와 가전제품은 거의 다 두고 갔고(물과 그을음 때문에 쓰지 못하게 됐을 것이다), 실은 것은 골판지 상자 몇 개와 끈으로 묶은 가죽상자, 자전거, 포터블 내화금고 하나.

타다 만 아카네의 물건이나 앨범은 그 안에 넣은 게 틀림없다.

"금고 안에 뭐가 있는지는 저도 알아요. 보험증서나 임대계약서, 도장 같은 거죠. 엄마가 금고 안에 넣는 걸 본 적이 있거든요."

그건 언니하고는 별 관계가 없을 거예요, 라고 말했다.

"부모님에게 연락을 해볼까 했어요. 엄마 휴대전화 번호가 있으니까요. 가지고 간 게 있다면 보여달라고 하려 했죠."

세이코의 말에 다른 사람들은 긴장했다.

"하지만 결국 그러지 않았어요. 아무래도 무리일 것 같아서요. 오히려 더 번거로워질지도 모르고."

"번거로워지다니?"

다쓰오가 물었다.

"내가 언니에 관해 알아보고 있다는 걸 알게 되면, 둘 다 지금 사는 곳에서 또 도망갈지도 모르니까요."

이번에야말로 완전히 종적을 감출지도 몰라요─라고 세이코는 중얼거렸다.

다쓰오는 눈에 띄게 위축되었다. 도시코가 딱하다는 듯이 시무룩한 표정을 지었다.

"그러니까, 정말로 우리 부모님에게 이야기를 들어야 할 때가 오기 전까지 그 카드는 덮어두는 게 낫겠죠?"

시게코는 고개를 끄덕였다. 시게코는 세이코의 굳은 마음에 새삼 감탄했다. 스스로에게서 멀리 떨어져, 이 문제를 객관적으로 바라보려 하고 있다. 마치 자기 일이 아닌 양.

이렇게 생각하면 될 것이다. 시게코가 조사원. 세이코는 어시스턴트. 의뢰인은—

그렇다, 도이자키 아카네다.

"그럼 열어볼까요?"

다쓰오가 어린아이처럼 마른침을 삼켰고, 하기타니 도시코는 약간 겁을 먹은 듯이 눈을 내리깔았다.

군데군데 녹이 슨 뚜껑은 열기가 조금 빡빡했다.

뚜껑을 열자, 맥이 빠지는 광경이 보였다.

실로 잡다한 것들이 뒤섞여 있었다. 시게코는 하나하나 꺼냈다. 쓰다 만 메모장. 명찰 세 개. 짤막한 빨간색 색연필. 사용한 흔적이 없는 성냥—열 개. 종이성냥이나 곽성냥이나 모두 가게 이름이 찍혀 있었다. 무슨 부품 같은 작은 금속제 고리. 고무 캡.

"의자 다리에 끼우는 거네요."

도시코가 말했다. 그럴 것이다. 이건 사용한 흔적이 있었다.

휴대용 라디오 취급설명서. 라디오는 보이지 않았다. 대형서점에서 연말연시에 서비스로 나눠주는 작은 다이어리 겸 주소록.

"1989년."

시게코는 저도 모르게 소리내어 읽었다. 세이코가 고개를 끄덕였다.

같은 해 12월 8일에, 아카네는 살해되었다.

대충 훑어보니 주소록 부분에 전화번호가 몇 개 적혀 있었다. 번호만 있고 이름은 없다. 메모장 부분에도 글씨를 몇 군데 흘려 썼는데, 읽기는 힘들었다.

"호난초―4시."

다시 소리내어 읽었다.

"이건 엄마 글씨예요."

세이코가 말했다.

"그때 호난초에 외삼촌, 그러니까 엄마 동생이 살았거든요."

외삼촌 댁을 방문하는 약속을 메모한 것 같다는 이야기다.

마침 잘됐다. 시게코는 손을 멈추고 탁자 위 빈 공간에 취재노트를 펼쳤다.

"잠깐 이야기가 빗나가지만, 부모님의 친척관계를 말씀해주시겠어요?"

세이코의 아버지, 도이자키 겐은 야마나시 현 고후 시 출신으로, 생가는 아직 그 동네에 있다고 한다.

"아버지는 삼형제 중 장남이었어요. 첫째 작은아버지는 농협에 근무했는데, 아마 꽤 높은 자리까지 올라갔을 거예요. 둘째 작은아버지는 포도 과수원을 했고요."

"자주 교류가 있었나요?"

세이코는 고개를 저었다.

"아버지만 어머니가 다르거든요. 아버지의 친어머니가 일찍 돌아가셔서 할아버지가 후처를 들였어요. 그래서……"

원래 화목한 집안은 아니었던 모양이다.

"그래서 아버님은 장남이신데도 도쿄로 올라오셨군요?"

"네. 저는 아버지 고향에는 가본 적이 없어요. 사촌형제들도 있을 테지만, 만난 적이 없고요."

도이자키 겐은 고향에서 고등학교를 졸업한 뒤에 도쿄로 올라와 미타에 본사를 둔 제지회사에 취직했다. 관리창고에서 일했는데, 취직하고 얼마 지나지 않아 자격증을 따서 지게차 운전을 담당했다.

"창고가 있는 곳은 사이타마 현 소카예요. 그 일 때문에 퇴직할 때까지 내내 그곳에 근무하셨어요."

이마이 클리닝에서, 도이자키 겐은 샐러리맨이었지만 양복을 입고 출근하는 일은 아니었다는 이야기를 들은 것이 생각났다.

"3년쯤 전인가, 아버지의 아버지―그러니까 저는 만난 적도 없는 할아버지가 돌아가셨어요. 아버지에게도 연락이 와서 아버지 혼자 장례식에 다녀왔고요."

"어머니는 가지 않으셨군요."

"네. 엄마는 같이 가겠다고 말했죠. 사실은 저도요."

하지만 도이자키 겐은 아내와 딸의 말을 뿌리쳤다.

―가봤자 기분 좋을 일 없으니까, 됐어.

그렇게 말했다고 한다.

"과수원을 할 정도니, 부동산 같은 재산도 많았겠네요. 상속은 어떻게 되었나요?"

세이코는 다쓰오의 얼굴을 보았다.

"제대로 설명을 들은 적은 없지만, 아버지와는 관계없는 일일 거예요. 이미 집을 나왔으니까……"

장례를 치른 뒤 보름쯤 지났을 때, 고후에서 도이자키 가의 대리인이라는 변호사가 찾아와 서류를 들이밀었고, 세이코는 아버지가 거기에 서명하고 도장을 찍는 모습을 보았다.

"상속 포기 서류거나, 아니면 유산 분할 합의서였을지도 모르겠군요."

시게코가 말하자 세이코는 여러 차례 고개를 끄덕였다.

"네, 맞아요. 합의서였어요. 아버지가 그렇게 말했어요."

—어쩔 수 없지. 산과 밭을 나눠버리면 저 사람들은 먹고살 수 없으니까.

딱히 기분 나쁘다는 말투는 아니었다고 한다.

"장인어른이나 장모님이나, 욕심이 없는 분이었으니까요."

다쓰오가 팔짱을 끼고는 이해가 간다는 듯이 중얼거렸다.

"그런가요? 금전 문제에 대해선 깔끔했다는 말씀이죠?"

시게코가 묻자 다쓰오는 약간 난처한 표정을 지으며 뒷덜미를 긁었다.

"반면에 우리 부모님은 부자이긴 해도 꽤나 심술 사나운 양반들이에요. 하긴 마에하타 씨는 아실 리 없겠지만, 아무튼 정말이지 마음에 들지 않아요. 진짜 여러 가지 의미에서."

굳이 다른 설명이 없었어도, 도이자키 부부는 다쓰오의 부모가 결혼에 난색을 표한다는 것을 이미 눈치 채고 있었던 모양이었다. 어느 날 다쓰오에게 이렇게 이야기했다고 한다.

—세이코가 그 집으로 시집간다고 해서 우리까지 자네 집안 재산에 기대거나 하는 일은 결코 없을 걸세.

—그럴 생각 없으니 부모님께 잘 말씀드려주게.

"전 정말 면목이 없었어요."

다쓰오의 말을 듣고, 도시코가 세이코에게 말했다.

"부모님은 어떻게든 두 사람을 원만하게 결혼시키고 싶으셨던 거군요."

세이코는 살짝 눈을 위로 뜨며 네, 라고 작은 목소리로 대답했다.

"좋은 부모님이시네요."

세이코는 다시 네, 라고 대답했지만, 목소리는 아까보다 작아졌다. 그리고 "아, 그렇지만," 하고 마음의 동요를 떨쳐내려는 듯이 말했다.

"변호사 선생님이 돌아가고 두 달 정도 지났을 땐가, 통장에 돈이 들어왔어요. 백만 엔이었죠. 어머니가 기뻐하며 통장을 보여주셨어요."

— 세이코, 이거 할아버지가 물려주신 돈이란다.

"제 결혼자금으로 쓸 거라고 하셨죠."

고인의 저금이나 보험금의 일부일 것이다. 도이자키 겐이 유산을 전혀 나눠받지 못한 것은 아닌 셈이다.

"모처럼의 기회니까 두 분이서 온천이라도 다녀오시라고 했지만, 결국은 그냥 넘어갔어요."

실제로 그 돈은 세이코가 다쓰오와 결혼할 때 썼다고 한다.

"아버님과 본가의 관계는 그걸로 끝이었나요? 납골이나 제사 땐요?"

"그쪽에서 부르지 않았어요. 장례식에 다녀온 게 다였죠. 작은아버지들과 연하장 정도는 주고받았을 테지만……"

아, 맞다, 하고 세이코는 고개를 끄덕였다.

"그러고 보니 연하장도 못 찾았네요. 엄마는 꼼꼼한 성격이라 연하장을 3년치 정도는 버리지 않고 상자에 보관하셨거든요. 화재로 타버렸을지도 모르겠어요."

그렇다면 도이자키 고코는 어땠을까?

"엄마는 도쿄 출신이에요. 친정은 오사키고요."

고코는 큰딸이고, 세 살 아래 남동생이 하나 있다고 했다.

"외할아버지와 외할머니는 구멍가게를 하셨어요. 작은 가게라 부부 둘이서 충분히 꾸려나갈 수 있었다고 해요."

세이코도 외가에는 여러 차례 가보았다고 한다.

"하지만 언니와 함께 놀러 간 기억은 없어요. 늘 엄마와 저 단둘이었죠. 아빠도 그다지 같이 가려 하시지 않았고요."

고코의 부모가 기타센주에 있는 딸의 집을 찾아오는 일은 꽤 잦았다고 한다.

"제가 제일 오래 기억하고 있는 건 다섯 살 때 정도지만, 그것도 좀 희미하고…… 제대로 기억나는 건 초등학교에 들어간 후 2, 3학년 때쯤부터예요. 그 무렵에 언니는 이미 열네다섯 살이었는데, 그래서……"

장사를 하던 고코의 부모는 일요일이나 공휴일이 아니면 딸의 집에 찾아올 수가 없다.

"그때마다 언니가 집에 있었던 것 같지 않아요. 외할머니가 아카네는 또 놀러 나갔구나, 하고 못마땅한 표정을 지으셨어요."

그때마다 분위기가 어색해졌다고 한다.

"가즈 외삼촌은…… 아, 저는 그렇게 불렀는데요,"

세이코는 생긋 웃었다.

"이름이 기무라 가즈야木村一哉예요. 우리 엄마와 달리 대학도 나왔고요. 도쿄 출신인데 이유는 몰라도 지방은행에 취직했어요. 도쿄 지

점에 있다가 가네자와에 갔다가 하면서 계속 전근을 다녔는데, 1997
년인가, 본사가 있는 시즈오카로 가게 되었어요. 그것도 승진해서요."

앞으로는 또 이동이 있더라도 시즈오카 현 안에서만 움직일 거라고
해서 가족들은 그 지역에 정착했다.

"그래서 그쪽에 집을 짓고, 외할아버지와 외할머니를 모셔갔어요."

오사키에 있던 집과 땅은 그때 팔았다.

"거품경제가 한창일 때 팔았다면 다섯 배는 더 받았을 건데 아깝다
고, 외삼촌이 웃으면서 말했어요."

실제로 1988년에서 1990년 사이, 오사키에 있는 고코의 친정집에
땅을 팔라는 이야기가 여러 차례 들어왔다고 한다. 하지만 고코의 부
모는 꿈쩍도 하지 않았다.

"작은 상점가였지만 오랫동안 산 사람이 많아서, 다들 단결해서 부
동산 투기를 위한 대규모 개발에 저항하려고 했었대요."

"음."

다쓰오가 또 신음했다.

"결과적으로 잘한 건지 잘못한 건지 모르겠네."

"잘한 거지."

세이코가 말했다.

"아무리 큰돈이 들어왔다 해도, 가게가 없으면 외할아버지와 외할
머니는 사는 재미를 못 느끼셨을 거야."

시게코가 물었다.

"어머니는 부모님이 시즈오카로 옮겨가서 동생과 함께 사는 데 반
대하지 않았나요?"

"네. 오히려 기뻐했어요."

"땅을 판 돈은……?"

"엄마도 조금 받았지만 큰돈은 아니었을 거예요. 그 돈은 거의 외삼촌이 집을 짓는 데 쓰지 않았을까요?"

다쓰오가 시게코를 보며 말했다.

"봐요, 돈에 집착하지 않는 분들이죠?"

"그렇군요."

"하지만 외삼촌이 외할머니와 외할아버지를 모셨잖아. 게다가 그 무렵엔 외할머니가 몸 여기저기가 안 좋아져서 병원에 다니셨고, 외할아버지는 치매, 요즘은 인지증이라고 하나요?"

"네, 그렇죠."

"그래서 외숙모가 두 분 시중을 드느라 고생했어요. 시즈오카로 옮긴 지 1년도 되지 않았을 때, 의사 선생님이 집에서 돌보기는 무리라고 해서 전문시설로 보냈어요. 그러느라고 또 돈이 많이 들었죠."

기무라 부부는 자식이 없었고, 그래서 세이코에겐 외사촌이 없다.

"외할머니는 작년 여름에 담낭암으로 돌아가셨어요. 외할아버지도 증세가 심해져서, 지금은 가즈 외삼촌 얼굴도 알아보지 못한대요."

오히려 다행이죠. 세이코가 툭 내뱉듯이 말했다.

"외할아버지나 외할머니나, 우리 부모님과 아카네 언니 문제를 모르고 넘어가셨으니까요."

도시코가 아무 말 없이 천천히 고개를 한 번 끄덕였다.

"외삼촌 부부와는 올 4월 이후로 연락한 적 있나요?"

괴로운 질문이었기에, 시게코는 최대한 자연스럽게 물었다.

"사건이 시끄러워지자 외삼촌과 외숙모도 무척 걱정하셨어요. 저를 만나러 와주시기도 했고요. 지금도 가끔 통화를 해요. 부모님도 경찰서에서 나온 뒤에 시즈오카에 한 번 들렀던 것 같아요."

"그렇군요……"

"하지만 저는 외삼촌에게 기대지 않기로 했어요."

단호하고 강한 어조였다.

"우리집과 친척이란 걸 사람들이 알게 돼서 외삼촌 처지가 곤란해지면 큰일이니까요. 은행이라는 데가 워낙 보수적인 직장이잖아요."

기무라의 부인인 세이코의 외숙모는 꽃꽂이 선생이라고 한다.

"그쪽으로 이사 가서 꽃꽂이 교실을 열었어요. 제자도 많고요. 이상한 소문이 나면 폐가 될 거예요. 그런 일이 있어서는 절대 안 되죠. 아무도 모르도록 해야 해요."

말로만 그러는 것이 아니라, 진심이 담겨 있었다. 세이코는 보이지 않는 짐을 추스르듯 가녀린 어깨를 쭉 폈다.

"외삼촌과 외숙모는 아카네 씨 일을 전혀 몰랐나요?"

시게코의 눈을 똑바로 보며 세이코가 대답했다.

"네."

"가출한 걸로만 아셨던 거군요?"

"그렇죠. 정말 기절할 정도로 깜짝 놀라셨어요."

시게코는 고개를 끄덕였다. 가령 그게 사실이 아니라 해도, 어쨌든 1997년에 시즈오카로 거주지를 옮겼다면 그 부부는 히토시와 접촉할 기회가 없었을 것이다. 기무라 부부는 제외해도 좋을 듯했다.

"이건 외삼촌이 했던 이야기인데요."

세이코는 시게코를 비롯한 세 사람을 빙 둘러보았다.

"아까 다쓰짱이 말한 것처럼, 저희 부모님은 돈에 집착하지 않는 분이었어요. 딸인 제가 보기에도 그랬죠. 돈만이 아니라, 세간의 오락거리나 남들이 흥미를 갖고 탐내는 것에 전혀 관심이 없었어요."

그건 자기들이 그런 걸 생각하거나 원할 자격이 없다고 생각했기 때문이 아닐까, 라는 게 외삼촌인 가즈야의 말이었다.

"외할아버지나 외할머니 문제도 그렇고, 오사카에 있던 집 처리 문제도 그렇고, 외삼촌 부부가 무슨 의논을 하러 오면 바로 알았으니 너희들이 다 알아서 하라는 식이었다고 해요. 외삼촌도 이상하다는 느낌을 받았대요. 왜 이렇게 간단하게 찬성하는 건지, 정말로 괜찮은 건지 불안해서 몇 번이나 다시 확인했을 정도로요."

─세이코, 너희 부모님은 아카네라는 커다란 비밀을 안고 있었잖아. 지금까지는 숨겨왔지만, 앞으로도 계속 숨길 수 있으리라는 생각은 전혀 하지 않았던 게 아닐까? 언젠가는 드러날 거라고 각오했을 거야. 사람들이 그 비밀을 알게 되면 부모를 돌볼 수도 없고, 무슨 일이 생겨도 책임질 수 없지. 그래서 전부 내게 맡기려는 생각이 아니었을까?

"그래서요, 외삼촌은 부모님이 그런 생각이었다면,"

세이코는 여기서 잠깐 말을 끊고 망설였다.

"왜 저를 일찌감치 자기에게 양녀로 보내지 않았는지 모르겠다고 했어요. 그런 이야기를 꺼내지 않은 건, 아무래도 이유를 캐물었을 때 제대로 대답을 할 수 없어서가 아니었을까, 하고요."

제일 불쌍한 것은 세이코인데─외삼촌 부부는 그렇게 말했다고 한다.

"외숙모는 처음에는 화를 내셨어요. 아무리 불이 났다지만 땅 속의 시체가 발견된 것도 아니니까 숨기려 하면 계속 숨길 수 있었다, 아직 방법이 있었다, 이제 와서 자백하면 세이코가 이혼당할지도 모른다는 것 정도는 생각할 수 있었을 테니까, 어떻게든 더 숨겨야 했다면서요."

외숙모가 화를 내는 것도 일리가 있다. 시게코의 마음속에도 같은 의문이 내내 맴돌고 있었다. 그날 밤, 도이자키 부부는 왜 경찰에 그 사실을 자백했을까?

"그야 역시 시효가…… 지났으니까, 이제 짐을 덜자는 심정 아니었을까……?"

다쓰오는 그렇게 말하고 고개를 숙였다.

"하지만 법률문제만 있는 게 아니긴 하지."

그 곁에서 세이코도 고개를 떨구었다.

"시효를…… 계산했을 것 같지는 않은데요."

도시코가 속삭이듯 말하자 시게코를 비롯한 세 사람이 그녀를 바라보았다.

"시효란 건, 세이코 씨 부모님에겐 관계없는 것 아니었을까요? 외람된 말이지만, 전 아무래도 그런 생각이 들어요."

시게코는 깊은 숨을 토하며 어둡게 드리워오는 한 가지 생각을 떨쳐내려고 고개를 들었다.

"외삼촌 부부는 세이코 씨 부모님과 연락하고 지내세요?"

세이코는 고개를 저었다.

"지금은 아닐 거예요."

역시 폐가 될까봐 연락을 꺼리는 모양이다.

"그래도 난, 역시 장인장모님이 이 사람한테서 도망갈 거라는 생각은 안 해요."

"만약 같은 입장이라면, 다쓰오 씨는 세이코 씨를 만날 건가요?"

다쓰오의 표정이 굳어졌다.

"그렇게 생각하면…… 괴롭네요."

"괜찮아, 다쓰짱."

세이코가 그의 팔을 살짝 때렸다.

"외삼촌 부부가 기타센주에 놀러 온 적은 있나요?"

"이따금요. 명절이나 설날에. 자고 가진 않았어요. 외삼촌은 일이 바빴고, 외숙모도 꽃꽂이 수업이 있었고요."

기무라 부부가 자주 이사를 다녔기 때문이기도 했다.

"아버님이 회사 동료나 후배, 손님을 집에 데리고 오는 일은……"

"없었어요."

세이코가 말이 끝나기도 전에 대답했다.

"집에 손님이 온 적은 없어요. 엄마는 보험설계사 같은 사람도 결코 집 안에 들이지 않았어요. 현관에서만 볼일을 보고 보냈죠."

얼핏 들어선 그런 상황 뒤에 큰 의미가 깔려 있는 것처럼 보이진 않았을 것이다. 하지만 세이코는 이를 악문 심경으로 말을 토해내고 있었다.

"유일한 예외가 저였죠."

다쓰오가 손가락으로 자기 얼굴을 가리키며 말했다.

"마에하타 씨가, 제가 무슨 눈치를 챈 적 없는지 물어보셨다고 해서 세이코와 같이 이야기해봤는데요,"

다쓰오는 자세를 고쳐 앉으며 무릎을 바로했다.

"처음 장인장모님을 뵈러 갔을 때였는데…… 맞지?"

다쓰오는 세이코의 동의를 구하고는 말을 이었다.

"어머니, 아버지. 이 사람이 제가 사귀는 사람이에요. 이노우에입니다, 잘 부탁드립니다. 뭐 이러는 상황이요."

드라마의 한 장면처럼 손짓, 몸짓을 해가며 다쓰오가 말했다.

"나도 집을 나설 때부터 무척 긴장한 상태였어요. 집 앞까지 세이코를 바래다주고, 그럼 다음에 봐, 하고 돌아설 때랑은 상황이 전혀 다르니까요."

'나' 라고 했다가 '저' 라고 하는 둥, 다쓰오의 말투는 때때로 바뀌었지만 어느 쪽이든 소년 같은 느낌이었다. 아니, 아이 같을 때도 있었다. 이야기하면서 눈동자를 이리저리 굴리는 것도 영락없이 장난꾸러기 소년 같다.

이야기를 어떻게 풀어가려나 싶었는데, 다쓰오는 그 표정 그대로 시게코를 바라보며 질문을 던졌다.

"그런데, 마에하타 씨는 어땠어요?"

"어떻다뇨?"

"마에하타 씨 친정에 처음 남편 분을 데리고 갔을 때, 어떤 느낌이셨죠?"

시게코는 허를 찔린 기분으로 무심코 도시코의 얼굴을 바라보았다. 도시코는 미소를 띠고 있었다.

"뭐…… 아무래도 어색했죠. 남편은 양복까지 입었고요."

"보통 식사 같은 걸 같이 하잖아요?"

그랬던 걸로 기억한다.

"그때 마에하타 씨 어머님은 어떤 음식을 대접하셨어요?"

시게코는 기억을 더듬어보았다. 먼저 맥주를 내오라고 아버지가 재촉했고, 어머니는—

"초밥을 만들었던가?"

"아하, 초밥이요?"

다쓰오가 감탄했다.

"우리 어머니는 요리를 잘 못해요. 그래서 손님이 오시면 늘 초밥이죠."

다쓰오는 손가락으로 콧등을 긁었다.

"하지만 일단 제일 먼저 떠오르는 건, 어머님이 손수 만든 요리를 한 상 가득 차리는 거잖아요?"

도시코가 고개를 끄덕였다.

"우리 여동생들 때도 그랬어요."

그렇죠? 하고 다쓰오는 신이 난 듯 말을 이었다.

"내 대학 시절 친구 중에 나고야 출신이 있거든요. 나고야 하면 역시 새우튀김이잖아요?"

"그런가요?"

도시코가 진지한 표정으로 물었다.

"그게 명물이에요. 그래서, 그 녀석 애인이 처음으로 그 녀석 집에 놀러 갔을 때 어머니가 정성껏 새우튀김을 만든 거예요. 제 친구는 어이없어서 웃어버린 거죠. 도쿄 여자애한테 새우튀김 같은 건 전혀 귀하지 않은 음식이니까 좀더 그럴듯한 걸 해달라고요. 하지만 그 녀석 어머니는 이거면 충분하다고 했대요. 우리집 새우튀김을 먹이고 싶다고."

"다쓰짱, 서론이 길어."

세이코가 다쓰오의 어깨를 때렸다.

"잠깐만. 이야기에는 순서가 있잖아."

다쓰오가 되받았다.

"요컨대, 그런 때야말로 집에서 먹는 요리가 나와야 한다는 거예요.

우리집이 아니면 맛볼 수 없는 음식. 그렇죠?"

왠지 우스워서 시게코와 도시코는 웃었다.

"네, 그렇죠."

"하지만 장인장모님은 달랐어요."

다쓰오는 다시 진지한 표정을 지었다.

"내가 도착하니까 마치 현관에서 기다리고 계셨던 것처럼 바로 두 분이 나와서, 그럼 나갑시다, 이러시는 거예요."

"나갔다고요?"

"근처 장어집에 예약을 해두었다고 했어요."

첫 대면은 거기서 이루어졌다고 한다.

"음식도 맛있었고, 나중에 들은 거지만 그 지역에서는 소문난 집이었어요. 하지만 기분이 묘하더라구요. 세이코에게도 그런 말을 했을 정도니까요. 정식으로 교제하게 해주십사 인사를 드리고 대질하러 온 것뿐인데 느닷없이 상견례 같은 분위기였어요."

'대질'이라는 단어는 적절하지 않았지만, 대강 무슨 뜻인지는 알 수 있었다.

결국 그날, 다쓰오는 세이코의 집에 들어가보지도 못한 채 장어집 앞에서 헤어졌다.

"저도 부모님에게 말했어요. 다음부터는 좀더 편한 자리를 만들자고요. 아빠는 아무 말씀도 없었지만, 엄마는 자기 음식 솜씨가 서툴러서 안 된다느니, 집도 좁고 어수선하다느니, 변명처럼 말하면서 웃기만 했어요."

다쓰오가 두번째로 세이코의 집을 찾아간 건 한 달 정도 후였다고 한다.

"그 사이 엄마는 시간을 내서 집 안을 정돈했어요. 저는 낮에는 회사에 가 있으니 엄마가 치우시는 걸 직접 보지는 못했지만, 퇴근해서 집에 돌아가면 알 수 있었죠. 가구 위치가 바뀌기도 하고, 장롱 안이 정리되어 있기도 했고요."

그때는 다쓰오가 왔을 때 민망하지 않게 하려고 그러는 줄로만 알았다.

"그런데 지금 생각해보면 뭔가를 정리했던 게 아닐까 싶어요. 그때 언니의 유품을 일부 처분했는지도 모르죠."

'유품'이라는 단어를, 세이코는 강조하듯 끊어 말했다.

다쓰오가 말을 이었다.

"두번째 갔을 때 겨우 집 안에 들어갔는데, 처음엔 분위기가 딱딱했어요. 제가 서툴기는 해도 장기를 둘 줄 안다고 하니까 장인어른이 기뻐하시면서 갑자기 친절해지셨죠."

그 뒤로 자주 드나들게 되었다고 한다.

"아버님이 장기를 좋아하셨어요?"

시게코는 세이코에게 물었다.

"네. 회사에서는 매일 점심시간마다 두셨대요."

"혹시, 호적수가 있어서 그분이 집으로 장기를 두러 온 적은 없었나요?"

"아버지가 가는 일은 있어도, 집으로 온 사람은 없었어요."

"아버님은 이마이 가쓰오 씨의 아버지와 술친구이셨다던데요. 장기 이야기는 안 하셨을까요?"

그런 이야기는 안 했을 거라고, 세이코가 대답했다.

"술친구라고 해봐야 그리 친한 것도 아니었어요. 원래 술집 자체를 잘 안 가셨으니까요. 기껏해야 한 달에 두 번 정도였죠."

"퇴근길에 누군가와 한잔 하는 것도요?"

"전혀 없었어요."

환영회나 환송회, 망년회 같은 행사 외에는 늘 퇴근하자마자 집으로 돌아왔다고 한다.

"나오미랑 아주머니가, 세이짱 아버지가 퇴근하는 걸 보면 시계를 맞출 수 있다고 농담을 한 적도 있었을 정도예요."

도이자키 겐은 휴일이면 신문의 장기 기사나 장기 잡지를 옆에 펼쳐 두고 혼자서 장기를 두었다고 한다.

"그럼, 장기 상대가 생겨 기뻐하셨겠어요."

도시코의 말에 다쓰오는 멋쩍은 듯 웃었다.

"장인어른은 장기를 잘 두셨어요. 아마 아마추어 초단 정도는 되는 실력이었을 거예요. 항상 제가 졌죠."

"더 즐거우셨겠네요."

다쓰오가 놀러 갔을 때, 고코와 세이코는 장을 보러 나가고 도이자키 겐 혼자 있을 때도 있었다고 한다.

"저는 초조했죠. 세이코가 약속을 까먹었나 싶어서요. 하지만 장인 어른은 세이코는 근처 슈퍼마켓에 갔으니 곧 돌아올 거라면서 장기나 한 판 두자고 그러셨어요."

그러고 있으면 고코와 세이코가 다녀왔습니다, 하며 돌아오는 식이 었다.

"또 장기야? 하고 제가 샐쭉하게 말한 적도 있었어요. 아버지가 다 쓰짱을 독차지했으니까요."

그래서 말이죠 ─ 다쓰오가 시게코를 바라보았다.

"정식으로 약혼예물을 보내고 얼마 후, 아니 그 전인가? 어쨌든 내가 세이코네 집에 자주 드나들던 무렵이었어요."

그날은 고코가 볼일이 있어 외출하고, 집에는 겐과 세이코가 있었다. 둘은 바로 장기판을 사이에 두고 앉았다.

"전 쿠키를 굽고 있었어요."

대국중에 겐의 담배가 떨어졌다. 잠깐 나가서 사오겠다면서 겐이 자리에서 일어섰다.

"제가 다녀오겠다고 말씀드렸는데, 됐다면서 직접 가시겠다고 하더라고요. 그 사이에 장고하고 있으라고요. 장고라는 말, 아세요?"

"그런 건 그냥 넘어가, 다쓰짱."

겐은 신발을 신고 밖으로 나갔다. 그런데 얼마 안 있어 이번에는 세이코가 문제였다.

"바닐라 에센스가 다 떨어졌었거든요."

세이코도 서둘러 사러 나가고, 다쓰오 혼자 집에 남게 되었다.

"그때 장모님이 외출하셨다가 돌아오셨어요."

저 왔습니다, 이제 오세요? 하고 다쓰오가 인사했다.

"장인어른과 세이코는 뭘 좀 사러 나갔다고 했죠. 그랬더니……"

순간 고코의 안색이 변했다.

"자네 혼자 있었나? 혼자였어? 계속 여기 있었나? 뭐 하고 있었나? 계속 다그치듯 장모님이 물었어요. 저는 장기판 앞에 앉아 있었는데, 장모님이 너무 바짝 다가오시는 바람에, 소매였는지 치마였는지, 아무튼 장모님 옷에 걸려서 장기말이 떨어졌을 정도였어요."

놀란 다쓰오는 죄송하다고 사과했다. 다쓰오가 당황하자 고코도 자기 태도가 이상하다는 걸 깨달았는지 갑자기 얼버무리면서 웃었다.

"미안하다고, 세이코가 참 덜렁거린다고, 뭐 그런 말을 하셨어요. 하지만 그때 장모님 손이 이렇게, 떨리는 걸 전 봤어요."

당시 다쓰오는 이 작은 해프닝을 세이코에게 말하지 않았다. 말하기 힘들었던 것이다. 결혼하고 신혼집에 친구들을 초대하려 했을 때, 세이코는 다쓰오에게 우리 부모님은 집에 사람을 부르는 걸 싫어한다며 이야기를 꺼냈다.

"그래서 그때 비로소, 그런 일이 있었다는 이야기를 했어요."

내가 너무 뻔뻔했나? 결혼도 하기 전에 처가에 혼자 있었던 게 마음에 안 드셨던 걸까? 다쓰오는 자연스럽게 세이코에게 물었다고 한다.

입술을 살짝 깨물며 세이코가 시게코에게 말했다.

"제 언니가 가출한 뒤로 소식을 알 수 없다는 이야기는 사귄 지 얼마 안 돼서 다쓰짱에게 이야기했어요. 하지만 그때 이후로는 한 번도 하지 않았죠."

"맞아요. 왠지 그 이야기는…… 저한테도 터부시된 상태였어요."

말할 수 없다. 꺼낼 수 없다. 입에 올리기 힘들다. 해봐야 좋을 게 없다.

'실종자'가 있는 풍경을, 시게코는 상상했다.

"그래서 그때 새삼스레 언니 이야기를 꺼내면서, 제 나름대로 생각한 걸 이야기했어요. 우리 부모님은 언젠가 언니가 갑자기 돌아올 거라고 믿고 있다. 그래서 되도록 집을 비우지 않으려는 거다. 다쓰짱 혼자 있을 때 엄마가 그런 태도를 보인 건, 혹시나 언니가 돌아와서 차마 소리 내어 부르지는 못하고 집 안을 살짝 들여다봤는데, 그때 모르는 사람이 있는 걸 보고 우리 식구가 이사한 줄 알고 다시 사라지면 어쩌나 해서가 아니었을까 하고요."

다쓰오가 생각에 잠기듯 고개를 숙이고 눈을 반쯤 감았다.

"그 이야기를 듣고 저도 납득이 갔어요. 아아, 그럴 수도 있겠구나, 장인어른과 장모님도 괴로우시겠구나 했죠."

다쓰오는 그렇게 말하며 한숨을 내쉬었다.

"하지만 그건…… 이제 와서 생각하면, 좀 그렇죠?"

다쓰오가 집에 혼자 있다고 해서 아카네의 시체가 마루 밑에 묻혀 있다는 사실을 눈치 챌 가능성은 거의 없다. 사실 거의 경계할 필요가 없다. 민감한 반응을 보이는 게 오히려 위험하다.

하지만 반응하지 않을 수가 없었을 것이다. 죄의식을 지닌 사람은 쫓기지 않아도 도망친다.

세이코의 애인이라면 집 안에 들이지 않을 수가 없는데, 처음에는 그것조차 어려웠다. 도이자키 겐은 다쓰오도 장기를 둔다는 사실을 알고 얼마나 기쁘고 마음이 놓였을까. 이걸로 시간을 메울 수 있다. 다쓰오와 둘이서 열심히 장기를 두고, 그에 대한 이야기만 하면서, 장차 사위가 될 다쓰오와 거리를 유지할 방법을 발견했다. 이러면 괜찮다 —

하지만 한편으로 시게코는 이런 생각을 하지 않을 수 없었다. 겐이 과연 순수하게 기뻐했던 걸까. 부부 단둘이서 아카네의 죽음을 숨기고, 그녀의 시체를 발밑에 숨겼다. 누가 찾아오는 일도 없고, 흉금을 터놓고 지내는 이웃이나 친척, 친구도 없다. 그런 관계를 만든다는 것 자체를 포기한 삶이다.

그런데 다쓰오가 나타났다. 진지하고 마음씨 착한 청년인데다 순수하게 세이코를 좋아하고 자신들에게도 신경을 써준다. 게다가 장기를 좋아한다고 하지 않는가!

세이코가 불평할 정도로 겐이 '장기나 한 판 두지' 하고 다쓰오에게

허물없이 대한 것은, 다쓰오가 고독했던 그 전까지의 삶에 비친 유일한 빛이었기 때문은 아닐까? 그리고 남편의 그런 웃는 얼굴과 활기찬 대화는, 고코에게도 구원이 되었을 것이다.

다만 —

시게코는 전에 함께 일하던 편집자에게, 사실을 바탕으로 기사를 쓰는 르포라이터로서는 자신이 상상력이 지나치게 세다는 말을 들은 적이 있다. 동료들 사이에서도 비슷한 지적을 받은 적이 있다.

그 왕성한 상상력 덕분에, 시게코의 마음의 눈에 하나의 광경이 펼쳐졌다.

도이자키네 집에서, 다쓰오 혼자 장기판을 앞에 두고 장고하고 있다. 부스스한 머리카락을 움켜쥐고 혼잣말을 중얼거렸을 수도 있다. 반대편으로 가서 도이자키 겐이 놓은 수를 검토하고, 역시 강한 상대라며 중얼거렸을지도 모른다.

그런 그의 모습을 바라보는 두 개의 눈동자가 있다.

벽장문이 어느새 소리도 없이 열려 있다. 손바닥 절반 정도의 폭으로. 안쪽은 어둡다. 거기에 창백한 소녀의 얼굴이 떠오른다. 매끈한 무르팍을 모으고 앉아 있다. 중학교 교복을 입고, 가슴에는 리본을 매었다. 매듭이 느슨해서 모양이 흐트러졌다. 소녀의 머리카락은 적갈색이고, 얼굴은 예쁘장하지만 눈빛은 어둡다.

소녀는 다쓰오를 관찰하고 있다. 다쓰오의 등을 가만히 바라보고 있다. 다쓰오는 전혀 눈치 채지 못한다. 소녀가 거기 있다는 사실도 모르고, 생각조차 하지 못하니까.

이윽고 소녀가 입을 열어 말을 건다.

— 저기, 당신은 누구죠? 세이코 남자친구?

그리고 소리 없이 벽장 밖으로 나온다.

도이자키 고코가 정신을 놓고 흥분할 정도로 두려워했던 장면은 이런 게 아닐까. 일어날 수 없는 일. 있어서는 안 될 일. 하지만 도이자키 부부에게는 있을 수 있는 일이었다. 부부는 아카네의 시체와 함께 살고 있었으니까.

―나는 아카네야. 이 집에 있어.

착 감기는 듯한 달콤한 목소리.

―이 집에서, 계속 죽은 채로 있어.

"마에하타 씨?"

자기를 부르는 소리에 시게코는 정신이 들었다. 세 사람이 시게코를 바라보고 있다.

"아, 미안해요. 잠깐 딴생각을 하느라."

식은땀이 날 것 같았다. 얼른 자리에서 일어섰다.

"차 좀 끓여올게요."

시게코는 전기포트에 물을 따르는 자기 손이 떨리고 있다는 걸 깨달았다. 마치 도이자키 고코처럼.

"생각해보면, 전 그 집 구조 같은 건 자세히 몰라요."

다쓰오가 도시코에게 이야기하고 있다.

"놀러 가면 항상 거실 비슷한 곳에만 있었거든요. 가족끼리 식사도 하고, 텔레비전도 보는 곳이요. 그리고 화장실과 세이코 방 정도."

그랬었지, 라며 세이코가 고개를 끄덕였다.

"하지만 장인어른이나 장모님이 계신데 세이코와 단둘이 방에 들어가 있을 순 없어서, 대개는 거실에 있었어요. 다른 방에는 들어가본 적이 없고요."

"하지만 그건 다른 집도 대개 그렇지 않나요?"

도시코가 부드럽게 웃으며 말했다.

"부모님이 계신데 자기 방에서 애인과 단둘이 들어가 있는 건, 제가 보기에는 아무래도 그다지 보기 좋은 모습은 아닌 것 같은데요."

지당한 말씀입니다, 다쓰오가 힘주어 말했다.

"하지만 요즘 애들은 아무렇지도 않게 그런다더라고요. 반쯤 동거하다시피 하는 경우도 있을 정도고."

세이코가 조용히 일어나 부엌에 있는 시게코 곁으로 다가왔다. 그리고 작은 목소리로 말했다.

"언니가 묻혀 있던 장소는 거실 안쪽에, 아빠가 침실로 쓰던 세 평 남짓한 방 아래였어요."

거실은 아니었어요, 라고 했다.

시게코는 세이코의 얼굴을 보았다. 세이코는 위로하는 듯한 눈빛으로 미소 지었다. 아마도 시게코가 지금 넋이 나가 있는 듯 보이는 이유를 눈치 챈 모양이었다.

어쩌면 세이코도 같은 생각을 했었는지도 모른다.

"세이코 씨, 사건이 드러난 이후에 언니 꿈을 꾼 적 있어요?"

"없어요."

불쑥 고개를 저으며 세이코는 미소를 지웠다.

"언니가 꿈에 나타난 걸 말씀하시는 거라면, 없었어요."

"─요즘에는요?"

"두 번 정도 있었어요."

아카네로 보이는 교복 차림의 소녀, 하지만 멀리 있거나 뒷모습이어서 얼굴은 볼 수 없었다고 한다.

"저는 언니 얼굴을 제대로 기억 못 해요. 이마이 클리닝 아주머니와 나오미 어머니는 언니와 제가 안 닮았다고 했어요."

세이코는 약간 장난스러운 표정을 지으며 말을 이었다.

"나오나봐요."

"나온다니?"

"언니 유령이요. 그 집터에. 이웃 중에 봤다는 사람도 있대요. 나오미가 가르쳐주었죠."

공연히 소란 피우는 거라며 사카이 나오미는 화를 냈다고 한다.

"시체가 있었다는 게 알려진 뒤에야 나타나는 유령은, 진짜일 리가 없죠."

세이코는 입을 삐죽 내밀며 그렇게 말하고는 찻잔을 얹은 쟁반을 들고 탁자로 돌아갔다.

차를 마시면서 잠시 쉬었다가, 시게코는 쿠키 상자에 든 내용물을 다시 살펴보았다.

잡다한 물건들이 계속 나왔다. 여벌단추와 천조각이 든 비닐봉투 몇 개. 천의 무늬로 보아 여자 옷 같았다. 코팅이 안 된 종이 진찰권이 있었는데, 병원 이름은 '다치바나 이비인후과', 이름난에 '도이자키 아카네'라고 적혀 있다. 1986년 7월 1일에 작성(초진 날짜인 듯했다)된 것으로, 꽤 지저분했다.

"다치바나 선생님은 우리 식구가 항상 다니던 병원의 의사 선생님이에요. 제가 알레르기성 비염에 잘 걸려서, 초등학교 때부터 계속 거기서 치료를 받았어요."

1986년이면 아카네는 열두 살, 세이코는 여섯 살이다.

"아카네 씨도 비염 같은 게 잘 걸렸나요?"

"어렴풋이 기억은 나는데……"

세이코가 고개를 살짝 갸웃했다.

"중이염이었던 것 같아요. 무척 아파하면서, 열이 나서 누워 있던 적이 있었어요."

"그렇군요. 이 다치바나 선생님은……"

"지금도 진료하고 계세요."

그렇다면 만나볼 수 있다.

하나만 남아 있는 세 개들이 벽걸이 고리 세트. AAA 건전지 두 개. 반쯤 남은 검은색 비닐테이프. JR 지정권 구입 서식용지. 우편송금 신청용지. 둘 다 아무 내용도 적혀 있지 않고, 완전히 누렇게 변색되어 있다.

오래된 금속골무. 볼펜 뚜껑. 작은 백에 든 화장품 샘플. 사용기한은 '1985.05.31'로 적혀 있다. 신문 가정란에 실려 있는 요리 레시피 스크랩 두 장, 둘 다 오래되었는데 날짜는 없다. '갖은 야채볶음'과 '두부 햄버거'.

"으깬 두부를 섞어 만든 햄버거, 엄마가 반찬으로 자주 만들었어요."

"세이코도 만들잖아? 장모님에게 배운 솜씨로."

맛있다고요, 하고 다쓰오가 자랑스럽다는 듯이 말했다.

"어머니께선 이런 레시피를 자주 참조하셨나요?"

세이코는 쓴웃음을 지었다.

"엄마는 변덕스러웠어요. 요리를 정말로 잘 못하셨거든요. 가끔 이래서는 안 되겠다고 공부하기로 마음먹었는지, 갑자기 책을 사오기도 하고 열심히 신문기사를 오리기도 하다가 금방 시들해졌어요. 그중에서 살아남은 건 이 두부 햄버거 정도였을 거예요."

폭 3센티미터, 길이 20센티미터 정도 되는 길쭉한 프린트 용지 끝을 스테이플러로 박은 것. 세어보니 모두 여섯 장이었다. 지금은 구경하기 힘든 엉성한 글꼴로, 가타카나와 숫자가 적혀 있다.

"도이자키 고코."

시게코가 소리 내어 읽었다.

"이건 급여명세서 아닌가요?"

"아마 그럴 거예요. 엄마는 이런저런 곳에서 파트타임으로 일했거든요. 그중 어딘가에서 받은 것 아닐까요?"

희미해진 작은 숫자를 자세히 들여다보았다. 1985년 3월부터 같은 해 8월까지의 명세서였다. 급여는 매달 6만 엔 전후.

"아까 이야기로 돌아가서,"

세이코가 말했다.

"아빠는 엄마가 일하는 걸 반대했고, 엄마도 그다지 내켜하지 않았어요. 집을 비워두고 싶지 않았을 테니까요."

외출마저 삼갈 정도로.

"하지만 경제적으로 너무 빠듯할 때는 일을 나가지 않을 수 없었겠죠. 그래서 한 군데서 오래 일하지는 못했어요. 1년 넘게 계속한 적은 없었던 것 같아요."

일하다가 조금 형편이 나아지면 그만둔다. 또 쪼들리면 일을 나간다. 그런 식이라면 고용하는 쪽에서는 그다지 반기지 않았을 테니, 매번 근무하는 곳이 달라진다.

그래도 상관없다. 어쨌든 집을 비워두고 싶지는 않다.

또 시게코의 상상력이 발동했다. 도이자키 부부는 세이코와 아카네

단둘만 남겨두고 싶지 않았던 것이다. 학교에서 돌아온 세이코가 집을 보고 있는데 아카네의 귀신이라도 나타난다면……

소리 없이, 바닥에서 일어나면서.

그 밖에 상품 꼬리표 몇 개와 개찰구에 넣지 않고 가지고 나온 철도 특급권(아타미-도쿄 간), 오픈 광고 스크랩 등이 보였다. 그리고 마지막으로—

"학교 배지?"

작은 비닐봉투에 들어 있는 배지였다. 내용물은 새것이나 마찬가지였다. 직경 1센티미터에 짙은 남색의 둥근 배지. 금색의 두 겹 띠 안쪽에 둥근 글씨체로 '기타센주'라는 한자가 씌어 있다.

"구립 센주미나미 중학교."

세이코가 말했다.

"언니가 다니던 중학교예요. 제 모교이기도 하고요. 하지만, 이건 언니 거예요. 제 건 제가 보관하고 있으니까요."

1974년생인 도이자키 아카네가 중학교에 올라간 것은 1987년 4월이다. 이 배지는 새것이니까, 입학하고 나서 바로 지급된 것일 가능성이 높다.

"언니는 학교 배지를 달고 다니지 않았나요?"

전혀 달고 다니지 않았던 걸까?

"우리는 달았어요. 그게 규칙이라서요."

"그랬겠죠……"

"하지만 언니는 품행이 좋지 않았으니까,"

세이코는 목을 움츠렸다.

"반항하느라 달지 않았는지도 모르죠."

"처음부터요? 갑자기?"

"그런 건 아니겠지만요."

시게코는 학교 배지를 손바닥에 얹고 생각에 잠겼다.

"언제 학교에 가서 물어보기로 해요. 그때 담임선생님은 이제 안 계실 테지만, 세이코 씨가 함께 가준다면 저 혼자 찾아가는 것보다 이야기가 훨씬 잘 풀릴 것 같네요."

쿠키 상자 안에 있는 물건은 이것이 마지막이었다. 시게코는 상자를 쓰레기통으로 가져가 바닥을 탁탁 두드리며 남아 있던 먼지를 털어냈다.

"여기 들어 있는 것들은 대략 1985년에서 1989년 사이의 물건으로 보면 되겠군요."

명함과 성냥은 꼭 그렇다고 할 수 없겠지만.

"이 명함—"

도시코가 세 장의 명함을 늘어놓고 말했다.

"이건 생명보험 설계사 같네요. 이쪽은 가스회사 영업소 사람이고요."

그리고 세번째.

"유한회사 가토 지공업 사장 가토 노리오加藤宣夫라는 분인데, 다른 두 장이랑은 좀 종류가 다른 것 같지 않으세요, 선생님?"

도시코의 말이 맞다. 두 장은 보험설계사가 방문했을 때 영업을 위해 두고 간 것과, 부부가 무슨 일인가로 가스회사 담당자를 집으로 불렀을 때의 것이라고 간단하게 추측할 수 있다. 하지만 가토 지공업 사장 가토 노리오의 명함은 다르다.

"아버님 일관계로 아시는 분일까요?"

도시코가 세이코에게 물었다. 세이코는 고개를 갸웃거렸다.

"그렇다면 이런 상자 안에 넣어두진 않았을 것 같은데요……"

"아, 그렇겠죠."

가토 지공업의 주소는 아라카와 구 미야치초라고 씌어 있었다. 도쿄 23구 지도를 꺼내와 펼쳐보니, 기타센주에서 멀지는 않지만 옆동네라고 할 수 있는 거리도 아니었다.

"여기도 찾아가볼 필요가 있겠어요."

일단 상자 내용물의 일람표를 만들어야겠다.

"선생님, 이런 통이나 상자는 제 집에도 있습니다."

무슨 의미인가 싶어 시게코는 도시코를 바라보았다.

"이렇게 보니…… 쓰던 물건 내지는, 아마 쓸 일은 없겠지만 바로 버리기엔 마음에 걸리는 것들을 넣어둔 것 같죠?"

그러고 보니 그렇다. 그래서 잡다한 종류의 물건들이 같이 들어 있는 것이다.

"아카네 씨 진찰권만 해도, 중이염 치료 때문에 병원을 다니던 동안에는 필요했던 것이 다 낫고 나서 필요가 없어져서, 그 뒤로는 여기 그냥 넣어둔 것 같아요. 저도 그런 경우가 있어요. 아는 사람 추천으로 다니던 마사지 센터 이용권이라든가."

도시코의 몸에는 맞지 않아서 다니다 그만두었다고 한다.

"하지만 바로 버리게 되진 않잖아요. 혹시 다시 다니게 될지도 모른다는 생각 때문에요."

"네, 무슨 말인지 알겠어요."

시게코는 통이나 상자가 아니라 텔레비전 받침대 옆의 작은 서랍을 그런 용도로 사용했다. 쇼지나 시게코는 뭔가를 찾을 때 그게 있을 법한 곳에서 발견되지 않으면, 그 작은 서랍을 뒤지곤 한다. 일단 여기 넣어두었다가 까먹었는지도 모른다는 생각에.

"이런 여벌단추나 천조각들이 보통 그렇죠."

다쓰오도 그렇게 말하며 고개를 끄덕였다.

"일단 보관은 해두지만, 사실 필요한 일은 거의 없어요. 그러다 막상 필요할 때는 어디 두었는지 생각이 안 나고요."

일상생활은 그런 자질구레한 물건들의 집적이다.

"파트타임 급여명세서가 한 회사 것만 여기 들어 있는 것도, 비슷한 맥락일 것 같아요."

당장 필요는 없지만, 바로 버릴 수 없는 것.

다쓰오의 말에 세이코는 곤혹스러운 듯 눈썹을 찌푸렸다. 살짝 신경질이 난 모양이다.

"그럼 언니 학교 배지가 왜 들어 있는 거지?"

"그건, 글쎄……"

다쓰오는 대꾸를 하지 못했다. 세이코가 다시 물었다.

"학교 배지는 중요한 물건이잖아. 언니가 달았든 달지 않았든, 적어도 우리 엄마는 딸의 학교와 관련된 물건을 아무렇게나 둘 사람이 아니야. 내 학교 배지도 엄마가 잘 보관해줘서 아직도 남아 있는 거라고. 고등학교 배지도 있고. 결혼할 때, 그런 기념이 될 만한 걸 다 나한테 건네줬어."

"음, 그렇다면 확실히 이상하네. 의문이야."

두 사람의 얼굴을 번갈아보며 시게코가 웃었다.

"어쨌든, 성급하게 결론을 내려고 해봐야 무리예요. 차근차근 조사해보자구요."

마에하타 시게코 선생님께

언니에 관한 추억, 언니에 대해 기억하는 것들을 써보겠다고 약속했지만, 막상 하려고 하니 잘 안 되네요. 모두 단편적인 것들이라서, 하나하나 끄집어내다보면 어느새 의미가 없어지거나 종잡을 수 없는 이야기가 되어버리는 것 같습니다.

몇 번이나 고쳐 쓰다가, 역시 편지 형식으로 쓰는 게 제일 좋겠다는 생각이 들어 이렇게 쓰고 있습니다.

일단 먼저 제 부탁을 받아주신 것에 대해 다시 한번 감사의 말씀을 드립니다.

그때 저는 '언니에 관해 자세히 알고 싶다' '무슨 일이 일어났던 건지 알고 싶다'고 했습니다. 둘 중 후자 쪽의 희망은 지금도 전혀 변함이 없습니다. 어쩌면 세상 사람들은 이렇게 말하며 비웃거나 한심해할지도 모르겠습니다.

"무슨 일이 일어났냐고? 네 언니가 구제불능 불량학생이어서 고민 끝에 아버지와 어머니가 죽인 거잖아. 사실은 그것뿐이니까 고분고분 받아들이시지?"

저 자신도, 이게 제 문제가 아니었다면 분명히 그렇게 생각했을 겁니다.

하지만 지금의 저로서는 그렇게 받아들이기 어려운 문제입니다.

세상에 부모 속을 썩이는 골치 아픈 아이들은 많습니다. 큰 사건을 일으켜서 뉴스에 나오는 사람들만 해도 헤아릴 수 없을 정도입니다.

저희 회사 선배나 동료들 중에도 형제자매 문제로 고민하는 사람이 몇 사람 있었습니다.

"형이 취직도 안 하고 집에만 틀어박혀 있어."

"내 여동생은 쇼핑 중독이야. 낭비벽이 너무 심해."

그냥 지나가며 던지는 불평일 뿐이고 심각하게 고민을 털어놓는 것은 아니었지만, 그래도 곰곰이 생각해보면 정도의 차이는 있어도 어느 가족이든 골치 아픈 문제를 갖고 있습니다.

그래도 많은 사람들은 그런 골칫덩어리 자녀나 형제자매와 어떻게든 타협하며 인생을 살아가는 거겠죠. 언젠가 정면충돌해서 인연을 끊는 일도 있을지 모르지만, 모든 사람이 다 그런 건 아닙니다.

제가 알고 싶은 것은, 우리 부모님도 충분히 그렇게 살 수 있었을 텐데, 어째서 그 넘지 말아야 할 선을 넘어서고 말았는가 하는 것입니다.

언니는 그때 열다섯 살이었습니다. 한참 더 성장하고 바뀔 수 있는 나이죠. 당장은 불량소녀였어도, 몇 년 지나면 마음을 바로잡았을지도 모를 시기입니다.

엄마나 아빠나 왜 그걸 기다리지 못했는지, 저는 도저히 납득이 가지 않습니다. 석연치 않은 마음으로 아무리 상상해도, 보이는 것이라곤 어둠뿐입니다.

딸인 제가 이런 소릴 해봐야 역성드는 걸로 들릴지 모르겠지만, 엄마나 아빠나 상당히 참을성이 강한 분입니다. 두 분 모두 부지런하고 열심히 일하는 사람이었고, 무슨 일이든 깔끔하고 확실하게 정리하지 않으면 못 견디는 성격이셨습니다.

아빠는 정해진 휴가 이외에 회사를 쉰 적이 없습니다. 엄마는 감기에 걸려 열이 날 때도 집 안 청소를 다 하고 난 뒤에야 자리에 누울 정도라서, 초등학교 때 집에 놀러온 친구들은 밖에서 보기엔 낡고 허름한데 안에 들어와보니 엄청나게 깔끔하다면서 다들 놀랐습니다.

부모님은 생활의 모든 면에서 금욕적이었습니다.

물론 언니의 죽음이라는 커다란 비밀이 있었으니까 그렇게 될 수밖에 없었을 겁니다. 하지만 그런 비밀이 생기기 전부터, 제 부모님은 좀 지나칠 정도로 검소하고 진지한 분들이었습니다. 다른 사람에게 무언가를 요구하거나 험담하고 탓하기보다는, 당신들이 참는 쪽을 선택한 분들이었다고 생각합니다.

그런 부모님이 왜 언니의 행동은 참지 못했던 걸까. 거기에는 두 사람이 경찰에서 밝힌 내용 이상의 뭔가가 숨어 있는 것 같다고, 저는 생각하지 않을 수 없습니다.

어차피 저만의 망상일지도 모르지만, 자꾸 그런 생각이 드는 겁니다. 그래서 그 사건에 관해 더 자세하게 알아보고 싶어졌습니다.

하지만 또 한 가지 희망—언니에 대해 알고 싶다는 이야기는, 나중에 가만히 생각해봤더니 그다지 진심으로 한 말이 아니었던 것 같습니다. 뒤늦게 죄송합니다.

저는 언니를 이미 잘 알고 있다는 것을 깨달았기 때문입니다.

마에하타 선생님, 저는 아카네 언니를 좋아하지 않았습니다. 솔직히 말하자면 무서웠습니다.

여섯 살이라는 나이차는 참 까다롭습니다. 큰 차이가 나지 않아 둘 다 '소녀'라고 뭉뚱그릴 수 있는 시기도 있는가 하면, '아기'와 '어린이'만큼 차이가 나는 시기도 있죠. 그래서 제가 가진 언니에 관한 기억들은 굉장히 들쑥날쑥하고 드문드문 끊어져 있습니다.

다만, 분명하게 기억나는 것이 딱 한 가지 있습니다.

언니는 자주 큰 소리를 질렀습니다.

보통 화가 나거나 불평을 할 때 그랬는데, 그게 다가 아니었습니다. 웃거나 기쁠 때도 마찬가지였습니다. 여자아이이니까, 톤이 높은 목소리라는 표현이 적절하겠지만요.

학교 선생님 투로 말하자면 '감정의 기복이 심하고 정서가 불안정하다'는 정도로 표현할 수 있겠습니다. 실제로 언니가 (아마도) 중학교 1학년 때, 통지표에 담임선생님이 그렇게 써 보내서 엄마가 고민한 적도 있다고 합니다.

제가 중학생이 되어 처음 통지표를 받아왔을 때 엄마에게 "언니는 중학교 때 성적 어땠어?"라고 물어본 적이 있었습니다. 전 궁금했습니다. 그때는 이미 '가출'해서 우리 식구들 생활 속에서는 언니의 그림자조차 찾아볼 수 없었지만, 그래도 언니가 존재하는 이상, 언니와 비교해 나는 어떤지, 누가 더 착한 아이인지, 그런 걸 알고 싶어지는 나이가 되었던 거겠죠.

엄마는 "아카네는 공부를 너무 못했어"라고 했습니다. 그리고 그때, "항상 소란스러워서 선생님이 정서불안정이라고 했지"라고 알려주었습니다. 너한텐 아직 어려운 말이겠네, 하고 난처한 표정으로 웃으시던 기억이 납니다.

부모님이 먼저 언니 이야기를 꺼낸 적은 없었지만, 제가 언니에 관해 알고 싶어서 언니 이야기를 꺼낼 때는 결코 이야기를 딴 데로 돌리지 않았습니다. 필요 이상의 말은 없었지만, 대답은 해주었습니다.

예를 들면 이런 식이죠.

"언니는 지금 어디에 있을까?"

"아카네는 떠들썩한 걸 좋아하니까 아마 도시에 있겠지."

"이젠 직장에 다니겠지? 무슨 일을 할까?"

"아마 미용사가 되지 않았을까? 그걸 하고 싶어했으니까."

"왜 편지나 전화도 안 하지? 우릴 잊은 걸까?"

"아직 엄마 아빠에게 화가 안 풀린 거 아니겠니."

그런 이야기를 할 때 저는 자주 "언니는 툭하면 화를 냈었지?"라는 말을 꺼냈습니다.

쓰다보니 생각났는데, 아빠와 엄마는 언니를 '네 언니' 혹은 '언니'라고 부른 적이 한 번도 없었습니다. 늘 '아카네'라고 이름으로 불렀습니다.

제 기억 속에 있는 언니는 확실히 소란스러웠고, 특별한 때가 아니면 항상 심술궂었습니다. 그래서 저는 언니가 무서웠습니다. 이유도 없이 느닷없이 때리거나 마음에 드는 장난감을 빼앗기도 하고, 읽던 책에 마실 것(콜라나 주스 같은 것)을 확 끼얹어 저를 울리고는 시끄럽다고 때린 기억도 납니다.

어린 마음에도 저는 언니가 저를 싫어한다고 생각했습니다. 실제로 저한테 "너 같은 애는 싫어. 죽어버렸으면 좋겠어"라고 한 적도 있었습니다. 제가 아직 초등학교 1학년—어쩌면 유치원에 다닐 때였는지도 모르겠습니다.

그때는 보기 드물게 아빠가 잔뜩 화를 내면서 언니를 때렸습니다. 언니는 큰 소리로 울며 아빠에게 대들려고 했습니다. 저는 아직 언니가 한 말의 뜻을 제대로 모를 때라, 그저 아빠와 언니가 다투는 게 무서워서 가만히 움츠리고 있었던 것 같습니다.

이건 제 기억이 아니라 얼마 전 외삼촌에게 들은 이야기인데, 같이 쓰겠습니다. 외삼촌도 언니가 '가출'한 걸로 알고 있었을 때는 우리집에서 언니 이야기를 될 수 있으면 꺼내지 않았기 때문에, 이야기할 기회가 없었다고 합니다.

언니는 아기였을 때 밤에 울어대는 일이 유난히 잦았다고 합니다. 그때 부모님과 언니는 회사 사택(소카 시내에 있었다고 합니다)에 살고 있었는데, 집도 좁은데다 이웃이 모두 회사 사람들이라 그 안에서의 인간관계도 까다로워서, 엄마로서는 무척 힘든 시기였다고 합니다. 게다가 언니가 밤마다 울어대고 아빠는 화를 내는 바람에, 엄마는 이웃에 미안하니까 한밤중에도 언니를 업고 밖에 나가서, 갈 곳도 없는데 울음을 그칠 때까지 여기저기 돌아다니느라 무척 힘들었다고 했습니다.

"아카네보다 네 엄마가 더 울고 싶을 정도였대"라고, 외삼촌이 말했습니다.

밤에 우는 버릇은 오랫동안 계속된 모양입니다. 그리고 유치원에 다닐 무렵이 되어서도 엄마는 외삼촌에게 "아카네는 성미가 사나워서, 바로 짜증내고 우는 건 변함이 없어"라고 말했다고 합니다.

외삼촌은 어린 시절의 언니를 '낯가림이 심한 아이'라고 생각했다고 합니다. 당시 외삼촌은 언니를 볼 기회가 적었기 때문에 어쩔 수 없었겠지만, 그래도 전혀 반겨주지 않아서 서운했던 모양이었습니다.

동생인 저는 밤에 울지도 않고 낯가림도 비교적 없어서, 물론 저는 알지 못하지만, 외삼촌 부부의 이야기로는 얌전하고 손이 많이 가지 않는 아기였다고 합니다.

"아카네 때는 진짜 힘들었지만 얘는 편하다면서, 누나가 안도의 한숨을 내쉬었지. 나도 그때는 결혼을 했으니까 어른이 되었다고 해야 하나, 아기가 얼마나 귀여운지 알게 돼서 명절 때 보면 항상 널 안아주고 놀아준 기억이 나."

여섯 살 위인 언니는 동생인 저의 그런 모습을 당연히 곁에서 지켜보았을 겁니다. 그리고 자신은 아기였을 때 이렇지 않았다, 몹시 애를 먹었다는 말을 자주 들었을 겁니다.

언니는 기분이 좋지 않았겠죠. 여섯 살이라면 자아가 확실히 자리 잡기 시작할 무렵일 테니까, 다들 여동생만 귀여워하는 것이 분명 서운했을 겁니다. 자기가 기억하지도 못하는 옛날 일을 들춰내 비교하고 일방적으로 이야깃거리가 되는 것도 화가 났을 테고, 동생만 떠받드는 걸 보기 싫었을 겁니다.

언니는 그래서 저를 싫어했던 거라고 생각합니다. 심술을 부리고 싶은 마음이 마구 솟아났겠죠.

어느 집이나 흔히 있는 일이죠. 딱히 뭐라 말할 정도로 큰 문제도 아닙니다.

그리고 외삼촌과 외숙모는, 언니가 놀랄 만큼 예쁜 아이였다는 이야기도 해주었습니다.

"아기였을 때부터 그랬지만, 두세 살 정도 되니까 지나가던 사람들이 돌아보거나 일부러 다가와서 참 예쁜 애라고 칭찬할 정도였어. 누나나 자형도 그걸 자랑스럽게 여겼을 거야."

부모님은 언니의 사진앨범을 치워놓았지만 특별히 숨겨둔 건 아니라서, 저도 여러 차례 그걸 펼쳐보았습니다. 부모님에게 들키지 않도록 몰래요. 지금도 제 손에 있다면 보여드릴 수 있을 텐데, 안타깝기 그지없네요.

정말, 정말로 미소녀였습니다. 한때는 제가 콤플렉스를 느꼈을 정도였습니다.

앞에서도 썼지만, 부모님이 먼저 언니 이야기를 꺼내지 않았기 때문에 무슨 일이건 언니와 저를 비교하는 경우는 거의 없었습니다. 하지만 저는 콤플렉스가 있어서, 나도 언니 같은 미인이면 좋겠다든가, 언니는 미인인데 누굴 닮은 걸까, 난 엄마를 닮아서 이런 걸까 하는 밉살스러운 소리를 한 적도 있습니다.

그럴 때면 엄마는 웃었습니다. 그리고 꼭 "아카네는 네 친할머니를 닮았을 거야"라고 했습니다. 아버지의 생모 말이죠. 아무도 얼굴을 모르고, 아빠마저도 기억을 제대로 못 하기 때문에, 그 상황에선 제일 무난한 대답이었습니다. 아빠는 "마을 최고의 미인이셨대"라고 했습니다. 외모에는 신경이 쓰이지만 속은 아직 어린애였던 나는, 아빠의 '마을 최고' 라는 표현이 우스워서 함께 웃곤 했습니다.

아참, 중요한 게 하나 있어요! 외삼촌 집에 어쩌면 언니 사진이 몇 장 있을 거라고 합니다. 왜 '어쩌면' 이냐면, 외삼촌은 엄마와 달리 야무진 성격이 아닌데다 이사를 자주 갔기 때문에 앨범 정리 같은 걸 한 적이 없다고 합니다. 벽장 어딘가에 사진을 넣어둔 상자가 있을 거라는데, 지금은 어디다 뒀는지 알 수가 없대요. 외숙모도 정리정돈을 잘 안 하는 편이라 실은 결혼사진이 어디 있는지도 모른다고 합니다.

지금 외삼촌이 찾아보고 있어요. 찾으면 바로 연락이 올 테니까 보실 수 있을 겁니다.

제 기억 이야기로 돌아와서(자꾸 왔다갔다해서 죄송합니다), 그렇게 항상 화를 내고 심술을 부려서 저는 늘 언니를 무서워했는데(이렇게 쓰니까 확실한 걸로 들리지만 실제 기억은 훨씬 흐릿해요), 그래도 이따금 언니가 저한테 무척 잘해준 것도 기억이 납니다.

언니는 손재주가 있어서, 특히 머리카락을 매만지고 묶는 걸 아주 잘했습니다. 마음이 내키면 제 머리도 만져주었습니다.

초등학교 때 저는 앞머리를 이마 앞에서 가지런히 자른 긴 단발머리였습니다. 언니는 그 머리를 돌돌 꼬아 묶어 돼지꼬리처럼 늘어뜨리거나, 핀을 꽂아 만두 모양으로 만들기도 하고, 주위에 있는 리본이나 머리꽂이를 달아서 멋진 스타일을 만들어주었습니다. 미용실에서는 초등학생에게 그런 서비스를 해주지 않기 때문에, 언니가 그렇게 해주면 전 너무 기뻐서 그 모습 그대로 학교에 가서 아이들의 부러움을 사며 우쭐거렸습니다.

그럴 때 언니는 동그랗고 작은 거울 앞에 저를 앉히고 "자, 이런 건 어때?"라거나 "세이코 머리는 부드러워서 묶기 쉬워"라고 했습니다. 원래 기분이 좋았기 때문에 제 머리를 만져준 거겠지만, 제가 좋아하는 걸 보면 언니도 기쁜 것 같았습니다.

그런 추억 때문에, "아카네는 미용사가 됐을 거야"라는 엄마의 말을 저는 그대로 믿었습니다.

실제로도 외숙모가 "아카네는 공부가 영 안 되니까, 아예 고등학교에 가지 말고 기술을 배웠으면 해"라는 엄마의 이야기를 듣고 "미용사가 좋겠다"며 권한 적이 있다고 합니다. "아카네는 늘 멋부리고 다니고, 그런 데 흥미가 있어 보여서"라고요.

다만 미용사가 되려면 시험을 봐야 하는데 생각보다 수업이 힘드니까 어느 정도 고생할 각오를 해야 한다고 했더니, 엄마는 그게 문제라고 푸념했다고 합니다.

'가출' 했을 때 언니는 열다섯 살, 저는 아홉 살이었습니다. 생활시간대가 거의 다르죠. 하루 중, 제가 깨어 있는 시간에 언니가 집에 있었던 적은 거의 없었을 겁니다. 학교에 가 있을 때도 있고, 학교를 빼먹고 놀러 가는(그래서 나중에 부모님에게 야단맞는) 일도 있었겠죠.

언니가 어딜 다니고 밖에서 어떤 사람들과 어울렸는지 저는 잘 모릅니다. 몇 차례 집 앞에 남자아이가 찾아와서, 집에 있던 엄마가 언니를 야단치고, 언니는 또 거기에 화를 내면서 다투는 일이 잦았던 것 같은데, 언제쯤이었는지는 기억이 나지 않습니다. 외삼촌 부부도 언니의 친구관계 문제를 부모님으로부터 구체적으로 들은 적도, 서로 의논한 적도 없는 것 같았지만, "아직 중학생인데 질이 나쁜 남자가 붙어서 골치야" 하는 식으로 엄마가 푸념조로 이야기했던 적이 있다고 했습니다.

이 정도 해두고, 언니에게 그 일이 일어난 당일 이야기로 들어갈게요. 1989년 12월 8일이라는 날짜는 틀림없는 모양입니다. 부모님은 그날 밤 제가 집에 없었다고 경찰에서 증언했지만, 어디 가 있었느냐는 문제에 관해서는 아빠와 엄마의 기억에 차이가 있는 것 같습니다.

안타깝게도 제 기억도 확실치 않습니다. 아홉 살 어린아이니까 혼자 외박을 했을 리는 없을 테죠. 당시 달력을 찾아보니 그날은 금요일이었는데, 그 시절에는 아직 토요일에도 학교를 갔습니다. 그래서 외삼촌 집에서 자고 학교에 갔다고 생각하기는 좀 어렵습니다.

지난번에 나오미를 만나서 이야기를 나누다가, 우리가 쇼다 사쿠라라는 동급생 여자아이와 친하게 지냈었다는 이야기가 나왔습니다. 그러다가 나오미가 기억해냈어요. 초등학교 3학년 때였는데, 그 무렵 사쿠라의 아버지가 교통사고를 당해 입원한 적이 있었습니다. 외동딸이었던 사쿠라는 아버지 없이 집에 혼자 있는 것을 무척 무서워했습니다. 그래서 가끔 사쿠라가 부르면, 나오미와 제가 사쿠라 집에 자러 가곤 했죠. 그날 밤도 저는 나오미와 사쿠라네 집에 있었던 게 아닐까 싶습니다. 바로 근처니까, 이튿날 아침 함께 등교할 수도 있었죠.

사쿠라는 5학년 때 지방으로 전학을 가서 연락이 끊겼습니다. 그래서 그 아이에게 확인할 수는 없지만, 아마 틀림없을 겁니다.

그러니까, 제가 그날 밤 집에 없었던 것은 진짜 우연이었습니다.

만약 제가 집에 있었다면 결과가 달랐을지도 모르죠. 하지만 이제 와서 그런 생각을 해봤자 덧없는 일이죠.

사쿠라네 집에서 돌아왔을 때 언니가 집에 없었어도, 저는 별로 신경 쓰지 않았을 겁니다. 기억도 제대로 안 날 정도니까요. 어린 제 눈으로는 부모님의 태도에서도 별 이상한 낌새를 채지 못했을 겁니다.

무엇보다, 언니가 집에 없다는 사실은 제게 특별히 이상한 일이 아니었습니다.

언니가 가출한 것 같다는 말은 아마 엄마에게서 들었을 겁니다. 경찰에 가출신고를 낸 뒤였던 것 같습니다. 엄마는 언니가 돌아오면 호되게 야단을 치겠다고 했죠. 그 말은 또렷하게 기억합니다. 언니 얼굴을 계속 못 보고, 머리를 만져달라고 할 수 없게 된 건 약간 섭섭했지만, 그럭저럭 거기에도 익숙해져 점점 아무렇지도 않게 되었습니다.

언니는, 원래부터 존재하지 않았던 것처럼 사라졌습니다.


도이자키 세이코의 수기는 여기서 끝났다. 또 생각나는 게 있으면 이어서 쓰겠다고 덧붙여져 있었지만, 시게코는 내용상의 마지막 한 줄에 유난히 눈길이 갔다.

아카네는 원래부터 존재하지 않았던 것처럼 사라졌다.

툭하면 말썽을 일으키고, 학교에서나 동네에서나 평판이 좋지 않고, 문제아로 낙인찍힌 미소녀. 부모의 속을 썩이던 불량소녀. 하지만 여섯 살 아래 여동생의 기억 속에는, 이따금 보여주던 상냥한 모습과 함께 '원래부터 없었다'는 느낌이 깊은 인상을 남겼다.

부재의 존재감이다.

이튿날 아침, 쇼지와 둘이 아침식사를 하면서 시게코는 무심코 세이코의 수기 이야기를 꺼냈다. 전날 밤에 세이코와 만난 이야기를 하려 해도 "난 그런 이야기 들으면 괴로워서 싫어"라며 쇼지가 피해버렸던 것이다. 아이들과 수박깨기를 할 때 도시코의 눈물을 슬쩍 봐버린 것이 꽤나 가슴에 사무쳤던 모양이다.

"언니가 자주 밖으로 놀러 다녔다고?"

쇼지는 토스트를 먹으며 말했다.

"요즘 10대는 평일이라도 집에서 저녁을 안 먹는 게 아무렇지도 않대. 부모도 아무 소리 안 하고."

"무슨 소리야?"

"저녁식사 때 가족들이 다 모이지 않아도 신경을 안 쓴다는 거지. 중학생이나 고등학생 자녀가 저녁을 밖에서 먹고―햄버거 같은 거겠지―들어와도 아무도 야단치지 않아. 휴대전화 있으면 어디 있는지 알 수 있으니까 상관없다고 말이야."

"주간지에 그런 기사가 실렸어?"

그뿐만이 아니라고, 쇼지가 심각하다는 듯 말했다.

"우리 사원들도 자주 그런 얘길 해. 우리 애는 안 그러지만 애들 친구가 그런다거나. 다케 씨 아이가 고등학교 2학년인가 그런데, 그애는 매일 꼭 집에서 저녁을 먹거든. 그런데 친구들이 부모와 식사하는 게 귀찮지 않느냐고 한다는 거야."

도이자키 아카네가 열다섯 살이었을 당시만 해도, 저녁식사 자리에 자녀가 없다는 건 명확히 품행불량을 뜻했다. 하지만 지금은 다르다는 걸까.

"어쨌든," 쇼지는 아침부터 별로 좋지 않은 표정이었다. "그래도 내 생각으론 역시 이상해. 예나 지금이나, 저녁식사를 밖에서 한다는 건 생활이 흐트러졌다는 증거라고 생각해.”

아카네의 죽음이 사건으로서 시효를 다하기까지 15년 동안, 세상은 나아진 걸까, 퇴보한 걸까. 어느 쪽일까?

“그런데, 그보다 좀 신경 쓰이는 게 있는데.”

커피를 더 따라주며 시게코는 쇼지의 얼굴을 보았다. 여전히 언짢은 표정이다.

“세이코 씨, 말이야.”

그렇게 말하고는 쇼지는 시게코의 얼굴을 바라보았다.

“뭐야, 이야기해.”

“화내지 않을 거지?”

“내가? 왜?”

쇼지는 부스럭부스럭 조간신문을 옆으로 치우면서 어물거렸다.

“당신의 솔직한 생각을 말하는 거라면, 화 안 낼게.”

진심이었다. 쇼지의 생각을 꼭 듣고 싶다. 세이코가 어쨌다는 거지?

“어딘지…… 차가워 보이지 않아?”

이야기하기 힘든 듯이 입을 잔뜩 오므리고 쇼지가 중얼거렸다.

“차갑다고?”

“응. 자기 언니에 대해서.”

“자세히 기억 못 하는 거?”

“아니. 그거 말고.”

쇼지는 고개를 젓고 나서 생각에 잠겼다.

“아니면, 차가운 게 아니라 강한 건가.”

그래, 그럴 거야. 쇼지는 자문자답하듯 중얼거렸다.

"강해질 수밖에 없는 사정도 있고, 원래도 강한 성격일 거야. 아주 착한 사람이라며?"

"응."

"분명히 어렸을 때부터 언니를 보고 배웠을 거야. 저렇게 되면 안된다고 생각했겠지. 그건 아주 기특한 일이지만, 조금 차갑다는 느낌도 들어, 응."

또 자문자답이다.

"세이코 씨는 언니 꿈을 꾼 적이 있을까?"

시게코는 놀랐다.

"왜 그런 게 궁금해?"

"글쎄."

쇼지는 머리를 긁적거렸다.

"그냥, 꾼 적이 없을 것 같아서. 이런 일이 터지기 전부터 자기 언니가 그냥 가출한 걸로 알고 있을 때부터 말이야."

세이코는 사건이 드러나기 전에는 언니 꿈을 꾼 적이 없다고 했다. 그 뒤에는 꾸었다. 하지만 집터에 아카네의 유령이 나온다는 소문에는 그다지 신경을 쓰지 않았다. 시게코는 쇼지에게 그런 이야기들을 해주었다.

"그래? 그렇겠지, 음."

쇼지는 또 혼자 중얼거리며 고개를 끄덕였다.

"왜 그래? 당신 무슨 생각을 하는 거야?"

쇼지는 대답하지 않고 열심히 달걀프라이를 먹었다. 시게코는 기다렸다.

찜찜한 표정을 지으며 접시에서 시선을 들더니, 쇼지가 말했다.

"미안해. 제대로 설명을 못 하겠네."

"노력해봐. 아니, 제발 노력해주세요."

그제야 쇼지가 웃었다.

"저기, 만약에 내가 세이코 씨 같은 입장이었다면 말이야, 역시 언니 유령이 무서웠을 것 같아. 언니를 그렇게 만든 부모도 어딘가 무서웠겠지만, 그래도 부모에 대해서는 이해할 여지가 있지. 어쩔 수 없었던 거다, 언니가 점점 비뚤어져서 내게도 영향을 미칠까봐 걱정되어 그렇게 한 거다, 라고 말이야."

시게코는 고개를 크게 끄덕였다.

"하지만 언니는 그저 무섭기만 할 뿐이야. 멀쩡한 모습으로 부모와 행복하게 살아온 자길 원망할 것 같아서. 아니, 그런 논리나 설명 없이도 그냥 무서울 거야."

유령이 나온다는 소문을 듣고도, 그런 건 가짜라며 웃어넘길 수는 없을 거라는 게 쇼지의 말이었다.

"아아, 역시 나타났구나. 나오는 게 당연하지. 내게 화가 났을 테니까. 나 같으면 그런 생각이 들 거야. 물론 과학적인 얘긴 아니지만."

잠깐 뜸을 들이고 나서 시게코가 가만히 말했다.

"도시코 씨는, 사람은 죽으면 모두 부처님이 되는 거라고 했어. 그러니까 아카네 씨도 세이코 씨를 원망할 리 없을 거라고."

쇼지는 잠깐 목이 메는 모양이었다. 손에 든 포크 끝이 흔들렸다.

"멋진 이야기네. 참 좋은 분이야, 하기타니 씨는."

하지만 그런 말은 제3자나 할 수 있는 위로라면서 말을 이었다.

"히토시 어머니이기 때문에 그런 말을 할 수 있는 거야. 실제로 히토시가 부처님이 되어 그 아주머니 곁에 있어주니까 말이야."

그래도 아카네와 세이코의 경우는 다르다고 쇼지는 말했다. 그건 누구보다 세이코 씨가 잘 알고 있을 거야, 라고.

자기 몫의 달걀프라이 접시 앞에서 팔꿈치를 괴고, 시게코는 기억을 더듬었다. 시체가 있었다는 게 알려진 뒤에야 나타나는 유령이라니—하며 입을 삐죽 내밀고 부정하던 세이코의 얼굴.

"내 생각에는, 언니를 싫어했던 것 같아."

쇼지가 말했다.

"아카네가 살아 있을 때부터 서로 마음이 안 맞는 자매가 아니었을까? 세이코 씨가 언니를 잘 기억 못 하는 것도 실은 좋은 기억이 거의 없기 때문이 아닐까? 나이차가 많이 나서 그런 거기도 하겠지만, 그 이전에 뭔가…… 싸늘한 무언가가 있었을 것 같다는 기분이 들어. 미안해, 공연한 소리를 해서."

쇼지는 커피를 들이켜고 바로 일어섰다.

혼자 남아 설거지를 하고 출근할 채비를 하면서도, 시게코는 내내 생각에 잠겨 있었다. 세이코의 표정. 마치 먼 곳을 바라보는 듯한 시선. 아카네 이야기를 하는 목소리와, 수기에 적혀 있는 말들.

그 안에 담겨 있을 생각들.

살아 있다—살아남은 사람은 현재를 살아가야 한다. 과거를 청산하기 위해 필요한 논리와 설명을 스스로 만들어내면서.

도이자키 세이코는 지금까지 아주 훌륭하게 그 작업을 해왔다. 확실히 그녀는 강하다.

그것을 차갑다고 해석하는 게—아주 이상하지만은 않을지도 모른다.

쇼지의 말에 화가 난 건 아니고, 세이코가 정말로 그렇다고 해서 뭐가 달라지는 것도 아니지만, 사무실에 도착할 때까지 시게코는 왠지 기분이 가라앉아 있었다.

점심 때가 지나 이노우에 다쓰오에게서 전화가 왔다. 부산스럽게 어제는 고마웠다는 인사를 하고는, 갑자기 목소리를 낮췄다.

"저기…… 실은 세이코가 있는 데선 말 못 한 게 하나 있어서요."

그게 뭐죠? 시게코는 될 수 있는 한 가볍게 들리도록 노력하며 물었다.

"제가 장인어른 부탁으로 돈을 꿔드린 적이 있습니다. 두 번이요. 한 번은 결혼 전, 또 한번은 결혼 직후. 아마 2월 초였을 거예요."

제9장

암부 暗部

시게코는 곁에 있던 메모지를 끌어당겼다.

"세이코 씨 아버님이 돈을 꿔달라고 했다는 거죠?"

"그렇습니다……"

"첫번째 부탁을 받은 건 언제였나요?"

다쓰오는 미안하다고 사과를 했다.

"그게, 잘 기억이 나질 않아요. 작년 10월이었나 11월이었나……"

액수는 삼만 엔이었는데, 바로 갚았다고 했다.

"두번째는요?"

"이십만 엔이었습니다."

이 돈은 아직 갚지 않았다고 한다.

"세이코 씨 아버님이 돈을 꾸는 이유를 말씀하셨나요?"

"삼만 엔 때는 치과치료비라고 했습니다. 브리지를 한다고 하셨던 것 같아요."

이십만 엔을 빌릴 때는 딱히 설명이 없었다. 꼭 필요한 돈이 있는데 융통이 안 되어서 그렇다며, 무척 미안해하는 기색이었다고 한다.

시게코는 메모지에 '2월 초 이십만 엔, 용도는?'이라고 쓰고 동그라미를 쳤다.

"세이코 귀에 들어가지 않았으면 했던 건, 이 이야길 알면 분명히 자기가 대신 갚겠다고 할 게 뻔해서요. 저는 세이코에게 돈 같은 건 받을 수 없습니다."

다쓰오는 딱 잘라 말했다.

"그 무렵 결혼식이다 혼수다 해서 큰돈이 들어간 후였으니까, 여러모로 힘들었을 거예요. 아마 그 돈도 생활비에 보탠 게 아닐까요?"

다쓰오는 아무것도 묻지 않고 바로 빌려주었다고 한다. 부모님 돈이 아니라 자기 용돈에서 마련한 거니 천천히 갚아도 된다고 하자, 도이자키 겐은 고맙다는 말과 함께 받아들었다고 한다.

"그리고……"

다쓰오가 머뭇머뭇 말했다.

"장인어른과 장모님이 주머니 사정이 좋지 않아 보인다는 건 예전부터 계속 느꼈어요. 직접 그런 말씀을 하신 적은 없으니까, 제가 잘못 생각한 걸지도 모르지만요."

"그렇지만 눈치 챌 만했다는 얘기죠?"

"네."

이번에는 망설이는 기색이 없었다.

"전, 부자지만 돈 문제가 복잡한 부모님과 친척을 보며 자라와서요, 제 입으로 이런 이야기하는 것도 이상하지만, 경제적인 문제에는 꽤 민감한 편이에요. 누구 주머니 사정이 좋은지 나쁜지 정도는 바로 눈치 챌 수 있고, 가령 옷차림은 화려해도 주머니 사정이 힘든 사람은 바로 알아봐요. 그 반대도 마찬가지고요. 냄새가 난달까요."

"그렇군요. 그것도 일종의 사람 보는 눈이라고 할 수 있겠네요."

글쎄요, 하고 다쓰오는 씁쓸하게 웃었다.

"혹시 그 이유는 짐작 가세요? 세이코 씨 아버님은 착실한 샐러리맨이고, 물론 넉넉하지는 않을지 몰라도 매달 일정한 수입이 있었습니다. 세이코 씨도 직장에 나갔고, 누가 병으로 입원하거나 하지도 않았어요. 그런데도 돈이 궁하다면……"

"혹시, 도박 때문이 아닐까라는 뜻인가요?"

"네, 다른 가족은 모르게요."

다쓰오는 딱 잘라 부정했다.

"아뇨, 그건 아닙니다. 장인어른은 도박을 아주 싫어했으니까요. 정말 건실한 분이셨어요. 장기를 둘 때도, 제가 장난삼아 돈내기를 하자고 하면 못마땅한 표정을 지을 정도였어요. 경마나 경륜 같은 데는 거의 관심이 없었고, 아무것도 모르는 사람이었어요."

물론 다른 여자가 있었던 것도 아니고요, 라고 단언했다. 시게코는 볼펜 끝을 뺨에 갖다 대고 소리 죽여 웃었다. 하지만 다쓰오는 웃지 않았다.

"마에하타 씨, 이 얘기는 정말로 세이코에겐 하지 말아주세요."

진지한 어조였다. 시게코는 말하지 않겠다고 약속했다.

"저는 말이죠, 장인어른과 장모님이 아카네 씨 부탁을 받아 돈을 융통해준 게 아닌가 하는 생각을 했습니다."

저도 모르게 볼펜 끝으로 뺨을 꾹 누르는 바람에, 시게코는 손놀림을 멈췄다.

"가출한 딸이 빚에 몰려서, 울면서 매달린 게 아닐까. 부모 입장에서는 못 본 척할 수 없죠. 그래서 세이코 몰래 원조해주고 있었을 것이다, 그래서 돈이 필요한 것이다, 그렇게 생각했어요."

도박은 아니다. 여자관계도 아니다. 달리 돈을 쓸 곳도 없다. 그렇다면, 당시의 도이자키 집안 상황으로 보면 아주 타당한 가설이다. 하지만—

"그런 식으로, 정기적으로 어딘가에 돈이 들어갔기 때문에 지출이 늘어난 걸로 보였나요?"

"어, 그렇게까지 구체적으로는 뭐라 말 못 하겠네요. 하지만 언제 봐도 돈에 여유가 있어 보이지는 않았어요."

왕래가 끊긴 상태였던 도이자키 겐의 아버지가 백만 엔이라는 돈을 유산으로 남겼을 때, 고코는 기쁜 듯이 세이코에게 통장을 보여주면서 "네 결혼자금으로 쓸 거야"라고 했다. 잘 생각해보면 이것도 납득이 가지 않는다. 성인이 된 딸이 있고, 아버지는 건실한 직장에 다니며, 주택 융자금도 없다. 그렇다면 딸의 결혼자금 정도는 이미 모아두었을 것이다. 오히려 그 편이 자연스럽다.

"그런 건 꼭 구체적으로 말 안 해도 알 수 있잖아요?"

다쓰오는 열을 올리며 말했다.

"예를 들어서, 장인어른은 홈쇼핑 채널을 보다가 '이거 좋겠다, 한번 사서 써볼까?' 라거나, 여행 프로그램에 좋은 곳이 나오면 '한번 가볼까' 하는 식으로 반응하신 적이 전혀 없었어요. 일상의 사소한 사치나 낭비 같은 건 두 분에게 있을 수 없다는 듯한 느낌이었어요. 세이코는 자기가 벌어서 썼으니까 느끼지 못했을 테지만요."

"세이코 씨도, 원래 자기 부모님은 외출을 싫어하고 물욕이 없는 사람들이라는 생각을 갖고 있기도 하죠."

"네, 그렇죠."

이게 바로, 내부에 있는 사람은 모르고, 바깥에서 온 사람의 눈에는 보이는 '가족의 습성'이라는 것인지도 모른다.

세이코가 그렇게 느끼지 못한 것은, 도이자키 부부가 딸만은 눈치채지 못하게 행동했기 때문이 아닐까. 솜씨가 서툰 마술사의 클로즈업 매직 같은 것이다. 정면에서 보는 관객들은 모른다. 하지만 옆에서 보는 사람에겐 그 속임수가 보인다.

"그랬는데……"

다쓰오의 목소리가 낮아졌다.

"아카네 씨는 이미 죽은 상태였잖아요. 제 상상은 완전히 어긋난 거였어요."

그렇군요, 하고 시게코는 부드럽게 말했다.

"뭐, 그럴 수도 있죠. 가계를 어떻게 꾸려가느냐는 집집마다 다르니까요."

"그렇죠."

세이코에겐 꼭 비밀로 해달라고 다짐을 두며 다쓰오는 전화를 끊었다. 시게코도 거듭 약속하며 웃는 얼굴로 수화기를 내려놓았다.

그러나 곧, 얼굴이 굳어지는 것을 느꼈다.

딸의 애인. 신혼의 사위. 워낙 씀씀이가 칠칠치 못한 사람이면 또 몰라도, 건실하고 검소한 인품인 도이자키 겐에게 이노우에 다쓰오는 돈을 빌려달라고 부탁하기 힘든 상대였을 것이다. 그런 다쓰오에게 고개를 숙이며 이유도 이야기하지 않고 돈을 융통해달라고 했다면, 부탁하기 쉬운 상대에게서는 이미 돈을 빌린 상태였을 가능성이 있다.

우선 그걸 확인해보자. 지금 머릿속에 떠오른 어두운 가설을 다듬는 것은 그 다음에 해도 된다. 시게코는 가방을 들고 일어섰다. 이 문제만은 전화로 알아보기 힘들다.

도이자키 겐이 근무하던 제지회사 창고는 역 앞 파출소에 물어보자 금방 찾을 수 있었다. 그도 그럴 것이, 막연히 상상했던 것보다 훨씬 큰 건물이었고, 구내에는 지게차가 여러 대 오가고 있었다.

사무실로 안내받은 시게코는, 총무과 소속이라는 남자 직원에게 노아 에디션의 명함을 건네며 도이자키 겐의 대리인이라고 설명했다. 채권채무 관계를 정리하는 일을 돕고 있다고 요령 있게 둘러대자 상대는 별달리 의심하는 기색 없이 고개를 끄덕였다.

"일단 인사부에 문의를 해보겠지만, 도이자키 씨의 급여 미지급분은 이미 정산되었을 겁니다."

"네, 알고 있습니다. 제가 담당하는 건 그런 쪽 일이 아닙니다. 도이자키 겐 씨가 갑작스럽게 퇴직하는 바람에 개인적인 빚이나 가게 외상 같은 게 남아 있어서, 그걸 하나하나 처리하고 있는 겁니다."

그래서 말입니다만 — 시게코는 정중하게 말을 이었다.

"도이자키 씨와 친하게 지낸 동료 분 중에, 도이자키 씨에게 돈을 빌려주신 분이 계실 겁니다. 그걸 확인해주실 수 없을까요?"

남자 직원의 얼굴에 당혹한 기색이 떠올랐다.

"그런 세세한 문제까지는 잘 모르겠군요. 잠시 기다려주시겠습니까?"

30분쯤 기다렸을까. 아까 그 남자 직원과 함께 50대로 보이는 풍채 좋은 남자가 다가왔다. 카키색 작업복 차림에 햇볕에 잘 그은 피부였다.

"저는 니노미야二宮라고 합니다. 도이자키 씨의 직속 상사였습니다."

그는 명함을 내밀고, 인사도 하는 둥 마는 둥하고 시게코 맞은편 의자에 걸터앉았다.

"도이자키 겐 씨는 잘 지냅니까?"

니노미야가 물었다. 미간에 주름 하나를 새기고 있다.

"네. 염려해주셔서 감사합니다."

"부인도 잘 지내시고요?"

"잘 지내십니다."

"지금 어디 있습니까?"

그건 말씀드리기 좀…… 시게코는 애매하게 미소 지었다.

"뭐, 그렇겠군요. 어쩔 수 없죠. 어디 있는지 안다 해도 우린 아무런 도움도 못 될 테니까."

니노미야는 한숨을 쉬었다. 그 말투와 표정을 보고, 시게코는 도이자키 겐의 직장 환경이 나쁘지는 않았을 거라는 생각이 들었다.

"딸은 어떻습니까? 그러니까, 동생 쪽이요. 몸이 약해서 툭하면 병이 나는 바람에 그 친구가 자주 걱정했는데요. 이런 일이 터져서 몸져 눕지나 않았습니까?"

겐은 회사에서, 세이코가 병약하다고 말했던 건가?

"동생 분도 이번 일을 받아들이고, 어떻게든 극복하려고 애쓰고 있습니다."

니노미야는 천천히 두 번 고개를 끄덕였다. 총무과 남자 직원은 그에게 눈짓을 하고 자리를 떴다.

"우리도 도저히 믿을 수 없는 사건이었죠."

그렇게 중얼거리고 니노미야는 주위를 두리번거렸다. 그는 옆쪽에 놓인 작은 테이블에 유리 재떨이가 있는 걸 보고 손을 뻗어 자기 옆에 끌어다놓았다. 그리고 작업복 안주머니에서 담배를 꺼냈다.

"다른 덴 모두 금연이라서요. 실례하겠습니다."

네, 그럼요. 시게코가 말하자 니노미야는 담배를 한 모금 깊이 빨아들이고는 바로 비벼 꺼버렸다. 무거운 본론에 들어가기 전의 진정제 같은 느낌이었다.

"그 친구가 무슨 사정이 있어서 그렇게까지 한 건지, 우리는 지금도 잘 모릅니다. 그래서 취재 같은 것도 전부 거절했죠. 공연한 소리를 할 수는 없으니까요."

"감사합니다."

시게코는 다시 고개를 숙였다.

"그게 가장 친절한 대응이었고, 그 이상은 할 수 없다는 선을 그은 셈이었던 겁니다. 그러니까, 음, 마에하타 씨라고 하셨나요?"

탁자 위에 놓인 시게코의 명함을 확인했다.

"네."

"당신 명함은 일단 맡아두겠습니다. 하지만 그 친구에게는 이렇게 전해주세요. 우리 쪽이 융통해준 돈은 큰 액수도 아니니 이젠 신경 쓰지 않아도 된다고요. 지금도 지금대로 생활이 곤란해서 또 빌려달라고 한다면야 우리도 허락할 순 없겠지만, 지난 건 이제 됐습니다. 다들 그렇게 말할 겁니다. 그 친구가 그만두었을 때, 우리 모두 그렇게 합의했고요."

순간 시게코는 오싹했다. 그러면 안 되는 줄 알면서도 마음이 들떴다. 자신의 추측이 너무나도 정확하게 적중했기 때문이었다.

"딸 일이고, 게다가 치료비 때문이라니 달리 어쩔 도리가 있었겠습니까. 그 친구는 유흥도 즐기지 않고 무척 건실한 사람이었으니까요. 우린 나쁜 감정 같은 건 없습니다. 잊어도 된다고 전해주세요."

몰래 호흡을 가다듬고, 시게코는 말했다.

"정말 감사한 말씀입니다. 하지만 도이자키 씨는 무척 마음을 쓰고 있어서―"

"아아, 됐어요. 됐습니다."

니노미야는 두툼한 손바닥을 저었다.

"니노미야 씨에게도 빌렸을 텐데요."

"됐습니다. 그 친구가 항상 꼬박꼬박 갚아서, 남은 액수는 진짜 몇 푼 안 되니까요."

한두 번이 아니다. 어느 정도의 기간 동안 반복된 것일까. 꼬박꼬박 갚았다니까 계속 빌릴 수 있었을 것이다.

"참 그 친구도 여전하군요."

비로소 니노미야가 슬쩍 웃음을 보였다.

"굳이 다른 사람을 내세워 보내다니."

니노미야는 긴 꽁초를 바라보며 말을 이었다.

"저는 그 친구와 30년 넘게 알고 지냈습니다. 그 친구가 처음 돈 문제를 꺼냈을 때 이렇게 말했죠. 딸을 위해서라면, 내가 융통할 수 있는 정도까진 어떻게든 해주겠다, 그러니 절대로 고리대금 같은 데는 손대지 말라고요."

시게코는 고개를 끄덕이고 물었다.

"처음으로 그런 말을 들은 건 언제쯤이었나요? 도이자키 씨한테서는 그런 얘기를 듣지 못해서요."

잠깐 생각한 뒤 니노미야가 대답했다.

"10년 전쯤이지 싶습니다."

"그러면 따님이 고등학생이 되었을 때쯤이네요."

"그랬을 겁니다, 네."

"감수성이 풍부한 나이죠."

"그렇죠? 그래서 그런 업자들에게 돈을 빌리면, 자칫 조금만 잘못되면 오히려 딸을 울리게 될지도 모르잖습니까. 저도 주위에서 그런 예를 본 적 있어서, 끈질기게 설득해서 약속을 받아냈죠. 그 이야기는 들으셨습니까?"

"아뇨…… 자세히는 모릅니다."

"그렇습니까?"

니노미야는 시게코를 똑바로 바라보았다.

"그 친구는 그 약속을 지켰습니다. 잘 알고 있다, 독촉장 같은 게 오기라도 하면 바로 딸에게 들통 날 테고, 그렇게 되면 아무 소용 없다고요."

소액이지만 주위 사람들에게 계속 돈을 꾼 사실을 세이코에게 알려서는 안 된다. 도이자키 겐은 그 누구보다 그것을 두려워하고 있었다—

다시 시게코의 등줄기가 서늘해졌다.

"니노미야 씨를 비롯한 회사 분들의 후의를, 도이자키 씨에게 그대로 전하겠습니다."

일어서서 고개를 숙여 인사하고, 시게코는 말을 이었다.

"한 가지 더, 번거롭게 해드려 죄송하지만, 도이자키 씨 본인도 여러 가지 일로 아직 혼란스러운 상태고 화재로 집 안의 물건들이 타버린 탓도 있어서, 회사 분들 외에 어떤 분에게 빚을 졌는지 확실히 모르는 상태입니다. 혹시 기억나는 게 있으시면 가르쳐주실 수 있을까요?"

직장 동료들 이외에는 모르겠다고, 니노미야는 대답했다. 머뭇거리는 기색이 전혀 없었다. 시게코는 인사를 하고 물러났다.

역을 향해 걸으며 시게코는 몸을 떨었다. 두려움 때문일까, 아니면 흥분 때문일까. 스스로도 알 수 없었다.

도이자키 겐은 대략 10년쯤 전부터 계속 주위에서 소액의 돈을 빌렸다. 빌리고 갚고, 또 빌리고 갚으며 돈을 융통했다.

그리고 그 돈의 사용처를 세이코가 알게 될까봐 두려워했다. 돈을 빌려주는 사람들에게는 진짜 이유를 숨기고, 세이코가 병약해서 치료비가 필요하다고 거짓말을 했다.

그런 상황은, 화재가 난 올해 4월 20일까지 계속되었다. 작년부터는 회사 상사나 동료들만으로는 모자라, 이노우에 다쓰오에게까지 빌리게 되었다.

지금 시게코의 왼손에 얹혀 있는 것이 이 사실이다. 그 이전부터 오른손에는 또다른 사실이 얹혀 있었다. 도이자키 아카네가 부모에게 살해되어 자기 집 마루 아래 묻혀 있다는 것을 누군가가 알고 있었다는 사실.

오른쪽의 가설과 왼쪽의 사실을 합치면, 또하나의 새로운 가설이 나온다.

도이자키 겐—아니, 도이자키 부부는 그 누군가에게 돈을 주고 있었던 게 아닐까?

입막음을 위해서일까. 아니면 협박을 당했던 걸까.

아카네가 죽은 것이 16년 전이고 겐이 주변 사람들로부터 돈을 빌리기 시작한 것이 10년쯤 전부터라는 것도 부자연스럽지 않다. 입막음을 위한 돈이 필요해진 것이 사건 6년 뒤부터였을지도 모르고, 혹은 이전 6년 동안은 자신들의 수입이나 저축만으로 필요한 돈을 마련할 수 있었을지도 모른다.

어느 쪽이든 간에, 근거 없는 가설은 아니다.

시게코는 휴대전화를 꺼내 다카하시 변호사 사무실로 전화를 걸었다. 다다가 전화를 받아서, 다카하시 변호사는 출장중이라고 했다. 시게코는 하루 이틀 사이에 보고서를 보낼 테니 꼭 읽어봐달라고 신신당부했다.

"초능력 이야기 속편입니까?"

다다가 말했다.

"그래요. 하지만 그뿐만이 아닙니다. 아주 중요한 문제예요. 부디 잘 전달해주세요."

조급한 마음에 아키쓰에게도 전화를 걸어보았다. 그도 자리에 없었다. 변호사나 형사나 바쁜 사람들이다.

그러고 보니 아키쓰에게 푸른하늘모임에 가입해달라고 하면 어떨까 하는 아이디어도 있었다. 한번 의논을 해봐야 할 텐데. 어쨌든 일단 오늘은 보고서를 쓰자. 미안한 마음으로 게이에게 전화해서 바로 퇴근하겠다고 전했다.

그리고, 바로 다음날 아침이었다.

집을 나서려는데 휴대전화가 울렸다. 푸른하늘모임의 아라이 가오루 사무국장이었다.

목소리를 듣자마자 바로 감이 왔다. 뭔가가 있었다. 사무국장은 태도가 달라졌다. 지난번의 비단결처럼 매끄러운 말투가 아니다.

"이번주에…… 낭독회 취재 오시는 거 말인데요."

시게코의 수첩은 물론 거실 달력에도 적혀 있는 스케줄이다. 가네카와 회장과 만나기로 했던 것이다.

"매우 죄송하게 됐습니다만, 회장님 일정에 변경이 생겨서 행사에 참석하지 못하게 되셨습니다. 그러니 취재도 취소해주셨으면 합니다."

괜찮습니다, 하고 시게코는 대범하게 받아들였다.

"다른 날로 다시 잡아주시면, 저는 상관없습니다."

그러자 아니나 다를까, 아라이 사무국장은 딱딱한 말투로 말했다.

"아뇨, 다음 언제라고 확실히 말씀드릴 수 없습니다."

"시간이 많이 걸릴까요? 물론 가네카와 회장님이 바쁘시다는 건 저도 잘 아는데……"

"그건 모르겠습니다. 그러니 취재 건은 없었던 일로 해주셨으면 합니다."

이 사람은 기본적으로 좋은 사람이라는 것이 시게코의 생각이었다. 푸른하늘모임의 활동에도 선의와 긍지를 가지고 몰두하는 사람이다. 그리고, 아마추어다.

시게코는 슬쩍 떠보았다.

"제가 무슨 실수나 결례를 했나요? 만약 그런 거라면 기탄없이 말씀해주세요."

아라이 사무국장은 침묵했다. 난처한 모양이다.

"제 취재가 폐를 끼칠 가능성이 생겼다거나, 그런 사정이 있는 건가요?"

한숨을 쉬는 기척이 났다.

"마에하타 씨, 이 기사를 교육잡지에 실으실 거라고 하셨죠."

"네."

"정말로 그뿐입니까?"

"무슨 말씀이신지요?"

"제가 그 방면에는 어두워서…… 지금은 이 모임의 사무국장 자리에 앉아 있지만, 원래는 평범한 회사원이기 때문에 취재에 응하는 것도 익숙지 않습니다. 그리고 추리소설이나 범죄소설은 읽지 않습니다. 주간지도 안 읽을 정도입니다. 사건 이야기나 살인에 대한 글을 즐겨 읽는 사람들의 생각을 이해할 수 없다고 생각하는 쪽입니다."

그래서 저는 몰랐지만, 하고 기운 없는 목소리로 변명하듯 말을 이었다.

"마에하타 씨는 10년 정도 전에, 젊은 여성 여러 명이 유괴되어 살해당한 사건에 관한 글을 쓰셨고, 그쪽 방면에서 유명한 분이라고 하더군요."

아아, 그 때문인가.

"저나 며칠 전에 소개한 다나시도 물론 그 사건은 알고 있었지만, 거기에 마에하타 씨가 깊이 관여했다는 사실은 몰랐습니다. 성함을 들어본 기억도 없어서…… 아, 죄송합니다."

"죄송하다니, 무슨 말씀이세요."

"그런 연유로 저는 아무런 문제 없을 거라 판단해서 취재를 받아들이기로 했는데, 일단 회장님 인터뷰라서 회사 홍보실 쪽에 서류를 제출했더니, 거기에 마에하타 씨의 성함과 하시는 일을 아는 사람이 있어서, 범죄물을 쓰는 분이 왜 우리 모임을 취재하고 회장님 인터뷰까

지 하고 싶어하는지 이해가 가지 않는다, 취재 내용을 자세하게 확인
하라는 지시를 받았습니다."

시게코는 차분한 투로 말했다.

"저는 프리라이터예요. 분명히 9년 전에는 사건에 관련된 글을 썼지
만, 지금은 다릅니다. 프리라이터는 여러 방면을 다루게 마련이고, 저
역시 범죄 전문으로 활동하는 게 아닙니다. 이번에는 순수하게 모임
활동을 취재하고 싶어서 부탁드린 겁니다."

"그렇지만 저희로서는 아무래도……"

"제가 홍보실에 설명을 드릴까요?"

"아뇨, 그건 괜찮습니다."

사무국장은 당황했다.

"푸른하늘모임 사무국 일은 모두 제가 책임지고 있으니까요."

그 말투로 미루어보아, 홍보실에서 상당히 심하게 질책을 받았을 거
라는 짐작이 갔다. 거기다 시게코가 자신을 건너뛰고 교섭하면 아라이
는 더욱 난처해질 것이다.

"그렇다면, 좀더 자세한 기획서나 가네카와 회장님에게 여쭐 질문
리스트를 보내겠습니다. 그걸 보시고 다시 한번 검토를 부탁드릴 수는
있을까요?"

"아뇨, 그건 저기,"

손자뻘 되는 아이들의 세계를 돌봐온 사무국장이, 마치 왜 숙제를
안 했냐고 따지는 엄마에게 변명할 말을 찾고 있는 여자아이처럼 느껴
졌다. 시게코는 왠지 측은했다.

"홍보실에서, 제 취재를 확실히 막으라는 지시가 있었던 거군요."

"그렇습니다. 미안합니다."

"아무리 9년 전 일이라 해도, 그 잔인한 연쇄유괴살인사건의 보도에 관계했던 사람이 같은 이름으로 푸른하늘모임에 관한 기사를 쓰면 모임의 이미지가 손상될 가능성이 있다고 생각하시는 거죠?"

시게코가 이렇게 미리 질러서 말하는 걸 보고 겨우 안도했는지 아라이 사무국장의 딱딱했던 목소리가 풀렸다.

"네, 그렇습니다."

"저로서는 무척 안타깝지만, 그런 생각도 일리가 있다고 봅니다."

"이해해주시는 겁니까?"

아라이의 목소리가 더욱 밝아졌다.

"저 개인적으로는 그렇게까지 신경질적으로 반응할 필요는 없다고 생각합니다. 어차피 기사를 싣는 곳은 교육잡지잖아요?"

"네, 그렇습니다."

단호하게 말했다. 난 죽으면 아마 지옥으로 직행할 거야, 하고 생각하면서.

"하지만 홍보실이 상당히 강경하게 나와서 말입니다."

"그게 홍보실 업무인걸요. 오히려 저 때문에 아라이 씨가 중간에서 곤란해지신 것 같아 죄송합니다."

"그런 건 괜찮습니다. 저도 이렇게 하나하나 배워야죠."

역시 착실하고 좋은 사람이다.

"가네카와 회장님은 이 문제를 알고 계시나요?"

"네, 제가 보고를 드렸으니까요."

"그렇다면, 회장님도 홍보실과 같은 견해라고 생각해도 되겠죠?"

대답이 바로 돌아오지 않았다. 머뭇거리는 모양이다.

"아니면, 외람된 말씀이지만 가네카와 회장께서 제 이름을 알고 계실지도 모르겠군요."

또 미리 앞서 말하자, 사무국장은 다시 안도한 눈치였다.

"네, 솔직히 말씀드리면 그렇습니다."

다른 취재 요청도 많으니까 굳이 이런 방면에서 유명한 사람을 끌어들일 필요는 없다고 회장이 꾸짖었다는 것이다. 아, 정말 좋은 사람이야. 시게코가 알고 싶은 것을 전부 가르쳐주었다.

"그렇군요. 사정은 잘 알았습니다. 저도 경솔했던 것 같습니다. 취재는 단념할게요. 수고해주셔서 감사합니다."

통화를 마치고 시게코는 흐음, 하고 혼잣말을 했다.

마에하타 시게코라는 이름에 그 정도로 어두운 낙인이 찍혀 있는 건가? 아니면 가네카와 회장이 과잉반응한 걸까? 안타깝지만 당사자인 시게코로선 판단할 수 없었다.

시게코는 서둘러 노아 에디션 사무실로 갔다. 게이는 어젯밤 밤을 새웠는지 업무 연락판에 '오후 출근'이라고 씌어 있었다. 노자키 혼자 조간신문을 읽고 있다.

"잠깐 이야기 좀 해도 돼요?" 하고 가까이 가 앉았다.

자초지종을 들은 노자키는 아까의 시게코처럼 흐음, 하고는 말했다.

"재미있네."

"내 이름이 그렇게 꺼림칙한 걸까요?"

"당시의 사건 관계자들에겐 지금도 그렇겠지."

노자키는 사정 봐주지 않고 대꾸했다. 시게코는 쓴웃음을 짓고 말았다.

"답답하네요."

"하지만 일반인들에게까지 그렇진 않을 거야. 가네카와 회장이든 홍보실 사람이든, 마에하타 시게코? 프리라이터? 일단 조사해보자 하고 인터넷을 검색해서, 거기서 9년 전 사건과 관계되었다는 걸 알아냈을 가능성이 높지 않을까? 확실하게 기억하고 있는 건 아닐 거야."

"그럼 그 때문에 취재를 거절한다는 건 어떻게 생각해요? 지나치게 예민한 거 아닌가요? 10년이 다 되어가는 사건인데."

노자키는 눈동자를 굴리고는 웃었다.

"그걸 나더러 대답하라는 거야? 약았네."

"어째서요?"

"어째서긴. 대답은 이미 당신 얼굴에 나와 있어. 그렇게까지 민감하게 대한다는 건 푸른하늘모임에 숨겨진 어두운 무언가가 있기 때문이다, 그러니 범죄 사건을 다루는 프리라이터를 접근시키기 곤란한 것이다, 이렇게 해석하고 싶은 거지?"

허를 찔렸다.

"……비약일까? 내 생각이 지나쳐요?"

"모르지. 맞을지도 모르지만, 틀릴 수도 있어. 어린이 관련 단체는 신중에 신중을 기하는 게 당연하고 말이야. 이미지가 중요하니까."

결국 이 일 하나를 근거로 경솔하게 억측할 수는 없다는 것이 노자키의 의견이다.

"다른 곳에서 증거를 찾아보면 어때?"

"어디서요?"

"이른바 인터넷 대형게시판. 스캔들이나 내부고발 게시판 말이야."

"그런 게 있어요?"

노자키가 웃었다.

"음, 시게코는 그런 방면에 정보가 어둡군. 나라면 제일 먼저 검색해볼 텐데 말이야. 푸른하늘모임에 무슨 문제가 있다면 그런 글이 올라와 있을 가능성이 크니까."

전혀 생각지 못했다. 시게코는 인터넷에 돌아다니는 정보는 정확성이 낮다는 편견을 갖고 있었다. 그것은 스스로도 인정하는 바였다.

또, 이런 식의 조사작업 자체가 오랜만이라 인터넷을 검색해볼 생각을 미처 하지 못한 면도 있었다. 시게코는 자신이 노리는 푸른하늘모임의 내부정보는, 만약 그런 것이 있다고 할 경우의 이야기지만, 오로지 한 개인의 연락이나 접촉을 통해서만 얻을 수 있을 거라고 생각했던 것이다. 낡은 사고방식이라고밖에 할 수 없었다.

"물론 인터넷 고발에서 '푸른하늘모임'이라는 고유명사가 바로 나올 가능성은 낮고, 그게 구체적인 정보일지 어떨지도 몰라. 게다가 그것이 진실인지는 더욱 알 수가 없지. 그래도 뭔가 실마리는 잡을 수 있을 거야."

다만— 노자키는 컴퓨터 모니터 앞에서 팔짱을 꼈다.

"끽해야 경험치 10포인트 정도인 네가 느닷없이 뛰어들어서 수확을 얻어올 수 있을 정도로 만만한 곳은 아니야. 사실 나도 자신 없어. 가짜 정보에 휘둘리면 시간만 낭비할지도 모르지. 제일 좋은 건 경험이 풍부한 누군가에게 부탁하는 거야. 프리라이터 동료 중에 그런 사람 없어?"

"글쎄……요."

머릿속에 떠오르는 건 두 사람 정도. 그들을 통해 누군가를 소개받는 방법도 있다.

"시도해봐. 정보통들은 단순히 자기만 정보를 알고 있는 게 아니라 남에게 가르쳐주고 싶어하는 사람들이니까, 싫은 표정을 짓지는 않을 거야."

결과적으로 노자키의 조언은 매우 적절했다. 몇 시간 뒤에 시게코는 이 사람 저 사람을 통해 인터넷에서 정보를 찾아줄 인물과 연락이 닿았다. '가네카와 유기재', '푸른하늘모임'이라는 키워드 두 개만으로 충분하다고 했다.

그 소식통은 "존재 자체가 독특한 단체라서 찾기 쉬울 거예요"라고 하며 덧붙였다.

"다만 얻은 정보를 그대로 받아들이지는 말아주세요. 이건 철칙이에요."

"명심하겠습니다."

그러면서 일주일이나 며칠쯤 시간을 달라고 했다.

노아 에디션 업무를 처리하면서, 시게코는 몇 차례 아키쓰에게 전화를 했다. 연결은 되지 않았다. 다카하시 변호사 사무소에는 속달로 편지를 보냈지만, 아직 도착하지 않았을 것이다.

퇴근할 무렵, 쇼지가 전화를 했다. 단골 거래처 손님과 술 약속이 생겼다고 한다. 마침 잘 됐다. 시게코는 역 앞의 간이음식점에서 메밀국수로 혼자 저녁을 때우고, 집에 돌아와 옷을 갈아입자마자 세이코가 가져다준 쿠키 상자를 꺼냈다.

내용물 목록은 이미 작성해두었다. '호난초 4시'라는 메모가 씌어진 주소록에 실린 전화번호도 뽑아놓았다. 남은 것은 성냥 몇 개와 명함 한 장이다.

수수께끼의 인물 '유한회사 가토 지공업 사장 가토 노리오'.

성냥은 몰라도, 주소록에 있는 전화번호나 이 가토 노리오라는 인물에게 불쑥 연락을 해도 좋을지는 판단하기 힘들었다. 아카네를 살해한 사실을 아는 누군가에게 도이자키 부부가 돈을 주고 있었을(혹은 요구받았을) 가능성이 생겼기 때문이다. 어쩌면 이 안에 그 당사자가 있을지도 모를 일이니까.

하기타니 도시코는 이런 쿠키 상자 같은 '그릇'은 어느 집에나 있는 것이라고 했다. 당장 필요는 없지만 바로 버리기는 힘든 물건을 일시적으로 넣어두는 그릇. 넣어두고는 잊어버리는 일이 압도적으로 많다.

시게코는 생각했다. 만약 내가 뒤가 켕기는 문제를 안고 있고, 그걸 숨기기 위해 정기적으로 누군가에게 돈을 줘야 하는 상황이라면, 그 사람의 연락처를 어디에 넣어둘까? 싫어도 연락처를 가지고 있어야만 하니 어딘가에 넣어두어야 한다.

가족들이 함께 쓰는 전화번호부? 아니다. 명함철이나 주소록에 끼워둔다? 남의 눈에는 두드러지지 않더라도 심리적으로 강한 저항이 생길 것이다. 그런 암부暗部 — 말하자면 '께름칙한 것'은 자신이 평온하게 지내는 일상의 구성요소와 나란히 두고 싶지 않은 게 인지상정 아닌가. 하물며 그 어두운 비밀이 가족 전원이 공유해서는 안 될 것이라면 더욱 그렇다.

그래서 '잠깐 넣어둘 곳 — 하지만 최종적으로는 버리게 될 물건을 넣는 그릇'에 보관하게 된 것이다. 그렇게 생각할 수는 없을까?

하지만 그렇다면, 세이코도 이상하게 여겼듯, 왜 아카네의 학교 배지가 여기 들어 있는지는 이해가 되지 않는다.

아카네라는 존재도 — 도이자키 부부에겐 '께름칙한 것'이었을까?

시게코는 벽시계를 보았다. 오후 7시 40분이 지난 시각이었다. 어딘가에 처음 전화를 한다 해도 터무니없이 무례한 시간은 아니다.

좋아, 니노미야 씨와 이야기할 때 썼던 방법을 다시 이용해보자. 도이자키 겐의 부채를 확인하는 중이라는 구실로 연락을 하는 것이다. 만약 이 가토 노리오가 '공갈꾼'이라 해도, 시게코가 아무것도 모르는 선의의 제3자를 가장한다면 큰 지장은 없을 것이다. 상대방 쪽에서도 이런 경우 모르는 일인 척해버리면 그만이니까.

집 전화 수화기를 들고 전화번호를 누르자 오랫동안 호출음이 울렸다. 일단 끊었다가 다시 걸려는데 "여보세요" 하는 남자 목소리가 들렸다.

"죄송합니다만, 가토 씨 댁이죠?"

"네, 그런데요."

"갑자기 전화드려 죄송합니다. 가토 노리오 선생님, 댁에 계신가요?"

남자 목소리가 "접니다"라고 대답했다. 약간 웅얼대는 목소리였다.

시게코는 자기 이름을 대고 용건을 말했다. 가토 노리오의 이름과 연락처는 도이자키 겐이 의뢰와 함께 건네준 전화번호부에서 보았다고 설명했다. 거기에 기재되어 있는 이름 순서대로 전화를 거는 중이라고.

"아아…… 그렇습니까?"

아아, 하는 부분이 상당히 길었다. 그리고 질문을 꺼냈다.

"미안하지만 댁은, 그 뭐냐, 채권 회수 같은 일을 하는 사람인가요?"

"아뇨, 그렇지 않습니다."

시게코는 애써 부드럽게 대답했다.

"도이자키 씨가 아카네 씨 문제로 여러 가지 업무를 의뢰한 변호사 사무실의 소개로 이 일을 하게 되었습니다."

이중의 거짓말이지만 이럴 경우에는 어쩔 도리가 없다.

"도이자키 씨가 스스로 기억도 못 할 정도로 여러 곳에서 돈을 빌렸습니까?"

발음이 불확실해서 알아듣기 힘들었다. 돌아가신 시아버지와 비슷한 말투였기에 시게코는 바로 알아차렸다. 틀니를 낀 건가? 목소리만으로는 니노미야 씨보다 훨씬 나이가 많은 것 같다.

하지만 도이자키 겐을 걱정하는 마음은 느껴졌다.

"그렇게 곤란한 상태는 아닙니다. 단지 화재 때문에 살림살이가 타버려서, 채 기억해내지 못하는 부분들이 있어서요."

가토는 다시 아아, 하는 소리를 냈다. 이번에는 짧았다.

"내가 도이자키 씨를 만나지 못한 지 벌써 15년도 넘었습니다. 받으신 전화번호부도 옛날 것일 테고요. 도이자키 씨에게도 물어보면 그렇다고 할 겁니다."

"아, 그렇군요. 실례했습니다."

"아뇨, 괜찮습니다. 참으로 고맙습니다."

알아듣기 힘들었지만 가토 씨의 말투는 정중했고 목소리에는 따스함이 배어 있었다.

"이런 말 묻기 좀 그렇지만, 도이자키 씨는 잘 지냅니까?"

"네, 잘 지내세요."

"빚을 지다니, 대체 왜 그랬을까요. 내가 아는 도이자키 씨는 그럴 사람이 아니었는데요."

가토 씨는 도이자키 겐과 15년 이상 만나지 못했다고 한다. 그리고 빚 문제에 대해 전혀 모르고 있었으며 오히려 놀라고 있다. 이것은 바꿔 말하자면 도이자키 겐이 빚으로 꾸려가던 생활이 적어도 15년 전이상으로 거슬러올라가지는 않는다는 간접적인 증거다. 역시 아카네가 죽은 뒤 어떤 사정이 생겨 빚을 지게 된 것이다.

"그런 내용은, 저로서는 잘 모르겠습니다."

"아아, 그러시겠군요."

가토는 더이상 캐묻지 않았다.

"거듭 실례지만, 가토 선생님께선 도이자키 겐 씨와 오래 알고 지낸 사이신가요?"

언짢은 느낌 없이 가토는 슬쩍 웃었다.

"회사 선후배 사이였지요. 저는 중간에 회사를 그만두고 가업을 물려받았는데, 그러고도 독신자 기숙사에서 함께 지냈습니다."

시게코는 서둘러 메모했다.

"그럼, 도이자키 씨의 전화번호부에 가토 선생님 존함이, 가토 지공업사 사장이라고 적혀 있는 건……"

"사장이라고는 하지만 조그만 회사였습니다. 겨우겨우 꾸려가다가, 뭔가 도움받을 일이 없을까 싶어 전에 다니던 직장에 영업을 갔었죠. 그때 오랜만에 도이자키 씨를 만났습니다. 그게 그러니까, 몇 년 전이더라."

서로 반갑기도 하고 원래 마음이 잘 맞던 사이라, 그걸 계기로 가끔이나마 밖에서 만나 술을 마시곤 했다고 한다. 그런 만남이 2년쯤 이어졌었다고 하니, 재회한 것은 17년 전 정도가 되는 셈이다.

옛날 선배고, 2년 동안 가끔 만나 술자리를 같이한 상대. 그렇게 받은 명함을 쿠키 상자 안에 넣어놓았다. 도이자키 씨에게 가토 씨는 어떤 존재였을까.

그 2년이라는 기간 사이에는 아카네의 죽음이 끼여 있다. 만남이 끊어진 것은 왜일까? 아카네 문제가 얽혀 있는 걸까? 좀더 묻고 싶었다. 어떻게 물꼬를 틀까 궁리하던 참에 가토가 먼저 말을 꺼냈다.

"딸 이름이, 아카네라고 하던가요? 가출해서 돌아오지 않는다는 이야기를 그때 겐에게 직접 들었지요."

도이자키 겐의 호칭이 이름으로 바뀌었다. 친근한 느낌이다.

"술을 마시고 보기 드물게 푸념을 하기에 왜 그러나 싶었더니 그런 사정이 있더군요. 제수씨가 몸이 너무 약해져서 걱정이라고 했습니다. 그래서 앞으로는 퇴근길에 술 한잔 하기도 힘들어질 거라고요."

"아아, 그래서 그 뒤로 만나지 못하게 되신 거로군요."

"어떻게든 격려해주고 싶었지만, 뭐라고 할 말이 없었죠. 남의 일도 아니고."

묘하게 절실한 말투가 마음에 걸렸다.

"자녀의 가출이―남의 일이 아니란 말씀인가요?"

그렇게 묻자 가토는 멈칫했다.

"아뇨, 뭐, 우리 둘째아들 녀석과 그 집 아카네가 동갑이었으니까요."

시게코가 잘못 느낀 게 아니라면, 가토는 잠깐 당황한 눈치였다.

"어쨌든 나는 겐에게 돈을 빌려준 적이 없으니 안심하라고 전해주십시오. 오히려 내가 술을 얻어먹은 적은 있습니다. 겐이 보너스를 받았을 때였죠. 사장은 보너스가 없으니까."

가토가 웃었다. 시게코는 태연하게 질문했다.

"가출 이전부터, 아카네 씨가 사춘기이고 품행이 다소 거칠었다는 이야기는 들으셨나요?"

"으음, 글쎄, 조금 듣긴 했죠. 겐도 힘들다고 했고, 나도,"

그렇게 말하는데 뒤에서 '아버지'인지 '할아버지'인지 그를 부르는 목소리가 났다. 가토는 마침 잘되었다는 양, 통화를 끊으려 했다.

"아, 말이 길어져 미안합니다. 겐에게 안부 전해주세요. 소식을 듣게 돼서 약간 마음이 놓였습니다."

시게코는 고맙다는 인사를 하고 수화기를 내려놓았다. 옆에 있는 메모장에 '아카네와 동갑인 차남이 있음'이라고 적어넣었다.

사춘기 자녀를 둔 아버지끼리 술집에서 기분 좋게 한잔 하면서, 요즘 들어 말을 듣지 않는 자식 문제로 푸념을 늘어놓는다. 그런 광경이 떠올랐다.

어쩌면 가토의 아들도 당시 비뚤게 나갔다거나, 아버지에게 심하게 반항한다거나 하는 문제가 있었을지도 모른다. 그런 그에게 도이자키 겐이 동병상련을 느껴, 시계를 맞출 수도 있을 만큼 규칙적인 습관을 바꿔가며 밖에서 함께 술을 마시던 시기가 있었다. 하지만 그것도 겐이 아카네를 그렇게 만드는 바람에 끊어졌다—

이 정도로 만족하자. 이 문제는 다음번에 다카하시 변호사를 움직여서 도이자키 겐을 만나게 되었을 때 직접 물어보는 편이 낫다.

시게코는 이어서, 쿠키 상자 안의 주소록에서 뽑아낸 번호들에 전화를 걸어보기로 했다. 모두 이름이나 명칭 없이 번호만 적혀 있었다. 아직 국번이 세 자리였던 시절이다. 일단 기계적으로 앞에 3을 덧붙여 걸어보았다.

전화번호는 총 여섯 개였는데, 그 가운데 세 개는 '현재 사용하지 않는 전화번호입니다'라는 응답만 들려왔다. 나머지 세 군데는 미용실이었다. 그중 둘은 1980년대부터 영업을 해오던 곳이었고, 또 하나는 주소는 그대로였지만 몇 번이나 경영자가 바뀐 곳이었다. 위치는 모두

기타센주였다.

시게코는 세이코에게 전화를 걸어 다짜고짜 물었다.

"어림짐작이지만, 세이코 씨 어머니는 미용실을 자주 바꾸는 편이 아니었나요?"

세이코가 웃었다.

"와, 어떻게 아셨어요?"

가격이 싼 곳, 신장개업한 곳, 길에서 무료쿠폰을 받은 곳 등으로 계속해서 바꿨다고 한다.

"전단지 같은 것도 찾아보곤 하셨어요. 아, 맞다. 버스나 전차 안에서 간판을 발견하면 전화번호를 메모해뒀다가 가보시기도 했고요."

그렇게 말하고는, 세이코도 짚이는 구석이 있었는지 이렇게 물었다.

"그 상자 안에 있던 주소록의 전화번호인가요?"

"맞아요. 연결되지 않는 번호도 있지만, 모두 어머니 글씨로 보이니 그것들도 미용실이라고 생각해도 될 것 같네요."

세이코도 그 의견에 찬성했다.

"엄마는 그렇게 무료로 나눠주는 메모장이나 주소록 같은 걸 가방에 넣고 다니면서, 이걸 썼다 저걸 썼다 하면서 아무 데나 던져놓았다가 잃어버리곤 했어요. 그러니 중요한 내용을 적어두지는 않았을 거예요……"

그렇다면 남은 것은 성냥뿐이다. 크기도 색깔도 제각각인 성냥 열 개.

"마에하타 씨, 학교나 이비인후과 선생님이나 이웃 사람들은 언제 만나러 갈 생각이세요?"

세이코는 의욕을 보이는 눈치였다. 곤란하다. 아직은 그럴 때가 아니고, 조심성 없이 세이코를 움직이게 하는 것도 좋은 방법이 아니다. 거짓말하는 게 마음에 걸렸지만, 일단은 시간을 벌기로 했다.

"미안하지만 조금 더 기다려줄래요? 지금 내가 조사한 내용을 정리하고 있으니까, 그게 끝난 다음에 연락할게요."

"전 언제든 괜찮아요. 다쓰짱도 올 텐데 괜찮으세요? 운전을 맡아주겠대요."

"아니, 그건 사양하기로 하죠. 다쓰오 씨가 함께 가면 말을 조심하느라 제대로 이야기 못 하는 사람도 있을지 모르니까요."

아아, 그렇군요— 세이코는 약간 풀이 죽었다.

"미안해요. 결국은 제가 다쓰짱에게 기대는 꼴이네요."

"두 사람 사이에 그런 게 뭐 어때서요."

전화를 끊고 나서, 지극히 무책임한 반문이지만 정말 괜찮은 걸까 하는 생각이 들었다. 세이코와 다쓰오는 앞으로 어떻게 할 생각일까? 지금은 아직 서로 미련이 남아 있어서, 다쓰오는 세이코를 혼자 두려 하지 않고, 세이코는 다쓰오에게 의지하고 싶어한다. 이혼하기 전의 관계로 돌아가버린 셈인데, 이대로 둘에게 앞날이 있을까? 두 사람이 재혼하게 된다면 다쓰오는 그때야말로 부모와 인연을 끊어야 한다.

—그런 문제까지 걱정하는 건 쓸데없는 참견일까?

기분을 바꾸어, 열 개의 성냥을 탁자 위에 늘어놓아보았다. 사용한 흔적이 있는 것은 하나도 없다.

곽성냥이 일곱 개, 종이성냥이 세 개. 그 가운데 두 개는 똑같은 비디오대여점 것이었다. 도이자키 집 근처의 가게였는데, 이건 제외해도 좋을 것 같다. 나머지 여덟 개의 성냥에 분명한 공통점이 있기 때문이다.

모두 카페나 커피숍 성냥이다. 당연히 여덟 개 모두 가게 이름과 주소, 전화번호가 인쇄되어 있다. 작은 약도가 인쇄된 것도 있다.

시게코는 자리에서 일어나 커다란 수도권 지도를 가져왔다. 빨간 펜으로 성냥에 씌어진 각각의 소재지에 표시를 해나갔다.

기타센주 역 근처에는 하나도 없었다. 많은 것은 우에노 역 부근인데, 그곳에만 절반이 넘게 다섯 군데가 몰려 있었다. 신주쿠 역 동쪽 출구에 한 군데, 서쪽 출구에 한 군데. 그리고 도쿄 역 야에스 지하에 한 군데.

모두 큰 터미널 역 주변이다.

시게코는 다시 세이코에게 전화를 했다. 자꾸 전화해서 미안하다고 사과한 뒤에 물었다.

"아버님은 회사 일로 출장 가는 일이 있었나요?"

세이코는 의아한 기색이 뚜렷한 목소리로 말했다.

"출장이요? 전혀 없어요."

세이코가 기억하는 한, 한 번도 없었다고 했다. 그런 직종이 아니다. 있다고 해도 당일치기 연수 정도다.

"그래요? 그럼 어머니는 파트타임 일을 하실 때 대개 어떤 곳을 고르셨죠? 카페나 커피숍에서 일한 적 있나요?"

세이코는 바로 대답했다.

"없어요. 슈퍼마켓 계산대나, 세탁소 접수 일 같은 걸 하셨어요."

"이마이 클리닝?"

"아뇨."

세이코가 웃었다.

"가쓰오네 집과 라이벌인 체인점이었어요. 그 때문인지 바로 그만

두셨고요."

"보통 집 근처에서 일자리를 찾았던 거군요. 전철을 타고 다닌 적은 없나요?"

"없어요."

세이코는 단호하게 대답했다.

"있을 리가 없죠. 집을 비워두고 싶지 않아하셨으니까, 늘 근처에서 찾았어요. 기껏해야 버스로 이동하는 정도였을 거예요."

시게코는 혼자 고개를 끄덕였다.

"그럼 한 가지만 더. 세이코 씨는 누군가와 카페에 가면 성냥을 갖고 나올 때가 있나요? 아니면 성냥 수집에 열중한 적이 있었다거나."

잠깐이지만 의아해하는 듯한 틈을 두었다가 세이코가 물었다.

"이번에는 그 상자 안에 있던 성냥에 관해 질문하시는 거죠?"

"맞아요."

"제가 갖고 온 건 아니에요. 저나 다쓰짱이나 담배를 안 피우니까 필요도 없고요. 취미로 성냥을 모아본 적도 없어요."

세이코의 목소리에 조바심 비슷한 것이 묻어났다.

"기억한다면 상자 안을 처음 봤을 때 말했겠죠. 게다가 그건 오래된 것들이잖아요. 제가 카페 같은 데 드나들 나이가 되기 훨씬 이전 것 아닌가요?"

"그렇죠. 일단 확인해두고 싶어서요. 고마워요. 오늘밤은 이제 전화 안 할게요, 푹 자요."

팔짱을 끼고, 시게코는 앞에 늘어놓은 성냥을 뚫어지게 바라보았다.

세이코의 말대로 쿠키 상자의 내용물은 대부분 오래된 것, 아카네가 죽었을 당시나 그 이전의 것들이다. 하지만 이 성냥들만은 그렇지 않을 가능성이 크다.

여덟 개 모두, 전화번호의 국번이 네 자리였기 때문이다.

처음엔 다들 추측한 대로, 이 쿠키 상자는 1980년대에 도이자키 가족의 '어중간하고 잡다한 물건을 넣어두는 그릇'이었을 것이다. 하지만 시간이 흐르며 용도가 바뀌었다. 다른 용도가 더해졌다고 해도 좋을 것이다. 성냥갑을 모아두는 용도다.

그러면 이 성냥이 의미하는 건 무엇일까.

언제, 어떤 계기로 가지고 온 걸까.

겐의 출장 때문은 아니다. 고코가 일하던 곳도 아니다. 게다가 부부는 거의 외출을 하지 않았다. 여행도 하지 않았다.

도쿄 도내 터미널 역 주변에 있는 카페나 커피숍에 부부는 무슨 볼일이 있어 나갔던 걸까.

누군가와 거기서 만나기 위해.

성냥을 가져오는 것은, 다음번에 만날 때 또 그곳을 이용할 가능성이 있기 때문이다.

성냥을 모아둔 것은, 주소록 수첩에 옮겨 적는 수고를 하지 않아도 성냥 자체가 주소와 전화번호의 기록이며, 그 편이 더 찾기 쉽기 때문이다.

필요한 때가 오기까지 이 낡은 상자 안에 던져넣고 잊어버릴 수 있으니까.

이런 가게에서 부부와 만난 ― 아마도 부부를 불러냈을 사람은 누굴까?

공갈꾼일까. 부부로부터 입막음 대가로 돈을 뜯어내던 사람일까.

늘 같은 곳에서 만나지는 않았다. 어쩌면 이런 성냥을 놓아두는 가게를 이곳저곳 돌아다녔을지도 모른다. 여기 놓인 것들 외에 같은 목적으로 들른 가게의 성냥이 또 있을 수도 있고, 성냥 없이도 부부가 위치를 기억하는 가게도 있을 수 있다.

그들은 거기서 현금을 주고받았다.

일정한 날짜에? 혹은 공갈꾼이 부부에게 돈을 요구할 때?

얼굴을 찌푸린 시게코는 손가락 끝으로 미간의 주름살을 문지르며 생각에 잠겼다. 이 추론은 비약일까? 비약에 불과할까? 겨우 여덟 개의 성냥을 가지고 너무 심한 상상을 하는 걸까?

도이자키 겐은 오랜 기간 여기저기서 돈을 빌렸다. 바로 오랜 기간에 걸쳐 공갈이 행해졌다는 사실을 말해주는 것이다.

공갈이나 협박이라고 하면 보통 곧바로 큰돈이 움직이는 거라 생각한다. 하지만 이 경우엔 협박받는 쪽이 검소한 샐러리맨이다. 협박하는 측은 처음에는 도이자키 부부가 저축해둔 돈 같은 목돈을 뜯어낼 수 있었을지 모르지만, 그런 돈은 오래가지 못한다. 바로 바닥이 난다.

그렇다고 해서, 공갈꾼이 간단하게 도이자키 부부를 놓아줄 마음이 들었을까?

도이자키 부부를 협박하는 이 인물 — 예를 들어 A라고 하자 — A에게 부부로부터 뜯어낼 수 있는 금품은 물론 큰 매력이다. 하지만 그(혹은 그녀)의 목적은 과연 순수하게 돈뿐이었을까?

제3자에게 절대적인 우위에 서서 그 생살여탈권을 쥐고 지배하는 행위가 인간의 어두운 면을 의외로 강하게 움직여, 다른 행위에서는 얻기 힘든 절대적인 만족감을 가져다준다는 사실을 시게코는 다름아닌 9년 전의 연쇄유괴살인사건 범인에게서 배웠다. 범인은 그런 종류의 만족감, 전지전능한 신이 된 느낌을 탐닉하는 중독환자였고 그래서 계속해서 사람들을 납치해 죽였던 것이다.

체포된 뒤에도 그의 욕망은 여전했다. 피해자 유족의 마음을 헤집는 발언을 반복하며 과거의 살인을 들춰내고는, 예전에 누렸던 전지전능한 느낌의 잉걸불을 뒤척이며 자신의 굶주림을 채웠다.

이 세상을 살아가는 사람에겐 누구나 그런 부분이 있다. 일단 인간의 길에서 벗어나 이 전지전능함을 맛보면 그칠 수가 없게 된다.

공갈꾼 A가 하는 짓은 지금 감옥에 있는 그 사건의 범인에 비하면 좀도둑 수준이다. 하지만 심리적인 움직임은 비슷하지 않을까? 그렇다면 아카네의 죽음이 알려지지 않은 동안에는, 그 협박은 결코 끝나지 않았을 것이다.

도이자키 부부도 한때는, 더이상 돈을 줄 수 없다, 주고 싶어도 줄 돈이 없다고 했을지도 모른다. 그래도 A는 허락하지 않았을 것이다. A가 부부에게서 빨아내는 단맛은 돈으로부터 나오는 것이 아니기 때문이다. 건네받은 돈은 A의 지배력, 전지전능함의 상징에 불과하다.

시게코는 문득 이런 생각이 들었다. 이제 당신이 요구하는 만큼의 돈은 줄 수 없다고 도이자키 부부가 말한다. A는 어떻게 해서든 마련하라고 한다. 100만 엔을 요구해서 안 된다면 50만 엔, 50만 엔을 요구해서 안 된다면 10만 엔, 10만 엔을 요구해서 안 된다면 5만 엔이라도 상관없다. 중요한 것은 도이자키 부부가 자신이 '시키는 대로 하는 것'이다.

요구를 받을 때마다 부부는 생활비를 줄이고, 주위에서 소액의 빚을 내어 그때마다 최대한 끌어낼 수 있는 만큼 돈을 융통한다. A도 머리를 써서 학습을 거듭해, 부부를 살리지도 죽이지도 않고, 자포자기하거나, 반격을 시도하거나, 계속 이런 상태라면 차라리 경찰에 자수하는 게 낫겠다는 생각까지는 하지 않을 정도로 부부의 목에 건 밧줄을 조였다 풀었다 하게 된다.

예를 들어 어떤 때는 부부가 1만 엔밖에 마련할 수 없었다고 치자. 그래도 A는 상관없다. 자신이 불러내면 부부는 어디든 돈을 가지고 달려올 테고, 금액이 요구한 액수보다 적다는 사실에 잔뜩 겁을 먹고 사과한다. A에게는 충분히 즐거운 일이다. 이렇게 기묘한 균형을 이루며 10여 년 동안이나 A와 부부가 가해자-피해자로서 공생관계를 계속해왔다고 생각할 수는 없을까.

차라리 A가 세상물정에 어둡고 머리도 나빠서 "사채를 써서라도 천만 엔 가져와" 하는 식의 터무니없는 요구를 들이미는 공갈꾼이었다면, 결과적으로는 더 나았을 것이다—

고리대금업자 등에게서 돈을 빌리다가 제대로 갚지 못해 독촉장이라도 날아오는 날이면 대번에 딸에게 들통 난다, 그러면 더이상 어쩔 도리 없다, 도이자키 겐은 직장 상사인 니노미야에게 그렇게 말했다.

—아빠, 대체 뭣 때문에 이렇게 돈을 빌리는 거야? 어디에 필요한 돈인데?

딸이 그렇게 물으면 둑이 무너지는 것은 시간문제다. 세이코는 현명한 아이다. 계속해서 거짓말하는 것은 힘들다.

세이코에게 아카네의 죽음을 들켜서는 안 된다는 것. 바로 그것이 도이자키 부부에게는 형사처벌보다 훨씬 중대한 문제였을 것이다. 그래서 부부는 참고 견뎌왔다.

4월 20일 한밤중에 일어난 화재에서, 옆집에서 옮겨 붙은 불로 집이 타들어가는 것을 멍하니 지켜보는 도이자키 부부의 마음에 스쳤을 생각들을 시게코는 상상해보았다.

어쩌면 이 불 때문에 아카네의 시체(유골)가 나올지도 모른다. 발견되지 않을 수도 있지만, 발견될 수도 있다. 조금이라도 드러날 가능성이 있다면 이제 그만두는 게 좋지 않을까. 미리 자백하자. 비밀로 간직해온 기나긴 세월에 마침표를 찍을 수 있다. 다행히 형사사건 시효는 지났다. 이대로 입을 다물고 있어도 언젠가 세이코가 알게 될 위험이 있다면 차라리 자진해서 털어놓자. 지금이 그 최초이자 최후의 기회다―

공갈꾼에게 물어뜯기는 인생에서 쌓인 피로가 도이자키 부부를 압도하는 순간이 찾아온 것이다.

부부가 왜 그날 밤 그렇게 쉽게 함락되어 경찰에 출두했을까 하는 의문의 답은, 바로 이것이 아닐까?

시게코는 볼펜을 꼭 쥐고 한동안 메모장을 노려보았다. 그리고 힘을 주어 이렇게 적었다.

그러면 지금 현재, A는 무슨 생각을 할까?

공갈의 빌미는 이제 사라졌다. 도이자키 부부는 모습을 감췄다.

아아, 오랫동안 재미를 봤는데, 이제 끝났구나―그런 정도로 넘어갈까?

그런 마무리로 만족할까? A로서도 마지막으로 결말을 짓고 싶지 않을까?

시게코는 고개를 들었다. 내가 A라면 어떻게 할까? 한번 다른 사람을 지배하고 멋대로 쥐고 흔드는 재미를 맛본 인간이라면 과연 어떻게 할까? 게다가 그게 습관이 되어버린 인간이라면, 어떻게 생각할까?

세이코에게 접근하려 할 것이다.

그녀의 부모가 언니를 죽인 걸 이야기하지 말아달라고 오랫동안 입막음의 대가로 자기에게 돈을 건네왔다는 걸 알리기 위해. 그게 얼마나 비참한 모습이었는지 가르쳐주기 위해. 물론 세이코에게서는 돈을 뜯어낼 수 없다. 어떤 물질적인 담보도 받을 수 없을 것이다. 하지만 세이코가 모르는 사실을 알려주어, 동요하고 상처 입게 만들 수는 있을 것이다. 그것을 보며 즐길 수 있다. 진정한 마지막 기쁨. A가 자신의 손으로 찍을 마침표다.


아침 일찍 쳐들어가자 다행히도 다카하시 변호사는 사무실에 있었다. 오늘도 다다와 한 세트로 있었다.

"무슨 일입니까?"

다카하시 변호사는 험악한 눈빛으로 말했다. 시게코는 갑자기 찾아와 미안하다고 정중하게 사과했다.

"편지를 읽으셨습니까?"

재킷을 벗고 책상 위에 펼친 신문을 읽고 있던 변호사는 한숨을 내쉬었다.

"읽었습니다. 마에하타 씨, 상상력이 너무 풍부하더군요. 소설가가 되시는 게 좋겠어요."

"도이자키 부부가 누군가에게 협박을 당했을 거라는 가설이 아주 엉뚱한 건 아니라고 생각합니다."

"아뇨, 아뇨. 충분히 엉뚱합니다."

대체 근거가 뭡니까? 다카하시 변호사의 목소리가 비로소 노기를 띠었다.

"도이자키 겐 씨가 주위 사람들로부터 소액의 빚을 지고 있었다는 것뿐 아닙니까? 거기에는 얼마든지 이유가 있을 수 있습니다."

"예를 들어 어떤 이유죠?"

다카하시 변호사는 대답하지 않고 입을 꾹 다물었다.

시게코가 말했다.

"아카네 씨에 관한 사실을 외부의 누군가가 알고 있었던 겁니다."

"그 근거는? 초능력 소년이겠죠? 터무니없는 말 좀 그만 하세요."

"선생님, 우리가 이런 대화를 하고 있는 게 더 터무니없어요. 시간 낭비입니다."

"맞는 말씀입니다."

"그러니까, 편지라도 부탁드려요. 도이자키 씨에게 물어봐주세요. 그런 사실이 있었는지 확인해주세요. 사실은 제가 직접 물어보고 싶지만 그럴 수가 없습니다. 선생님에게 부탁드리는 수밖에 없어요."

난센스입니다, 변호사는 말했다.

"확인해보고, 그 뒤에 도이자키 부부가 웃어넘기거나 화를 내시거나 하면 그때는 기꺼이 받아들이겠습니다. 하지만 만약 두 분이 인정한다면,"

"가령 그게 사실이라도, 지금 와서 인정할 것 같습니까?"

"아뇨, 인정하지 않을 이유가 없습니다. 세이코 씨가 걱정될 테니까요."

다카하시 변호사의 눈썹이 넓은 이마 쪽으로 치켜올라갔다.

"무슨 뜻이죠?"

시게코는 자신의 생각을 밝혔다. 변호사는 계속 눈썹을 치켜올린 채였다. 다다는 시게코 옆에 우두커니 서서 입을 반쯤 벌리고 있었다. 분위기와 어울리지 않게, 실내에는 아마도 그가 끓였을 커피 향이 한가롭게 풍겼다.

"선생님 말씀대로 제 상상력이 지나친 건지도 모릅니다. 모두 제 지나친 생각이어서 저 혼자 창피당하고 끝난다면 더이상 바랄 게 없겠어요. 하지만 만에 하나, 그렇지 않을 가능성도 있다고 생각지 않으세요?"

시게코는 손에 땀을 쥐고 있었다.

"……선생님."

다다가 입을 열었다.

"넌 가만히 있어."

시게코는 변호사의 책상으로 다가가 몸을 앞으로 내밀었다.

"변호사로서의 경험에 비추어 선생님이 내리신 판단에, 아무것도 모르는 제가 이러쿵저러쿵 참견할 자격은 없습니다. 그건 너무도 잘 알고 있어요. 하지만 저는, 딱 한 번이지만, 뜻하지 않게 끔찍한 흉악 사건의 범인과 마주했던 경험이 있습니다. 그리고 거기서 배운 게 있습니다."

잠시 뜸을 들인 뒤, 변호사는 뜻밖에 부드러운 투로 질문했다.

"뭘 배웠습니까?"

"다른 사람을 찢어발기는 맛을 봐버린 인간은 그리 간단하게 손을 떼지 않는다는 사실입니다. 그들은 물러날 때를 모릅니다. 가령 알더라도, 그게 외부에서 주어진 것일 경우에는 받아들이지 않습니다. 어디까지나 자기에게 주도권이 있다고 생각하려 하죠. 그걸 과시하고 싶어합니다. 그래서 세이코 씨가 걱정되는 겁니다."

실제로 도이자키 부부를 쥐고 흔든 공갈꾼이 존재한다면 이대로 얌전히 물러나지는 않을 것이다. 시게코는 간절히 호소했다.

"이 인물은 세이코 씨로부터 그리 먼 곳에 있지 않을 겁니다. 처음부터 도이자키 부부의 비밀을 알아낼 만한 곳에 있었으니까요. 그리고 지금도, 무슨 생각을 하고 있는지 알 수 없습니다."

"……삼촌."

다다가 또 변호사를 불렀다. 이번에는 다카하시 변호사도 아무 말이 없었다.

"확인만이라도 해보는 게 어떨까요?"

고마운 지원사격이다. 시게코는 고개를 돌려 다다를 바라보았다. 작은 새 같은 인상의 청년은 약간 당황한 기색이었다.

"그렇게 해요, 삼촌."

변호사는 말이 없었다.

"저는 세이코 씨와 함께 사람들을 만나보고 다닐 계획입니다."

시게코는 변호사와 다다의 얼굴을 번갈아 바라보면서 말을 이었다.

"세이코 씨가 움직이기 시작하면, 조만간 공갈꾼이 눈치 챌 위험이 있습니다. 조금 전에도 말씀드렸듯이 공갈꾼은 도이자키 가족의 생활권 안에 있던 인물일 테니까요. 세이코 씨의 거처를 알게 되면 접촉해 오지 않을까요?"

"그건 위험해요."

다다가 말했다.

"그만두시는 게 좋을 거예요."

"그렇죠. 만약 제 상상대로 공갈꾼이 실제로 존재할 경우에는 말입니다. 그래서 미리 확인해두지 않으면,"

서로 짠 것도 아닌데 시게코와 다다는 동시에 숨을 멈추고 다카하시 변호사의 대답을 기다렸다.

"나 참."

변호사가 탄식했다.

"드라마와 현실을 혼동하고 있군."

"죄송합니다."

시게코에 앞서 다다가 사과했다.

다카하시 변호사는 손가락 하나를 세워 시게코 얼굴로 디밀었다.

"이런 소란은 오늘로 끝냅시다. 난 도이자키 씨에게 연락을 취해 원하시는 바를 확인해보겠습니다. 마에하타 씨는 함부로 소란 떨지 말고 얌전히 내 대답을 기다리겠다고 약속해주세요. 그렇게 하겠습니까?"

"감사합니다!"

시게코 옆에서 다다도 덩달아 고개를 숙였다.

그러고 나서 다다는 배웅한다기보다 사무실에서 쫓아내려는 듯이 시게코의 등을 쿡쿡 찔렀다. 다다가 문을 열어주자 시게코는 저도 모르게 변명을 하고 싶어졌다.

"저도 아무렇게나 이런 상상을 한 건 아니에요. 그 성냥들이……"

"알겠습니다, 알겠어요."

작은 새가 지저귀듯이 다다는 급히 대꾸했다.

"그런데 진짜 저돌적이네요, 마에하타 씨."

문을 닫을 때 다다는 살짝 쓴웃음을 지었다.

얌전히 있겠다고 약속은 했지만 그렇다고 노아 에디션에 출근해 일할 기분은 아니었다. 시게코는 노자키에게 연락해 급히 하루 휴가를 받고, 바로 역으로 가서 전차에 올라타 세이코가 사는 연립주택으로 향했다.

"어제부터 자꾸 소란스럽게 굴어서 미안해요. 혹시 세이코 씨가 갖고 있는 부모님 스냅사진은 없나요?"

있다고 했다.

"다쓰짱과 넷이 찍은 거예요. 올 설날에 찍은 건데⋯⋯"

"빌릴 수 있을까요?"

세이코는 물론 거절하지 않았다. 그리고 당연히 이유를 알고 싶어했다. 시게코는 대답하지 않았다.

"나중에 이야기할게요. 지금은 좀 곤란해요."

스냅사진을 손에 들고, 시게코는 성냥갑의 출처인 카페와 커피숍을 차례대로 찾아다녔다. 성냥들이 그리 오래된 것이 아니라는 짐작은 맞았다. 가게 중 몇 군데에는 지금도 같은 성냥이 놓여 있었다. 주인이 바뀌거나 가게 이름이 바뀐 곳도 있었지만, 지금의 주인이나 이웃 가게 사람들에게 물어보자 분명히 예전에는 이 성냥갑에 적힌 가게가 그곳에 있었다는 사실을 쉽게 확인할 수 있었다.

하지만 어느 가게에도 도이자키 부부의 사진을 보고 "자주 왔던 손님입니다"라고 알아보는 종업원은 없었다. 물론 그 대답만으로도 충분했다. 공갈꾼과 만나기 위해 찾아가는 가게에 도이자키 부부가 단골로 드나들었을 리는 없다. 오히려 "아, 일주일에 한 번씩 오시던 손님이네요"라는 대답이 나오면 계산이 어긋나는 셈이 된다.

어느 곳이나 손님들이 많았다. 역으로 가는 번화한 거리에 있어서 언제 누가 손님으로 와도 이상할 게 없고, 종업원들도 기억하기 힘들다. 시게코가 상상했던 대로였다.

가게를 돌아다니며 중간중간 아키쓰에게 전화를 걸었다. 쉽게 연결이 되지 않았고, 그쪽에서 연락이 오지도 않았다. 그러다 오후가 되어서야 겨우 본인이 전화를 받았다.

"잠깐 이야기 좀 할 수 있을까요?"

아키쓰는 장소를 바꿔 다시 걸겠다고 했다. 5분 뒤에 걸려온 전화를 득달같이 받은 시게코에게 아키쓰가 말했다.

"무슨 일이 있었나보군요."

눈치가 빠르다. 시게코는 단숨에 현재 상황을 설명했다.

"아키쓰 씨는 어떻게 생각하세요?"

"미스터리 작가는 못 되겠네요. 요즘은 좀더 복잡한 이야기를 쓰지 않으면 그 바닥에서 먹고살 수 없는 모양이던데."

시게코는 웃었지만 아키쓰는 무척 진지했다.

"공갈꾼의 존재에 관해서는 어차피 곧 답이 나올 테니 내가 뭐라 할 말은 없습니다. 오히려 신경 쓰이는 것은 '푸른하늘모임' 쪽인데."

"취재 거부 건 말인가요?"

"갑작스럽게 그렇게 나오니 말입니다."

내가 한번 가입해볼까요, 라고 아키쓰는 말했다.

"괜찮겠어요? 저도 그런 생각은 잠깐 해봤지만, 아키쓰 씨 아이들까지 끌어들이는 건 좋지 않을 것 같아서……"

"그런 건 알고 있습니다. 나한테 맡기세요. 마에하타 씨는 한동안 그 모임에 접근하지 않는 편이 낫겠습니다."

모든 것이 시게코의 추측대로라면, 도이자키 부부를 협박한 인물은 바로 하기타니 히토시와 푸른하늘모임의 행사에서 우연히 만나 히토시가 그 기억을 '본' 사람이라는 이야기가 된다. 도이자키 부부의 어두운 비밀을 아는 사람이 동시에 두세 명이나 될 리는 없으니까.

"가령 그 인물이 지금도 모임에 있다면 마에하타 씨를 알고 있을 가능성이 있습니다. '범죄 르포 전문가 마에하타'로 말이죠. 이거 큰일이다 싶어 도망치면 일이 번거로워질뿐더러, 나중에 무슨 꿍꿍이를 꾸밀지도 모릅니다. 세이코 씨를 위해서도 거리를 두도록 하세요."

그렇게 이야기하지 않아도 당연한 일이지만, 시게코는 단단히 약속했다.

성냥갑이 나온 가게를 모두 돌아보고, 시게코는 기타센주로 가기로 했다. 세이코와 함께가 아니더라도, 그녀의 마음이 전달된 지금은 이웃 사람들이 세이코에게 해주는 이야기도 다를 것이다. 사카이 나오미나 이마이 가쓰오에게 도움을 청하는 방법도 있다.

지나는 길에 세탁소를 들여다보자 카운터에 이마이 부인의 얼굴이 보였다. 인사를 하러 들어가자 그녀는 반가운 듯 웃었다.

"지난번에 세이짱이 왔어요. 건강해 보이던데요."

"네, 저도 세이코 씨에게 이야기 들었어요."

"아카네에 관해 알고 싶어한다고 했죠?"

이마이 부인이 미리 앞질러 이야기를 꺼냈다.

"나는 안 그러는 게 좋겠다 싶지만…… 그래도 세이짱도 고집이 있는 애라서요."

"알아서 좋을 이야기가 없을 거라는 말씀이세요?"

시게코의 물음에 이마이 부인은 입을 꾹 다물고 고개를 끄덕였다.

"세이코가 다녀간 뒤로, 우리 가쓰오와 나오미가 여기저기 다니면서 물어보고 알아보고 했어요."

고마운 일이다.

"저한테도 기억나는 게 없냐고 묻더군요."

그러더니 아까보다 더 힘주어 입을 꾹 다문다.

"남의 집 이야기라 함부로 말하기 어렵지만……"

죄송합니다, 하고 시게코는 사과했다. 이마이 부인은 카운터에 굵은 팔꿈치를 짚고 먼 곳을 바라보았다.

"아카네는 말이죠, 애당초 학교가 안 맞았다고 할까, 초등학교 때부터 선생님 속을 썩였던 것 같은데, 심해진 건 중학교 올라가서부터였던 모양이에요. 불량학생이라지만 학교 친구들이나 이웃 아이들과 어울리는 걸 볼 때는 그래도 귀여웠어요. 정도의 차이는 있어도 어느 집 애나 한때 그럴 수도 있는 거고."

"아카네 씨는 그렇지 않았나요?"

"자기보다 나이 많은 애들과 어울리기 시작했어요."

어디서 알게 되었는지는 모르지만, 하며 코로 굵은 한숨을 내쉬었다.

"한 고등학생 정도 되겠지만, 그런 남자아이들과 어울려 다니게 되면서부터 애가 아주 나빠졌어요. 내가 두 눈으로 직접 본 적도 있고요."

시게코도 카운터에 손을 얹고 약간 몸을 앞으로 내밀었다.

"어떤 걸요?"

"머리는 완전히 갈색이고, 교복은 이상하게 고쳐 입고, 누가 봐도 불량학생 같은 그런 모습으로 오토바이에 둘이 타고 말예요."

둘이 가게 앞을 지나가는 걸 자주 보았다고 한다.

"아마 그 남자아이가 아카네를 집까지 데리러 와서 같이 나가는 게 아니었나 싶어요."

세이코는 아카네의 친구로 보이는 소년들이 집으로 찾아와서 도이자키 고코가 화를 낸 적이 있다고 수기에 적었다.

"아카네 씨의 남자친구였나요?"

"그런 애들이 아니라, 질이 나쁜 애였어요. 문제아 말예요."

똑같은 표현을 세이코도 수기에 썼다.

"도이자키 고코 씨가, 아카네는 아직 중학생인데 질이 좋지 않은 남자가 붙어서 골치라고 말한 적이 있다더군요."

"그래, 맞아요."

이마이 부인은 손가락을 세워 가리키며 말했다.

"늘 같은 아이였나요?"

"같이 어울리는 애들은 더 있었던 것 같은데, 아카네가 딱 달라붙어서 다니는 건 한 명이었죠."

아카네는 그 소년과 함께 있을 때는 교복 차림이라도 곧잘 화장을 하고 다녔다고 한다.

"멀리서 봐도 금방 알 수 있었죠."

이마이 부인은 살짝 주위를 살피더니 목소리를 낮추었다.

"그 무렵에, 우리 남편도 본 적 있다고 했어요."

시게코도 목소리를 죽였다.

"뭘 보신 건가요?"

"역 근처에, 지금은 깨끗한 빌딩들로 바뀌었지만, 예전에는 러브호텔이 몇 개 있었어요. 남편이 배달 때문에 거기를 지나가다가, 아카네가 아직 어려 보이는 빨간머리 남자애와 들어가는 걸 봤다는 거예요."

그게 바로 아카네에게 붙은 질 나쁜 애라고, 이마이 부인은 남편에게 말했다고 한다.

"남편은 고지식한 사람이라, 아카네가 나쁜 녀석에게 억지로 끌려가는 줄 알고 구해주려 했던 모양이에요. 배달용 라이트밴을 타고 있었으니까 빵빵빵, 하고 경적을 울렸다더군요. 그랬더니 그 둘이 남편을 바라보았답니다. 아카네는 아, 동네 세탁소 아저씨다, 싶었겠죠. 남자 뒤로 숨어버렸대요."

그래도 이마이 씨는 아카네에게 가서, 이런 데서 뭘 하는 거냐고 말을 걸었다. 그러자 함께 있던 남자가 무서운 기세로 덤벼드는 바람에 자칫하면 얻어맞을 뻔했다고 한다.

"우리 남편에게 마구 욕을 퍼부으면서 둘이 같이 도망가더래요. 집에 와서 저한테 그런 말을 하기에, 그냥 내버려두지 바보같이 그랬다고 웃었죠."

말하면서 점점 불쾌한 얼굴이 되어갔다.

"중학생 여자애가 저래서야 되겠냐고 남편이 참 어처구니없어했어요. 도이자키 씨도 큰일이라고요."

이마이 부인은 큼직한 손바닥으로 카운터를 탕, 하고 때렸다.

"뭐, 대충 그런 식이었어요. 그런 애들은 어느 시대에나 있잖아요? 빨리 어른이 되고 싶어 안달 난 여자애들 말예요. 어른이 되는 방법이 틀렸지만."

"가쓰오 씨와 나오미 씨가 알아낸 이야기도 대개 이런 내용인가요?"

"대충 그렇죠. 그 이외에 나올 게 없어요, 아카네에겐."

이웃 여자아이의 사춘기 폭주. 흔히 볼 수 있는 일이다. 다만 결말은, 그애도 왕년엔 불량소녀였지만 지금은 완전히 마음을 잡고 좋은 엄마가 되었단다 — 라는 훈훈한 이야기가 아니다. 아카네라는 소녀는 어른이 되지 못했다.

아아, 그런데, 하고 이마이 부인의 표정이 바뀌었다.

"중학교 선생님에게 연락해서 아카네 담임선생을 만났다는 것 같더라고요."

근무하는 학교가 바뀌거나 퇴직해도 교사들은 교사들끼리의 연락망

이 있다. 가쓰오와 나오미는 그들을 가르쳤던 선생님에게 부탁해 아카네 담임교사의 현재 연락처를 알아냈다고 한다.

"나오미가, 마에하타 씨랑 세이짱과 함께 만나러 갈 거라고 했어요."

"잘됐네요, 감사합니다."

"하지만 정말이지 아무리 파봐야 방금 같은 이야기밖에 나오지 않을걸요."

이마이 부인이 다짐하듯이 말했다. 그리고 갑자기 숙연해졌다.

"……그래도 그게 나은 건가. 세이짱도, 부모님도 어쩔 수 없었던 거라고 생각할 수 있을 테니까요."

시게코가 대신 대답할 수 있는 질문은 아니었다.

"그 불량소년은, 이 동네 아이였나요?"

"아, 아니에요. 그랬다면 우리도 어느 집 누군지 바로 알았겠죠."

"하지만 아주 멀리 사는 것도 아니지 않을까요?"

"학교가 이 부근인 게 아니었을까요? 고등학생이라면 그럴 수도 있을 거예요."

이마이 부인은 손가락을 꼽으며 가까운 역을 이용하는 공립, 사립 고등학교 이름을 몇 개 읊조렸다. 특히 그중 한 학교를 꼽을 때는 유난히 얼굴을 찌푸렸다.

"그때나 지금이나 똥통학교로 유명해요."

시게코는 서둘러 메모했다.

"그런 학생들이 많이 모이는 가게 같은 데 혹시 아세요?"

"역 주변에는 많죠. 그때 가게가 지금까지 남아 있을지는 몰라도."

잠시 기다려봐도 가쓰오가 돌아오지 않아서, 시게코는 일단 사카이 나오미를 먼저 만나기로 했다. 나오미는 부엌 곁에 붙은 일본식 방에서 말린 빨래를 잔뜩 쌓아놓고 혼자 다림질을 하고 있었다. 부모는 외출했고, 쌍둥이는 낮잠을 자는 중이라고 했다.

"가쓰오 어머니와 이야기를 좀 하고 왔어."

"아, 그럼 설명하기 편하겠네요!"

인사도 하는 둥 마는 둥하고 나오미는 바로 본론으로 들어갔다.

"세이짱은요?"

나오미는 신경 쓰이는 듯 물었다.

"사정이 좀 있어서, 오늘은 나 혼자야."

"그래요? 차라리 그게 나을지도 모르겠네."

역시, 좋은 이야기는 나오지 않더라고요— 나오미는 걱정스러운 표정을 지으며 이마이 부인과 같은 소리를 했다. 말투까지 비슷했다.

"아카네 언니 담임이었던 여자 선생님은 이미 정년퇴직하셨어요. 손자도 본 연세인데, 전화 목소리로는 꽤 친절한 느낌이었지만, 옛날 일을 조사해봐야 별 소용없을 거라는 태도라 그닥 협조적이지는 않았어요."

"만나주시는 것도 힘들까?"

"일단 전화 걸어볼까요?"

성미가 급하다. 나오미는 바로 자리에서 일어났다.

"세이짱이 이 문제로 프로 조사원에게 부탁을 한 상태이니까, 그분 질문에는 대답을 잘 좀 부탁드린다고 이야기해놨어요."

그렇다면 저쪽은 더욱 방어적일 것이다.

나오미는 꼼꼼하게 노트까지 만들어서, 아카네의 담임교사 이름과 연락처를 볼펜으로 정성스럽게 적어두었다. 우부카타 요시에生方芳江

라는 이름이었다. 사는 곳은 세타가야 구였다.

"우리집 전화 쓰세요, 괜찮아요. 여기서 듣고 있을게요."

등을 떠밀리듯이 전화 앞으로 가서 시게코는 번호를 눌렀다. 살짝 나이가 느껴지는 차분한 여자 목소리가 들렸다.

시게코는 얼른 자기소개를 했다. 말은 바로 통했다. 동시에, 우부카타 선생이 난처해한다는 것도 알 수 있었다.

"도이자키 아카네가 죽게 된 사정에 관해서는 저도 뉴스를 봐서 알고 있습니다. 딱한 일이고, 당시 담임교사로서 부끄러운 마음도 있지만, 이제 와서 무슨 이야기를 한들 바뀔 것은 없다고 생각합니다."

시게코는 잠깐이라도 시간을 내서 만나주실 수 없겠냐고 최대한 정중하게 부탁했지만, 우부카타 선생은 고사했다.

"알겠습니다. 그러면 무리하게 부탁드리진 않겠습니다. 하지만 지금 잠깐만이라도 시간을 내셔서, 딱 두세 가지 정도만, 선생님이 아시는 대로 알려주셨으면 하는 게 있어요. 괜찮으시겠습니까?"

어쩔 수 없다는 듯, 한숨을 섞어 우부카타 선생이 물었다.

"무슨 일인가요?"

"16년 전, 정확하게는 1989년 12월 8일 이후에, 도이자키 부부에게서 연락을 받은 일이 있으신가요?"

"물론, 있습니다. 어머님이 학교로 찾아오셨어요."

아카네가 집을 나갔다, 지금 어디 있는지는 모른다, 경찰에 가출신고를 했다, 학교에도 폐를 끼쳐 죄송하다고 사과하러 왔다고 한다.

"그 뒤로는요?"

"졸업식 날 뵌 것뿐입니다."

"그러시군요. 지금까지 저희 이외에 아카네 씨 문제로 누가 선생님께 연락을 해온 적은 없었나요?"

"한 번도 없습니다."

"전혀요?"

"네."

또 한숨 소리가 들렸다.

"알겠습니다. 선생님은 3학년 때만 아카네 씨 담임을 맡으셨던 건가요?"

"그렇습니다. 그때는 1, 2학년은 같은 선생님이 맡고, 3학년이 되면서 반을 재편성하는 식이었으니까요."

아카네의 행실에 관해서는 이전 담임으로부터 인수인계를 받았다고 한다.

"솔직히 말씀드리자면 도저히 지도할 방법이 없는 학생이었어요. 처음부터 자기는 고등학교에 안 갈 거라고 고집을 부렸습니다. 지각이나 조퇴, 무단결석도 많았고요. 부모님도 무관심한지, 아카네 문제로 의논을 청해도 학교에 잘 와주시지 않았어요."

"말하자면 진로상담 — 학생과 학부모가 함께 의논하는 자리에도 오시지 않았나요?"

"어머니가 오셔서, 미안하지만 딸은 진학시키지 않겠다고 하시고는 끝이었습니다."

시게코는 살짝 방향을 바꿨다.

"선생님, 아카네 씨에 대해 잘 기억하고 계시네요."

이번 한숨에는 짜증에 초조함이 섞여 있었다.

"아카네의 시체가 발견되었다는 뉴스를 듣고 여러 가지 옛 기억을 떠올리게 되었습니다. 원래 우리처럼 교직에 있는 사람들은 자기 학생의 일은 다 기억하게 마련이고요."

"감사합니다. 덕분에 많은 도움이 되었어요."

빈말이 아니라 진심으로 말한 건데, 우부카타 선생은 아무 반응이 없었다.

"아카네에게는 자기보다 나이가 많은, 아마 당시 고등학생이었던 남자친구가 있었던 모양입니다. 곧잘 그애와 함께 다니는 걸 보았다는 증언이 있는데, 혹시 선생님께 짐작 가는 구석은 없으세요?"

"학교 밖의 일은 모릅니다. 학생들이 수군거리는 이야기를 들은 정도죠."

"어떤 소문이었나요?"

"그러니까…… 아카네가 연상의 남자친구와 어른들처럼 교제한다는 거요."

시게코 자신의 중고등학교 시절을 돌아보아도, 동급생 중에 그런 '성숙한' 아이가 있으면 다들 이야깃거리로 삼았다. 호기심에 눈을 반짝이면서.

어쩌면 같은 지역 동급생 가운데도 이마이 가쓰오의 아버지처럼 아카네가 남자친구와 수상한 곳에 출입하는 장면을 목격한 아이들이 있을지도 모른다. 두 사람은 공공연히 사귀고 있었던 것이다. 그런 소문이 돌았어도 이상할 게 없다.

우부카타 선생은 당시 학생주임이기도 해서, 그 문제로 몇 차례 이야기를 했다고 한다.

"거듭 말씀드리지만, 학교 밖의 일이었기 때문에 학부모에게서 상담 요청이 들어오지 않는 한 함부로 나설 수 없었습니다."

"그 남자친구 문제로 아카네 씨에게서 무슨 말을 들은 적은 없으셨나요?"

잠깐 뜸을 들이고 나서 우부카타 선생은 툭 내뱉듯 대답했다.

"아카네는 제가 자기 담임교사라는 것조차 몰랐을 것 같은데요. 적어도 저는 그렇게 느꼈습니다."

실례라는 생각은 들었지만, 시게코는 소리 없이 씁쓸하게 웃었다.

"아카네는 저는 물론이고 학교 자체를 상대도 하지 않았습니다."

우부카타 선생은 자조 섞인 목소리로 그렇게 말했다. 시게코는 또 소리 없이 몇 차례 고개를 끄덕였다.

문득 보니 뒤에서 마른 침을 삼키는 나오미 옆에 이마이 가쓰오의 거구가 보였다. 시게코와 눈이 마주치자 슬쩍 고개를 숙였다.

"그렇군요. 선생님, 혹시 아카네 씨가 학교 내에서 친하게 지내던 친구는 없었나요? 아카네 씨의 품행이 좋지 않았다는 건 잘 알겠습니다. 그래도 아무리 그런 학생이라도, 아니 그런 학생이기 때문에 더더욱 같이 어울려 다니는 친구가 있었을 것 같은데요."

"있었죠."

우부카타 선생은 바로 대답했다.

"하지만 이건 제 입으로 누구라고 말씀드릴 수 있는 일이 아닌 것 같습니다. 이미 지난 이야기고, 그 학생도 지금 자기 인생이 있겠죠. 꼭 필요하시다면 직접 알아보시면 되지 않겠어요?"

무뚝뚝하기 그지없는 말투였다.

나오미가 시게코의 소매를 잡아당겼다. 고개를 돌리자 나오미는 눈을 크게 뜨고 "제가 알아요, 안다고요" 하고 빠른 목소리로 속삭였다. 아카네의 친구에 대해선 이미 알아봤다는 뜻인가?

"그러면 선생님, 죄송하지만 마지막으로 한 가지만 더 부탁드리겠습니다."

시게코는 쿠키 상자에서 나온 학교 배지에 대해 설명했다.

"사용한 흔적이 없습니다. 아카네 씨 것인지도 분명하지 않지만요."

우부카타 선생은 생각에 잠긴 듯했다.

"배지는 교복 옷깃에 달도록 교칙에 정해져 있습니다만……"

"아카네 씨는 입학 이후에 한 번도 단 적이 없었던 걸까요?"

"모르겠습니다."

알아듣기 힘들 정도로 힘없는 목소리였다.

"아카네 씨가 이른바 불량소녀 티를 내느라 교복을 이상하게 고쳐 입고 다녔다는 건 이웃 사람들이 기억하고 있습니다."

"네, 그건 맞습니다."

"그러면 학교 배지를 제대로 달지 않았을 가능성도 있겠군요?"

"모르겠네요. 죄송하지만 거기까지는 기억이 나지 않습니다."

하지만, 하고 목소리를 살짝 가다듬은 뒤에 우부카타 선생은 말을 이었다.

"배지를 잃어버렸을 때는 서무실에 신청하면 바로 새것을 구입할 수 있습니다."

시게코는 생각했다. 아카네는 교복 차림으로 여기저기 돌아다니는 일이 많았다. 교칙에 따라 배지를 옷깃에 달았어도 어디선가 잃어버렸을지도 모른다. 본인은 깨닫지 못했어도 어머니인 고코는 알았다. 보호자로서 마음이 아팠다. 그래서 무슨 일이 있어 학교에 간 김에 새것을 하나 구입했지만, 아카네에게 건네줄 기회가 없었다—

하지만 새 배지는 다름아닌 그 상자 안에, 예의 성냥갑들과 함께 들어 있었다. 시게코는 그 사실이 아무래도 마음에 걸렸다.

"이제 됐습니까?"

예의를 차린다기보다 오히려 겁을 먹은 듯한 우부카타 선생의 목소리가 들려왔다.

"네, 말씀 감사했습니다."

하지만 우부카타 선생은 전화를 바로 끊지 않았다. 잠깐의 틈을 두었다가, 마음을 굳힌 듯이 말을 이었다.

"아카네 일은 정말 안타깝게 생각합니다."

쓴 약에서 더 쓴맛이 나도록 일부러 꼭 깨물고 있는 듯한 말투였다.

"제자가 보호자의 손에 살해되었다는 사실을 저는 전혀 몰랐습니다. 그 이전에, 그런 위험의 조짐도 발견하지 못했습니다. 30년도 넘게 교직에 있으면서 이렇게 뼈아픈 실수는 없었습니다."

시게코는 말없이 귀를 기울였다.

"조금 전에 아카네의 어머니가 학교 문제에 적극적이지 않았다고 말씀드렸지만, 그것은 제가 마음대로 책임을 회피하려고 한 소리입니다. 어쩌면 그때 어머니 나름대로 학교 쪽이나 제게 도움을 구하러 오셨을지도 모릅니다. 하지만 저는 거기 부응하지 못했습니다. 다른 학생들 문제로 머릿속이 복잡했죠. 교육자로서 있을 수 없는 일이지만, 솔직히 아카네를 포기한 거나 마찬가지인 상태였습니다. 그래서 학부모가 SOS를 보낸 걸 그만 간과해버린 건지도 모릅니다."

말투에 흐트러짐이 없었다.

"그때 제가 다른 식으로 대응했더라면 아카네는 살해되지 않았을지도 모른다는 생각도 듭니다."

"선생님, 그건……"

그렇게까지 자책하실 건 없다고 말하려 했지만 우부카타 선생의 목소리에 가로막혔다.

"적어도 그런 가능성은 있습니다. 마에하타 씨라고 하셨죠? 당신은 아카네의 여동생에게 부탁을 받아 조사하는 중이라고 하던데요."

"네, 그렇습니다."

"언니 일은 아주 불행한 사건이었고, 저도 너무 안타깝게 생각한다고 전해주십시오. 그리고 여동생은 과거 일은 과거의 일로 남겨두고 행복한 인생을 살아가기를 빌겠습니다."

전화를 끊고 시게코는 한숨을 내쉬었다. 나오미와 가쓰오는 얼굴을 마주 보았다.

"선생이란 자리도 괴롭네."

시게코는 두 사람에게 말했다.

"역시 못 만나주겠대요?"

"응. 하지만 알고 싶은 건 알아냈어."

교육자로서 성실하게 일해왔고, 앞으로는 남은 인생을 평화롭게 지내려던 참에 과거의 아픈 '실수'가 드러났다—그런 생각에 시달리는 사람을 더이상 몰아붙여봐야 아무 의미도 없다.

"그건 그렇고, 아카네 씨 친구는 찾아낸 거야?"

"네."

나오미의 눈빛이 빛났다. 가쓰오도 고개를 끄덕였다.

"이런 걸 두고 등잔 밑이 어둡다고 하나? 이 동네에 살아요, 그 사람."

소녀는 노리야마 신문배급소 앞에 서 있었다. 가게 입구 새시문은 꼭 닫혀 있다.

이 집에 사는, 주산학원에 다니는 안경 쓴 남자아이와 참견 잘 하는 뚱뚱한 그애 엄마는 마음에 안 든다. 하지만 오늘은 문이 닫혀 있고 아무도 없는 게 원망스러웠다.

길에는 지나가는 사람도 없다.

소녀는 무서워서 심장이 쿵쾅거렸다. 자신의 몸 안에 이렇게나 겁 많고 달달 떠는 작은 동물이 살고 있는 줄은 몰랐다.

그러면 이제 이 길을 안 지나다니면 되잖아. 소녀 안의 소녀가 입을 삐죽 내밀며 그렇게 말했다. 엄마도 다니면 안 된다고 야단쳤었다. 몰래 다니던 걸 그만두면 되는 거다. 그뿐이다.

그러자 소녀 안의 또다른 소녀가 말했다. 하지만 그럼 재미없잖아. 엄마에게 야단맞는 게 뭐 대수라고. 엄마는 늘 야단만 치잖아. 내가 시험을 잘 봤을 때도, 정신 차리고 하면 이 정도 점수가 나오는데 평소에는 왜 제대로 안 하냐고 야단치잖아. 칭찬 같은 건 해주지도 않잖아.

야단을 맞고 안 맞는 걸 떠나서, 재미없는 게 더 싫잖아?

그렇다. 소녀는 겁이 났지만, 겁나는 건 재미없는 일은 아니다. 그래서 흥미가 생기는 것이다.

가슴이 두근거리는 건 무서울 때만 그런 게 아니다. 즐거울 때도 마찬가지 아닌가?

소녀는 입을 꾹 다물고 길 건너편에 있는 네모난 집을 올려다보았다. 몸은 그 집 정면을 향했지만, 오른발은 살짝 도망칠 준비를 하고 있었다.

소녀는 주위 어른들에게 '고집이 세다'는 말을 자주 들었다. 소녀에게 대놓고 이야기할 때도 있고, 소녀가 듣지 않는 줄 알고 자기들끼리 살짝 속삭이는 걸 들은 적도 있다. 듣지 않는 줄 알고 하는 소리가 더 화난다. 소녀가 집에서 친구나 선생님에 대해 나쁘게 이야기하면 — 진짜 바보라서 그러는 건데 — 남의 험담을 하면 입이 삐뚤어진다면서 야단치는 주제에, 자기들은 내가 없는 곳에서 내 험담을 하고 있지 않은가.

요새는 미키도 내 험담을 한다. 다 알고 있다. 사토는 자기밖에 몰라, 라는 소리를 했다. 때려줄 걸 그랬다.

네모난 집에 눈길을 고정한 채 소녀는 가방을 오른손에서 왼손으로 옮겨 쥐었다. 오늘도 또 복습을 했었다. 구구단을 배웠다. 몇 번째인지 모르겠다. 재미없다.

지난 일요일, 가족들과 함께 외출을 했다. 아빠가 운전하고 엄마가 조수석에 앉았다. 소녀와 여동생은 뒷좌석에 나란히 앉았다.

여느 때와 마찬가지로 동생 말소리가 시끄러워서 견딜 수가 없었다. 신이 나서 떠들어대고, 아빠가 라디오나 음악을 틀면 꺅꺅 소리지르며 따라 부른다. 그런데 엄마나 아빠는 즐거워했다.

뭘 하러 가는 건지 자세히 듣지 않아서 기억이 안 난다. 차를 바꾼다고 했던 것도 같다. 그러고 보니 중고차 센터인지 뭔지, 여러 가지 차가 많이 세워져 있는 곳에 갔었다.

차를 타고 여기저기 다녔다. 처음 가보는 길을 한참 달렸다. 소녀는 심심해서 기분이 나빴다. 그래서 내내 그런 표정으로 있었더니 엄마가 또 화를 냈다. 넌 또 왜 그렇게 잔뜩 부어 있냐고.

부어 있지 않다, 부어 있는 게 어떤 건지도 모른다고 했더니, 엄마는 넌 참 말도 안 되는 소리는 잘한다고 했다. 그때 엄마의 입은 한일자로 꾹 다물어져 있었다. '고집이 세다' 고 야단맞을 때의 내 얼굴과 똑같았다. 넌 어째서 그런 표정을 짓는 거니, 네가 한번 봐봐, 하며 거울 앞으로 데리고 간 적이 있었으니까 안다.

점심때 출발했는데 돌아올 무렵에는 해가 기울어 있었다. 차를 타고 이리저리 돌아다니기만 해서 너무 피곤했다. 밖에서 저녁을 먹을 거라고 했다. 너무 싫었다. 패밀리레스토랑 같은 데 가면 엄마와 아빠, 동생만 즐거워하고, 사이가 좋고, 소녀만 따돌리는 기분이다. 주위에 모르는 사람이 많은데도 큰 소리로 야단을 친다.

가고 싶지 않다고 했는데, 무시당했다.

처음 가는 가게 주차장에 차를 세웠다. 빨리 내려, 뭘 꾸물거리니? 엄마가 팔을 잡아끌었다. 동생은 아빠에게 초콜릿 파르페를 먹어도 되냐고 졸랐다. 힐끔 곁눈질로 소녀의 눈치를 살피는 게 보였다. 언니는 또 야단맞는구나, 쌤통이다, 하는 표정이라서 머리를 잡아당겨주었다.

그랬더니 울음을 터뜨렸다. 그래서 아빠에게 머리를 쥐어박혔다.

가게에 들어가 창가 쪽 자리에 앉았을 때, 소녀는 깨달았다. 길 건너편에 눈에 띄는 건물이 있다는 것을.

3층 정도 되는 낡은 건물이다. 창틀이 아주 무거워 보인다. 이 레스토랑처럼 건물 앞에 주차장이 있었다.

거기에 경찰 순찰차가 서 있었다.

번쩍거리는 라이트는 켜져 있지 않았다. 아무도 타고 있지 않다. 한 대가 아니라, 두 대가 서 있다.

건물 출입구 위 차양에 커다란 한자가 적힌 간판이 달려 있다. 출입구가 열리고, 안에서 제복을 입은 순경아저씨가 나왔다.

소녀는 간판의 한자를 세어보았다. 모두 읽을 수 없는 한자지만, 셀 수는 있다. 총 일곱 개였다.

뒷부분에 있는 한자가 눈에 익었다.

순경아저씨가 있는 곳.

거기 씌어 있는 저 한자 — 내가 본 적 있는 저 한자는?

소녀는 아빠에게 물었다. 저기는 뭐야?

○○경찰서야, 라고 아빠가 가르쳐주었다.

어느 글자가 '경찰'이라고 읽는 거야? 소녀가 물었다. 아빠가 손가락으로 가리키며 가르쳐주었다.

110번으로 전화 거는 거기야? 응, 그래. 엄마는 왜 그런 걸 신경 쓰냐고 이상하다는 표정을 지었다. 경찰서 건물이 신기한 모양이지, 뭐.

소녀는 얌전히 식사를 했다. 집에 돌아올 때까지 계속 조용히 있었다. 머릿속이 '경찰'이라는 글자로 가득했다.

집에 오자마자, 엄마와 동생이 눈치 채지 않게 조심하면서 책상으로 가서 책가방을 열었다.

네모난 집 2층 창문에서 떨어진 편지가 책가방 안쪽에 들어 있다. 꺼내보았다. 왠지 숨이 가빠지고, 가슴이 조금 답답했다.

편지―담뱃갑에다가 글자를 갈겨쓴 것이다. '○○을 불러주세요.' 그때는 ○○이란 한자를 읽지 못했다.

하지만 이젠 안다. ○○는 '경찰'이다.

경찰을 불러주세요.

110번에 전화해주세요, 와 같은 뜻이다.

지금도 그 편지는 소녀의 집, 소녀의 방, 소녀의 책가방 안에 있다. 살짝 꺼내볼 때도 있다.

창문으로 그 편지를 떨어뜨린 사람은 경찰을 불러달라고 하는 것이다. 얼핏 보였던 손은 손톱이 길었고 매니큐어를 칠했다. 여자 손이었을 것이다.

저도 모르는 사이에 소녀가 계속 뒷걸음질치자, 노리야마 신문배급소 새시문에 등이 살짝 닿았다.

네모난 집에는 '경찰에 갔다 온' 사람이 살고 있다고 한다. 그래서 가까이 가면 안 된다고 한다. 그 사람은 어린 여자아이에게 나쁜 짓을 한다고 한다.

편지 이야기를 해야 한다. 누구? 엄마에게?

왜 지금까지 이야기하지 않았냐고 야단을 칠 것이다. 왜 네모난 집 앞을 지나갔냐고 마구 화를 낼 것이다. 왜 이런 걸 네가 갖고 있는 거니? 주웠어? 정말이야? 엄마는 나를 싫어하기 때문에 내가 하는 말은 믿으려 하지 않는다. 가끔 정말로 거짓말한 적도 있기 때문이지만.

그래서 나는 못된 아이인 거지만.

소녀는 판단 내리기 곤란해진 어린아이가 하는 행동 — 어른이라도 어리석은 선택을 내릴 때 흔히 하는 행동을 택했다. 현상유지. 결론을 미루는 것. 아무것도 하지 않은 채 뚜껑을 덮어두고 잊어버리는 것.

노리야마 신문배급소 앞을 달려나가는 소녀의 모습을 몰래 지켜보고 있는 눈이 있다는 사실은 전혀 알지 못한 채.

# 멀리서 들려오는
# 목소리

　가게 이름은 ‘비둘기 집’이라고 했다. 지은 지 20년도 더 되어 보이는 모르타르벽 2층집의 1층이다.

　가게는 기타센주 역 부근의 상점가 중간쯤에서 오른쪽으로 꺾어진 골목길 안에 있었다. 작은 스낵바나 음식점 입간판이 주위에 몇 개 나와 있다.

　‘준비중’이라는 팻말을 내건 문 안쪽으로 호박색 어둠이 깔려 있었다. 나오미가 가게 안쪽에 대고 “안녕하세요” 하고 인사를 건넸다.

　네, 하고 대답하는 목소리는 전화로 들었던 것보다 훨씬 밝고 또렷했다. 아까는 잠에서 막 깼을 때 전화를 받았던 모양이다.

　“아, 마에하타 씨―신가요?”

　황갈색 카운터 안쪽에서, 눈이 아플 만큼 새빨간 원피스를 입은 여자가 나와 고개를 갸웃했다.

　“들어오세요, 거기 앉으세요.”

시게코의 뒤를 따라 나오미와 가쓰오도 안으로 들어왔다. 가게는 뱀장어처럼 길쭉한 모양에 카운터석만 있었다. 갖가지 모양의 술병들이 간접조명을 받으며 빛나고 있었다.

"제가 우라타 하토코浦田鳩子예요."

중학교 때 도이자키 아카네와 어울렸던 '불량소녀'라고 스스로 밝힌 이 여자는, 부드러운 동작으로 세 사람에게 명함을 내밀며 웃음 지었다.

"그래서 가게 이름이 '비둘기 집'*인 거군요."

"그렇죠."

화장이 짙다. 눈썹을 특히 진하게 그렸고, 속눈썹에도 마스카라를 잔뜩 칠했다. 헤어스타일은 위로 삐죽삐죽 뻗은 쇼트커트다. 누가 봐도 물장사 스타일이지만, 늘씬한 미인이었다.

줄담배를 피우면서 우라타 하토코는 선선히 이야기를 시작했다. 아카네라, 오랜만에 듣는 이름이네요.

"아카네와는 1학년 때 같은 반이었어요. 상당히 빨리 친해졌죠. 비슷한 냄새가 나서 서로 알아봤거든요."

"냄새요?"

시게코가 묻자 하토코는 웃었다.

"지진아 냄새요. 학교 공부를 못 따라가는 거죠. 전 초등학교 때 나눗셈을 배울 때부터 이미 포기했어요."

공부를 못 따라가는 학생에게 학교는 고통스러운 장소일 뿐이다. 늘 수업을 빼먹을 생각만 했다고 한다. 얼마 안 있어, 학교 밖에는 더 재

---

* 일본어로 '하토(鳩)'는 비둘기란 뜻이다.

미있는 일이 많다는 것도 알게 되었다.

아카네와 하토코 말고도 다른 아이들이 두 사람과 친구일 거라고 생각했던 소녀가 한 사람 있었는데, 실제로 친하게 지낸 적도 있지만 2학년 중반쯤에 사이가 멀어졌다고 한다.

"못된 애처럼 굴기는 했지만 실은 부잣집 딸이었거든요. 남은 건 저하고 아카네뿐이었어요. 나쁜 짓을 많이 하고 다녔죠."

말을 워낙 시원시원하게 하는 터라, 시게코는 혹시나 싶어 물었다.

"아카네 씨 사건은 알고 계시죠?"

"알고 계시죠."

하토코는 농담처럼 대답했다. 그리고 담배를 재떨이에 꾹꾹 눌러 껐다.

"역시, 아버지가 죽인 거였더군요."

말없이 우롱차를 마시던 나오미가 흠칫 놀랐다.

"역시라니…… 전부터 그렇게 생각하셨던 겁니까?"

가쓰오가 물었다. 하토코는 질문의 의도를 살피려는 듯 그의 얼굴을 찬찬히 바라보았다.

"달리 생각할 수가 없잖아요."

"다른 사람에게 그 이야기를 하지는 않았습니까?"

하토코는 새 담배에 불을 붙이고 연기와 함께 웃음을 터뜨렸다.

"말할 리가 없잖아요. 난 실패한 인생인걸요. 아무도 내 말을 믿어 주지 않아요. 아카네 부모님은 착실한 사람이었으니, 다들 그쪽 말을 믿겠죠."

그리고 착실한 부모가 결과는 더 나빠요, 라고 자연스럽게 덧붙였다.

“저야 부모님도 착실하지 않았으니, 뭐 그럭저럭 알아서 살 수 있었고요.”

하토코는 고개를 돌려 가게 안을 빙 둘러보았다. 그렇게 혼자서 알아서 살면서 마련한 게 이 가게예요.

“멋진 가게네요.”

시게코가 말했다. 기분을 맞춰주려고 한 말은 아니었다. 호화롭지는 않지만, 앉아 있으니 이상하게 마음이 편했다.

“고마워요. 하지만 월세 내기도 버거운 형편이에요. 괜찮으시다면 자주 들러주세요.”

“아, 저도 들를게요.”

가쓰오가 말했다. 진심인 듯했다. 나오미는 약간 의외라는 듯이 입을 다물고 있었다.

“계속 이야기를 나누고 싶지만, 저도 장사를 하기 때문에 한가롭게 이러고만 있을 수는 없네요. 뭐가 궁금하다고 하셨죠? 아카네와 어울리던 애들 이야기?”

그건 제가 잘 알아요, 라고 하토코는 덧붙였다.

“그 무렵 아오 고나 나카 고에 다니던 애들이 역 맞은편의 오락실이나 카페 같은 데 자주 모였거든요. 걔들이에요. 아카네와 나도 거기서 놀다가 헌팅당했고요.”

아오 고, 나카 고라는 건 이마이 부인이 꼽았던 고등학교 이름을 줄여서 부르는 말 같았다.

“1학년 여름방학 때였나. 그 나이 때 고등학생은 두세 살만 많아도 무척 어른스러워 보이잖아요. 그래서 같은 학년 애들이랑 노는 건 어린애 장난 같고, 그애들과 어울리는 게 너무 자극적이고 재미있는 거

156

예요. 지금 생각하면 불량학생처럼 놀았지만 그땐 몰랐죠."

같이 몰려다니면서 안 해본 짓이 없어요, 라고 했다.

"놀러 다닐 돈이 떨어지면 아무렇지 않게 물건도 훔치고, 애들한테 삥도 뜯고. 가게 한 곳이 망할 정도로 훔친 적도 있었어요. 양품점이었는데."

나오미가 중얼거렸다.

"저도 중학교 때 부모님에게 반항하면서 좀 나쁜 쪽으로 빠진 적이 있었지만……"

나오미의 얼굴을 비스듬히 바라보며, 하토코는 담배 연기를 훅 내뱉었다.

"지금 그렇게 얌전해 보이는 걸 보면 크게 삐뚤어졌던 건 아니었겠네요."

"저는 잘 모르겠지만……"

"됐어요. 옛날에 좀 놀았다는 걸 자랑하는 건 바보 같은 짓이지, 그쵸?"

하토코는 시게코를 보며 웃음을 지었다. 시게코도 미소로 대답했다. 나오미의 표정이 굳어졌다.

"그렇게 잘 놀러 다녔는데, 3학년 올라갔을 때였나, 그 아이들과 좀 좋지 않은 일이 있었어요. 그때부터 무서워졌죠. 얘네는 이제 정도를 넘어선 것 같다, 그런 느낌이었어요."

"사건이 있었나요?"

시게코가 묻자 하토코는 천장을 바라보았다.

"문제 삼자면 사건이 되고도 남았겠죠. 뭐, 제 이야기는 안 해도 상관없죠?"

시게코는 고개를 끄덕였다.

"그런데 아카네 씨는……"

"네, 그 패거리에서 빠져나오지 못했어요. 완전히 푹 빠져 있었거든요. 그래서 저와도 사이가 좀 멀어진 기분이었을 거예요. 물론 겉으로 드러날 정도는 아니었어요. 저도 그런 면에서는 신중했으니까. 갑자기 빠져나오면 위험하거든요."

상상이 간다.

"그래서 아카네가 가출한 것도 한동안 몰랐어요. 아카네와 달리 저는 고등학교에 가고 싶었기 때문에—부모님이 하도 난리를 쳐서요. 일단은 입시공부 비슷한 것도 했고, 보충수업 같은 것도 받았거든요. 덕분에 간신히 고등학교에 들어가기는 했죠. 형편없는 학교였지만."

"그럼, 그때는 아카네 씨와 자주 연락하거나 매일 만나거나 할 상황은 아니었겠네요."

"전 말이죠."

하토코는 한손을 가슴에 댔다.

"그래도 그애들과는 달랐다고 생각해요. 아카네는 집에 있을 때보다 그 녀석들을 만나는 시간이 더 많았으니까요."

그렇다. 아카네는 자주 집을 비웠다고 했다.

"조금 전에 이야기하신 그 가게에서 모였던 건가요?"

"다른 애의 집일 때도 있었어요. 가기 편한 집이 있어서요. 옛날이나 지금이나 변함이 없는 것 같아요, 그런 점은."

아카네는 말이죠—라며 하토코는 표현을 고르는 듯한 표정을 지었다.

"그 녀석들의 아이돌이었어요. 스타였죠. 대단한 미소녀였으니까요. 아시죠?"

"네, 들었어요."

"그런 패거리에도 리더 격인 애가 있어요. 폭주족 같은 것처럼 상하 관계가 엄격하지는 않지만, 그래도 우두머리는 있어요. 아세요?"

잘 압니다, 가쓰오가 무척 진지하게 대답했다. 하토코는 가쓰오에게 요염하게 미소를 지어 보였다.

"아카네는 그애와 사귀었어요. 부잣집 애였고, 아, 아까 말한 자주 모이던 집도 걔네 집이에요."

"그 사람 이름을 기억하세요?"

그게 말예요, 하고 하토코는 카운터 너머로 팔을 뻗어 친근하게 시게코의 팔을 탁 쳤다.

"기억이 안 나요. 정확한 이름 말하는 거죠? 그건 전혀 모르겠어요. 그냥 애들끼리 부르던 건 기억나는데. 다들 '시게'라고 불렀어요."

"어머."

시게코가 웃었다.

"저도 자주 그렇게 불려요. 이름이 시게코라서."

"그렇죠? 그러니까 그 녀석도 아마, 시게오나 뭐 그런 이름이 아니었을까요?"

"혹시 머리를 빨간색으로 염색했었나요?"

하토코는 무거운 물건을 들어올리는 것처럼 얼굴을 찡그렸다.

"네…… 하지만 그건 시게만 그랬던 건 아니었어요."

"오토바이를 타고 다녔죠?"

"네. 하지만 그것도 시게만 그랬던 건 아니었으니까. 오토바이뿐만 이 아니라 차를 훔쳐서 타고 다니기도 했어요. 물론 무면허로."

불 붙인 담배를 손가락 사이에 끼운 채로, 하토코는 요령 있게 팔짱을 꼈다.

"가만히 생각해보면 전 그애들 성이나 이름을 제대로 들어본 적이 없는 것 같아요. 우리들끼리 부르는 이름만으로도 충분했으니까. 그애들도 마찬가지였을 테고."

"그래도, 시게라는 아이의 집은 친구들이 자주 모이는 곳이었으니까 하토코 씨도 가본 적이 있겠죠? 문패의 이름을 본 적은 없나요?"

으음, 하고 하토코는 생각에 잠겼다.

"모르겠네. 미안해요."

"아뇨, 저희가 죄송하죠. 16년 전 일이니 무리도 아니에요."

"사진은요?"

나오미가 불쑥 입을 열었다.

"그 당시의 사진은 없나요?"

마스카라를 짙게 칠한 눈을 동그랗게 뜨고 하토코는 나오미를 바라보았다.

"찾아보라면 찾아보겠지만…… 그게……"

흠, 하며 짧게 숨을 토했다.

"아까도 이야기했지만, 저는 기억하기 싫은 일이 있어서 패거리에서 빠졌어요. 아카네가 사라진 것도 실은 제게 좋은 구실이었죠. 고등학교에 들어가서는 완전히 연을 끊었어요. 그렇다고 해서 제가 갑자기 품행 바른 여고생이 된 건 아니지만, 그래도 그 녀석들과는 더이상 어울리지 않았죠. 우리 부모님도 한숨 돌렸을 거고요."

그래서 그 무렵의 사진들은 남아 있지 않을 거라고 했다.

"저는 결국 고등학교를 2학년 때 그만두고 이 세계에 들어왔어요.

이 바닥은 어른인 척하는 애들이 아니라, 진짜 어른들의 세계예요. 좋은 의미에서건 나쁜 의미에서건 말이에요. 그래서 저도 제법 어른이 되어―뭐, 제대로 된 어른이 되라고 꾸짖어주는 마담을 만난 게 큰 도움이 되었지만, 그러고 나니 어렸을 때 하던 짓들이 너무 창피해졌어요. 그런 심정을 이해하긴 힘드실 테지만요."

"이해가 됩니다."

가쓰오가 대답하다가 나오미가 노려보자 목을 움츠렸다.

하토코는 기쁜 듯이 미소를 지으며 "고마워요"라고 대답했다.

"아카네 씨를 알던 분이, 아카네 씨는 빨리 어른이 되고 싶어하던 아이였다고 하시더군요."

시게코가 말했다.

"아, 그거 우리 엄마죠?"

그렇게 묻는 가쓰오를 은근하게 바라보던 하토코는 굳은 얼굴로 시게코 쪽으로 고개를 돌렸다.

"그것뿐만은 아니었어요. 처음에는 그랬죠. 하지만 아카네는 변했어요."

채찍질하듯 따끔한 목소리였다.

"시게와 알게 되면서요?"

"네. 그 녀석 여자가 되고 나서부터요."

완전히 푹 빠졌었거든요, 하고 하토코가 말했다. 이마이 부인도 두 사람이 찰싹 달라붙어 다녔다고 했다.

"아카네도 정도를 모르는 애가 되어갔죠."

하토코가 중얼거렸다. 손가락 사이의 담배가 거의 끝까지 타들어갔다.

"그렇게밖에 말 못 하겠네요. 미안해요. 제가 머리가 나빠서, 표현을 자세히 못해요."

괜찮아요, 라고 달래는 가쓰오를 나오미가 노려보았다.

"정도를 모르게 되었다는 건,"

시게코도 표현을 골라보았다.

"해서 좋을 일과 나쁜 일을 구분하지 못하게 됐다는 말인가요?"

담배에서 긴 재가 떨어졌다. 카운터 위에 떨어진 재를 훔쳐내면서, 하토코는 잠깐 생각에 잠겼다. 그리고 카운터로 시선을 떨어뜨린 채 말했다.

"시게가 시키는 거라면 뭐든 했죠. 시게가 시키는 대로 했어요."

―시게는 나를 사랑해.

아카네는 하토코에게 자주 그렇게 말했다고 한다.

"사랑이고 뭐고, 아직 어린애들이잖아요? 하지만 당사자는 깨닫지 못하는 거죠. 아주 진지했어요."

"정말로 사랑이었다고 생각하세요?"

하토코는 웃음을 터뜨렸다.

"웃기지 마세요. 그 또래 남자애한테 사랑 같은 게 있을 리 없잖아요. 그저 여자애랑 하고 싶었을 뿐이지. 그뿐이에요."

"그런데 아카네 씨는 애정이라고 생각했군요."

"그애는 굶주려 있었으니까요."

하토코가 딱 부러지게 말했다.

"부모님이 자기한테 쌀쌀맞다고 했어요. 여동생만 예뻐한다고."

나오미가 입을 삐쭉 내밀며 뭐라고 말을 꺼내려는 것을 가쓰오가 제지했다.

"여동생과 나이차가 꽤 났었죠? 그래서 그랬나……"

그렇게 중얼거리던 하토코의 눈이 반짝했다. 그리고 갑자기 눈을 크게 떴다.

"아, 아카네 할아버지나 할머니는 만나셨어요? 그분들은 그 무렵의 아카네에 대해 잘 아실 거예요. 부모님에겐 비밀로 하고 용돈을 달라고 조르러 가곤 했으니까요."

처음 듣는 이야기다.

"기무라 씨 말이죠? 외가 쪽의."

"성은 잘 모르지만, 가게를 한다고 했던 것 같은데요."

"네, 1997년까지 오사키에서 잡화점을 하셨어요."

"그럼 맞아요."

세이코에게 들은 이야기로는, 외할머니는 이미 돌아가셨고 외할아버지는 노령이라 제대로 대화하기 어렵다고 했다.

출입문이 열렸다. 손님인 모양이다. 어라, 마담, 아직 장사 안 해? 느릿한 목소리가 들려왔다.

"어머, 미안. 잠깐만 기다려."

시게코는 이만 일어나자고 가쓰오와 나오미를 재촉했다.

"나중에 저 혼자 다시 들를게요. 그때는 손님으로."

재빠르게 속삭이자, 하토코는 공범자처럼 고개를 끄덕였다.


시게코는 결국 '비둘기 집'에서 한참 동안 술을 마시게 되었다. 가게는 한산했지만 하토코는 "평일엔 늘 이래요"라며 걱정도 안 하는 눈치였다. 시게코 한 사람을 상대로 계속 마시고 이야기했다. 드문드문 들어온 단골로 보이는 손님들은 하토코가 이미 취한 상태인 걸 보고는 바로 다음에 들르겠다며 문을 닫아버렸다.

시곗바늘이 밤 10시를 가리킬 때쯤 시게코는 쇼지에게 전화를 걸어 이리 와서 같이 마시자고 일방적으로 명령했다. 마침 집에 막 돌아온 쇼지는 시게코의 갑작스러운 행동에 놀라기도 했고, 배가 고프기도 해서 처음에는 마구 화를 냈다. 하지만 시게코가 어지간히 취한 상태였고, 게다가 이야기를 듣자니 처음 가본, 정체를 알 수 없는 가게에 혼자 있다는 걸 알고 마지못해 차를 몰고 와주었다.

"아, 왔다. 왔어. 이게 내 남편이에요."

느닷없이 '이게'가 되어 쇼지는 더욱 화가 났다. 하지만, "어머, 꽤 멋진데!" 하는 하토코의 간드러진 목소리에 곧 화가 누그러져, 타고난 좋은 성격과 매너를 발휘했다. 가게 안에는 술에 취한 여주인과 시게코 두 사람밖에 없어, 쇼지는 맥주 한 잔만 마시고 자연히 여자들 시중을 드는 신세가 되었다.

부부가 '비둘기 집'을 나섰을 때는 이미 자정이 넘은 시각이었다. 하토코는 아쉬운 듯 둘을 배웅했다.

"당신 말이야!"

숨을 한 번 들이쉬고, 쇼지는 차 시동을 걸며 호통을 쳤다. 시게코가 먼저 기선을 제압했다.

"네, 정말로 죄송합니다."

시게코는 꾸벅 허리를 굽히며 사과하다가 대시보드에 머리를 부딪히고 말았다.

"이 술주정뱅이가!"

"네, 주정뱅이 맞아요."

"정신 차리고 안전벨트나 매."

"알겠습니당."

집으로 돌아오는 내내 쇼지의 잔소리가 이어졌다. 시게코는 두 손을 모으고 "미안해" 하고 계속 사과했다.

한바탕 잔소리가 끝나고 쇼지가 물었다.

"조사 때문에 간 거 아냐? 그 가게 마담이 아카네 씨 동급생이라면서?"

"아, 알고 있었어?"

"둘이 얘기하는 거 듣다보면 당연히 알지! 뭐 도움이 될 만한 이야기는 들었어?"

시트에 힘없이 기대어 차창 밖으로 흘러가는 야경을 바라보며, 시게코는 "응" 하고 대답했다.

목소리가 묘하게 흐릿한 것은 술 때문만은 아니었다 — 바로 눈치 챈 쇼지는 곁눈질로 흘끗 시게코의 안색을 살폈다.

"괜찮아?"

"괜찮아."

"좋지 않은 이야기라도 들은 거야?"

그래서 이렇게 과음한 거지? 쇼지가 계속 잔소리하면서도 그렇게 분석했다.

차가 신호에 걸렸다. 사거리에는 사람도, 지나가는 차 한 대도 없었다. 거리는 잠든 듯 조용했지만, 둘러보면 여기저기 불이 켜진 창문이 보였다.

"전형적이었어."

엔진 소리에 지워질 듯 작은 목소리로 시게코가 말했다.

"아카네 씨의 탈선. 여자아이가 나쁜 길로 빠지는 전형이었어."

남자친구 이야기를 했다. 그의 별명이 '시계'였다는 이야기를 하자 쇼지는 몹시 불쾌하다는 듯이 내뱉었다.

"우연치곤 맘에 안 드네."

시계가 시계를 뒤쫓는 건가?

신호가 바뀌어 출발하려는 순간, 뒤에서 추월하듯 달려온 자전거 한 대가 불쑥 앞을 가로질렀다. 쇼지는 "위험하잖아" 하고 놀랐지만, 자전거를 탄 사람은 뒤도 돌아보지 않고 반대쪽 보도를 타고 빠른 속도로 달려갔다.

젊은 커플이었다. 남자가 자전거를 몰고, 여자는 짐칸에 앉아 남자의 몸을 끌어안고 있다. 둘 다 희미한 가로등 불빛에서도 눈에 띌 정도로 밝은 갈색 머리였다. 여자—아니, 여자아이는 캐미솔에 미니스커트 차림이었다. 밖으로 드러난 두 팔과 어깨, 허리와 허벅지가 육감적이리만치 희다.

쇼지의 눈에도 보였으니, 환각은 아닐 것이다.

"어디에나 있네. 밤에 놀러 다니는 어린애들."

"저건 고등학생이잖아. 학교에도 안 가나?"

애들이 이런 시간에 뭘 하는 거지? 쇼지의 말투가 점점 잔소리로 바뀌었다.

"사실은 나오미랑 가쓰오와 있을 때 이미 용건은 끝났어. 하지만, 하나 더 물어보고 싶은 게 있었어."

나오미와 가쓰오가 없는 곳에서.

"그 가게 주인이 그 패거리에서 빠져나온 건, 어떤 사건이 일어나 그 애들이 무서워졌기 때문이었어. 하지만 자세히 이야기하고 싶어하지 않았지. 그걸 알고 싶었어."

"그렇게까지 꼬치꼬치 캐물을 필요가 있었어?"

"그걸 알면, 그 아이들이 대체 어느 정도까지 나쁜 짓을 했는지 알 수 있을 테니까."

도둑질, 음주, 흡연, 한밤중에 돌아다니기, 무면허운전, 불순 이성교제 이상의 것. 문제로 삼자면 문제가 될 만한 일들.

둘이서 마실 때 하토코는 이야기를 해주었다. 시게코가 그 이야기를 듣고 싶어한다는 걸 눈치 챈 모양이었다.

이야기는 구체적이지 않았지만, 시게코에겐 충분했다.

앞을 본 채로 쇼지가 얼굴을 찡그렸다.

"나도 짐작은 가니까 그냥 이야기하지 마."

"알았어."

잠시 둘 다 말이 없었다. 잠시 후 시게코가 입을 열었다.

"아카네 씨는 그 그룹의 아이돌이었고, 게다가 시게의 애인이었어. 그래서 패거리 안에서는 발언권이 셌겠지."

쇼지는 콧소리로 "응" 하고 대꾸했다.

"모두들 아카네 씨가 시키는 대로 했대. 비위를 맞춘 거야. 아까 그 가게 주인은 아카네 씨와 사이가 좋았다지만, 또래 애들이니 말다툼 정도는 할 수 있었을 거잖아."

그래서 하토코는 다른 친구들에게 아무 생각 없이 불평을 털어놓았다. 듣기에 따라서는 험담으로 받아들여질 수도 있는 내용이었지만, 하토코는 그럴 마음은 아니었다.

그 말이 돌고 돌아 아카네의 귀에 들어갔다.

이미 그 무렵부터 둘은 조금씩 사이가 벌어졌다고 한다. 하토코는 패거리의 여왕인 양 행동하며 시게와의 관계를 과시하던 아카네와 여러 가지 이유로 함께 어울리기 힘들어졌던 것이다.

"그래서, 앙갚음을 당했대."

잠시 뜸을 들였다가 쇼지가 낮은 목소리로 말했다.

"아카네 씨가 직접 한 건 아니잖아? 그 패거리의 남자애한테 시켰을 거 아냐?"

시게코는 목소리를 낮추고 "그래"라고 대답했다.

"남자애들을 부추긴 거지."

최악이군. 쇼지는 낮은 목소리로 내뱉었다. 어린 게, 하고 또 덧붙였다. 쇼지가 아카네를 그렇게 말한 건 처음이었다.

하토코는 말했다. 그 '사건'이 일어나는 동안 아카네는 계속 지켜보며 옆에서 웃고 있었다고. 그래서 괴롭거나 슬프기보다 무서워졌다고.

"이런 건 아무런 해독제도 안 되겠지만,"

쇼지가 말했다.

"15년, 16년 전 일이니까 겨우 그 정도로 넘어간 거 아닐까? 요즘 애들 같으면 더 심했을 거야. 그 가게 주인, 아마 린치를 당해서 죽었을지도 몰라. 뉴스를 봐도 비슷한 예가 심심치 않게 나오잖아."

"요새, 그렇게 심해?"

"심한 부분은 옛날보다 더 심하지."

전부는 아니지만. 쇼지는 '요즘 세상' 자체를 변호하듯이 말했다.

"그 주인, 잘 빠져나온 거야."

"본인도 그렇게 말했어."

"뭐, 지금도 편한 인생은 아니겠지만. 장사가 영 안 되는 것 같던데."

고생이겠어, 라고 쇼지가 천천히 되뇌었다.

"그런데, 여보."

"왜?"

"집 전화에, 다카하시 변호사 사무소라는 데서 부재중 메시지가 들어와 있던데."

내일 오전 10시에 사무실로 나와달라는 내용이었다고 했다. 시게코는 몸을 벌떡 일으켰다.

"그런 건 빨리 말해야지! 아, 편의점 들르자. 드링크제 사야겠어."

"그럼 내 도시락도 사와."

쇼지가 무뚝뚝하게 말했다.

"저녁도 제대로 못 먹었다구."


이튿날 아침이 되자 숙취로 머리가 지끈거렸다. 찡그린 얼굴이 펴지지 않았다. 하지만 다카하시 변호사를 만난 순간 통증을 잊었다. 변호사도 편두통을 앓는 듯한 표정이었기 때문이다.

"마에하타 씨는 정말이지" 하고 변호사는 대뜸 입을 열었다. "운이 좋다고 해야 할지, 뭐라고 해야 할지."

무슨 뜻인가 싶어 시게코는 다다의 얼굴을 쳐다보았다. 그는 적잖이 흥분한 듯 보였다.

"제 말이 맞았군요."

시게코가 말했다. 머릿속에서 날뛰던 숙취의 악마가 심장으로 옮겨간 듯했다. 가슴이 답답할 정도로 심장 고동이 빨라졌다.

다카하시 변호사는 아침부터 화가 난 듯했다.

"설마 기뻐하는 건 아니시겠죠?"

"말도 안 돼요. 이게 어디 기뻐할 일인가요."

다카하시 변호사는 수상쩍다는 눈초리로 시게코를 노려보았다. 넓은 이마에 사무실 천장의 형광등 불빛이 비쳤다.

"도이자키 겐 씨가—"

다다가 입을 열었다가 삼촌의 무서운 표정을 보고 입을 다물었다.

"마에하타 씨를 만나겠다고 합니다."

변호사가 대신 말했다.

시게코는 저도 모르게 입을 벌리고 숨을 내쉬었다.

"잠시 후에 여기로 올 겁니다. 조금이라도 빨리 당신을 만나고 싶다고 무리를 해서 오시는 겁니다."

"감사합니다!"

고개를 숙이는 시게코에게 변호사는 매몰차게 손을 저었다.

"그러지 마세요. 당신을 기쁘게 해주려고 움직인 건 아니니까."

옆에서 다다가 분위기를 무마하려는 듯한 표정을 지었다.

"도이자키 씨도 당신의 독점 인터뷰에 응할 생각으로 오시는 건 아닙니다. 이 조사를 그만두게 하기 위해 오는 겁니다. 전 말렸습니다. 하지만 도이자키 씨는 지금까지의 경위나 조사를 의뢰한 사람이 세이코 씨라는 사실을 생각하면, 자신이 나서서 확실하게 이야기하지 않는 한 당신이 포기하지 않을 거라고 하더군요."

죄송하지만 그럴 겁니다. 시게코는 속으로 인정했다.

"오늘은 저도 입회합니다. 미리 못 박아두겠지만, 여기서 한 이야기는 세이코 씨에게 절대 누설하지 말아주십시오. 약속하겠습니까?"

"네."

"도이자키 씨에게서 사정 이야기를 들은 후에는 이 조사에서 손을 떼겠습니까?"

"그럴 경우에는 세이코 씨에게—"

"변명은 얼마든지 생각할 수 있죠. 너무 옛날 일이라 아무래도 실마리가 안 잡힌다는 식으로 이야기하면 되지 않겠습니까? 원한다면 저도 거들어드리고요."

시게코가 대답을 망설이는 사이 도어폰이 울렸다.

어떤 인물을 상상하고 있었는지 시게코 스스로도 알 수 없었다. 생각해보면 여기서 처음 세이코와 만났을 때도 마찬가지였다. 머릿속에 그려진 이미지는 없었다. 있었다 해도, 그런 것은 실물을 보자마자 바로 지워져버렸다.

자그마하고 이목구비가 반듯한 사람이었다. 하긴 미인 자매의 아버지니 잘생긴 것도 당연한가. 딸들은 아버지를 닮는다고 하니까.

도이자키는 수수한 양복에 수수한 넥타이를 매고 있었다. 샐러리맨 시절에도 양복을 입고 출퇴근할 일은 없었다고 했다. 오늘은 '말끔하게' 보일 절실한 필요가 있는 만남이라 이렇게 차려입고 왔을 것이다. 그리고 말끔한 복장이라면 곧 양복과 넥타이라는, 이 나라의 성인 남성 90퍼센트가 가지고 있는 상식을 그대로 체현한 사람이다.

제가 도이자키 겐입니다, 라고 인사하는 목소리는 그 나이대 남성치고는 꽤 톤이 높았다. 1950년생이니, 올해로 55세일 것이다.

짧게 깎은 머리카락은 온통 백발이었다.

"마에하타 시게코라고 합니다."

누군가가 긴장한 목소리로 인사하는 소리가 들렸다. 자기 목소리로 들리지 않았다. 이렇게나 긴장하고, 동시에 가슴이 막히는 듯한 기분이 드는 게 얼마 만일까? 그 9년 전의 끔찍한 사건의 마지막 무대에서 범인과 대결하는 자리에 나섰을 때도 이랬던가?

다카하시 변호사가 권할 때까지 도이자키 겐은 자리에 앉지 않았다. 이곳에 자기 의지로 온 게 아니라, 아무런 설명 없이 끌려나와 앞으로 무슨 일이 벌어질지 몰라 당황하는 사람처럼 보였다.

에어컨 소리만 조용히 들려왔다.

"감사합니다."

이것저것 생각할 것도 없이, 시게코의 입에서 자연히 흘러나온 말이었다.

"뵙고 싶다고 억지를 부려 죄송합니다."

시게코가 인사하자 도이자키 겐은 고개를 더 깊이 숙였다. 두 손을 무릎 위로 모아 살짝 깍지를 끼고 있었다.

"저는……"

말을 꺼내려는 것을 다카하시 변호사가 제지했다.

"당신의 처지와 지금까지의 경과는 모두 설명했습니다."

"그렇습니까? 그러면,"

역시 말을 잇기 힘들었다.

"무슨 이야기부터 할까요? 죄송합니다. 잠깐 생각 좀 해볼게요."

새삼스럽게 취재노트를 꺼냈다. 손이 떨렸다. 이거야 완전히 아마추어 꼴 아닌가.

"선생님, 제 신분을 증명할 만한 것을 보여드리는 게 좋지 않겠습니까?"

도이자키 겐이 물었다. 다카하시 변호사에게 묻고 있는 것이다.

"그럴 필요 없습니다. 염려하지 마세요."

"그래도,"

도이자키 겐이 시게코의 얼굴을 바라보았다.

"다카하시 선생님은 제가 본인이라는 걸 알지만, 이분은 그렇지 않으니까요."

시게코는 갑자기 가슴이 뭉클했다. 진지한 사람이다. 어떻게 보면 소심할 정도다. 나는 이런 사람을 궁지로 몰고 있는 것이다.

도이자키 겐은 상의 안주머니에서 지갑을 꺼내고, 거기서 다시 운전면허증을 끄집어내 시게코 앞에 내려놓았다.

"실례하겠습니다."

시게코는 다카하시 변호사의 화난 시선을 느끼면서 운전면허증을 집어들었다. 운전면허증의 증명사진은 분명히 바로 앞에 있는 그 사람이었다. 유효기간은 내년 봄이지만, 주소는 기타센주의 그 집으로 되어 있었다.

"집사람도 함께 오겠다고 했지만,"

시게코가 돌려준 면허증을 도로 집어넣으며 도이자키가 말했다.

"몸져누워버려서요."

"몸이 좋지 않으신가요?"

"당신이 조사하고 다닌다는 걸 알고 쇼크를 받았습니다."

다카하시 변호사가 엄한 목소리로 끼어들었다.

"특히 세이코 씨가 당신을 고용했다는 사실이 괴로웠던 모양입니다."

시게코는 도이자키의 얼굴을 바라보았다. 세이코의 아버지는 또 고개를 푹 숙였다.

"세이코 씨는 잘 지냅니다."

시게코가 말했다.

그런 건 도이자키 부부도 알고 있어요. 내가 보고했으니까 — 당장이라도 다카하시 변호사가 언성을 높일 듯 곁눈질하며 말했다.

"아주 예쁜 따님이더군요. 아버님을 닮았어요."

도이자키 겐의 입가가 살짝 움직였다. 세이코와 많이 닮은 콧날에, 그녀의 얼굴에서는 본 적 없는 주름이 잡히더니, 그는 천천히 고개를 들었다.

"딸을 위해 조사를 하는 건 이제 그만둬주셨으면 합니다."

그 부탁을 드리고 싶었습니다. 이번에는 고개를 숙인 것이 아니라 허리를 깊숙이 굽혀 절을 했다.

"딸의 심정은 저나 집사람이나 이해합니다. 세이코가 우리에게 화를 내는 것도 당연하고, 더 자세한 내용을 알고 싶어하는 것도 무리는 아닙니다. 하지만 어떻게 좀, 그런 조사는 중단해주실 수 없겠습니까?"

"도이자키 씨, 그렇게 약하게 나오실 필요 없습니다."

격려하듯이 다카하시 변호사가 설득했다.

"이건 원래 가족간의 문제입니다. 세이코 씨에게 의뢰를 받았다 하지만 정식으로 계약을 한 건 아니죠. 마에하타 씨에겐 아무런 권리도 없습니다."

사람들이 의무와 권리라는 개념으로 감정을 정리할 수 없을 때에도 의무와 권리에서 눈을 떼지 않는 게 변호사의 일이라는 건 잘 알지만, 시게코는 순간 이 변호사가 알미워졌다.

하지만 도이자키 겐은 다카하시 변호사의 말을 그냥 흘려들어버린 듯했다. 그의 시선은 탁자 위의 한 곳에 고정되어 움직이지 않았다. 힘없이 움직이는 입에서는 억양 없는 목소리가 흘러나왔다.

"그저 조사를 그만둬달라, 세이코에게 이야기하지 말아달라고 부탁해봐야 통하지 않는다는 건 압니다. 그러니 사정 이야기는 하겠습니다. 지금까지 숨기고 있어서 죄송했습니다."

소파에서 일어서더니 도이자키 겐은 깊숙이 허리를 굽혔다. 처음에는 변호사를 향해. 이어서 시게코에게.

다카하시 변호사는 그의 몸을 두 손으로 밀며 말렸다.

"이러지 마십시오. 저나 마에하타 씨에게 사과하실 이유가 없습니다."

설득하는 듯한 온화한 목소리였다. 그래도 도이자키의 눈은 멍한 상태였다. 뭔가를 보는 게 아니라, 자신에게만 보이는 무엇인가에 시선을 빼앗겼기 때문이다. 그의 마음속에 있는 것에.

시게코는 깨달았다. 나는 분명 이 사람을 몰아붙였다. 하지만 이 사람은 지금 이야기하고 싶어한다. 털어놓고 싶어한다. 그런 충동으로 가득 차 있는 것이다.

조용하게 단도직입적으로 물었다.

"도이자키 씨와 부인은, 아카네 씨 문제로 협박을 받고 계셨죠?"

어깨를 축 늘어뜨린 채로 도이자키 씨는 천천히 두 차례 눈을 깜빡거렸다.

그리고 "네" 하고 대답했다.

화가 난 듯이, 다카하시 변호사가 짧고 굵은 한숨을 내쉬었다.

"죄송합니다."

도이자키는 또 사과했다. 변호사는 말없이 고개를 젓고는 도이자키의 어깨를 부드럽게 두드렸다.

"저야말로 죄송합니다. 괴로우실 텐데."

도이자키는 입가를 살짝 들어올렸다. 쓴웃음을 지으려 한 건지도 모른다.

"아닙니다, 선생님. 자업자득이죠."

더욱 힘이 빠진 듯, 도이자키 겐의 어깨가 아래로 처졌다. 무릎 위에 얹은 손이 이젠 깍지도 낄 수 없을 정도로 심하게 떨리기 시작했다.

"어쩔 수가 없었습니다. 저나 집사람이나 저희가 무슨 일을 저질렀는지는 잘 알고 있었습니다. 어쩔 수가 없었습니다."

거기까지 이야기하더니 두 손으로 얼굴을 가렸다.

방 자체가 호흡을 멈춰버린 듯, 숨 막히는 침묵이 찾아왔다.

"언제부터인가요?"

시게코는 틈을 두지 않고 말을 이었다.

"괜찮다면 제가 추측한 것을 말씀드리겠습니다. 틀리면 틀리다고 지적해주세요. 그렇게 하는 게 이야기가 더 편하지 않을까요?"

손가락 틈새로 도이자키의 작은 목소리가 흘러나왔다.

"예, 알겠습니다."

"혹시 그 사람은, 아카네 씨가 세상을 떠난 지 얼마 되지 않아 그런 말을 꺼내지 않았나요?"

"……맞습니다."

"그 뒤 당신과 부인이 경찰에 출두할 때까지 계속 협박을 했던 거죠?"

숙인 고개를 두 차례 끄덕였다.

"큰돈은 아니더라도, 주위 사람들로부터 빚을 계속 지게 된 것도 그 때문이죠?"

"계속 돈을 주다보니 아무래도 융통하기 힘들었으니까요."

"그런데도 계속 그 요구에 응하셨죠?"

어쩔 수가 없었습니다. 도이자키 겐이 말했다. 어쩔 수가 없었다는 대답만 세번째였다.

시게코는 작심을 하고 핵심을 찔렀다.

"그 사람 혹시, 당시에 아카네 씨와 사귀던 상대가 아닙니까?"

시게코는 도이자키 겐의 어깨가 굳어지는 것을 보았다. 다카하시 변호사가 눈을 부릅떴다.

"마에하타 씨, 그런 말을 하는 근거가 있습니까?"

시게코는 도이자키 겐에게서 시선을 떼지 않고 말을 이었다.

"어제 일입니다만, 중학교 때 아카네 씨와 친했던 여자분에게서 옛이야기를 들었습니다. 우라타 하토코란 사람이죠. 아카네 씨와는 3학년 때 사이가 멀어지기 전까지 함께 어울리던 친구였습니다."

기억하십니까, 라고 물어보았다. 아카네의 아버지는 드디어 고개를 들었다. 한손은 아직 얼굴에 댄 채로 눈을 감고 있다. 시게코로부터 자신의 눈을 지키려는 듯이.

"딸에게서…… 그 친구 이름을 들은 적이 있는 것 같습니다……"

"그렇군요. 우라타 씨는 지금 기타센주 역 근처에서 스낵바를 하고 있습니다. 아카네 씨와 그 친구들을 잘 기억하고 있었습니다."

어제 알게 되는 바람에 다카하시 변호사에게 맡긴 편지에는 쓸 수 없었던 내용을 시게코는 가능한 한 빨리 설명했다.

"오해가 없도록 덧붙이자면, 이런 사실들은 세이코 씨가 언니에 대해 알고 싶다는 의향을 분명히 한 뒤에야 드러난 것입니다. 타인인 저로서는 도저히 알아볼 수 없는 것이었습니다. 이야기를 들려준 분들은 모두 세이코 씨의 심정을 생각해주었던 거죠. 하지만 다들 이야기를 하면서도, 이런 옛이야기를 들춰내봤자 세이코 씨에게 좋을 일이 없다, 그만두는 게 낫다고 하셨습니다."

아직도 눈을 뜨지 못한 채로 도이자키 겐은 "고마운 일이군요" 하고 중얼거렸다.

"이웃 분들은 지금도 놀라움이 가시지 않은 상태입니다. 다들 아카네 씨가 가출한 거라고 믿어 의심치 않았던 거죠. 그건 바로, 그때까지 아카네 씨가 보인 품행과, 부모님이 그 때문에 마음 아파하고 고민했던 것을 알았기 때문이라고 생각합니다."

도이자키 겐은 힘주어 눈을 감았다. 입술이 보이지 않을 만큼 입을 꾹 다물고 있다.

"그래서 저는 생각했습니다."

말이 빨라지는 것을 막기 위해 심호흡을 한 번 하고, 시게코는 말을 이었다.

"그런 상황에서 아카네 씨의 가출에 의문을 품을 사람은 누굴까, 하고요. 아카네 씨가 자기에게 한마디 말도 없이 다른 곳으로 모습을 감춰버리는 일은 있을 수 없다, 가출이란 건 거짓말이다, 라고 확신할 수 있는 사람—그럴 '자격'이 있는 인물은 누구일까?"

아카네가 '푹 빠져 있었다던' 남자친구 말고 누가 있나.

"그 사람도 구체적인 증거를 갖고 있었을 리는 없었다고 생각합니다. 그럴 기회가 없었을 테니까요. 그가 지니고 있던 것은 어디까지나 느낌, 아니면 심증이라고 하는 게 적절할까요."

시게코는 다카하시 변호사에게 물었다. 변호사가 떨떠름한 표정으로 입을 열려고 했을 때, 도이자키 겐이 신음하듯 먼저 입을 열었다.

"주위에 알려버리겠다고 했습니다."

순간 시게코와 변호사는 숨을 죽이고 서로 눈을 마주 보았고, 다시 도이자키를 바라보았다. 아카네의 아버지는 그래야만, 지금 이곳의 자신을 외면해야만 용기가 사라져버리지 않을 것처럼 아직도 눈을 꾹 감은 상태였다.

하지만 말은 넘쳐나왔다.

"그놈이 우리집에 온 건 아직 가출신고도 하기 전이었습니다. 제가 아카네를 그렇게 만든 이튿날이었죠. 아카네와 약속이 있어서 데리러 왔다고 했습니다. 그런 일은 전에도 자주 있었죠. 시간 같은 건 따지지 않았습니다. 그 녀석이 부르면 아카네는 늘 부랴부랴 밖으로 나갔습니다. 밤중에도 아무렇지 않다는 듯 나갔습니다. 저나 집사람이 야단을 쳐도 아카네는 말을 듣지 않았죠. 그놈도 그걸 당연하게 여기는 투였습니다."

그렇게 내뱉고는 물에 빠진 사람처럼 숨을 내쉬었다.

"그놈은 처음부터 우리를 얕보고 있었습니다."

도이자키 겐이 눈을 떴다. 흰자위가 새빨갛게 충혈되어 있었다. 시선은 테이블에 꽂혀 있다. 하지만 지금 그의 눈에 보이는 것은 그것이 아니리라.

"아카네가 '시계'라고 부르던 소년이죠?"

그렇습니다. 도이자키는 고개를 끄덕였다. 분명 그의 눈은 지금 그 '시계'의 얼굴을 보고 있을 것이다. 바로 저 녀석입니다, 하고 가리키는 듯한 말투였다.

"그 사람 이름은 아시죠?"

다카하시 변호사가 물었다.

"그게요, 선생님. 확실하지가 않습니다."

느닷없이 도이자키가 웃음을 터뜨렸다.

"이상하죠? 이름도 제대로 몰라요. 그렇게 오래 만나왔는데."

성은 아마도 '시게노'일 거라고 한다. 하지만 이름은 확실히 모른다.

"그 성씨도 아카네를 통해 겨우 알아낸 겁니다. 네가 사귀는 그애 고등학생 아니냐, 대체 어떤 녀석이냐, 어느 학교 학생이냐고 캐물은 적이 있거든요."

아카네는 화를 냈다. 누구건 상관없잖아, 내 맘이야. 그런 건 왜 묻는데?

"악에 받쳐 덤벼들더군요. 저는 말했습니다. 그애 집에 쳐들어가서 댁의 자식이 아직 중학생인 우리 딸을 건드려서 골치라고 말하고 담판을 짓겠다고요. 그랬더니 딸은 웃었습니다. 당신 같은 사람은 그러지도 못할 거다, 할 수 있으면 해봐라. 당신 같은 겁쟁이는 그러지 못할 거라고요."

─시게가 훨씬 셀걸.

"저는 딸에게도 얕잡혔습니다. 그것도 어쩔 수 없는 일이었고요. 맞는 말이죠. 제겐 그럴 용기가 없었으니까요."

아카네의 생활이 아무리 문란해져도 그때는 이미 손을 쓸 도리가 없었다. 야단을 쳐도, 울면서 설득해도, 대화를 해보려 해도 소용이 없었다. 아무것도 통하지 않았다.

"한심한 아비라고 생각하시겠죠. 실제로 그렇습니다."

시게코는 문득 손을 내려다보고 자신이 떨고 있다는 사실을 깨달았다. 이쪽도 한심하다.

"그 시게라는 소년이, 아카네 씨가 죽은 다음날도 평소처럼 따님을 데리러 왔다는 거군요."

다카하시 변호사가 이야기의 방향을 되돌려주었다.

"그때 그 소년이 소란을 피운 겁니까?"

"아뇨, 그때는 겨우 돌려보냈습니다. 아카네는 볼일이 있어 친척집에 갔다고 얼버무렸던 기억이 납니다."

그런데 시게는 이튿날에도 찾아왔다. 아카네는 돌아왔나. 아직이다. 어디 갔느냐, 아카네를 어디로 보냈냐, 아카네를 내놔라.

"그 시점에서 그놈은 이미 시비조로 나왔습니다. 저나 집사람이나 완전히 겁을 먹었지요."

도이자키 겐은 웃는 얼굴로 시게코를 보았다. 한번 웃기 시작하자 멈출 수 없는 모양이었다. 자조 섞인 웃음에 그의 얼굴은 참혹하게 무너졌다.

"정말 한심하죠. 그런 애들은 저 같은 사람보다 배짱이 두둑합니다. 그런 기질에는 나름대로 육감이 날카로운 면도 있어요. 자기가 나쁜 짓을 하고 다니기 때문에, 다른 사람이 켕겨하는 것에도 민감하겠죠. 저와 집사람이 당황하고 있다는 사실을 그애는 정확하게 간파했습니다."

그래도 처음에는 도이자키 부부가 아카네를 자신에게서 떼놓기 위해 억지로 어딘가에 보낸 거라 의심했던 모양이었다. 그는 계속 아카네가 있는 곳을 캐물으며 부부에게 시비를 걸었다. 부부는 방어일변도였다. 이웃 사람들의 눈은 속여도, 이 소년에게만은 거짓말이 통하지 않는 게 아닐까. 부부는 그게 두려웠다.

"지금 생각하면 바보 같지만, 집사람과 의논해 가출신고를 한 것도, 경찰과 관계하는 모습을 보이면 그놈도 겁을 먹고 순순히 물러나지 않을까 생각했기 때문입니다. 가출신고를 들이대면서 아카네는 가출했다, 우리도 어디 있는지 모른다고 우기면 그놈도 속아넘어가지 않을까

하고요."

그래서 다음주 월요일에 바로 경찰을 찾아갔다. 그리고 그날 밤, 또 집에 찾아온 시게에게 그렇게 이야기했다.

"역효과였습니다."

다시 떠올리기도 고통스러운지 도이자키 겐은 몸을 움츠렸다.

"그놈은 아카네가 자기에게 아무 말도 없이 떠났을 리 없다고 하더군요. 그런 터무니없는 일이 있을 리가 없다고. 녀석은 이미 아카네에 대해 무서울 정도로 또렷이 알고 있는 것 같았습니다."

이윽고 그의 입에서 치명적인 질문이 튀어나왔다.

—당신들, 아카네에게 무슨 짓 한 거 아니야?

처음부터 시게 쪽이 일방적으로 우세했다. 자기 자식을 그렇게 만들어버린 부부는 이미 정상적인 정신상태가 아니었다. 바늘로 찌르기만 하면 모든 신경이 끊어져버릴 정도로 긴장한 상태였다.

"집사람이 울음을 터뜨리고 말았습니다. 도저히 막을 수가 없었죠."

경찰에 고발해버리겠다. 다 알리고 다니겠다. 시게는 마구 날뛰며 부부를 몰아붙였다.

그때 집에는 초등학교에 다니던 세이코가 자고 있었다. 도이자키 부부는 이제 끝장이다 싶었다. 하지만 시게는 펄펄 뛰면서도 한편으로는 충분히 교활한 모습을 보였다. 밤중에 너무 큰 소란을 피우면 이웃 주민들이 이상하게 여길지도 모른다. 그런 사태가 일어나지 않도록 시게가 나름대로 신경 써서 행동하고 있다는 것을 도이자키 씨는 곧 눈치챘다고 한다.

"그런 애송이 불량배가 하는 소리를 경찰이 그대로 받아들일 리 없다는 생각은 하지 않았습니까?"

다카하시 변호사의 물음에 도이자키는 고개만 저을 뿐이었다.

"그런 판단은 도저히 내릴 수 없었겠죠."

시게코가 말했다.

"게다가 시게가 아무리 불량소년이라 해도, 이런 경우에는 경찰도 그 말에 귀를 기울일 가능성이 높다고 생각합니다. 제가 생각한 것과 같은 식으로 판단한다면 시게의 말에는 설득력이 있으니까요."

시게의 이야기를 듣고 경찰이 반신반의했다 쳐도, 만약을 위해 부부의 이야기를 직접 들어보려고 따로 도이자키 가족을 찾아왔다면 어떻게 되었을까? 부부는 채 오 분도 견디지 못했을 것이다.

"저는 고개를 숙이고 사정했습니다."

그 광경을 재현이라도 하듯, 도이자키는 꾸벅 고개를 숙였다.

"아카네에게는 동생이 있다. 동생이 불쌍하지 않으냐. 그러니 경찰에는 가지 말아달라, 입을 다물어달라, 소동을 피우지 말아달라. 머리를 조아리며 사정했습니다."

승부는 났다. 아카네를 어떻게 했는지, 시체를 어디 숨겼는지, 부부는 시게가 캐묻는 대로 모두 털어놓고 말았다. 기껏해야 열여섯, 열일곱 살 먹은 소년 앞에서 쩔쩔매는 수밖에 없었다.

"그놈은 자기가 입다물고 있는다 한들 어차피 들통 날 거라는 소리도 했습니다. 아카네의 원한을 풀어주고 싶으니 아무래도 경찰서에 가야겠다면서 당장이라도 뛰쳐나가려는 시늉을 하기도 했습니다. 완전히 우리를 쥐고 흔들었던 거죠."

"그리고 곧바로 돈을 요구했습니까?"

다카하시 변호사가 물었다. 도이자키 겐은 또 헐떡거리듯 숨을 들이쉬고 한손으로 얼굴을 훔쳤다. 식은땀이 흘렀다.

"아뇨. 그날은 친구들과 의논해보겠다면서 물러갔습니다. 돈 이야기를 꺼낸 건 이튿날 밤이었죠."

"얼마를 요구했나요?"

꿀꺽, 하고 도이자키 겐의 목울대가 움직였다.

"백만 엔이었습니다."

"친구들과 의논하겠다고 했는데, 정말로 누군가에게 이야기한 눈치였습니까?"

"모르겠습니다."

그는 고개를 저었다.

"그때는 몰랐습니다. 하지만 그 뒤로 그놈 외에 다른 놈이 돈을 받으러 온 적은 한 번도 없었으니까, 달리 아는 사람은 없었을 거라 생각합니다."

독식한 겁니까? 다카하시 변호사가 험상궂은 표정을 지으며 고개를 끄덕였다.

아무래도 신경이 쓰여 시게코가 물었다.

"아카네 씨는 시게라는 애의 애인이었지만, 그 그룹의 아이돌이기도 했다고 들었습니다. 아카네 씨가 갑자기 모습을 감춘 걸 다른 아이들은 이상하게 여기지 않았던 걸까요?"

도이자키 겐은 시게코를 보았다. 처음 이곳에 들어왔을 때처럼 멍한 눈빛이었다. 방금까지만 해도 가득하던 비분과 후회, 자조의 빛은, 돌아온 허무에 삼켜져버리고 말았다.

"그놈이 그럴듯하게 둘러대면서 속였겠죠."

대답하는 목소리에는 억양이 없었다.

"아카네는 그놈 여자였으니까요."

쉽게 설명하기 힘든 위화감이, 뭔가 제대로 파악되지 않은 채로 시게코의 마음을 스치고 사라졌다.

"뭐라고 구슬렸는지 확인은 안 해보셨나요?"

"그놈 말고는 아무도 찾아오지 않았기 때문에 신경 쓰지 않았습니다. 그럴 만한 여유도 없었죠."

도이자키 겐은 느릿느릿한 말투로 대답했다. 눈에 깃든 공허한 기운이 그의 온몸을 채우기 시작한 것 같았다. 그 안에서 허우적거리며 일어서려는 듯, 그는 몸을 일으키며 말했다.

"어쨌든 그때는, 백만 엔을 건넨 뒤에도, 저나 집사람이나 이런 거래가 오래 계속되지는 않을 거라 생각했습니다. 곧 들통 날 거다, 시간문제라는 생각이 늘 머릿속에 있었습니다. 안 그랬겠습니까? 우리를 협박하는 건, 아무리 불량아라 해도 고등학생이었으니까요."

그는 새삼스럽게 놀란 표정을 지었다.

"그렇죠, 미성년자였어요. 이런 큰일을 계속 숨길 수 있을 리 없다 싶었습니다. 하지만 그때마다 세이코를 생각했습니다. 세이코를 위해, 최대한 숨길 수 있을 때까지 숨기고 싶다. 그러다보니 다른 생각은 할 수 없게 되더군요. 그래서 그 뒤로도 계속 그놈이 시키는 대로 하게 되고, 그게 점점 당연한 일이 되어갔습니다."

그 결과가 16년이다. 16년에 걸친 은닉과 침묵.

도이자키 겐은 넋을 놓은 듯했다. 그들이 걸어온 16년이라는 세월을 되돌아보니 기가 막힌 듯 보이기도 했다. 16년이라니, 용케도.

"시게도 이제는 고등학생이 아니죠. 서른이 넘은 어엿한 성인이 되었겠군요."

다카하시 변호사의 목소리에 시게코와 도이자키는 퍼뜩 정신이 들었다. 시게코가 잠시 멍하니 있었던 것은, 이 사람과 부인은 16년 동안 한 번도—하늘에 맹세코 한 번도, 딸의 시체를 빌미로 자기들을 멋대로 주무른 시게를 죽여서 입을 막아버리고 싶었던 적은 없었을까, 하는 생각을 하고 있었기 때문이다.

"도이자키 씨는 그 뒤로 계속 돈을 지불해왔죠?"

"……예."

"16년 동안, 그 협박에 제대로 응할 수 없었던 적은 없었나요?"

뜻밖에 도이자키는 시게코가 전에 썼던 것과 같은 표현을 사용했다.

"그놈은 우리를 쥐락펴락하는 요령을 익혔습니다."

재미있어했죠. 멍한 눈으로 슬쩍 웃음을 지으며 중얼거렸다.

"아저씨도 참 고생 많네, 하는 소리를 한 적도 있습니다, 선생님."

다카하시 변호사가 시게코를 보았다. 무서운 눈이었다.

"마에하타 씨, 당신 추측이 맞은 것 같군요."

달리 어떤 반응을 보일 수도 없어, 시게코는 말없이 고개를 끄덕였다.

"시효를 의식하셨습니까?"

"사건의 시효 말입니까?"

15년이면 시효가 성립된다는 사실은 알고 있었다고 대답했다.

"하지만 세이코가 걸렸죠."

"시게도 그걸 알았나요?"

"물론 알고 있었습니다. 시효가 다가올 무렵, 경찰 걱정은 없더라도 역시 아카네 동생에게 알려지는 건 곤란하겠지, 하고 제게 확인을 해온 적이 있었으니까요."

시게에게 돈을 건네는 방법은 시게코가 추측했던 대로였다. 늘 그가 장소를 지정했다. 시기는 변덕스러워서 반 년 정도 간격이 벌어지는 일도 있었다.

　돈은 늘 현금으로 마련해서 건넸다. 한 번 만났던 곳을 다시 이용하는 경우도 있어서 성냥을 가지고 오곤 했다고 한다.

　"자기가 다니는 스낵바나 펍 같은 곳에서, 오늘 외상값을 갚아야 하니까 지금 바로 가지고 오라고 연락할 때도 있었습니다."

　"그러면 금액도 그때그때 달랐나요?"

　"그렇습니다."

　"기록해두셨습니까?"

　도이자키는 다카하시 변호사의 질문에 고개를 저었다. 시게코는 풀이 죽은 아카네의 아버지를 뚫어지게 바라보고만 있었다.

　"협박으로 뜯긴 돈이 모두 얼마나 되는지, 전혀 짐작이 안 되십니까?"

　잠깐 고개를 갸웃하고 나서 도이자키는 다카하시 변호사를 쳐다보았다.

　"모르겠네요. 될 수 있으면 생각하지 않으려 했습니다."

　죄송합니다, 하며 몸을 움츠렸다.

　"제일 많았을 때는 얼마였습니까?"

　등을 구부린 채로 도이자키 겐은 기억을 더듬듯 눈을 가늘게 떴다.

　"이백만 엔이었던 것 같습니다."

　"언제쯤이었습니까?"

　"두번째던가, 세번째던가……"

　그 돈을 줄 때, 당시 도이자키 부부의 저금은 이미 바닥 나버렸다. 시게에게 그 이야기를 하고 더이상은 돈을 줄 수 없다고 했다.

　"푼돈이라도 상관없다, 그때그때 가져올 수 있는 만큼이라도 좋으니 성의를 보여라, 그런 식으로 말하더군요."

창피한 듯 도이자키 겐은 몸을 더욱 움츠렸다.

"성의라니, 말은 잘하는군요."

다카하시 변호사가 불쾌감을 드러내며 내뱉었다.

시게코가 끼어들었다.

"아카네 씨 친할아버지가 남겨준 돈이 있었을 텐데요? 부인께서도 오사키의 친정집이 처분될 때 얼마간 재산을 받았을 테고요."

도이자키 겐의 멍한 얼굴에 처음으로 놀라는 기색이 스쳤다.

"자세히 알고 계시는군요."

"그런 돈도 모두 다 뜯긴 건가요? 하지만 도이자키 씨가 물려받은 돈은 세이코 씨의 결혼자금으로 쓰였죠?"

"예…… 그 돈만은 어떻게든 세이코를 위해 쓰고 싶어서…… 저나 집사람이나…… 그…… 뭐라고 해야 하나, 그건 어떻게 잘……"

"나름대로 시게와 맞서는 요령을 익히신 거로군요."

김이 빠지는 듯한 소리로 웃고 나서 도이자키는 고개를 끄덕였다.

"그렇군요. 그랬는지도 모르겠습니다."

"그가 경제적으로 어려워 보였습니까?"

다카하시 변호사가 물었다.

"긴 세월이라 시게의 경제 상황에도 당연히 기복이 있었을 테니, 대략적인 느낌이라도 상관없습니다. 절실하게 돈이 필요해서 언제까지 얼마를 준비하라는 요구를 받은 적은 없었습니까?"

"그런 일은 없었던 것 같습니다. 아까 말씀드린 것처럼 술집 외상값이 밀렸다거나 하는 정도였죠."

"그가 사는 곳이나 직장은 아십니까?"

얼굴에서 웃음이 사라지고 자조의 빛이 떠올랐다.

"아뇨, 선생님. 저희는 그 사람 이름도 제대로 몰랐습니다."

"추측도 할 수 없었나요? 추측할 만한 자료도 없었습니까? 초기에는 그래도 그가 다니는 학교 정도는 알고 계시지 않았습니까?"

변호사의 질문이 끝나기도 전에 도이자키 겐은 고개를 저었다. 다카하시 변호사의 말이 끝난 뒤에도 계속 도리질을 하고 있었다.

"알아보려고 하신 적도 없습니까?"

시게코가 묻자 그제야 고갯짓을 멈췄다. 시선이 허공을 더듬었다.

잠시 후, 도이자키 겐은 천천히 입을 열었다.

"저나 집사람이나 이건 천벌이라고 생각했습니다. 그래서, 도망치거나 피하거나, 어떻게 해보자고 생각한 적은 없습니다."

다카하시 변호사가 한숨을 내쉬었다. 시게코는 완전히 풀어진 도이자키 겐의 표정을 뚫어지게 바라보았다.

전혀 이해 못 할 감정은 아니다. 언제부턴가 시게에게 돈을 뜯기는 것이 도이자키 부부에게는 아카네를 죽인 죄를 갚는 일이 되어버린 것이다. 잘못된 관계이고 굴절되어 있지만, 부부에게는 분명히 의미가 있는 속죄. 게다가 동시에 자기들의 죄를 세이코에게 숨길 수 있는 방법이므로 그만둘 이유가 없다. 천칭이 균형을 이뤄버린 것이다.

실질적으로는 아무리 시게가 시키는 대로 한들, 부부의 죄책감이 사라지거나 죄를 갚을 수 있을 리가 없다. 하지만 그런 착각은 얻을 수 있었다. 그렇다. 도이자키 부부는 시게의 침묵을 산 것이 아니다. 그들이 돈을 주고 얻은 것은, 그 착각이었다.

"두 분이 경찰에 사실을 털어놓았을 때 시게는 당황했겠군요. 뭐라고 이야기가 있었겠죠?"

변호사의 물음에 도이자키 겐은 여전히 허공을 바라보며 천천히 고개를 저었다.

"연락은 없었습니다."

"전혀?"

"예, 그 뒤로는 한 번도 없었습니다."

시게코는 믿을 수가 없었다. 다카하시 변호사도 의심하는 눈치였다.

"두 분이 경찰서에 있는 동안은 몰라도, 그 뒤에는 시게도 연락을 할 수 있었을 텐데요."

텔레비전 뉴스를 보았다면 부부의 동향을 파악할 수 있었을 것이다.

"경찰에 자백하신 건 화재가 계기였고, 말하자면 우발적인 행동이었습니다. 시게로선 상당히 놀랐겠죠. 내게 말도 않고 멋대로 행동하지 말라고 한마디했을 법합니다. 만약 제가 그 사람이라면 그랬을 겁니다."

다카하시 변호사로서는 상당히 깊숙이 파고든 발언이었다. 하지만 도이자키는 고개를 저을 뿐이었다.

시게코가 도발을 시도했다.

"두 분에게는 연락하지 않더라도, 세이코 씨와는 접촉하려고 하지 않을까요?"

말을 마치자마자 도이자키 겐의 눈이 다시 빛났다. 재빨리 매달리듯이 시게코를 쳐다보았다.

"그런 일이 있었습니까? 세이코가 그런 이야기를 했습니까? 언제죠? 세이코는 그 남자에게……"

엉거주춤 일어선 그는 당장이라도 시게코에게 덤벼들 태세였다. 변호사가 얼른 그를 제지했다.

"그런 일은 없습니다. 세이코 씨는 아무것도 모릅니다. 제 추측일 뿐입니다."

"정말입니까? 정말로 세이코에겐 아무 일도 없는 거죠?"

"네."

시게코는 힘주어 고개를 끄덕였다.

"다만 앞으로도 아무 일 없을 거라고는 단정할 수가 없습니다. 남의 약점을 잡아 지배하기를 즐기는 인간은 실로 온갖 궁리를 다 하기 마련이니까요."

도이자키 겐은 눈도 깜박하지 않고 시게코를 뚫어지게 바라보았다. 시게코도 마주 보았다.

"세이코에게…… 뭘 어쩐다는 겁니까?"

얼어붙은 시선을 한 채, 공포가 엉긴 목소리로 그가 물었다.

"이제 와서 뭘, 그애에게 무슨 소릴 한다는 거죠?"

시게코는 그 기세에 눌려 몸을 약간 뒤로 물렸다. 두드리면 소리가 날 거라는 사실을 알았지만, 예상보다 훨씬 무겁고 큰 소리가 났다. 음색도 생각과 다르다. 왜지?

다카하시 변호사는 나름대로 이유를 추측한 모양이었다. 재빨리 질문을 던졌다.

"시게는 이전에도 세이코 씨에게 무슨 짓을 하려 했던 적이 있군요?"

도이자키 겐이 시게코를 향해 시선을 던진 채 굳어 있는 바람에 변호사는 몇 차례나 그의 이름을 불러야 했다. 팔을 두드리자 그제야 정신이 돌아온 듯했다.

"세이코에게 말입니까?"

그는 입 언저리를 떨면서 되묻고는 두어 차례 고개를 끄덕였다. 침을 삼키는 듯 목울대가 움직였다.

"세이코가 결혼한다는 말을, 제가 깜박 그놈에게 해버려서요. 남들 못지않은 결혼식을 치러주고 싶어서, 그쪽에 돈이 드니까 그렇게 많은 돈은 줄 수가 없다고 말해서, 그게."

시게코가 끼어들었다.

"시게가 돈을 요구해서 건네주러 갔다. 그리고 그때는 그가 요구한 금액을 줄 수 없었다. 그 이유를 설명해야 했다. 그런 이야기로군요. 그렇다면 작년이겠네요?"

"아, 예. 연말이었을 겁니다."

도이자키 겐은 손으로 이마와 콧등의 땀을 닦고, 그 손을 허벅지에 바삐 문질렀다.

"그 전까지 한동안 연락이 없었습니다. 오랜만이어서 저도 뭐랄까, 낙담했고, 제대로 대응을 못 해서, 그만 쓸데없이 세이코의 결혼 이야기를 흘리고 말았습니다."

"그 동안 요구가 없었다는 뜻인가요?"

도이자키 겐은 고개를 끄덕이며 버릇처럼 바지에 손을 계속 문질렀다.

"한동안이라는 건 어느 정도죠? 3개월이나, 1년?"

"그때는 3년 가까이 연락이 없었습니다."

시게코는 놀랐다. 다카하시 변호사도 약간 표정이 바뀌었다. 살짝 몸을 앞으로 내밀며 말했다.

"낙담하셨다는 건, 3년이나 소식이 없으니 이제 협박이 끝난 게 아닐까 기대하셨기 때문인가요?"

"그렇습니다. 그런 생각도 했었죠."

대답하고 나서, 도이자키 겐은 갑자기 그 말을 취소하듯 고개를 저었다.

"하지만 될 수 있으면 그런 식으로 생각하지 말자고 집사람과 이야기했습니다. 전에도 비슷한 일이 있었으니까요. 1년쯤 협박이 없었던 적이 있었거든요."

그러고는 문득 생각이 났다는 듯, 요구가 시작되었다고 한다. 부부가 마음을 막 놓을 무렵이었다. 협박에서 해방된 건지도 모른다는 희망을 품기 시작할 무렵.

"그놈의 수법이었죠. 놀이였습니다. 우리를 못살게 구는 게요."

시게코는 생각에 잠겼다. 물론 도이자키 겐의 말대로 시게는 그런 사디스트적인 성향을 지니고 있을 것이다. 하지만 그것뿐만은 아니라는 생각도 들었다. 시게라는 남자에게도 '사생활'이 있고, 그 상황에 따라 도이자키 부부를 상대할 수 없는— 혹은 상대하지 않아도 될 시기가 있었던 것은 아닐까?

무려 16년간이다. 시게 쪽에서도 인생의 부침이나 변동이 있어도 당연한 세월이다.

"경찰 신세라도 졌던 걸까요?"

다카하시 변호사가 불쑥 말을 꺼내고는 얼른 "아, 실례했습니다" 하고 사과했다.

"가능성은 있네요. 다른 데서 무슨 짓을 저질렀을지도 몰라요."

"뭐, 그런 상상을 해봤자 아무런 도움이 안 되지만."

도이자키 겐은 멍한 눈빛으로 변호사와 시게코의 얼굴을 번갈아 바라보았다.

"그래서요? 세이코 씨 결혼 이야기를 듣고 시게는 뭐라고 했습니까?"

"세이코를 결혼시키지 말라고 했습니다."

도이자키 겐을 대신해서 변호사가 험상궂은 표정을 지었다.

"뭐라고요?"

"자기와 결혼시키라고 했습니다."

이번에는 시게코가 고개를 끄덕일 차례였다.

"시게 같은 남자라면 더 일찍부터 그런 소리를 했다 해도 이상할 게 없죠. 그 전에도 세이코 씨를 만나게 해달라는 요구를 받으신 적이 있죠?"

도이자키 겐은 또 입가를 떨었다. 이마에 땀이 잔뜩 뱄다.

"그건, 예, 있긴 있었습니다."

세이코를 만나게 해달라. 세이코가 돈을 가지고 나오게 해라. 그런 식의 요구는 세이코가 고등학생이 될 무렵부터 시작되었다고 한다. 말하자면 세이코가 어느 정도 성숙해졌을 무렵이다.

"늘 농담처럼 말해서, 어디까지가 진담인지 파악하기 힘들었습니다. 하지만 저나 집사람이나 그 요구만은 들어줄 수 없다고 거절했습니다. 당신이 세이코를 건드린다면 우리도 생각이 있다, 큰맘 먹고 경찰에 가서 전부 자백하겠다고 그때마다 그렇게 말했습니다."

도이자키 겐은 그럴 각오가 되어 있었다.

"그러면 그놈은 늘 히죽히죽 웃었습니다. 농담이다, 서두를 필요 없다고 넘어가서, 저는 그놈이 짓궂게 구는 거라고만 생각했는데…… 실제로 늘 제가 그렇게 대꾸하면 바로 물러섰으니까요. 하지만 집사람은 무척 두려워했습니다."

아름답게 성장하는 세이코 곁에서, 딸에게는 아무 이야기도 하지 못하고, 몰래. 걱정과 불안을 억누르며.

"그래서, 결혼시키지 말라는 그 요구에는 어떻게 하셨죠?"

"물론 거절했죠. 당연하지 않습니까."

떠올리기만 해도 화가 나는지, 도이자키 겐은 주먹을 꼭 쥐었다.

"게다가 그놈은 그 무렵 이미 결혼한 상태였습니다. 그런데 그런 말도 안 되는 소리를……"

시게코는 다카하시 변호사의 얼굴을 바라보았다. 변호사는 믿기 어렵다는 듯 눈을 깜박였다.

"시게가 가정을 꾸렸습니까? 하기야 나이를 생각하면 이상한 일은 아니지만요."

"정상적인 결혼은 아니었습니다, 선생님. 그놈은 여자를 속여 결혼했습니다. 잘 구워삶아서 여자 쪽 호적에 들어간 거죠. 그러면 성을 바꾸고 다른 사람이 될 수가 있으니까요. 옛날에 저지른 일들을 모두 숨기고 대출 같은 것도 쉽게 받을 수 있게 된다고 합니다. 본인이 그렇게 말하는 걸 몇 번이나 들었으니 틀림없습니다."

호오, 하고 변호사가 감탄했다.

"그렇군요. 제대로 조사하면 통하지 않겠지만 손쉬운 위장입니다."

"대출을 받아서 어디에 썼을까요?"

시게코가 물었다.

"설마 주택 대출은 아닐 테고요."

"그놈은 무슨 사업 같은 걸 하고 있었습니다. 확실히 그렇게 말했어요. 자기가 사장이라는 식으로. 그런 사업을 하기 위해서 자금이 필요했겠죠."

"하지만 그런 자금을 도이자키 씨한테서 뜯어내려고는 하지 않았군요?"

도이자키는 초조해하기 시작했다.

"그러니까 그건, 제겐 요구해봐야 나오지 않는다는 걸 알기 때문이었습니다. 저는 이 말만은 몇 번이나 했습니다. 내가 무리한 빚을 지게 만들어서 들통 나면 모두 끝장이라고요."

시게는 결코 머리가 좋은 인간은 아니다. 하지만 묘하게 교활하고 계산이 빠른 면이 있었다고, 도이자키 겐은 증오스러운 투로 설명했다.

"게다가 그놈에겐 친척인지 페이트런인지 몰라도, 저 말고도 돈줄이 있었습니다. 사업 후원자라고 할까, 그런 배경 말입니다."

"본인이 그런 말을 했습니까?"

"예, 자랑처럼요."

"그 후원자가 구체적으로 어떤 관계의 사람인지는 들으셨나요?"

"친척이나 아는 사람이겠죠. 자세한 건 모릅니다."

다카하시 변호사가 손을 내밀며 계속되는 시게코의 질문을 제지했다.

"이야기를 되돌려보죠. 그렇다면 시게란 남자는 신원 세탁을 위해 결혼과 이혼을 반복했던 겁니까?"

"그런 모양입니다."

그렇게 말하고 비로소 유쾌하다는 듯한 눈빛을 띠며 도이자키 겐이 덧붙였다.

"무엇보다, 여자 쪽이 그놈에게 정나미가 떨어져 뛰쳐나가버려서 어쩔 수 없이 이혼하는 경우도 있지 않았을까요?"

변호사는 고개를 끄덕였다.

"그렇겠군요. 그래서, 세이코 씨와도 그런 의도로 결혼하려 했던 거군요. 물론 세이코 씨에 대한 흑심도 있었을 테지만."

말로 인정하기도 끔찍하다는 듯, 도이자키 겐은 입을 다물고 고개를 한 차례 끄덕였다.

"그런 대화가 오간 게 작년 연말이라고 하셨죠? 12월이었습니까?"

"그렇습니다만……"

"날짜까지는 기억 못 하시고요?"

"그게 무슨 문제 있습니까?"

도이자키 겐은 민감했다. 눈에 새로운 불안이 떠올랐다.

"날짜가 무슨 문제라도 있습니까, 선생님?"

변호사는 달래듯이 미소를 지었다.

"아뇨, 만약 날짜가 12월 9일 이후라면 아카네 씨 사건에 대한 공소 시효가 말소됩니다. 도이자키 씨와 부인께서도 그걸 의식했을 거라는 생각이 들어서요."

필요할 때는 묻기 어려운 것도 묻는 모습이 프로다웠다. 시게코는 정곡을 찌르는 질문에 대답을 하지 못하는 도이자키 겐의 옆모습을 바라보았다.

조금 있다가 비굴하게 입 언저리를 찡그리며, 도이자키 겐이 시선을 피한 채로 중얼거렸다.

"선생님은 저와 집사람이 시효를 손꼽아 기다리고 있었다고 말씀하고 싶은 건가요?"

변호사는 온화한 표정을 지우지 않고 "그런 의도는 아닙니다" 하고 조용히 대답했다.

"누구라도 시효를 의식했으리라고 생각할 뿐이죠, 도이자키 씨."

도이자키 겐은 고개를 숙이고 말았다. 다카하시 변호사는 시게코의 얼굴을 바라보았다.

"시게는 당연히 시효를 의식했을 겁니다."

시게 입장에서 보자면, 그건 즐거운 게임이 끝나는 날이다.

"그러니까, 시게가 세이코 씨의 결혼을 취소하고 자기와 결혼시키라는 터무니없는 요구를 들이민 것은 12월 8일 이전이 아니었을까 싶은 겁니다. 시효가 말소되면 그런 요구를 해봤자 대번에 거절당할 거란 사실을 그도 알겠죠. 하지만 시효 직전이라면 어떨까요? 앞으로 며칠, 몇십 시간만 있으면 되는데, 내 요구를 들어주지 않으면 경찰에 까발리겠다고 위협하면 당신이나 부인이나 태연할 수는 없지 않았겠습니까?"

"우리는……"

도이자키 겐의 목소리가 갈라졌다. 다카하시 변호사는 천천히 타이르듯 말을 이었다.

"오해하지 마세요. 동요하는 게 당연하죠. 다른 사람이었어도 마찬가지였을 겁니다."

시게코도 이해한다는 듯이 도이자키 겐을 향해 고개를 끄덕여 보였다.

"두 분은 시게가 세이코 씨에게 촉수를 뻗으려고 시도할 때마다 그럴 바에야 차라리 경찰에 출두하겠다면서 뿌리쳤죠. 물론 그건 시게를 견제하는 수단이 되었을 겁니다. 그랬기 때문에 당신들은 세이코 씨를 지킬 수 있었습니다. 세이코 씨는 15년간 아무것도 모르고 살아온 겁니다. 그렇죠?"

도이자키 겐은 고개를 숙인 채 눈을 감았다.

"두 분의 그런 굳은 뜻에 거짓이 있었다고는 생각지 않습니다. 세이코 씨까지 희생시키느니 차라리 비밀을 폭로하는 길을 택하겠다, 그런 생각은 진실이죠. 하지만 막상 실행에 옮기기엔 대단한 용기가 필요할 겁니다. 비밀을 숨겨온 세월이 길수록 그 상태를 무너뜨리기 위해 필요한 에너지도 커집니다. 두 분은 그걸 뼈저리게 느끼고 계셨을 거고요."

시게코 역시 그걸 알고 있었다.

"바로 그런 이유 때문에 그는, 시효를 코앞에 두고 궁여지책으로 세이코 씨에 관한 노골적인 요구를 했겠죠. 시효가 말소되면 이전처럼 당신들을 멋대로 주무를 수 없다는 걸 그는 알았을 테니까요."

그러니까 시게가 세이코를 자신과 결혼시키라는 이야기를 꺼낸 것은 12월 8일 이전이었을 것이다. 이제 와서 들통 나도 괜찮나? 무엇을 위해 15년이나 참아온 거지? 세이코를 내놔. 그러면 며칠, 몇십 시간을 더 기다려줄 테니까.

"기억이 잘 나지 않습니다."

아직도 항변하는 투로, 도이자키 겐은 작게 중얼거렸다.

"그렇지만 선생님이 하신 말씀을 들으니 그런 것 같기도 합니다."

기억한다. 잊을 리가 없다. 나와 집사람은 시효가 지나는 날을 손꼽아 기다려왔기 때문에 ― 하지만 도저히 그렇다고 인정할 수는 없다는 완고한 고집 같은 것이 도이자키의 몸에서 배어나왔다. 나는 벌을 받는 것이 두려워 침묵을 샀던 게 아니다, 라고.

그 모든 것은 딸 세이코를 위해서였다, 라고.

"그때만은 시게도 간단하게 물러서려 하지 않았겠죠?"

그에게는 마지막 기회였을 테니까.

"물리치기 힘들었겠군요. 잘 견뎌내셨습니다."

칭찬과 위로의 말투였다. 그리고 그것이 어울린다고 시게코는 느꼈다.

"그때는,"

도이자키 겐이 말했다.

"세이코의 웨딩드레스 가봉을 마친 상태였습니다."

변호사와 시게코는 흘끗 눈을 마주쳤다.

"이노우에 부인이, 우리집 며느리가 될 사람이 웨딩드레스를 빌려 입을 수는 없다고 해서 직접 맞췄습니다."

"결혼식은 연초였죠?"

"1월 8일이었습니다. 한창 바쁠 때라서 처음엔 반대했지만, 두 사람이 고른 예식장이 비는 날짜가 그날밖에 없어서요."

도이자키 겐은 결혼 준비로 바쁜 세이코를 보았다. 다쓰오와 함께 행복해하는 세이코를 보았다. 웨딩드레스를 가봉하는 모습도 보았다.

"선생님은 딸이 없으시죠?"

도이자키 겐이 물었다. 변호사가 살짝 눈을 크게 떴다.

"네, 아들뿐입니다."

"그러시군요."

도이자키 겐이 슬쩍 웃었다.

"나이가 찬 딸이 있다면 선생님도 이해가 될 겁니다. 세이코를 그런 놈에게 주다니……"

풀어진 표정 안쪽에서 강인한 분노가 잠깐 떠올랐다가 사라졌다.

그래서 거절했습니다, 하고 조용히 덧붙였다.

"선생님은 변호사시니까, 아무래도 법률이나 경찰에 관해 저희보다는 중요하게 생각하시겠죠. 저나 집사람은 경찰이 무섭지 않았습니다. 아니, 그냥 처벌을 받는 게 더 편하겠다는 생각까지 했습니다. 하지만 세이코가 그런 사실을 알게 되는 것만은 두려웠습니다."

그런 세이코를 내주고 시게의 침묵을 사는 것은 그야말로 본말이 전도된 셈이다. 그걸 막기 위해선 언제든, 어떤 상황이든 자수했을 거라고 도이자키 겐은 잘라 말했다.

"하지만,"

저도 모르게 시게코는 입을 열었다.

"결국 4월 20일에 출두하셨잖아요? 세이코 씨가 모든 것을 알게 될 텐데도요."

"그렇죠."

맥이 빠진 듯이 도이자키 겐은 입을 열었다.

"더이상 숨길 수 없다고 생각했습니다. 불에 탄 집터를 파내면 끝이니까요."

"꼭 땅을 파야 하는 상황은 아니었는데요."

"……우리는 그렇게 생각했습니다."

"결과적으로 세이코 씨는 이혼했습니다. 아시죠? 그런 가능성은 생각하지 않으셨나요?"

깊은 한숨만 쉴 뿐, 도이자키 겐은 대답하지 않았다. 시게코도 굳이 답을 요구한 것은 아니었다.

한 번 헛기침을 하더니, 다카하시 변호사가 다다를 불렀다. 비서가 칸막이 뒤에서 얼굴을 내밀자 손짓으로 차를 더 내오라고 지시했다.

얼핏 보인 다다의 얼굴은 창백했다.

"시효가 말소되었어도, 두 분이 세이코 씨가 사실을 알게 되는 걸 두려워했기 때문에 시게가 계속해서 협박했다, 그런 거죠?"

다카하시 변호사가 확인하듯이 말했다.

"하지만 그것도 4월 20일에 두 분이 자백하면서 끝났습니다. 그 뒤로 시게는 접촉해오지 않았다, 틀림없습니까?"

"그렇습니다. 없었습니다."

"분명히, 단 한 번도 접촉이나 연락이 없었나요?"

도이자키 겐은 질문하는 변호사가 아니라 시게코 쪽을 바라보았다.

"그놈이 세이코에게 접근하지는 않았겠죠? 당신이라면 알 겁니다. 정말 괜찮죠?"

"걱정 마세요. 앞으로도 주의하겠습니다. 하지만 그러기 위해서는 세이코 씨에게 사정을 설명해야 합니다."

도이자키 겐은 몸이 흔들릴 정도로 당황했다.

"이야기하지 않더라도, 그런 건……"

"그렇지 않습니다. 얼버무리고 넘어갈 수는 없습니다."

도이자키 겐이 벌떡 일어섰다. 언성이 높아졌다.

"세이코에게는 말하지 말아달라고 부탁하지 않았습니까! 약속이 다르군요."

그가 소리를 지르자 입에서 침이 튀었다.

"지금까지 우리는, 선생님이 계시니까 세이코는 걱정할 것 없다고 생각했습니다. 만에 하나 그놈이 세이코 주변을 어슬렁거리면서 이상한 소리를 해대면, 선생님과 바로 의논해서 떨쳐낼 수 있을 거라고요."

도이자키 겐은 애원하는 듯한 눈빛으로 다카하시 변호사에게 하소연했다. 변호사는, 아마도 일부러 그러는 것일 테지만, 아무런 반응도 보이지 않았다.

"그러니 그냥 이대로 둬도 괜찮지 않습니까? 당신이."

도이자키 겐은 시게코에게 손가락을 들이댔다.

"당신이 쓸데없는 짓만 하지 않으면 별일 없을 겁니다. 세이코는 아무것도 몰라요. 그래서 나는 이렇게 다 털어놓고 이야기한 거란 말입니다!"

시게코는 등을 펴고 도이자키 겐을 쳐다보았다. 도이자키 겐의 얼굴은 다기를 얹은 쟁반을 들고 바로 뒤에 서 있는 다다 못지않게 창백했다.

"왜 숨겨야 하는 거죠?"

"그야, 당신도—알지 않습니까?"

"저는 시게가 세이코 씨를 찾아내서, 두 분이 자기에게 돈을 줬다는 말을 할 우려도 있다고 생각합니다. 처음에도 말씀드렸다시피 다른 사람을 멋대로 주무르는 재미를 알게 된 인간은 어떤 방식으로든 게임을 계속하려 들기 때문입니다. 그런 사악한 짓에 중독되어 있으니까요."

너희 부모는 네 언니를 죽인 벌을 받지 않으려고 시효가 지날 때까지 계속 내게 입막음으로 돈을 줬어. 정말 꼴불견이었지. 어떻게든 남들 눈을 피해보려는 비굴하고 비열한 꼬락서니였어. 한 번도 본 적은 없지만, 시게코의 머릿속에 시게가 세이코를 앞에 두고 재미있다는 듯이 키들거리며 괴롭히고, 상처 입히고, 장난치는 표정이 또렷하게 떠올랐다.

도이자키 겐도 같은 생각이었을 것이다. 창백한 얼굴에 눈만 새빨갛게 충혈되어 있었다.

"가능성만 따지면 그렇게 큰 위험은 없을지도 모릅니다. 하지만 있을 수 있는 일입니다. 세이코 씨는 매력적인 미인이고, 시게도 처음부터 세이코 씨에게 흥미를 보였죠. 두 분이 세이코 씨 곁을 떠난 지금이야말로 절호의 찬스라고 침을 흘리고 있을지도 모릅니다. 그가 그런 식으로 생각하는 인간이라는 것을 가장 잘 아는 사람은 도이자키 씨, 당신이 아닙니까?"

화를 낼 대상은 눈앞에 있는 불행한 아버지가 아닌데도, 시게코는 화를 내고 있었다.

"그걸 막기 위한 정당한 방법이 딱 하나 있습니다. 당신 입으로 세이코 씨에게 모든 것을 밝히는 겁니다."

우뚝 선 채로 도이자키 겐은 다시 고개를 내젓기 시작했다. 다다가 입을 열려다 그만두었다. 다카하시 변호사는 눈에 힘을 주고 시게코와 도이자키 겐을 번갈아 바라보았다.

"당신은 말씀하셨죠? 형사적인 처벌은 두렵지 않았다, 아예 벌을 받고 싶었을 정도였다, 침묵을 지키고 비밀을 안고서 살아온 것은 오로지 세이코 씨에게 알리고 싶지 않은 마음 때문이었다, 그건 왜죠?"

세이코를 슬프게 만들고 싶지 않았다. 세이코에게 상처를 입히고 싶지 않았기 때문이다.

"지금까지는 그래도 괜찮았을지 모릅니다. 하지만 이제 그런 방식은 잘못이에요. 그 증거로, 세이코 씨는 저를 고용했습니다. 아카네 씨가 왜 죽었는지, 왜 당신들이 아카네 씨에게 그렇게 해야만 했는지, 대체 무슨 일이 있었던 건지 알고 싶어서 말입니다. 세이코 씨는 아무도 자기에게 진실을 가르쳐주지 않는다고 괴로워하고 있습니다."

말씀을 해주세요. 목소리에 힘을 주어 시게코가 애원했다.

"두 분 외에는 할 수 있는 사람이 없습니다. 피하지 마세요. 정말로 세이코 씨에게 도움이 될 일을 생각해주세요."

핏기 없는 얼굴로 우두커니 서 있는 도이자키 겐의 몸이 갑자기 움츠러들었다. 그 혼자 바람에 맞서기라도 한 듯, 몸이 힘없이 앞뒤로 흔들렸다.

다카하시 변호사가 일어나 그의 두 어깨에 손을 얹고는 천천히 자리에 앉혔다.

"당장은 무리예요."

변호사가 말했다.

"시간이 필요합니다. 이제 와서 서둘 필요 없잖아요."

어깨를 가볍게 두드리며 손을 뗐다. 그게 신호라도 되는 듯 도이자키 겐은 고개를 푹 숙였다.


혼자 돌아가게 놔두기 걱정된다며 다다가 도이자키 씨를 역까지 바래다주러 갔다. 다카하시 변호사와 시게코는 탁자 앞에 나란히 앉아 말없이 식은 차를 마셨다.

"당신도 참 어지간하군요."

변호사가 입을 열었다.

칭찬이 아니라는 것쯤은 시게코도 안다.

도이자키 겐은 마지막까지 눈물을 보이지 않았다. 눈물 따윈 이미 예전에 말라버렸을 것이다. 대신 탁자 아래 기어들어가기라도 하려는 듯, 몸을 점점 더 웅크리며 고개를 숙였다. 최대한 작아져서 이 자리에서 사라지려는 듯이.

변호사와 비서, 삼촌과 조카는 진지하게 침묵을 지키면서 그런 도이자키 겐을 지켜보고 있었다. 하지만 그 정적이 오히려 그를 현실 밖으로 내모는 기분이 들어 시게코는 멋대로 이야기를 늘어놓았다. 그의 직장 동료들 이야기. 기타센주에 사는 이웃들 이야기. 우라타 하토코 이야기. 아카네의 담임이었던 우부카타 요시에 이야기. 가토 지공업의 가토 사장 이야기. 모두 도이자키 부부를 걱정하고, 사건에 대해 의아하게 생각하고, 여러 가지 수수께끼를 껴안고서 애도하고 슬퍼하고 있다. 세상 사람들은 지금도 당신들 주위에서 움직이고 있다. 그건 당신들이 바라는 방향이 아닐지도 모른다. 하지만 당신들 단둘이 모든 것이 얼어붙은 세상에 떨어져버린 것은 아니다. 그런 내용을 전해주기 위해 시게코는 일방적으로 계속 이야기했다.

이야기를 하는 동안 도이자키 겐이 조금씩 몸을 일으켰다. 거기에 용기를 얻어 시게코는 이야기를 이어나갈 수 있었다.

"가토 선배는 잘 지냅니까?"

여전히 고개를 숙인 채로 도이자키 겐이 그렇게 물을 때까지, 시게코는 삼십 분도 넘게 혼자 이야기했다.

"전화라서 얼굴은 보지 못했지만 잘 지내시는 것 같았어요. 가족 중 누군가가 가토 씨를 부르는 소리가 들리더군요."

"그 양반은,"

그렇게 말하고 나서 도이자키 겐은 손바닥으로 얼굴을 문지르고 심호흡을 했다. 숨을 내쉬면서 그가 말했다.

"우리집처럼 아들이 삐뚤어져서요."

역시. 시게코는 생각했다. 남의 일이 아니라던 가토 노리오의 말은 그런 뜻이었나?

"나쁜 애들과 어울려서—그것도 아카네와 마찬가지였죠. 신주쿠며 시부야며, 한밤중에 유흥가를 어슬렁거리고 다니다가 다른 불량 그룹과 싸움이 나는 바람에 죽은 사람까지 나왔죠."

그래서 소년원에 들어갔다고 한다.

"아들이 비뚤어졌다는 이야기를 듣고, 피차 같은 처지니까, 같이 신세타령을 하면서 이따금 술을 마시곤 했었습니다. 하지만 소년원에 들어간 뒤에는 더이상 동정할 방법도 없었죠."

그래서 교류가 끊어진 건가?

"그게 둘째아들이었던가……"

"아카네와 동갑인 아들 말이죠?"

"들었습니까? 그 이야기를 했군요, 가토 선배가."

격정이 한도를 넘어서서 오히려 감정이 이완된 걸까? 도이자키 겐의 말문이 트인 듯했다.

"저도 아카네의 장래가 걱정스러웠으니까,"

남의 일이 아니라는 생각이 들었다고 한다. 가토가 한 말과 같았다.

"가토 선배도, 둘째아들이 그런 사건을 일으켰을 때 마침 큰딸이 취직활동을 하던 중이라, 혹시 지장이 가지 않을까 무척 걱정했습니다. 자식 중에 그런 애가 하나라도 있으면 식구들이 공연한 고생을 하게 되죠."

차근차근 씹듯이 중얼거리고 나서, 도이자키 겐은 어딘가가 무너진 것처럼 웃기 시작했다.

"그렇다고 내가 아카네를 죽인 것에 대한 변명은 되지 않겠지만요."

그렇게 내뱉고 시게코를 바라보았다. 눈은 여전히 새빨갛다.

"당신은, 나더러 세이코를 만나서 이런 식으로 이야기를 하라는 겁니까?"

시게코가 아무 말도 하지 않자 도이자키 겐이 말을 이었다.

"왜 네 언니를 죽였느냐, 그런 변변찮은 언니가 있으면 네가 앞으로 고생할 것 같아서 그랬다, 이렇게 이야기하라는 겁니까? 널 위해서 그 랬다고, 그렇게 이야기하면 되는 겁니까?"

"도이자키 씨—"

"아니, 아니지."

일인극을 하듯이 표정과 몸짓을 섞어가며 도이자키 겐이 말을 이 었다.

"아버지나 어머니나 네 언니 때문에 속이 썩을 대로 썩어서 정말 지 긋지긋했다. 이제 아카네는 필요 없다. 딸은 너 하나면 된다고 생각했 다. 이렇게 이야기하면 세이코가 기뻐할까요?"

예? 어떻습니까? 어떻게 생각하세요?

"아니면 이렇게 이야기할까요? 아버지가 그만 걷잡을 수 없이 화가 났던 거야. 앞뒤 생각도 하지 않았단다. 아니면 이렇게 이야기할까요? 아카네 같은 못된 애는 세상에 도움이 안 돼. 우리 가족에게도 골칫거 리일 뿐이야. 그래서 책임을 느끼고 부모인 내가 정리한 거지. 이렇게 이야기할까요? 어때요, 어떤 변명이 제일 그럴듯합니까? 딸을 죽인 아비가 남은 딸에게 무슨 말을 해줄 수 있죠? 모두 다 가족을 위한 거 였다고 할까요? 예?"

만날 수 없습니다!

"세이코를 만날 수 없어요. 어떻게 고개를 들고 만날 수 있겠습니 까? 뭐라고 하죠? 우리가 사실대로 이야기하면 그애도 구원받을 거라 는 이야기는, 당신처럼 직접 관계가 없는 사람이나 할 수 있는 상상이 에요."

도이자키 겐은 그 뒤로 문을 나설 때까지 한마디도 하지 않았다.

"마지막에 가서, 도이자키 씨가 그런 말까지 하게 만들었군요. 만족스럽습니까?"

변호사의 엄한 질책을 시게코는 못 들은 척했다. 대신 이마에 손을 대고 얼굴을 가렸다.

"저도 좋아서 이러는 건 아닙니다."

다카하시 변호사가 중얼거렸다. 시게코를 달래는 것은 아닐 테고, 자기 변명으로도 들리지 않았다.

다다가 돌아왔다.

"차비를 자꾸 안 받으려 하셔서요. 그냥 운전기사에게 주고 왔습니다."

택시에 태워 보냈다고 한다.

"혹시 역 플랫폼에서 이상한 생각을 하실까봐서요."

"잘했어. 수고했다."

작은 새가 화를 내는 일이 있다면 아마 지금 다다의 모습과 똑같을 것이다. 시게코를 노려보며 초등학생처럼 입을 삐죽 내밀고 있었다.

"그런 소리 했다가 무슨 일이라도 생기면 책임을 지실 겁니까?"

시게코는 말없이 어깨를 움츠렸다. 변호사는 웃음을 참고 있었다.

"세이코 씨에게는 뭐라고 보고할 건가요?"

"글쎄요. 어떻게 할까요?"

"마에하타 씨, 좀 반성을 하시는 게 좋을 것 같네요."

"네가 그런 소릴 하는 거야말로 쓸데없는 참견이야."

변호사가 따끔하게 한마디해도 다다는 여전히 불만스러운 표정이었다.

"당신도—"

다카하시 변호사가 말했다. 표정은 부드럽고 말투는 온화했다.

"과거에 한 번 큰 사건을 겪었잖습니까? 아시잖아요? 이런 일에서는 모두가 충분히 납득하고, 모두의 마음이 진정되는 일은 있을 수 없습니다."

"그걸 이상으로 삼으면 안 되나요?"

"안 되죠."

변호사가 바로 대답했다.

"세이코 씨는 앞으로 살아가면서 오랜 세월에 걸쳐 스스로 정리하는 수밖에 없습니다. 다른 사람이 도와줄 수도 없고, 누군가의 고백으로 무언가가 해결되는 것도 아닙니다."

그건 시게코도 알고 있다. 하지만—

"공갈꾼의 존재에 관해서는 당신의 추측이 맞았어요. 다만, 나도 전부터 도이자키 부부가 뭔가를 숨기고 있다는 건 눈치 채고 있었습니다. 당신이 먼저 선수 친 게 억울해서 하는 소리는 아닙니다."

"하지만 선생님은 추궁하지 않으셨잖아요."

"그럴 필요가 없고, 그렇게 해봐야 누구에게도 도움이 되지 않을 종류의 비밀일 거라 생각했기 때문입니다. 그건 지금도 그렇습니다."

이해가 가지 않아 시게코는 고개를 갸웃했다. 다다가 무슨 뜻이냐고 대신 물어주었다.

"도이자키 씨는 오늘 모든 걸 다 털어놓은 게 아니란 이야기야."

다카하시 변호사가 말했다.

다다의 눈이 휘둥그레졌다.

"뭐가요? 저도 계속 이야기를 들었지만 그런 느낌은 받지 못했어요."

"그야, 듣는 귀에도 경험의 차이가 있으니까."

"시계에 관한 것 말인가요?"

저도 모르게 시게코의 목소리에 힘이 들어갔다.

"그와의 관계에 관한 거죠? 그 문제 외에는 없을 것 같은데요. 저도—"

"스톱."

변호사가 손을 들었다.

"이제 됐잖아요? 당신의 추측은 적중했습니다. 당신이 이겼습니다. 이쯤에서 싸움을 그만두는 게 좋을 것 같은데요."

그렇게 하세요. 부드럽게 충고하며 달랬다. 여태까지 보여준 것 가운데 가장 친근하고 친절한 말투였다.

그래서 시게코는 대꾸를 할 수 없었다.


그날 밤 쇼지가 집에 돌아왔을 때, 시게코는 탁자 앞에 앉아 IC 레코더에서 흘러나오는 도이자키 겐의 목소리를 듣고 있었다. 몇 번째인지도 알 수 없었다. 시간이 흐르는 것도 잊었다. 쇼지가 불러서 겨우 정신이 들었다.

"아! 미안."

아무 준비도 안 된 부엌을 힐끔 보더니 쇼지는 짐짓 얼굴을 찡그리며 전화기 쪽으로 걸어갔다.

"더블 치즈랑 갈릭 소스, 이탈리안 소시지로 한다."

피자 가게에 주문할 모양이다. 샐러드도 시켜줘, 하고 시게코가 말했다.

"착한 서방님이라 행복하네. 부탁해."

"보통 착한 게 아니지. 그건 뭐야?"

쇼지가 IC 레코더를 가리킨다.

"누구 목소리인데?"

"세이코 씨 아버지."

쇼지는 말 그대로 펄쩍 뛰었다.

"만났어?"

"응. 갑자기 그렇게 됐어."

작은 레코더를 앞에 두고 쇼지는 흥분했다.

"그래서, 그 뭐냐, 듣고 싶은 이야기는 전부 들었어? 당신도 여러 가지로 생각해봤잖아. 나도 들어봐도 되지?"

바짝 다가오는 것을 팔꿈치로 밀치며, 시게코는 얼른 레코더를 집어 들어 손바닥 안에 숨겼다.

"맹세해. 아무한테도 이야기하지 않겠다고."

"내가 누군 줄 아는 거야? 마에하타 시게코의 남편이라고."

그렇게 말하면서도 쇼지는 오른손을 들어 맹세하는 시늉까지 했다.

"그나저나 용케 녹음을 했네."

"몰래 녹음한 거야."

이 조사를 시작한 후로 외출할 때는 늘 반드시 녹음기를 가지고 다녔다. 필요하면 몰래 스위치를 켜는 것이다. IC 레코더는 용량이 크고 작동음이 나지 않기 때문에 무척 편리했다. 9년 전에도 이런 기계가 있었다면, 관계자의 모든 음성을 몰래 녹음해서 나중에 몇 번이고—속이 풀릴 때까지 몇 번이고 다시 들을 수 있었다면, 시게코는 모든 일에 좀더 현명하게 대처할 수 있었을지도 모른다. 누군가는 죽음을 피할 수 있었을지도 모른다. 이제 와서 생각해봤자 부질없지만, 이걸 사용할 때마다 그런 생각이 들었다.

하기야 그것도 거짓말이나 비밀, 기만을 알아차릴 수 있는 귀가 있어야 가능한 거지만. 다카하시 변호사의 말대로다.

피자가 와서 몇 분 중단했지만, 그 뒤로는 계속 둘이 함께 아무 말 없이 레코더에서 흘러나오는 목소리를 들었다. 쇼지는 듣다가 먹는 걸 그만두고 맥주만 마시기 시작했는데, 도이자키 겐이 시게코에게 퍼붓는 마지막 부분에서는 그것도 그만두었다.

쇼지의 커다란 얼굴이, 타기 직전의 치즈 같은 색으로 변해 있었다.

"터무니없는 이야기로군."

이런 일이 있을 수 있을까?

"세이코 씨에게 뭐라고 할 생각이야?"

제일 먼저 그것부터 묻는 것이 과연 쇼지다웠다.

"아버지를 만났다고 이야기를 할 거야?"

"아직 모르겠어. 어디까지 이야기해야 할지. 좀 생각해봐야겠어."

쇼지는 식어버린 피자를 입 안으로 꾸역꾸역 밀어넣었다. 화풀이하듯이 마구 씹어서 삼켰다. 시게코는 새 맥주를 따고 도이자키 씨가 돌아간 뒤에 다카하시 변호사와 나눈 이야기를 해주었다.

"변호사 선생은, 도이자키 씨가 아직 숨기는 게 있다는 거지?"

중얼거리던 쇼지는 피자 씹던 것을 멈췄다.

"도이자키 씨는 시게란 녀석에 대해 더 잘 알고 있는 게 아닐까? 나는 그런 느낌이 들어."

"어째서?"

"상대방의 정체도, 이름도 제대로 모르는 것치고는 그 녀석에 관해 여러 가지 이야기를 했잖아. 돈줄이 있다는 이야기는 잠깐 대화해서 캐낼 수 있는 정보가 아니지. 결혼과 이혼을 반복해서 호적을 세탁한다는 이야기도 그렇고. 변호사도 그렇게 생각한 것 아닐까?"

시게코도 반은 찬성, 반은 기권이었다.

"그건 판단하기 어려운 것 같아. 시게란 사람도 바보는 아닐 테니까, 제 입으로 도이자키 씨에게 정체를 밝힐 리는 없겠지. 하지만 도이자키 씨에게 말해서 어느 정도 효과를 기대할 수 있는 내용이라면 오히려 이것저것 떠들어대지 않았을까?"

"효과라니, 어떤?"

"만만한 사람이 아니다, 쉽게 다룰 수 있는 사람이 아니다, 하는 생각이 들게 하는 효과."

"겁을 준다는 거야?"

"그것도 그렇고."

"그래도 돈 때문에 징징거리지는 않았다면서."

"그건 일종의 허세 아니겠어? 자기가 돈이 없어서 협박하는 게 아니라고 말이야."

그걸 강조하지 않으면 자신은 비참하게 남의 등이나 쳐서 돈을 뜯는 사람이 되고, 지배하는 게임의 맛이 떨어져버린다.

집에 돌아와 쇼지와 마주 앉자 시게코도 조금씩 마음이 진정되었다. 머리가 움직이기 시작했다.

"그런데 나, 중요한 것을 간과한 것 같기도 해."

이 게임이 시작됐을 때, 시게는 아직 새파랗게 어린 소년이었다는 사실이다.

"그게 왜?"

"도이자키 씨는 그가 시키는 대로 했다지만, 실제로는 역시 그렇게 단순하지는 않았을 것 같아. 아무리 상대가 악랄하고 약점을 잡혔다고

214

해도, 도이자키 부부 입장에서 보면 시게는 자식 또래야."

쇼지는 노골적으로 불쾌한 표정을 지었다.

"애송이라도 만만치 않은 놈들은 있어."

"그렇기는 하지만……"

시게코는 손에 든 피자 한 조각을 입에 넣지 않고 접시에 내려놓았다.

"시게는 왜 세이코 씨에게 손을 대지 않았을까?"

"무슨 소릴 하는 거야?"

쇼지가 화들짝 놀랐다.

"재수 없는 소리 하지 마. 이상한 소리 좀 하지 말라고."

시게코는 냉정했다.

"전혀 이상할 게 없잖아? 시게 같은 놈이라면, 자기 입장을 이용해서 세이코 씨에게 손을 댈 생각을 안 하는 게 이상하지. 그렇게 생각하지 않아?"

"그러니까 그건 도이자키 씨가 몸을 던져 막은 거잖아."

투덜투덜 항변하던 쇼지의 눈이 갑자기 커졌다.

"변호사가 슬쩍 이야기한 것도 그거 아닐까? 세이코 씨를 둘러싸고 도이자키 씨와 시게 사이에는 결코 입밖에 낼 수 없는 심한 싸움이 있었을 거야. 이제 와서 그런 이야기를 묻지 마라, 들으려 하지 마라, 다카하시 선생은 당신에게 그런 이야기를 한 거야."

"심한 싸움?"

"응, 그래."

"죽느냐 죽이느냐 하는 싸움이었을 수도 있겠네."

당황한 쇼지의 입에서 침이 튀었다.

"난 그렇게까지 말하려던 건 아냐! 도이자키 씨는 어디까지나 세이코 씨에게 문제가 생기느니 차라리 자수하겠다는 걸 방패로 삼은 거잖아."

"그런 정도로 시게가 물러나겠어? 어른을 만만하게 보는 불량배가? 지금 우리처럼 하나하나 깊이 생각해서 행동하진 않았을 거야. 내키는 대로, 하고 싶은 대로 했겠지. 만약 그런 식으로 시게가 세이코 씨에게 손을 댔다면 어떻게 되었을까? 세이코에게 왜 이런 끔찍한 일이 일어났는지 설명하고, 너한테 미안하니 이제 자수하겠다고 한다면, 그게 위로가 될까?"

어쩌면 세이코가 오히려 부모의 자수를 말렸을지도 모른다. 그리고 그때부터 가족 셋이서 시게가 시키는 대로 하든가―아니면―그게 아니면―

반격을 하든가.

"내가 도이자키 씨 부부였다면, 만약 세이코 씨가 그런 꼴을 당했다면 자수하기보다는 그놈을 죽여버렸을 거야."

아카네를 죽인 그 손으로.

"―무서운 여자네, 당신."

중얼거리는 쇼지의 얼굴을 외면하고, 시게코는 그의 말투를 흉내 내어 말했다.

"내가 누군 줄 알아?"

"하긴."

쇼지는 고개를 끄덕였다.

"요즘 들어 잊고 있었지만, 그렇지."

그러고 나서 쇼지는, 그게 부모 마음이라는 거야, 라고 생각을 전환

하려는 듯 덧붙였다.

시게코는 말을 하며 생각했다.

"시게는 살아 있을까?"

"자, 잠깐, 그게 무슨 소리야?"

"아니지, 계속 살아 있었어. 히토시와 만났을 테니까. 하지만—"

왜 이렇게 석연치 않은 걸까? 도이자키 겐의 고백에는 아직 여백이 있다. 이야기하지 않은 것이 있다. 아직 무언가가 남아 있고, 숨기고 있다. 그런 생각을 하지 않을 수가 없었다.

# 제11장

# 비밀

경시청의 아키쓰 신고에게서 연락이 온 것은 도이자키 겐을 만난 지 사흘 뒤였다. 전에 만났던 우에노의 찻집에서 만나기로 했다.

위치가 정확하게 기억나지 않아 시게코는 아키쓰보다 조금 늦어버렸다. 가게는 오늘도 텅 비어 있었다.

"아키쓰 씨, 이 가게 위치를 기억하고 계셨어요?"

"지난번에 성냥을 가지고 갔거든요."

사람을 만날 장소가 여러 군데 필요해서, 괜찮다 싶은 가게에서 나올 때면 늘 챙겨온다는 것이다.

그 말이 좋은 계기가 되었다. 시게코는 성냥을 실마리 삼아 세운 가설과 갑자기 실현된 도이자키 겐과의 만남까지, 그간 있었던 일을 순서대로 설명했다.

"그거 참…… 힘들었겠군요."

아키쓰는 시게코를 위로하더니 표정을 바꾸며 날카롭게 물었다.

"그래, 시계를 어떻게 해서 잡아낼 겁니까?"

아키쓰 앞에서는 숨김없이 약한 모습을 보여줄 수 있다. 상대가 프로 수사관이기 때문이다. 시게코는 말없이 고개를 저었다.

"그래도 좋을지 어떨지 모르겠어요."

"다시 도이자키 겐을 공략해서 전부 털어놓게 하면 어떨까요? 아니면 그를 설득해서 경찰에 피해신고를 하게 하는 겁니다. 협박죄로…… 흠, 이건 애초에 무리인가."

"전부 털어놓게 하라는 말씀은, 아키쓰 씨도 도이자키 씨가 아직 뭔가를 숨기고 있다고 생각하시는 거군요."

"그렇게 생각합니다."

아니, 그렇게 느낍니다. 아키쓰는 말을 고쳤다.

"어쨌든 다시 들춰내고 싶은 비밀은 아닐 거예요. 이제 와서 의미가 있을지 어떨지도 모르고요. 하지만 분명히 그 사람에겐 아직 이야기하지 않은 부분이 있다고 생각합니다. 아니, 그 부분을 숨기기 위해 일부러 황급히 저를 만나러 온 게 아닐까요?"

추측이 맞았다는 사실을 인정함으로써 시게코를 만족시키고, 더이상의 추적을 막기 위해서다. 세이코에게는 이야기하지 말아달라, 더이상 세이코에게 상처를 입히고 싶지 않다, 그런 부모의 바람을 비장의 카드로 삼아.

"다카하시라는 변호사도 눈치를 챘겠죠. 그래서 마에하타 씨에게 그만두라고 충고한 거고."

"어른스러운 판단이에요."

"아뇨. 의뢰인을 지키려는 변호사의 판단이죠. 경찰관이나 르포라이터의 판단과는 다릅니다."

단호한 말투였다. 시게코는 조금 충격을 받았다.

"그 비밀의 내용에 관해서는, 조금 나쁜 것에서부터 정말 고약한 것까지 여러 가지를 상상할 수 있습니다. 하지만 마에하타 씨가 잠시 생각했다고 하신, 도이자키 부부가 과거 어느 시점에 시게를 죽여버린 게 아닐까 하는 설은 성립되지 않는다고 생각합니다."

그러더니 살짝 손을 들고 "아, 히토시의 능력 문제와는 다른 이유로 말입니다"라고 말을 이었다.

고개를 갸웃하는 시게코 앞에서, 아키쓰는 가슴 주머니에서 수첩을 꺼내 펼쳤다.

"애들과 함께 저도 푸른하늘모임에 가입했습니다."

그는 수첩 사이에서 작은 회원증을 꺼내 보여주었다. 동네 병원 진찰권과 비슷한 모양이다.

"홈페이지 메뉴를 다 볼 수 있게 되어 훑어봤습니다. 그쪽에는 이렇다 할 문제는 없더군요."

"가입할 때 직업은 뭐라고 쓰셨어요?"

"단체 직원."

아키쓰가 웃었다.

"뭐, 말을 꾸며내는 건 직업상 노하우 중 하나죠."

시게코는 아키쓰가 그 정중한 사무국장을 아무렇지도 않게 속이는 모습을 상상해보았다.

"제 집사람은 책을 좋아하는데 애들은 절 닮아서 글자를 싫어합니다. 책을 읽는 습관은 어렸을 때 들여야 한다고 전부터 집사람이 잔소리를 했는데, 마침 잘되었다 싶어서 바로 애들을 데리고 다녀왔습니다. 그 도서실이요."

아키쓰의 집은 쓰다누마에 있다. 치바에서 멀지 않았다.

"아참, 그 낭독회 모습을 기록한 DVD도 봤습니다. 상당히 재미있어 보이더군요."

그래서 말이죠, 라며 아키쓰는 짐짓 무게를 잡았다.

"어제는 일요일이었지만 늘 그랬듯 남편은 씩씩하게 집을 비웠고, 애들이 집 안에 있으면 시끄럽고 해서, 집사람은 밖에 비가 오는데도 애들을 도서실에 데리고 갔습니다."

스파이 흉내를 낸 건 아니지만요, 라고 익살을 부리듯 단서를 단 뒤에 말을 이었다.

"집사람도 제가 그 모임에 가입한 목적을 대충은 알고 있습니다. 그래서 적당한 구실을 붙여서 사무국에 얼굴을 내밀고 한번 관찰해보려는 속셈이었어요. 마침 집사람은 예전에 초등학교 교사로 일했으니까, 모임 운영에 도움을 드릴 일이 없겠냐는 식으로 파고들 수도 있었죠."

이번에는 아키쓰 부인이 사무국장을 부드럽게 구워삶는 모습이 머릿속에 떠올랐다. 아키쓰의 부인은 미인에 붙임성 좋은 여성일 듯했다.

"그래서 그날도 애들은 도서실에 맡겨놓고 집사람은 사무국에서 차를 얻어마시며 이야기를 하고 있는데, 전화가 걸려왔답니다. 경리 담당인 남자가 전화를 받았다더군요. 다나시 씨라고 하던가."

원래는 가네카와 유기재 사원이었던 사람이다.

"그 전화가 꽤 험악했던 모양입니다."

아키쓰는 재미있다는 듯한 말투로 그렇게 말했지만 눈은 웃지 않았다.

"다나시 씨는 전화를 건 사람이 누군지 알자마자 갑자기 한 발 물러서는 눈치였다고 합니다. 저자세지만 확실히 불편해하는 분위기로요. 전화 건 사람 목소리가 점점 커져서, 집사람한테까지 들릴 정도였다고 하더군요."

통화 내용이 거칠어진 듯 보이자 아라이 사무국장도 눈치를 채고 자리에서 일어나 다나시 씨 쪽으로 갔다. 아키쓰 부인은 모르는 척 차를 마시며 계속 관찰했다.

"아마도 돈 문제였던 모양이에요."

아키쓰가 말을 이었다.

"말하자면 다나시 씨에게 이러이러한 이유가 있으니 돈을 꿔달라고 명령하는 내용이었던 모양입니다. 다나시 씨는 왠지 허둥지둥하는 말투로 변명을 늘어놓으면서 거절하고 있었다더군요."

여기까지 말하고 아키쓰가 검지를 세워 보였다.

"주목할 것은 그 변명중에 가네카와 회장의 이름이 나왔다는 겁니다. 집사람이 세어보았다고 했어요."

오 분 정도 되는 통화 동안 여섯 번이나 나왔다고 한다.

시게코는 몸을 앞으로 내밀었다.

"다나시 씨가 뭐라고 변명을 했죠?"

아키쓰도 몸을 약간 앞으로 굽히고, 말에 잔뜩 억양을 실어가며 재현했다.

"회장님으로부터 지시를 받았습니다. 그건 불가능합니다. 제가 회장님에게 야단맞습니다. 회장님과 의논해주세요. 회장님 명령을 거스르는 일이니 이쪽에서는 대응할 수 없습니다―"

"결국 돈을 꿔줄 수 없다고 한 건가요?"

"그렇죠."

아키쓰는 다시 의자 등받이에 기댔다.

"전화를 건 사람은 버럭버럭 고함을 질렀죠. 집사람은 귀를 기울이고 있었고요. 다나시 씨는 방어일변도였는데, 그러다가 찰칵 하고 전화가 끊어졌답니다. 그리고 다나시 씨와 사무국장이 소리 죽여 이야기를 시작했는데, 그 대화는 집사람에게 들리지 않았다고 합니다. 그런 분위기에서 오래 앉아 있으면 수상하게 여길 것 같아 적당한 때에 빠져나왔다는군요—"

아키쓰 부인은 아이들과 도서실에서 기다리기로 했다.

"저 정도면 전화 건 사람이 돈을 가지러 직접 쳐들어오는 게 아닐까 생각했답니다."

빈말이 아니라, 시게코는 감탄했다.

"대단하네요."

"구경하는 걸 좋아할 뿐입니다. 아니, 남편 명령에 충실한 거라고 해야 하나."

아키쓰는 약간 멋쩍은 표정을 지었다.

"집사람 예상은 맞아떨어졌습니다."

대략 한 시간쯤 지나 모임에 손님이 찾아왔다.

"서른 살쯤 되어 보이는 남자 한 사람이었답니다. 머리에 노란 브리지를 넣고, 한쪽 귀에는 피어스를 하고, 운동복 상하의에 샌들을 신은 차림이었다고 합니다. 비가 많이 왔는데 하나도 젖지 않은 걸로 봐서 차를 몰고 온 것 같았다고 집사람이 말하더군요."

남자는 안내창구도 거치지 않고 직원 누구의 제지도 받지 않은 채, 유유히 이층 사무국으로 올라갔다.

"집사람은 화장실에 가는 척하며 뒤를 밟았습니다."

두 시간짜리 서스펜스 드라마에 나오는 아마추어 탐정 같다.

"남자는 사무국 안으로 들어가더니 아까처럼 큰 소리를 질러댔다고 합니다. 집사람은 함부로 들여다볼 수 없어 목소리만 들었는데, 그렇게 쳐들어오니 역시 어쩔 수 없었는지 아마도 사무국장이 돈을 건넨 모양입니다. 액수는 알 수 없고요."

남자는 사무국에 오 분도 채 머물지 않았다. 그는 아라이 사무국장과 다나시 씨를 안하무인으로 몰아붙였다고 한다.

"사무국장과 다나시 씨는 그 남자를 '아키오 씨'라고 불렀답니다."

"아키오 씨?"

시게코가 중얼거렸다. 가슴속에 오싹하는 느낌이 들었다.

"집사람은 제가 모임에 데리러 와서 같이 나갈 때까지 계속 관찰하고 있었습니다. 그리고 재미있는 걸 발견했죠."

그때 도서실에는 아르바이트하는 여자 두 사람이 있었다. 둘 다 통로를 지나가는 '아키오'의 눈을 피하듯 서가 뒤로 몸을 숨겼다고 한다.

"흥미롭죠?"

아키쓰는 미소를 지었다.

"아키오는 도착 때부터 험악한 분위기를 풍겼습니다. 그리고 바로 사무국에 쳐들어갔죠. 하지만 차림새가 차림새니까, 저 같으면 무슨 일일까 싶어 놀란 눈으로 쳐다봤을 겁니다. 걱정도 될 테고요. 아키오가 내려왔을 때도 역시 그쪽을 쳐다보았겠죠."

하지만 두 여자는 그 반대였다.

시게코는 천천히 고개를 끄덕였다.

"그들은 아키오가 누군지, 어떤 인물인지 알았던 거군요."

"그렇습니다. 골치 아픈 남자라는 걸 알고 있었던 거죠. 그래서 눈에 띄지 않으려고 피한 겁니다. 아키오가 모임에 온 게 그날이 처음이 아니라는 이야기도 되고요."

눈을 가늘게 뜨고 시게코가 말했다.

"아마 가네카와 회장의 친척인 모양이네요."

그래서 아라이 사무국장이나 경리인 다나시 씨도 강하게 맞설 수 없었던 것이다.

"하지만 아들이나 손자는 아닙니다."

아키쓰가 바로 대꾸했다.

"그 부분도 이미 알아보았습니다."

시게코는 놀랐다. 벌써?

"회장 가족에 대해서요?"

"뭐, 그쪽은 전문이니까요."

아키쓰는 웃음을 지었다.

"어쨌든 개인정보이기 때문에, 수사기관이라 해도 정식 절차를 밟아야 하죠. 지금은 범위를 더 넓혀 알아보는 중입니다. 회장의 조카나, 사촌형제의 아들 같은 식으로요."

가네카와 회장에게는 남동생이 둘, 여동생이 하나 있다. 회장의 아버지는 형제자매가 많아서, 가네카와 가족 전체를 따지면 상당한 인원이 될 것이라고 한다.

아키오는 그 안에 있다―

시게코는 또 몸이 오싹 떨리는 것을 느꼈다.

"나이가 서른 정도라고 하셨죠?"

아키쓰는 시게코를 똑바로 바라보았다. 그리고 시게코보다 먼저 입을 열었다.

"그 사람이 시게일지도 모른다?"

"시게노 아키오, 인 걸까요?"

"그건 아직 모릅니다. 우선 도이자키 씨가 어렴풋이 기억하는 '시게노'라는 이름이 그의 성이 맞는지도 확실치 않죠. 단순한 별명이거나, 친구들끼리 부르는 애칭이었을지도 몰라요. 게다가 그 뒤로도 몇 번이나 성을 바꿨잖습니까?"

그렇다. 시게노의 '시게'는 어디까지나 그가 아카네와 사귀던 시절의 호칭에 불과하다. 시효가 말소되기까지 15년 동안, 그는 정체를 숨기고 계속해서 도이자키 부부를 협박해왔다.

"아키오의 존재를 밝혀내면 바로 알려드리죠. 인터넷 쪽에서는 무슨 정보라도 얻었습니까?"

시게코는 고개를 저었다.

"몇 차례 연락은 받았지만 좀더 시간이 필요하다고 하네요. 꽤 예전 것까지 거슬러올라가 조사하는 모양이에요. 자잘한 내용은 여러 가지 있다고 하지만."

"자잘한 내용?"

"대부분은, 푸른하늘모임에 가입한 가네카와 유기재 사원들의 불평이나 고생담이라고 해요."

요즘은 블로그라는 형태로 누구나 간단하게 인터넷상에 자신의 정보를 발신할 기지를 지니게 되었다. 회원 자신이나 그 부인, 자녀들까지도 블로그에 일기를 공개하고 있다.

"전부 합하면 엄청난 수라고 합니다."

블로그에는 회장의 취미에 끌려 다니기 힘들다고 투덜거리는 회원들이 많다고 한다. 모임이 처음 생겼을 무렵에는 중심이 되는 가네카와 유기재뿐 아니라 발기인들의 회사에서도, 각 과에서 몇 명씩 회원 가입을 하라고 지시했다는 내용이 여러 곳에서 발견되었다고 한다. 그 중에는 명령 때문에 회원이 된 뒤, 윗사람들에게 잘 보일 셈으로 도서 실에 다니거나 모임 이벤트에 거르지 않고 매번 참석하기 위해 일부러 치바로 이사했다는 관계사 사원도 있었다.

"뭐, 있을 법한 일이군요."

아키쓰는 손을 들어 커피를 추가 주문했다.

"하지만 저는 그런 얘기를 들을 때마다 좀 이상한데요. 정말 괜찮을 까요? 그런 불평을 인터넷에 올려도?"

"들키지 않을 거라고 생각하는 것 아니겠습니까. 엄청난 정보의 바 다 안에서 이쯤이야 괜찮겠지 하는 생각 말입니다."

"그렇지만 아무에게도 들키지 않는다면 공개하는 의미가 없잖아요. 그런 모순된 심리를 이해할 수 없다는 거예요."

이 찻집은 냉방이 잘된다는 것과, 주문하면 음료가 빨리 나온다는 것만이 장점이다. 아키쓰는 김이 모락모락 오르는 커피에 밀크를 듬뿍 넣었다.

그리고 태연한 표정으로 툭 내뱉었다.

"도이자키 겐이 아직 말하지 않은 정보가 뭘까요?"

시게코는 마시려다 말고 입가에서 물잔을 멈췄다.

"빨리 모습을 드러내서, 마에하타 씨의 생각이 거기에 미치기 전에 돌려세워야 한다고 생각했을 정도의 정보인데."

아키쓰가 휘젓고 있던 커피 잔에서 시선을 들었다.

"그게 뭘까요, 마에하타 씨. 당신은 알고 있을 겁니다. 다만 자신이 안다는 사실을 깨닫지 못할 뿐이죠."

시게코는 그의 눈을 뚫어지게 바라보았다.

아키쓰가 담담하게 말을 이었다.

"제가 생각하기엔 명명백백합니다. 당신이 이상하게 여겼던 문제, 당신이 품고 있던 의문, 그것을 종합해서 알고 있는 사실들과 조합하면, 아직 조각이 맞지 않는 부분이 고스란히 드러나지 않겠습니까?"

시게코는 알 수 없었다. 이 퍼즐의 전체 모습이 보이지 않았다.

"15년도 넘게 한 가지 비밀을 계속 지켜왔습니다. 남들 눈에는 아무일 없는 것처럼 보일 만큼 은밀하고 조용하게 말이죠. 이건 보통 어려운 일이 아닙니다."

땅속에 잠들어 있는 아카네. 그 위에서 살아온 시간들. 쌓여가는 나날들이 엮어내는 인생.

그 바닥에 난파선처럼 가로놓인 어두운 비밀.

"그걸 해낸 게 시게와 도이자키 부부죠. 그들은 분명히 협박의 가해자와 피해자지만, 보는 관점을 바꾸면 비밀을 지킨 공범자이기도 하지 않습니까? 그렇죠?"

"그건…… 그렇지만요."

"공범관계가 성립하려면 상응하는 이유가 필요하죠. 크게 나누어보면 두 가지일 겁니다. 하나는 온정이나 애정, 동정이죠. 하지만 시게에게 그런 건 없었을 겁니다. 일절 없었죠. 그렇다면 남는 건 뭐죠? 두번째 필요충분조건은 뭘까요?"

답은 바로 떠올랐다. 아키쓰는 이번에는 시게코보다 먼저 입을 열려하지 않았다.

"—이해관계."

중얼거리고 나니, 실로 내키지 않는 단어였다.

"비밀을 지킴으로써, 도이자키 부부는 물론이고 시게 쪽에도 이익이 있었을 거라는 이야기죠? 그건 역시 돈일 거고."

"그는 남의 등을 쳐서 돈을 뜯어내야 하는 비참한 신세는 아니지 않았을까요? 돈이 궁해서 도이자키 부부를 협박한 건 아닐 겁니다. 적어도 그런 태도를 취할 수는 있었습니다."

"남은 것은 그러니까,"

지배의 게임이다. 협박 그 자체가 주는 재미.

"그겁니다."

아키쓰가 마디 굵은 손가락을 시게코에게 내밀었다.

"시게에겐 도이자키 부부가 자기 시키는 대로 하고, 무엇을 시키건 저항하지 못하는 상황이 너무도 재미있고, 즐겁고, 좋았던 겁니다. 그래서 하루라도 더 그 즐거움을 유지하기 위해 비밀을 지킨 거죠."

"그렇습니다. 맞는 말씀이에요."

아키쓰는 목소리에 힘을 주었다.

"그런데 그는 도이자키 부부에게 가장 잔혹한 짓만은 하지 않았습니다. 다른 어떤 것보다 더 심하게 부부에게 상처를 입히고, 괴롭히고, 오락의 즐거움도 더한층 크게 만들어줄 수 있는 '그 짓' 만은 하지 않았습니다. 그걸 지적한 건 마에하타 씨, 바로 당신이죠."

시게코는 천천히 눈을 크게 떴다.

도이자키 세이코다. 시게는 세이코에게는 손을 대지 않았다.

"시게가 왜 참은 것 같습니까?"

질문이 아니라 격려를 하는 듯했다. 자세를 가다듬어보세요. 그리고 자기 머릿속에 있는 것을 잘 들여다보세요.

"왜 참아야만 했을까요, 시게는?"

세이코라는 탐스러운 먹이를 앞에 두고도 그는 손을 대지 않았다. 16년이라는 긴 세월 동안.

시게코의 머릿속에 있던 복잡한 그림이 위치를 바꾸었다. 다른 빛이 비치자 지금까지 보지 못했던 무늬가 떠올랐다.

이해관계. 이익과 손해다. 이익만 있는 것은 아니다. 손해도 있다.

손해가, 도이자키 부부 쪽에만 있었던 것은 아니라고 한다면?

"시게에게도, 나름의 비밀이 있었다?"

시게코는 그렇게 말하며 그림 안에서 떠오른 무늬를 확인했다.

"그걸 도이자키 부부는 알고 있었다?"

고개를 끄덕일 필요도 없다는 표정으로, 아키쓰는 눈웃음을 지었다.

"하지만 어째서 — 어떻게 도이자키 씨가 그런 걸,"

입밖에 내자마자 답이 번쩍 떠올랐다.

시게의 비밀은 바로, 그에게 달라붙었던 아카네의 비밀이기도 했기 때문이다.

그렇다. 아키쓰의 말이 맞았다. 시게코는 알고 있었다. 추측할 수 있었다. 하지만 무의식중에 외면했던 것이다.

시게는 도이자키 부부를 이렇게 몰아세웠다고 한다.

— 당신들, 아카네에게 무슨 짓 한 거 아니야?

그와 마찬가지로, 시게코는 도이자키 부부에게 이렇게 물을 수도 있지 않았을까?

'아카네 씨도 무슨 짓을 한 거 아닙니까?'

시게와 함께. 예전에 자신의 험담을 한 우라타 하토코를 괴롭혔을 때와 마찬가지로. 시게와 함께. 하토코 때와 마찬가지로 생글생글 웃으면서.

시게코는 저도 모르게 한 손으로 입을 가렸다. 경악 때문에 하마터면 소리를 지를 뻔했던 것이다.

아카네가 시게와 함께 저지른 짓이 죄라면. 법에 저촉될 행위라면. 인간으로서 용서받지 못할 짓이라면.

그것은 시게의 약점이 된다. 그리고 동시에—

"부부가 아카네를 살해한 동기가 되기도 했다?"

시게코는 자기 목소리에 정신이 번쩍 들었다. 하지만 맞은편 자리는 비어 있었다. 아키쓰는 이미 나간 뒤였다. 계산서 옆에 커피 두 잔 값이 놓여 있었다. 학생에게 숙제를 내주고 문제점을 정리해 답안지 쓰는 방법을 가르쳐준 뒤, 선생님은 교실을 나간 것이다.

혼자 남은 찻집에서 시게코는 노도와 같이 밀려오는 생각에 몸을 맡겼다.

도이자키 부부는 아카네의 행실 때문에 속이 썩고 있었다. 그것은 이웃들도 다 알고 있었다. 부부는 고민했다. 수도 없이 아카네를 꾸짖고 설득해서 바로잡으려 했지만, 실패를 거듭했다. 아카네는 부모를 얕잡아보고 있었다. 분명히 도이자키 겐이 스스로 그렇게 말하지 않았는가.

그렇기 때문에 고민 끝에 죽여버렸다. 1989년 12월 8일 깊은 밤, 도이자키 부부는 넘지 말아야 할 선을 넘어 딸을 죽였다. 순간적인 충동으로.

그 말로 충분히 설명이 된다고 생각했었다. 그거면 됐다고. 그것을 넘어선 심리상태, 그 어두운 충동과 통곡은, 수사기관마저도 시효라는 벽 앞에서 물러선 사건의 심층부였기 때문에, 제3자가 추궁할 수 있는 것이 아니었다.

그걸 캐물을 자격이나 권리를 지닌 사람은 도이자키 세이코뿐이다. 시게코는 그렇게 생각했고, 그 생각을 존중해왔다. 그래서 복잡한 그림에 눈을 빼앗겼다.

도이자키 부부는 아카네를 죽였다. 부모로서는 넘기 힘든 허들을 뛰어넘어서. 그때 부부의 등을 호되게 후려쳐서 뛰어오르게 만든 '무언가'가 있었을 거라는 생각은 하지 않았다.

생각하고 싶지 않았다. 생각해서는 안 된다고도 생각했다.

하지만 이제, 복잡한 그림이 정체를 드러냈다. 뒤로 돌릴 수는 없다.

도이자키 아카네는 부모에게 살해되기 전에 무슨 짓을 했을까?

아카네의 공범이었던 시게로 하여금, 도이자키 부부와 공범관계를 쌓게 할 정도였던 그 비밀은 무엇이었을까.

속으로 마치 뺨을 얻어맞은 듯한 충격을 느끼며 시게코는 눈을 감았다. 그리고 이번에는 실제로 자기 오른손으로 자기 뺨을 때렸다.

시효는 하나뿐만이 아니었다—

또 하나가 있었던 것이다. 도이자키 부부의 시효 이전에, 시게와 아카네가 저지른 짓의 시효가. 그래서 시게와 도이자키 부부 사이에 균형이 이루어졌다. 양쪽의 이익과 이익, 손해와 손해가 맞아떨어진 것이다.

시게는 그저 지배하는 게임만 즐겼던 게 아니다. 시게 또한 도이자키 부부에게 숨통이 조인 상태였다. 세이코라는 존재가 부부의 약점이 되었고, 그래서 시게가 다소 유리한 입장이었기 때문에 '세이코에게 말하지 않는 대가'로 부부로부터 푼돈을 뜯는 즐거움은 보장되어 있었다. 하지만 자기 마음대로 폭주할 수는 없었다.

그래서 부부보다 먼저 자신의 시효를 넘긴 그는, 그제야 비로소 도이자키 부부에게 악랄하고 노골적인 요구를 들이밀 수 있었던 것이다. 세이코의 혼담을 백지로 돌리고 자기와 결혼시키라고.

시게가 어느 정도 진심으로 그런 요구를 했는지는 알 수 없다. 하지만 적어도 그것은 게임의 법칙이 변경되었다는 선언이며, 도이자키 부부에게는 충분히 위협적이었을 것이다. 게다가 그 위협만으로 끝나지 않는다.

부부가 끝내지 않는 한.

그래서 부부는 세이코가 결혼한 지 겨우 석 달 만에, 숨기려고 마음먹으면 아직도 비밀을 숨길 수 있었던 상황에서 굳이 경찰에 출두해 자백한 것이다. 시효는 둘 다 말소되었다. 이제 우리에게 법의 손길은 미치지 않는다. 15년 동안의 위험한 균형도 사라졌다. 이제는 과거의 비밀에서 세이코를 떨어뜨려놓을 수단이 없다. 시게는 언제든 제멋대로 입을 열 것이다. 그렇다면, 예측가능한 두 가지 재앙 중 최악의 것으로부터 세이코를 지키기 위해 스스로 털어놓는 길밖에 없다.

시게가 세이코의 인생까지 농락하게 만들 수는 없다.

도이자키 겐은 시게코를 떨쳐내려고 그 앞에 나타났다. 하지만 그런 자리에서도 그는 세이코에 대한 시게의 터무니없는 요구에 관해 말하지 않을 수 없었다. 하지 않아도 되는 이야기였는데 그만 입 밖으로 나와버렸다. 멈출 수도 없었고, 얼버무릴 수도 없었다. 그건 부부의 진실이 내지르는 비명이었던 것이다.


센주미나미 경찰서의 노모토 기에 형사와는 처음 만났을 때와 같은 장소, 같은 시각에 만나기로 했다. 게이세이세키야 역 앞에 있는 찻집은 역시 지난번과 마찬가지로 손님이 없었다. 노모토나 아키쓰나, 유능한 경찰관은 손님이 적어서 편하게 이야기할 수 있는 찻집을 찾아내는 센서라도 갖고 있는 모양이다.

자리에 앉아 주문을 마치자, 시게코는 대뜸 이렇게 물었다.

"혹시 이런 가게 위치를 기억하려고 성냥을 가지고 가실 때 있으세요?"

여형사의 빈틈없는 표정이 살짝 흐트러졌다.

"그게 왜요?"

노모토 형사는 짧게 되물었다.

"전화로 제게 또 의뢰할 게 있다고 하시더니."

"의뢰라뇨, 그런 고압적인 표현은 쓸 수 없죠. 힘을 빌리고 싶은 거예요."

시게코는 이야기를 시작했다. 커피가 와도 손을 대지 않았다. 주인은 두 사람에게 아무 말도 걸지 않았다. 그가 텔레비전으로 보고 있는 요미우리 자이언츠 대 한신 타이거스의 시합이 3회 말 공격에서 7회 초로 접어들어, 스탠드의 한신 팬들이 알록달록한 풍선을 날리며 응원을 시작할 때까지 시게코는 혼자 이야기를 계속했다.

시게코가 잘못 본 게 아니라면 노모토 형사는 숨을 죽이고 있는 듯했다. 입을 열면 무슨 말을 할까? 이야기를 끝낸 시게코는 이번에는 자기가 숨을 죽이고 기다렸다.

몇 차례 눈을 깜박거리던, 노모토 형사는 벽을 바라보았다. 시게코가 이야기하는 동안 그곳에 자신에게만 보이는 수식을 써놓고 지금 서둘러 검산을 하고 있는 듯 시선이 흔들렸다.

검산 결과 답이 맞은 모양이었다. 한 차례 심호흡을 하더니, 노모토 형사는 자문자답하듯 중얼거렸다.

"도이자키 아카네가 무슨 짓을 했을까……"

시게코는 천천히 고개를 끄덕였다.

"물론 취조실에서는 도이자키 부부가 아카네 씨를 살해하기까지의 경위와 동기에 대해 자세히 물었습니다. 부부도 성실하게 대답했고요. 대답할 수 있는 모든 것을 성심껏 털어놓는 것처럼 보였습니다. 그 당시 자신의 심정이나, 아카네 씨 관련 문제나……"

시게코는 또 고개를 끄덕였다.

"제가 그 자리에 있었기 때문에 자세히 알아요."

노모토 형사가 말했다. 괴로운 듯이 눈썹을 찡그리고 있다.

"그때 부부의 진술에는 거짓이 없었다고 생각합니다."

"저도 그분들이 거짓말하는 사람들은 아니라고 생각합니다."

시게코가 말했다.

"단지 숨기고 있는 거죠."

노모토 형사는 시게코를 바라보았다.

"아카네가 너무 뻔뻔스럽게 구는 바람에 화가 나서 정신이 나갔었다고 했습니다."

"1989년 12월 8일 밤에, 말이죠?"

운명의 밤, 파멸의 밤이다.

"아카네가 자정이 넘어서야 집에 들어와서 야단을 쳤는데 뻔뻔스럽게 굴었다, 게다가 용돈을 달라고 졸랐다."

부부의 진술서를 떠올리며 읽어내려가는 듯한 말투였다.

"부부는 아카네가 돈을 헤프게 쓰는 데에도 고민하고 있었다. 도저히 중학생 수준이 아니었다. 부부가 돈을 주지 않으면 아카네는 어디

선가 스스로 돈을 마련했다. 그렇게밖에 생각할 수 없을 정도로 씀씀이가 헤펐다. 실제로도 분수에 맞지 않는 비싼 옷이나 액세서리, 화장품 등을 갖고 있었다고 합니다. 부부는 그것이 또 불안해서 견딜 수가 없었고—"

"부모로서 당연하겠죠."

"그래서 그날 밤에도 너는 대체 어디에 돈을 쓰는 거냐, 네가 버는 거라면 대체 무슨 일을 해서 버는 거냐고 캐물었다고 합니다. 그 전에도 그런 질문을 한 적이 있었지만, 늘 대충 얼버무렸답니다. 하지만 그때는 부부도 작심을 하고 아카네 씨에게 캐물을 각오를 했다더군요."

하지만 아카네는 역시 대답을 하지 않았다.

"무엇을 해서 벌든, 어디에 쓰든 내 맘이다. 당신들에게 시끄럽게 잔소리 들을 까닭이 없다. 당신들이 가난하니까 내 용돈을 스스로 버는 거다, 기특하지 않냐, 조금이라도 고맙게 여겨라."

단숨에 읊더니 노모토는 쓴웃음을 지었다.

"1989년 연말이면 거품경제가 무너지기 직전이죠."

'돈이 넘쳐나는 사회'라는, 지금으로선 믿어지지 않는 표현이 통하던 시절이다. 국가가 전국 구석구석의 작은 지방자치단체에까지 지역활성화 자금이라는 명목으로 일억 엔씩 아무렇지도 않게 뿌려대던 시절이었다.

"저는 그때는 어려서 잘 모르지만, 그 무렵 젊고 예쁜 여자라면 누구나 여왕님처럼 떠받들려 사치가 이만저만이 아니었다던데, 정말인가요?"

질문을 받고 이번에는 시게코가 쓴웃음을 지었다.

"저 같은 프리라이터에게는 확실히 좋은 시절이었죠. 출판사가 취재비를 선선히 대주었고, 취재기획 자체도 스케일이 컸고, 새로 창간되는 잡지가 줄을 이어서 일이 많았을 때니까요."

네…… 하고 중얼거리며 노모토 형사는 새삼스럽게 시게코의 얼굴을 빤히 쳐다보았다. 갑자기 시게코와 자신의 나이차를 깨달은 모양이다. 시게코도 같은 기분이었다.

"좋은 시절이었다는 말씀인가요?"

"그렇죠. 저도 솔직히 약간은 그 시절에 단맛을 보았답니다."

하지만 노모토 형사가 질문한 의미는 다를 것이다.

"젊고 예쁜 여자라도, 평범한 학생이나 회사원이라면 정신없이 사치를 부리지는 않았을 거예요."

거품경제 시절에는 인플레이션과 고물가 문제도 있었다.

"거품경제의 은혜라고 부르는 걸 실제로 누릴 수 있었던 건 아주 한정된 직업이나 계층의 사람들뿐이었죠. 애당초 부유층 출신이 아닌 젊은 여성이 그런 걸 누리는 케이스는 역시―"

노모토 형사가 먼저 말했다.

"물장사로 번다는 이야기인가요?"

"뭐, 넓은 의미에서는 물장사라고 해야겠죠."

시게코는 웃었다.

문득 입술을 꾹 다물고 나서, 젊은 여형사가 천천히 중얼거렸다.

"어쨌든 미소녀 도이자키 아카네는, 좀 늦게 태어난 셈이네요."

거품경제가 한창일 때 중학교 3학년이 아니었다면. 더 어른이었더라면.

"태어난 환경도 시대의 단맛을 볼 수 있는 곳은 아니었죠. 아카네는 그걸 알고 있었어요."

부모는 평범한 회사원이었다. 게다가 잔뜩 부풀어오른 경제사회의 환상으로부터 이익을 얻을 수 있는 직종도 아니었다. 도이자키 집안은 높은 금리로 재미를 보는 부자도 아니었고, 주식투자나 부동산 투기와도 인연이 없었다.

"텔레비전이나 잡지에 보이는 세상은 이렇게 밝고 풍요로운데, 내가 있는 곳은 그렇지 않다. 이런 건 불공평하다. 부당하다. 무슨 일이 있어도 여길 빠져나가서 다른 사람들처럼 즐기고 싶다. 분명히 그렇게 될 수 있을 것이다. 나는 이렇게 젊고 미인이니까."

아카네의 심정을 상상해 입밖에 내면서도, 어디까지나 청순하고 슬기롭고 성실한 경찰관인 노모토 형사의 목소리는 아카네의 목소리처럼 들리지는 않았다. 기껏해야 아카네라는 피고인의 말을 모두진술에서 대변하는 변호사의 말처럼 들렸다.

시게코는 노모토 형사의 목소리에서 문득 도이자키 세이코의 목소리를 떠올렸다. 언니는 늘 화를 냈어요. 툭하면 심술을 부렸죠.

아카네는 눈부시게 화려한 세상에 비해 크게 뒤지는 자신의 인생을 혐오했던 걸까? 자기에게 그런 인생밖에 주지 못한 부모에게 분노와 경멸의 시선을 던질 수밖에 없었던 걸까?

그것은 대부분의 아이들이 사춘기에 거치는 과정이다. 남들과 비교해서 자신에게 없는 것을 갈망하고, 자신이 놓인 위치에 불평과 불만을 늘어놓는다. 그것 때문에 누구나 괴로워하지만, 한편으로는 성장을 위한 양식이 되기도 한다.

아카네는 강한 에너지와 지나칠 정도로 예민한 감성을 지니고 있었다. 아카네의 자아의 중심에는 한결같은 욕구가 있었다. 그 어느 것이나, 잘만 펼치면 아카네가 남들 못지않은 성숙한 여성으로 커가는 데

도움이 될 만한 요소였을 것이다.

하지만 물질적인 것만 중시하는 향락의 시대는 아카네의 어린 생각으로는 도저히 감당해낼 수 없을 정도로 많은 정보를 제공했다. 지름길만이 정답은 아니라는 인생의 소박한 진리를 아카네의 머리와 마음이 채 이해하기도 전에, 아카네의 욕망은 아카네라는 인간 존재 그 자체를 앗아가버렸다.

지금 당장 맛볼 수 있는 즐거움을 누리고 싶다. 즐기고 싶다. 다른 건 상관없다. 즐기지 않고서야 살아가는 것에 무슨 가치가 있지? 실제로 세상에는 즐기면서 사는 사람들이 넘쳐나잖아.

하지만 결국, 그래서 아카네는 무엇을 했나? 학교를 빼먹고 시게라는 불량소년과 연애놀이에 빠진 게 다였다. 그건 15년도 전의 중학교 3학년 학생에게는 대단한 향락이었을 것이다. 하지만 아카네가 그토록 동경하고 갈망했던 그 시대의 향락은 그런 정도가 아니었을까? 그런데—

그것을 분간하지 못했다. 아카네는 어렸다.

그날 밤 목숨을 잃지 않았다면, 아카네는 언젠가 깨달았을까? 그런 자신의 어리석음을, 낭비한 시간이 얼마나 소중하고, 돌이킬 수 없는 것인가를. 시간을 낭비하기는 너무도 쉽다. 그 잃어버린 시간을 되찾으려 할 때, 비로소 사람들은 그 엄청난 금리에 놀라는 것이다.

노모토 형사는 시게코 머릿속의 생각을 읽어내고, 그 흐름을 따라잡은 듯했다. 말을 하지 않아도 이 자리의 생각을 공유하고 있었다.

"그래서 저도,"

노모토가 말했다.

"그 가족의 문제는 결국 그 시대의 병이기도 했을 거라고 생각했습니다. 물론 어떤 시대에나 품행이 불량한 소년소녀들은 있고, 그들이 그렇게 되는 보편적인 이유도 있겠지만요."

"너무 빨리 어른이 되고 싶어하는 것 아닐까요?"

시게코가 말했다.

"지나치게 초조해하는 거죠."

"그럴지도 모르겠네요."

여형사의 옆모습이 문득 어두워졌다.

"어느 세상에나 있는 일이지만, 거품경제라는 시대의 배경이 거기에 박차를 가한 것 아닐까요? 빨리 어른이 되어서 이 사회를 즐기지 않으면 손해다—"

그리고 도이자키 부부는 자신들이 가르치지 않았던 아카네의 그런 가치관에 당황해 딸을 제어할 수 없게 되었다.

"그 말로 충분히 설명이 된다고 생각했습니다. 그래서 살해 동기에 관해 더 자세하게 파고들지 않은 면은 있습니다. 애당초 집안에서 일어난 살인사건이란, 그 집이 안고 있는 문제가 손댈 수 없을 만큼 꼬여서, 관계자 중 누군가가 순간적으로—결정적인 순간에 참지 못하고 절제를 잃어서 일어나는 경우가 압도적으로 많습니다. 그런 점에서도 도이자키 아카네 살인사건은 특이한 타입은 아닌 것처럼 보였습니다."

그래서 센주미나미 경찰서의 어느 누구도 묻지 않았다. 도이자키 부부를 추궁하지도 않았다.

그날 밤 당신들이 부모로서 넘지 말아야 할 선을 넘은 것은, 아카네가 당신들이 도저히 용서할 수 없을 짓을 저질렀기 때문이 아니냐고. '뻔뻔스러웠다'는 말도 아카네가 저지른 짓과 관계 있는 게 아니었을까.

"그래도 아직은 단정할 수 없습니다."

한 걸음 물러나는 듯 노모토 형사는 목소리를 죽이고 말했다.

"어디까지나 추측일 뿐이죠."

"맞습니다. 그래서 부탁드리고 싶은 거예요."

아직 해결되지 않은 사건을 철저히 조사해주기를.

그 말에서 뿜어져나오는 기운에 눈을 상하기라도 한 듯이 노모토 형사는 눈을 감았다. 시게코는 여형사를 뚫어지게 바라보고 있었다.

"살인사건이라고 단정할 근거가 있습니까?"

"공소시효 기간이 15년인 건 살인죄뿐이기 때문이죠?"

"두 가지 시효가 성립하는 게 아닐까 하는 건 마에하타 씨의 상상에 불과합니다."

"조사해주실 수 없을까요?"

노모토 형사가 눈을 떴다. 시게코는 그녀가 자신의 제안을 받아들였음을 눈치 챘다. 제대로 설득하지는 못했어도, 일단 움직여주긴 할 것이다.

"실종자로 처리되었다면, 살인사건으로 분류되지 않았을 수도 있습니다."

당연하다는 듯이 노모토 형사는 살짝 고개를 끄덕였다.

"생각해보면 여러 가지 경우가 있을 수 있죠. 사건 자체가 표면화되지 않은 경우일 수도 있고, 이미 해결이 되었을 경우도 있고요."

잘 이해가 되지 않았다.

"무슨 말씀이죠?"

"누군가 대신 누명을 쓴 경우 말입니다."

노모토 형사는 그렇게 말하며 입 가장자리를 움직여 미소를 지었다.

"그런 것들을 전부 저 혼자 조사하라는 말씀이시군요."

아무래도 약간 미안한 생각이 들어 시게코는 고개를 숙였다.

"힘든 작업이라는 건 압니다. 하지만 기간은 한정할 수 있어요. 16년 전의 고등학생과 중학생 커플이 한 짓이니 행동범위도 그리 넓지 않을 겁니다. 센주미나미 경찰서 관내로 좁혀봐도……"

예상과 달리 노모토 기에가 짧게 소리 내어 웃었다. 고개를 든 여형사는 밝은 눈빛이었다.

"알겠습니다. 해보죠."

힘있는 목소리였다.

"마에하타 씨는 사람을 참 잘 다루시네요. 말솜씨도 뛰어나고요."

"죄송합니다."

"저도 좀 배워야 하는데. 경찰서의 아저씨들을 조종하는 기술을 익혀야 하니까요."

연락할 방법을 서로 확인하고, 오늘밤은 둘이 함께 찻집을 나섰다. 커피 값은 시게코가 억지를 부려서 냈다.

노모토 형사는 경찰서로 돌아가겠다고 했다. 바로 조사에 착수할 작정인 듯했다. 시게코도 함께 걸었다.

"아까 했던 이야기 말인데……"

즐기지 않으면 손해라고 생각하는 인생관 말예요, 하고 노모토 형사가 말했다.

"그건 요즘도 크게 변하지 않은 것 같아요. '즐긴다' 라는 표현이 '충실한 인생' 이나 '자아실현' 같은 그럴듯한 말로 바뀌었을 뿐이지."

그것도 실은 돈으로 사려는 거니까 결국은 마찬가지죠, 하고 덧붙였다.

"그 시절에 대해 모르는 제가 할 이야기가 아닌 것 같지만요."

여형사는 슬쩍 쓴웃음을 남기고, 환하게 불이 켜진 센주미나미 경찰서 안으로 사라졌다.


이튿날. 하기타니 도시코로부터 전화가 왔다.

"선생님, 지난번에는 실례가 많았습니다. 그 뒤로 어떻게 지내셨나요? 요새는 날이 더운데—"

염려의 말에 시게코는 당황해서 혼자 수화기를 든 채로 고개를 꾸벅이며 사과했다. 죄송합니다, 그 뒤로 연락을 못 드렸네요.

하기타니 도시코는 늘 그랬듯 허둥거리며 시게코의 말을 가로막았다.

"천만에요, 선생님. 재촉하려고 전화드린 건 아니에요. 그냥 선생님 목소리를 좀 들으면 마음이 놓일 것 같아서 건 것뿐입니다."

시게코는 집 안에서 잠옷 위에 앞치마를 걸치고 있었다. 바닥에는 빨랫감이 잔뜩 쌓인 바구니가 놓여 있다. 미처 세수도 하지 않았다. 어젯밤에 잠이 잘 오지 않았고, 겨우 잠이 들고 나서도 앞뒤가 연결되지 않는 꿈을 꾸다가 깨는 바람에 무척 부스스한 상태였다. 남에게는 도저히 보일 수 없는 꼬락서니다.

하지만 수화기에서 흘러나오는 도시코의 목소리를 듣다보니, 요즘 쌓일 대로 쌓인 피로와 자기혐오, 그리고 그런 것들과는 정반대의 흥분이 뒤얽힌 복잡한 감정이 조금씩 풀어지는 느낌이었다.

"전 잘 지내요. 조사에도 진전이 있었고요. 아직 설명드릴 만한 단계는 아니지만, 조금 더 기다리시면 말씀드릴 수 있을 것 같아요."

어머, 어머, 어머. 도시코는 또 부산을 떨었다. 진전이 있었나요? 세상에!

"아주머니는 잘 지내세요?"

그 뒤로 세이코를 두 차례 만났고, 전화 통화도 자주 한다고 했다.

"선생님 댁에 들른 직후에 히토시에게 향을 올리러 와주었어요. 이노우에 씨와 함께요."

그리고 얼마 안 있어 세이코가 혼자 찾아왔다. 볼일이 있어 근처에 왔다가 들렀다고 하면서.

도시코의 목소리가 한층 부드러워졌다.

"세이코 씨 집과 저희 집은 방향도 다르고, 예전에 살던 동네와도 멀잖아요? 그러니까 볼일이 있었다는 건……"

아마 구실일 것이다.

"아무리 야무진 사람이라지만 세이코 씨도 쓸쓸할 거예요. 도시코 씨를 만나고 싶었던 거겠죠."

"아닙니다, 저 같은 사람 만나봐야 뭐 좋을 게 있겠어요."

도시코는 또 빠른 말투로 부정했다.

"그래도, 히토시 이야기 같은 걸 들려달라고 하더라고요. 그애가 '제대로' 그린 그림을 보고는 칭찬도 많이 해줬어요."

"말씀 나누시면서, 사건 이야기도 나왔나요?"

"예……"

말하기 힘든 모양이다.

"세이코 씨가 언니나 부모님 이야기를 할 수 있는 상대는 기껏해야 선생님과 이노우에 씨뿐이잖아요. 물론 변호사 선생님이 계시긴 하지만요."

"말상대가 되어주진 못하시죠."

"예. 그렇지만 이노우에 씨는 자기 일이 있으니까 계속 같이 있을 수도 없고, 또 선생님께도 너무 자주 전화를 드리면 재촉하는 것 같을까 봐 조심스러운 것 같더라고요. 그러니 찾아갈 사람이 저뿐인 거죠."

"그렇지 않아요. 아주머니가 좋은 분이셔서 그래요."

거짓말이 아니다. 나도 지금 당신 목소리를 들으며 치유받는 기분이 드는걸요.

도시코는 목소리만으로도 확실히 드러날 정도로 수줍어했다.

"말도 안 돼요. 저 같은 사람이 무슨 도움이 된다고요."

"세이코 씨는 어떤 이야기를 했나요?"

자기 이야기는 별로 하지 않았다고 도시코는 말했다.

"다만, 저기, 선생님에게 언니에 관해 조사해달라고 부탁한 걸 두고, 과연 잘한 일인지 약간 고민하는 것 같다는 느낌이 들었습니다."

시게코는 말없이 고개를 끄덕였다. 있을 수 있는 일이다. 시게코에게는 말하지 못해도, 도시코에게는 그 불안을 털어놓을 수 있다.

"선생님께 부탁한 것 때문이 아니고요, 그런 조사를 하는 것 자체에 대해서 말이에요."

"네, 잘 알겠습니다. 당연히 그런 생각이 들겠죠."

"세이코 씨는 자기가 괜한 고집을 부리는 게 아닐까 걱정했어요. 실은 부모나 언니를 위한 게 아니라, 무턱대고 자기 기분만 생각하고 있는 게 아닌가 하고요."

세이코는 냉정하다. 쇼지의 말이 머릿속을 스쳤다.

"그런 불안을 털어놓을 대상이 있는 것만 해도 지금의 세이코 씨에게는 고마운 일이라고 생각해요."

"그럴까요?"

"매일 착잡한 마음으로 지내고 있을 테니까요."

"혼자 멍하니 있을 때가 많은 모양이에요. 이노우에 씨도 매일 들르는 건 아닌 듯하고요."

실은 어제도 세이코가 전화를 해서, 다쓰짱과 말다툼을 했어요, 하고 시무룩하게 말했다고 한다.

"사소한 것까지 일일이 잔소리하는 바람에 말다툼을 했다더군요. 그런 걸 보면 평범한 젊은 아가씨죠. 참 귀여워요."

도시코도 이제 출근해야 한다고 했다.

"저기, 뭘 좀 보냈는데, 하찮은 거지만 그냥 받아주세요" 하고 전화를 끊기 전에 얼른 덧붙였다.

시게코가 빨래를 하려는데 마침 택배가 왔다. 도시코가 보낸 것이었다. 작은 상자를 열어보니 여러 종류의 과자가 담겨 있었다. 슈퍼마켓에서 일하는 동료들과 나리타 산에 갔다가 산 선물이라는 짧은 편지가 들어 있다. 도시코다운 마음씀씀이에 시게코는 미소를 지었다.

시게코는 상자 안에서 사탕 봉지를 하나 골라가지고 집을 나섰다. 가는 도중에 노아 에디션에 지각할 것 같다고 연락하고 나서 세이코에게 전화를 걸었다. 세이코는 집에 있었다.

세이코가 사는 아담한 연립주택은, 실내도 장난감집처럼 자그마하고 밝았다. 문과 창, 칸막이 등은 파스텔 톤으로 통일되어 있었다. 가구도 얼마 없고, 가전제품도 꼭 필요한 것만 갖춘 듯했다.

평상복 차림의 세이코를 보는 건 처음이었다. 티셔츠에 청바지 차림, 슬리퍼도 신지 않고 마룻바닥을 맨발로 다니고 있었다. 약간 야위어 보이는 건 옷차림 때문이라 쳐도, 표정에 생기가 없었다.

“자, 이거.”

도시코가 보낸 선물이라고 설명하며 사탕 봉지를 내밀었다.

“하기타니 씨는 정말 세심한 사람이라서, 세이코 씨처럼 젊은 여자가 혼자 사는 집에 예고 없이 택배를 보내지는 않을 거야. 그래서 대신 갖고 왔지.”

세이코는 어린아이처럼 기뻐했다. 그리고 묻기도 전에 자신이 하기타니 씨와 이따금 수다를 떤다는 이야기를 했다.

“댁에 찾아간 적도 있어요. 히토시가 그린 그림도 많이 봤고요.”

시게코는 미소를 띠고 이야기를 들었다. 대화에 굶주렸던 모양인지, 세이코는 한동안 정신없이 도시코와 히토시 이야기를 늘어놓았다. 그러는 동안 기분이 나아졌는지, 이노우에 다쓰오와 말다툼한 이야기는 나오지 않았다.

“경과보고도 할 겸, 한 가지 부탁할 게 있어서 찾아왔어.”

틈을 봐서 시게코가 말을 꺼내자, 세이코의 얼굴에 바로 그늘이 졌다. 세이코가 단번에 관심을 보일 거라 믿었던 시게코는 조금 놀랐다.

그리고 바로, 지금까지 파악한 정보는 모두 덮어두기로 마음먹었다.

“무슨 일이 있었어요?”

“아직 확실치는 않아. 확실하게 결론을 내놓을 수 있는 상태는 아니야. 이게 경과보고였어. 미안.”

세이코는 몇 차례 눈을 깜박였다. 그때마다 눈동자에 실린 감정이 달라졌다. 의혹? 안도? 걱정? 불만? 어떤 것인지 알 수 없었다.

“조사해서 알게 된 게 나쁜 것뿐이라서, 제게 말 안 하려는 건 아니고요?”

시게코는 고개를 저었다.

"그런 잔재주를 부릴 거라면 애당초 세이코 씨 의뢰를 받아들이지도 않았을 거야."

이번에는 세이코 쪽이 안도한 듯했다.

"요즘 기분이 영 안 좋은 모양이네."

"어떻게 아세요?"

"안색이 나쁘니까. 혼자 방에만 틀어박혀 있으면 따분하지 않아? 같이 외출하지 않을래?"

"조사하시는 데 데려가주실 거예요?"

"그건 안 되고."

시게코는 애써 밝게 웃었다.

"처음에 함께 조사하자고 말한 건 내 실수였어. 함께 다닐 거면 내가 나서는 의미가 없지."

실은 시즈오카에 갈 생각이라고 말했다. 세이코는 눈을 동그랗게 떴다.

"외삼촌과 외숙모를 만나시려고요?"

"응. 아카네 사진 문제도 있고."

세이코가 미리 전화해서 조사하러 갈 거라고 알려줄 수는 없을까. 센주에 있는 이웃들이 세이코의 생각을 전해듣고 비로소 협조해주었듯이, 시즈오카에 있는 기무라 부부에게도 세이코가 미리 이야기를 해두는 편이 나을 것이다.

"그거야 간단하지만, 저도 같이 가는 게 훨씬 이야기하기 편하지 않을까요?"

시게코가 물었다.

"같이 가고 싶어?"

지금까지의 세이코라면 바로 "네!" 하고 대꾸했을 것이다. 하지만 지금은 다르다. 원인이 뭔지는 모르지만, 변화가 일어난 것만은 틀림 없다.

"……글쎄요."

세이코가 작은 목소리로 대답했다.

"저도 사실 잘 모르겠어요."

"그래서 기분도 어두워진 거구나."

왜 그래? 시게코가 부드럽게 물었다.

세이코는 티셔츠 옷자락을 잡아당기며 가만히 고개를 숙이고 있었다. 길이가 짧은 옷을 잡아당기는 바람에 세이코의 가냘픈 허리가 보였다. 매끄러운 피부다.

세이코가 고개를 들었다.

"하기타니 씨한테서 얘기 못 들으셨어요?"

시게코는 놀란 표정을 지어 보였다.

"뭘?"

"그런가…… 하기타니 씨는 그런 고자질 같은 건 안 하시는 분이군요."

다소 흥분한 듯이 말이 빨라졌다.

"그럼 됐어요. 마에하타 씨, 저도 잘 알게 됐어요. 하기타니 씨는 정말로, 정말로 히토시를 사랑하신다는 걸요. 지금도 히토시 이야기를 하면 눈물을 머금으세요. 하지만 히토시를 생각하는 건 전혀 괴롭지 않다고 하셨어요. 떠올릴 때마다 행복해지신대요. 이런 일도 있었다, 저런 일도 있었다, 그렇지, 히토시? 하고 속으로 히토시에게 말을 걸면서 추억 이야기를 해주셨어요."

세이코는 거기까지 단숨에 말을 내뱉더니 두 팔로 가슴을 껴안고, 좁은 부엌에 놓인 등받이 없는 의자에 앉아 몸을 웅크렸다.

"저도 아빠와 엄마를 만나고 싶어요."

지극히 솔직하고 위태로워 보이는 소녀 같은 하소연에, 시게코는 대꾸할 말을 잃었다.

세이코는 혼자 다시 페이스를 되찾았다. 가볍게 고개를 저으며 말했다.

"죄송해요. 좀 야무지게 굴어야 하는데."

어색하게 웃는 세이코를 보며 시게코도 웃어 보였다.

"충분히 야무져."

시즈오카에는 바로 연락을 해주겠다고 했다. 기무라 부부는 분명히 협력해줄 것이다.

"분명히 제 심정을 이해해주실 거예요."

스스로에게 다시 확인하듯, 세이코는 그렇게 중얼거렸다.


그주 주말, 오후 1시가 조금 지나 마에하타 시게코는 시즈오카 역에 내렸다. 신칸센 플랫폼에서 기다리고 있던 기무라 부부와 만나, 세 사람은 그 자리에서 짧은 인사를 나누었다. 부부는 시게코를 바로 자가용에 태우고 집으로 향했다.

"역시 세이코는 함께 오지 않았군요."

운전은 기무라 부인이 하고, 남편 기무라 가즈야는 조수석에 앉았다. 둘 다 은테 안경을 썼고, 외출용으로 차려입은 옷차림의 색조도 조화를 이루고 있었다. 지적이고 부유한 분위기를 풍기는 중년 커플이었다.

"당신도 오지 않는 게 좋다고 말했었잖아."

기무라 부인은 남편을 '당신'이라고 불렀다.

"그렇긴 하지만, 어쩌면 가만히 있지 못하고 따라오지 않을까 싶기도 했어."

차는 빌딩이 늘어선 시가지를 천천히 빠져나갔다. 여름 하늘 색깔이 역시 도쿄와 달랐다.

"번거로우실 텐데 마중 나와주셔서 감사합니다."

시게코가 말했다.

"그런데 정말 괜찮으세요……?"

"뭐가 말입니까?"

"처음 뵙는 자리잖아요."

용건이 용건이니만큼 약간은 경계해야 하는 게 아닐까? 하지만 부부는 빙긋 웃었다.

"세이코한테서 이야기를 많이 들었으니까요."

"그리고 당신은 그 마에하타 씨잖아요. 아미카와 고이치를 잡은 사람."

9년 전 사건을 말하는 것이다.

"제가 체포한 건 아니에요."

"가장 먼저 그 사람의 가면을 벗긴 건 당신이었어요. 그것도 텔레비전 생방송에서. 대단한 용기와 행동력입니다."

은행원과 꽃꽂이 강사 부부, 둘 다 살아 있는 사람을 상대하는 직업에서 경험을 쌓은 이들이다. 어디까지가 진심이고 어디까지가 예의상 하는 말인지 알 수가 없었다. 시게코는 그냥 "감사합니다"라고만 대꾸하고 입을 다물었다.

"마에하타 씨가 처음은 아닙니다."

앞쪽에 시선을 고정한 채로 기무라가 말했다.

"한 너덧 명 되나? 더 있었던 것 같기도 하고."

"편지나 전화로 연락한 사람까지 포함하면 열 명쯤은 될 거예요."

부부를 통해 도이자키 집안을 취재하고 싶다고 요청해온 프리라이터나 작가들의 수였다.

"누나 부부와 세이코에게는 다카하시 선생이 있으니까, 좀처럼 말이 먹히지 않았을 겁니다. 그래서 저희에게 연락한 거겠죠. 저희도 그때마다 일단 세이코의 의향부터 물어봤는데, 지금까지 그애가 취재를 허락한 적은 한 번도 없었습니다."

"하지만 마에하타 씨에게는 세이코 쪽에서 사건의 조사를 부탁한 것 같더군요."

세이코는 그렇게 부탁할 만한 사람이 나타나기를 기다리고 있었습니다, 라고 했다.

"확실한 사람이 확실한 방식으로 진실을 밝혀주기를 바랐던 거겠죠."

세 사람은 15분 정도 걸려 기무라 씨 집에 도착했다. 시게코가 속으로 상상했던 것보다 훨씬 근사한 집이었다. 창가 화분에는 새하얀 꽃이 흐드러지게 피어 있었다.

모두 널찍한 거실에서 마주 앉았다. 부인이 홍차를 내왔다. 창문 밖으로, 그리 넓지는 않지만 깔끔하게 손질된 잔디가 깔린 마당이 보였다.

도이자키 아카네는 이런 생활 역시 동경했던 걸까. 도쿄의 서민 동네, 낡은 목조건물 셋집에서의 생활이 아니라.

"아버님께서 몸이 좋지 않다고 들었는데요."

"네. 노인 시설에 신세를 지고 있습니다. 이제 우리 힘으로는 잘 돌봐드릴 수 없어서요."

남편 다음으로 부인이 말을 이었다.

"시아버님은 정신이 더 흐려지셨어요. 시어머니는 이미 세상을 떠나셨고요. 다만 우리도 조금 들은 이야기가 있어서……"

"사건 뒤에, 그런 이야기를 세이코 씨에게 하신 적 있나요?"

부부는 얼굴을 마주 보았다. 집에 들어온 후로는 둘 다 안경을 벗은 상태였다.

"이야기하기가 힘들어서, 아직요."

"껄끄러운 내용인가요?"

"솔직히 말씀드리면 그렇습니다."

남편은 한숨을 쉬더니 손짓으로 시게코에게 홍차를 권하고 자기도 잔을 집어들었다.

"누나 부부는 아카네 때문에 어지간히 속이 썩었습니다. 저나 집사람은 그애의 일탈에 대해 다 알지는 못했지만, 몇 차례 누나가 고민 상담을 해온 적도 있고, 아카네 입에서 직접 들은 적도 있었습니다. 그걸로 미루어 짐작하는 것만 해도 상당했죠—"

기무라는 괴로운 듯이 얼굴을 찡그렸다. 부인이 말을 이었다.

"아카네가 정말로 가출한 거라면 무슨 이야기를 해도 상관없어요. 하지만 이런 상황에서는, 아무리 사실을 말해도 결국 죽은 아이를 매질하는 꼴이 될 테고, 그러면 또 어쩔 수 없이 그애의 부모를 감싸는 모양새가 되겠죠?"

"분명히 그렇군요."

"가족으로서는 그런 말을 하기 힘듭니다."

이번에는 부인이 한숨을 내쉬었다.

"시누이 내외가 세이코와 만나지 않는 것도 그런 이유일 겁니다. 이러저러해서 이렇게 됐다고 설명할수록 자기변명이 되고 아카네를 깎아내리는 셈이 되니까요."

"세이코도 그걸 알고 있는 거예요. 똑똑한 아이니까."

"그래서 세이코는 그 확인작업을 제3자에게 맡기려 한 겁니다. 객관적인 시각을 통해서 실제로 그랬다는 인정을 받고 싶은 거죠."

아카네는 사실 아무짝에도 쓸모없을 만치 삐뚤어진 불량아였다. 아카네를 해친 부모도 막다른 지경까지 몰려 달리 어쩔 도리가 없었던 것이다. 그러니까 용서해주자. 그렇다면 용서해줄 수 있다—

제3자에 의한 사실검증은 곧 도이자키 부부와 세이코, 양쪽의 고통을 완화시킬 처방전이 된다. 세이코가 일을 의뢰한 참뜻이야 어땠건, 외삼촌 부부가 그렇게 해석하고 있다는 사실은 충분히 이해가 되었다. 부부는 세이코 편이었다.

"아카네의 성격이나 품행에 관해 아시는 대로 말씀해주시겠어요?"

처음에는 서로 미루는 기색이었지만, 부부는 곧 팀워크를 회복해 서로의 말을 보충하거나 수정하면서 이야기를 해주었다. 아기였을 때, 어린아이였을 때, 초등학교 때, 그리고 중학교에 올라가 불량스러운 행동을 보이게 되었을 때의 아카네. 당연히 도이자키 겐에게서, 세이코에게서, 이웃들에게서 익히 들은 에피소드와 겹치는 부분이 많았지만, 처음 듣는 이야기도 있었다. 아카네가 초등학교 4학년 때, 학급회의에서 '우리 반의 나쁜 학생'으로 지명되어 친구들로부터 손가락질을 받고 울면서 집에 돌아왔다는 일화였다.

"누나가 아카네 문제로 저와 의논을 하러 온 게 그때가 처음이라서, 잘 기억하고 있습니다."

당시 기무라는 독신일 때라 누나 식구들과 자주 만나지 않았다. 아카네에 대해서도 특별한 인상은 없었다고 한다.

"명절이나 설날에 만나도 부모 말을 잘 안 듣는 고집 센 애라는 느낌 정도였고, 특별히 신경 쓰지는 않았습니다. 저도 직장이나 인간관계, 제 생활로 정신없었을 때니까요."

"그래도 아카네 씨는 외삼촌을 잘 따르지 않았나요?"

"따르고 말고 할 정도로 자주 만나지도 못했습니다."

양해를 구하듯이 아내를 슬쩍 쳐다보고 나서 쓴웃음을 지었다.

"뭐, 이건 세이코도 알고 있는 일이니 말씀드려도 괜찮겠죠. 실은 저는 젊을 때부터 자형과 성격이 잘 맞지 않았습니다. 말수가 적고 태도도 담담해서 무슨 생각을 하는지 알 수가 없는 사람인데, 저는 그런 타입을 불편해하거든요. 제가 꺼려하니 자형도 그런 느낌을 받았겠죠. 그래서 자연히 서먹해졌습니다. 누나와는 사이가 좋지만요. 이상하게 그랬습니다."

시게코는 도이자키 고코가 예의 잡동사니 보관함 안에서 나온 싸구려 수첩에 동생을 방문할 날짜를 적어놓았던 것을 기억해냈다.

"제가 결혼하고 가정을 꾸린 뒤에야 서로 오가게 되었죠."

남편은 불쑥 옆에 있는 아내를 가리켰다.

"이 사람은 저와 다르게 사교적인 성격이라서 자형과도 잘 지냈습니다."

"세이코가 우리를 잘 따른 탓도 컸을 거예요."

부인이 덧붙였다.

"우리는 도무지 자식이 생기지 않아서, 그만큼 세이코를 귀여워했죠."

"아카네 씨는 어땠습니까?"

부부는 난처한 듯이 쓴웃음을 지었다.

"누나 가족과 가까워지면서, 아카네에게 이런저런 문제가 있다는 걸 구체적으로 알게 되어서요……"

"우리가 피한 건 아니었어요."

부인이 보충 설명을 했다.

"세이코를 대할 때와 똑같이 대하려고 했어요. 하지만 그게 잘되지 않았죠."

"세이코와 여섯 살이나 차이가 나잖아요. 우리가 똑같이 대해도, 아카네 입장에서는 어린애 취급을 받는 것 같아서 싫었을지도 모릅니다."

그 말에 부인이 아니라고 고개를 저었다.

"여보, 내가 계속 말했잖아. 그게 아냐. 반대라니까. 아카네는 우리가 세이코만 귀여워하고 역성을 든다고 생각했던 거야. 우리뿐만 아니라, 자기 어머니 아버지도."

"도이자키 부부도 말입니까?"

단순히 동생 쪽을 필요 이상으로 감싸거나 하는 일은 있었을 수도 있지만.

"하지만 그건 형제가 있는 집에서는 드문 일이 아니에요. 저도 어렸을 때는 그런 생각을 했는걸요. 저는 큰딸이고 밑으로 남동생과 여동생이 있는데, 첫째는 불리하다, 손해만 본다, 항상 이렇게 생각했어요."

다들 그런 감정을 극복하며 자라는 거예요. 역시 남을 가르치는 입장에 있는 사람답게 단호한 발언이었다.

"그럼 아카네 씨는 그걸 잘 극복하지 못했던 걸까요?"

"까다로운 애였으니까요. '키우기 힘든' 아이였어요."

부인이 딱 잘라 말했다.

"물론 그런 애들도 대부분은 잘 성장해서 어엿한 어른이 됩니다. 하지만 어쩌다가 단추가 잘못 끼워지거나 환경이 좋지 않거나 하면, 힘들죠."

"도이자키 씨네 환경은 어땠습니까?"

직접적인 질문이었지만 기무라 부부는 머쓱해하는 기색도 보이지 않았다.

"굳이 말하자면, 어두운 분위기였어요."

일단 자형부터가 그런 양반이니까요, 하고 말했다.

"제 누나도 결코 활달한 성격은 아니었어요. 그래서 부부 사이는 나쁘지 않았을 겁니다. 서로 파장이 잘 맞았죠."

"그 집에서는 늘 세이코가 제일 밝았어요. 그애가 분위기 메이커였죠."

"아카네 씨는 밝지 않았나요?"

부부는 동시에 고개를 끄덕였다.

"성격이 거친 것과 밝은 건 다르죠."

"정반대였어요. 늘 언짢은 표정이고, 불평도 많고."

세이코가 한 말과 비슷했다.

"집안의 경제 상황에 대해 아카네 씨가 불만을 품고 있었다고도 생각할 수 있을까요?"

기무라 씨가 턱을 당기고 시게코를 가만히 바라보았다.

"누가 그런 소릴 했습니까?"

시게코는 미소로 대꾸했다. 부인이 웃었다.

"역시 다 알게 되기 마련이군요."

우리집엔 돈이 없다, 가난해서 싫다, 이런 집에 태어나고 싶지 않았다 — 아카네가 면전에서 그런 말을 해서 도이자키 고코가 운 적도 있다고 한다.

기무라 부인은 다시 진지한 표정을 지었다.

"아주버님은 성실한 회사원이었고, 도박이나 여자 문제 같은 것도 없었어요. 지극히 평범하고 정직한 사회인이었죠. 하지만 분명히 아주버님 월급만으로는 풍족하게 살 수 없었을 거예요. 어느 정도가 되어야 풍족한지는 생각하기에 따라 다르겠지만."

"결국은 평범하다는 이야기가 되겠죠."

기무라가 말했다.

"평균적인 가정이었습니다."

"그것도 '평균'의 정의에 따라 다르죠. 당장 두 분의 살림과 비교해봐도 분명 도이자키 씨 집은 검소한 편이었을 겁니다."

"뭐…… 그렇죠."

기무라는 말끝을 흐렸다.

"우린 자식도 없고, 맞벌이니까요."

"아카네 씨가 그런 것에 대해 민감한 나이가 됐을 때는, 마침 유례없는 거품경제 시대이기도 했습니다. 금융기관에 근무하시는 기무라 씨는 아직 사회를 잘 모르는 아카네 씨 눈에 그런 시대에 성공한 사람, 유복한 사람의 대표자로 보였던 게 아닐까요?"

기무라는 으음, 하고 중얼거렸다. 눈은 웃고 있었다.

"우리 회사는 대형 은행도 아닌데다 지방은행 중에서도 사풍이 딱딱하기로 유명한 곳이라서요, 그 무렵에도 거품경제를 타고 손쉽게 돈을 벌어들이지는 않았습니다. 그 대신 위험성 높은 금융상품을 무턱대고 팔아대어 나중에 고객을 울린 일도 없었고요."

살짝 자랑스러운 말투였다.

"하지만, 네, 마에하타 씨 말씀이 맞습니다. 아카네는 그런 오해나 착각을 하는 것 같았습니다."

"외삼촌에 비하면 우리 아빠는 형편없다는 식으로요?"

"그런 소리를 입밖에 내진 않았습니다. 적어도 저는 그런 말은 듣지 못했고요."

"두 분의 생활을 동경하는 눈치는 없었나요?"

부인이 남편을 손가락으로 살짝 찔렀다.

"여보, 말해도 되지?"

그러더니 남편의 대답은 기다리지도 않고 시게코 쪽으로 살짝 몸을 내밀었다.

"아카네가 중학교에 막 올라갔을 무렵일 거예요. 아까 말씀드린 대로 우리는 자식이 없어서, 한때 양자를 들일까 생각했었죠."

도이자키 부부에게도 그 문제로 의논을 했다. 그리고 그 말이 아카네의 귀에도 들어갔을 것이다.

"그애들 입학을 축하하려고 집에 놀러 갔을 때였습니다. 웬일로 아카네가 먼저 우리에게 다가와서 —"

자기를 외삼촌의 양녀로 삼아달라고 했단다.

"우리가 놀러 가도 늘 부루퉁한 얼굴로 인사도 제대로 안 했는데, 그

때만은 비밀 이야기라도 하듯이 살짝 우리 쪽으로 다가와서 말예요."

기무라도 힘주어 고개를 끄덕였다.

"외삼촌이 양녀로 받아주면 공부도 열심히 하겠다고 하더군요. 깜짝 놀랐습니다."

잠깐이었지만, 시게코의 마음에 그때 아카네가 지었을 절실한 표정, 애원하는 듯한 눈빛이 또렷이 떠올랐다. 이런 집에서 나가고 싶다. 내가 원해서 태어난 것도 아닌 집. 내가 선택하지 않은 부모와 환경. 모두 마음에 들지 않는 것들뿐이다. 여기서 더 밝고 풍요로운 곳으로 옮기면 착한 아이가 될 수 있다―

"어떻게 대답하셨나요?"

시게코의 물음에 부부는 살짝 고개를 끄덕였다. 기무라가 대답했다.

"대충 얼버무리고 넘어가지는 않았습니다. 좋은 기회니까, 아카네와 대화를 나눠볼 생각이었어요."

기무라는 아카네의 문제를 알게 된 후로는, 검소하고 진지하고 부지런한 자형과 누나를 책망할 마음은 결코 없었지만, 두 사람이 부모로서의 각오가 굳세지 않아 아카네를 비뚤어지게 만든 거라는 생각을 갖게 되었다.

"자형이나 누나나 한 번이라도 좋으니 아카네에게 똑똑히 이야기해줘야 한다고 생각했습니다. 너는 우리 딸이다, 네 부모는 우리 외에는 없다, 우리는 부모자식 사이고, 부모는 너를 사랑한다, 라고요. 그 다음엔 꾸짖을 일을 따끔히 꾸짖어서 고쳐야죠. 집이 가난하다느니, 아버지가 돈을 많이 벌지 못해 창피하다느니 불평을 하면, 그런 사고방식은 잘못이라고 이야기해야 하는 겁니다. 사회에 나가 직장을 갖고, 제 역할을 다하며 가정을 꾸려 자식을 키운다는 것이 얼마나 중요한 일인지 이야기했어야 합니다. 자형은 당신이 아버지로서 아무런 부끄러운 짓을 하지 않았다고 자신 있게 말하고, 누나도 그런 자형을 집안의 가장으로서 존경한다고 말했어야 합니다. 아카네에게 그걸 가르쳤어야 했어요."

하지만 도이자키 부부는 아카네와 그런 이야기를 하지 않았다. 항변조차 하지 않았다.

"그래서 아카네가 부모를 만만하게 봤던 겁니다. 저는 그걸 참을 수가 없었어요."

부부는 아카네와 대화를 했다. 왜 양녀가 되고 싶은 건지, 집에 무슨 불만이 있는 건지, 하나하나 물었다.

"그런 적이 처음이라 놀랐을 테지만, 생각보다 솔직하게 이야기를 해주었습니다. 그래서 우리 둘이 그게 왜 잘못된 생각인지 말해주려고 했는데……"

아카네는 도중에 안절부절못하더니 도통 이야기를 들으려 하지 않았다.

"외삼촌 외숙모도 자기 마음을 몰라준다고 하더군요. 뭘 어떻게 몰라준다는 건지 가르쳐달라고 했더니."

외삼촌과 외숙모도 결국은 엄마 아빠와 마찬가지다. 나보다 세이코를 더 예뻐하는 거다. 세이코라면 양녀로 삼고 싶었을 거다. 세이코가 얼마나 교활한지, 잔머리를 써서 자기를 얼마나 나쁜 사람으로 만드는지 전혀 모른다.

그냥 흘려듣고 지나칠 만한 말이 아니다. 사실인지 어떤지는 문제가 아니다. 아카네의 눈에는 동생 세이코가 그런 존재로 비치고 있었다. 그것이 아카네의 세계관을 만들어냈다는 사실이 중요한 것이다.

"저도 점점 화가 나서 말이죠."

기무라는 새삼스럽게 머리를 긁적거렸다.

"네가 학교를 빼먹는 것도, 공부를 못하는 것도, 품행이 불량한 것도 모두 너 자신의 책임이지 세이코 때문은 아니라고 했습니다."

네 잘못을 부모나 동생 탓으로 돌리면 못써! 하고 큰 소리를 치자 아카네는 울음을 터뜨렸다. 이야기는 그걸로 끝났다.

"생각해보면, 아카네가 우는 모습을 본 건 그때 딱 한 번뿐이었습니다……"

갑자기 곱씹는 듯한 말투가 되었다.

"그애도 나름대로 괴로웠을 테지만, 그런 핑계를 계속 들어주는 것도 좋지 않죠. 그렇게 생각하지 않습니까?"

기무라는 자기 아내가 아니라 시게코에게 동의를 구했다. 시게코는 일부러 대꾸를 하지 않았다.

"그 뒤 아카네 씨에게 변화가 있었나요?"

"전보다 더 우리를 멀리하게 되었어요."

부인이 대답했다.

"아니, 그보다 가끔 우리가 방문해도 아카네가 집에 있었던 적이 없었죠."

"항상 밖에서 놀러 다녔다고 하더군요. 어지간히 집에 있기 싫었던 모양이에요."

시게코가 말했다.

"모두 그애의 오해였는데 말입니다."

기무라는 신음하는 소리를 냈다.

"제 자식이 예쁘지 않은 부모가 어디 있겠습니까. 자형이나 누나가 그렇게 고민한 것도 아카네를 사랑했기 때문이에요. 아카네에게 아예 관심이 없었다면, 고민도 하지 않고 그냥 내버려두었을 겁니다."

그런 짓도 고민 끝에 저지른 게 아닐까?

"아카네 씨가 애정에 굶주려 있었다고 말한 사람이 있었어요."

시게코가 말했다. 기무라는 냉큼 동의했다.

"그렇죠. 그랬어요. 하지만 그애 주위에도 사랑은 있었습니다. 그애가 등을 돌리고 있었을 뿐이죠. 저희도 그애를 미워한 건 아닙니다."

기무라 부인이 천천히 고개를 기울이며 약간 괴로운 표정을 지었다.

"글쎄요, 저는 그렇게 자신 있게 말할 수 없네요."

"그건 무슨 소리야?"

"저는 아카네와 피를 나눈 사이가 아니니까 더 냉정한 건지도 몰라요. 하지만 아무리 친척이나 가족이라 해도, 이해가 안 되거나 마음이 안 맞는 부분은 있잖아요."

시게코는 기무라 부인의 단정한 얼굴을 뚫어지게 바라보았다.

"아카네 씨를 좋아하지 않으셨어요?"

부인은 망설임 없이 고개를 끄덕였다.

"네."

"왜죠?"

잠깐 생각하더니 짧게 대답했다.

"매사에 핑계가 많았으니까, 라고 할 수 있겠네요."

"어려운 대답이군요."

"그런가요?"

그러자 부인이 웃었다.

"요즘은 그런 풍조가 훨씬 더 심하지 않나요? 내가 착실한 생활을 못하는 것은 부모가 사랑해주지 않기 때문이다, 선생님이 친절하지 않기 때문이다, 환경이 좋지 않기 때문이다. 모두 다 핑계죠."

분위기를 수습하려는 듯 기무라가 말했다.

"이 사람은 꼿꼿이 선생이라서요, 꼭 옛날 무사 같은 사고방식이거든요."

"그렇습니다. 요새 세상에 저 같은 사람도 없을 거예요."

부인은 새침한 표정을 지어 보였다.

"무슨 일에든 나, 나 하면서 자기주장을 해대는 주제에, 잘못된 거나 운이 없는 것만 타인이나 사회 탓으로 돌리는 건 올바른 사고방식이 아닙니다. 먼저 자기 몸가짐부터 바로해야죠."

일장연설을 하려는 것을 가로막고 시게코가 입을 열었다.

"아카네 씨는 가족이나 친척들에게서 얻지 못한다고 생각했던 애정을 집 밖에서 찾았던 모양입니다. 아카네 씨에게 남자친구가 있었다는 건 아세요?"

"불량청소년이겠죠?"

부인이 물었다.

"아카네의 남자라."

기무라가 말했다.

"제 조카에다 열다섯 살밖에 안 된 여자아이에게 이런 말까지 하고 싶진 않지만, 아카네는 남자관계가 복잡했어요. 사실입니다, 네."

아카네와 그후로 서먹해졌기 때문에, 직접적으로는 모른다고 했다.

"누나가 푸념이랄까, 의논을 하러 왔을 때 전해들었습니다. 그 다음에는, 그렇지?"

남편이 묻자 부인이 살짝 눈을 크게 떴다.

"어머니 아버지로부터 들었어요."

아마 도이자키 부부도 모르는 이야기일 거라고 한다.

"아카네 씨 외할머니와 외할아버지로부터 들으신 거군요."

"네, 제 부모님이요. 오사키에서 잡화점을 하실 무렵에 아카네가 곧잘 드나들었습니다."

우라타 하토코의 말대로다. 아카네는 외할아버지와 외할머니를 자주 만났다.

기무라는 한없이 떨떠름한 표정을 지었다.

"용돈을 달라고 조르러 드나든 거죠. 아무래도 초등학교 때는 혼자서 거기까지 오갈 수 없었을 테고, 중학교에 올라가서 남자애들을 바꿔가며 어울리게 되고 나서부터였습니다."

중학교 1학년 여름방학 무렵부터 그런 행동이 심해졌다고 한다.

"외할아버지나 외할머니한테서는 돈을 얻기 쉽다고 생각했는지, 아니면 친구나 애인이 부채질한 건지 모르겠지만요."

기무라 부부도 당시의 상황을 바로 알았던 것은 아니었다. 부모를 시즈오카로 모셔와 함께 살게 된 후로 드문드문 그 얘기를 듣고 놀랐다고 한다.

"처음에는 자길 귀여워한다는 걸 알고 정말로 용돈 정도 되는 금액만 달라고 졸랐답니다. 아버지나 어머니나 아카네가 비뚤어졌다는 건 알고 계셨지만, 부모에게 야단만 맞고 다니는 애를 나름대로 측은하게 여기셔서…… 보통 할머니 할아버지들이 손자 손녀에게 엄하게 대하지 못하는 면도 있고요."

그래서 적당히 용돈을 쥐여주었다고 한다. 하지만 그걸 빌미로 아카네의 태도가 뻔뻔해져서, 점점 더 자주 많은 돈을 조르게 되었다. 역시 안 되겠다 싶어 거절하거나 야단을 치면 바로 삐치거나 행패를 부리곤 했다.

"가게 앞에서 아카네가 소란을 피우는 바람에 이웃에 너무 창피했다는 말도 하셨습니다."

"도이자키 부부는 그런 사실을 아셨나요?"

"너무 심해지자 어머니가 누나에게 이야기했다고 합니다. 누나는 깜짝 놀라서 아카네를 야단쳤지만, 물론 그애는 들은 척도 하지 않았죠."

아카네도 창피할 거고 고코도 불쌍하니, 기무라 부부에게는 이야기하지 않기로 했던 모양이다.

"두 분이 좀처럼 돈을 주지 않게 되자 아카네는 친구들을 데리고 왔다고 합니다. 나이 든 부부 둘이서 운영하는 가게에 우르르 몰려들었으니, 아무리 상대가 중학생이라 해도 거진 협박이나 마찬가지였겠죠."

"그때 남자친구도 함께였을까요?"

"남자친구라고 말할 만한 상대는 아니었을 것 같은데요."

못마땅한 웃음이 기무라의 입가에 걸렸다.

"아까, 남자아이를 바꿔가며 어울렸다고 하셨죠?"

"불순 이성교제예요."

부인이 엄숙하게 말했다.

"말도 안 되는 이야기죠."

"정해진 상대는 없었나요?"

"그때그때 정해진 상대는 있었겠죠. 하지만 진지한 관계는 아니었으니까. 붙었다 떨어졌다 하는 식이었을 겁니다."

"부모님께선, 아카네의 남자친구 이름을 아셨나요?"

그럴 리가요, 하고 부부는 어이가 없다는 듯이 고개를 저었다.

"자기 이름을 대면서 인사할 만한 패거리가 아니었어요."

아카네의 외조부모는 돈을 뜯기고 있었던 것이다.

"그런 상태가 아카네 씨가 죽을 때까지 — 아니, 가출할 때까지 계속되었던 건가요?"

"그런 모양입니다."

"아카네 씨가 남자친구와 둘이서 오토바이를 타고 온 걸 봤다는 이야기는 없으셨나요?"

중학교 3학년 때예요, 하고 시게코는 덧붙였다.

"그 남자친구는 아카네 씨보다 나이가 많았어요. 당시 고등학생이었죠. 아카네 씨는 그 남자를 '시게'라고 불렀다고 하고요."

"시게?"

기무라 부부는 서로의 기억을 확인하려는 듯 잠깐 의견을 교환했다. 시게코는 마른침을 삼키며 기다렸다.

"부모님에게서 그런 이름을 들은 적은 없는 것 같습니다."

험악한 눈빛으로 기무라가 말했다.

"그렇지?"

"네."

부인이 대꾸했다.

"하지만 시누이에게서, 아카네가 3학년이 된 후로 무척 빠져 있는 남자아이가 있다는 이야기를 들은 적은 있어요. 물론 애긴 하지만 지금까지와는 전혀 다른 상대라서 아주 골치 아프다고요."

시게다.

"그런 이야기를 할 때 시게라는 이름이 나온 적 없었나요? 아니면 다른 이야기를 할 때라도 그런 이름을 들은 기억 없으세요? 혹시 시게 노일지도 모르고요."

기무라 부부는 당혹스러운 표정을 지으며 되물었다.

"그 시게라는 애가, 아카네의 상대였습니까?"

"아무래도 그런 것 같습니다."

"이름까지 들은 적이 있었나?"

"글쎄……"

정확한 기억이 나지 않는 모양이었다.

"어쨌든 그 남자친군지 뭔지한테 아카네가 푹 빠져서—"

말하기 힘든 듯이 기무라는 말을 흐렸다.

"함께 러브호텔에 드나드는 것 같다고 하더군요."

"도이자키 고코 씨가 그렇게 말했습니까?"

알고 있었다는 건가?

"어이없는 이야기죠?"

기무라는 화를 냈다.

"그런 짓은 절대 말려야 한다고, 러브호텔 앞을 지키면서라도 못하게 하라고 누나에게 말했습니다. 자형이 부모 노릇을 제대로 못 한다는 말도 했습니다. 전부터 생각은 하고 있었지만, 입밖에 내기는 처음이었죠."

도이자키 겐은, 아카네 문제는 당신에게 맡기겠다며 고코에게 떠넘겼다고 한다.

"아버지로서 너무 무책임하지 않습니까. 자형에겐 그런 면이 있었어요. 그걸 알고 있었기 때문에 우리 부모님도 아카네에게 돈을 뜯기

면서도 자형에게 이야기하지 못한 걸 테고요. 믿음직스럽지 못하니까
요."

사위에게 미안해서 그런 건 아니라고, 기무라는 단정했다.

"그리고, 지금 하는 이야기는 시누이 내외도 모르는 내용인데요."

기무라 부인이 목소리를 낮췄다. 시게코는 몸을 앞으로 내밀었다.

"가출하기 전에, 얼마나 전이었는지는 몰라도, 어쨌든 아카네가 그
남자애에게 열을 올리기 시작할 무렵인데요. 아카네가 또 돈을 달라고
시부모님을 찾아왔는데, 그게 보통 금액이 아니었다고 해요."

이십만 엔이 필요하다고 했다는 것이다.

"그렇게 큰돈을 어디 쓰려는 거냐고 캐물었더니—"

아카네는 임신중절수술 비용이라고 대답했다.

"전혀 주눅 든 기색도 없이 태연했대요."

중학교 3학년 여자아이가 말이에요, 하고 탄식했다.

"그래서 시어머님께서는 돈을 주셨나요?"

부인은 크게 고개를 저었다.

"네 아버지나 어머니 몰래 그럴 수는 없다, 일단 부모님과 의논을 하
라면서 거절했다고 합니다."

아카네는 끈질기게 졸랐지만, 외할머니가 고집을 굽히지 않자 마구
화를 내며 물러갔다.

"돌아갈 때의 아카네 태도로 보아, 어머니는 어쩌면 아카네가 목돈
을 마련하기 위해 거짓말을 한 게 아닐까 생각했다고 합니다. 그 정도
로 다급해 보이지가 않았으니까요. 그래서 일단 입을 다물고 지켜보았
는데, 그 뒤로 누나나 아카네에게서 아무 말도 안 나왔으니, 역시 거짓
말이었을 거라고 했습니다."

기무라 부부가 이 이야기를 들은 것은, 아카네의 외할머니가 몸져누워 살 날이 얼마 남지 않았을 때였다고 한다.

"계속 숨기기엔 마음이 무거워서 털어놓은 건데, 그래도 시누이 내외에겐 이야기하지 말라고 하셨어요. 아카네가 거짓말을 한 게 분명하다고요."

기무라 부인이 살짝 웃었다.

"그애는 거짓말쟁이였으니까, 라고 하시더군요. 아카네를 그 정도로 생각하셨어요."

그 무렵에는 이미 아카네는 '가출' 해서 모습을 감춘 상태였다.

"시부모님은 시누이 내외에게는 그 이야기를 하지 않으셨어요. 시아버님은 나쁜 의미로 옛날 분이시라, 자식교육에 거의 상관하지 않았습니다. 손녀에 대해서도 마찬가지여서, 아카네 문제는 늘 시어머니 담당이었죠."

아카네의 외할머니는 세상을 떠나기 직전까지 정신이 또렷해서, 기무라 부부에게 이런 말도 했다고 한다.

—네 자형과 누나에겐 안됐지만, 아카네는 이제 돌아오지 않는 편이 좋을 거야.

"그때는 아카네가 가출했다고 믿고 계셨으니까요."

세상을 떠난 어머니를 그리는 눈빛으로 기무라가 중얼거렸다.

"저나 집사람이나, 그 말뜻을 제대로 이해하지 못했습니다. 그래서, 그래요, 분명히 그렇게 될 거예요, 라고만 말씀드렸죠."

아카네는 돌아오지 않을 것이다. 도이자키 집안과 관계없는 사람으로 살아갈 것이다. 자기 집을 싫어하고, 부모를 미워하고, 동생을 원망하니까.

돌아오지 않는 게 좋다. 그게 누구를 위해서 좋은 거지? 시게코는 자문자답했다. 겐과 고코에게는 안됐지만 그렇다면 세이코를 위해서일까? 아니면 아카네 자신을 위해서일까?

"어머니는 돌아가시기 직전까지, 어쩌다 그애만 그렇게 돼버린 걸까, 하고 아카네 생각을 하셨어요."

기무라의 눈가가 촉촉해져 있었다. 대조적으로 부인은 여전히 냉정한 표정이었다.

"다시 확인하겠습니다. 아카네 씨는 모습을 감출 때까지 ― 이십만 엔을 달라고 했던 그 일 이후로도 오사키에 있는 가게에 돈을 달라고 찾아왔던 거군요."

"네, 그렇죠."

"하지만 그 뒤로 함께 노는 아이들과 쳐들어온 적은 있어도, 제일 푹 빠져 있던 남자친구를 데리고 온 적은 없다."

"확실하지는 않지만, 어머니에게 그런 이야기를 들은 적은 없어요."

시게는 '어른'이었고, 돈을 구하는 방법이나 쓰는 방법이 아카네가 이전에 어울리던 불량학생들과는 달랐다. 그래서 아카네도 판단했을 것이다. 시게에게 애들처럼 돈을 달라고 조르는 일은 시킬 수 없다. 자신이 그러는 모습도 그에게 보여주고 싶지 않다.

그렇다면 이십만 엔은 무엇 때문에 필요했을까? 아무리 불량학생이라도 중학생이 그렇게 큰돈을 유흥비로 쓰지는 않을 테고, 굳이 임신 중절 이야기를 꺼내지 않더라도 지금까지 그래왔듯 외조부모에게서 뜯어낼 수 있다.

이십만 엔이라는 액수는 용돈 수준이 아니다.

"중절수술 비용이 필요하다는 말을 꺼낸 게 정확히 언제쯤이었는지는 기억나지 않으세요?"

부부는 또 검증을 위해 의견을 나누기 시작했지만 결과는 만족스럽지 못했다.

"저희도 어머니로부터 간접적으로 들은 이야기라서요."

다만 아카네가 '가출' 하기 전에 있었던 일이고, 그로부터 아주 예전은 아닌 것만은 분명했다.

"이 이야기를 하시면서, 시어머니는 아카네가 이십만 엔을 가출 자금으로 쓸 생각이 아니었겠느냐는 말도 하셨어요."

시게코는 천천히 여러 번 고개를 끄덕였다. 나름대로 일리가 있는 이야기다.

갑자기 기무라 부인이 날카로운 말투로 물었다.

"혹시 마에하타 씨, 시누이 내외가 아카네를 그렇게 만든 것은 그애가 임신했기 때문이 아닌가 생각하시는 건가요?"

이십만 엔을 조르러 왔을 때는 몰라도 살해될 시점에는 진짜 임신중이었다? 그래서 크게 다퉜다─?

"그렇지는 않을 거라 생각해요."

시게코가 대답했다.

"어째서죠?"

부인이 약간 노여운 빛을 띠었다. 기무라는 자기 아내와 시게코의 얼굴을 번갈아 바라보았다.

"아카네 씨의 시체는, 아주 드문 케이스였는데, 거의 손상 없이 시랍화되어 있었습니다. 만약 임신이었다면 해부를 통해 알아냈겠죠. 하지만 경찰에서 그런 정보는 나오지 않았어요."

아, 그렇지─부인은 갑자기 맥이 빠진 듯 등받이에 몸을 기댔다.

"당신 심정은 이해가 가지만 말이야."

남편이 위로했다.

"이런 일에서 정확한 동기를 찾으려 해봐야 소용없어. 그때의 일은 자형과 누나밖에 몰라. 아니, 이제 본인들도 조리 있게 설명할 수 없을지도 모르지."

그렇지 않다. 저는 그렇지 않다는 걸 증명하려는 거예요. 시게코는 마음속으로 말했다.

"그런데, 아카네 씨 사진은 찾았나요?"

부인이 서둘러 일어섰다.

"있었어요. 아니, 우리가 찍은 사진은 아니고요. 시부모님이 오사키 집을 정리하고 오실 때 앨범을 갖고 오셨어요. 까맣게 잊고 있었네요."

# 제12장

# 간신히 다다른 곳

그로부터 사흘간, 시게코는 앨범을 뒤적이면서 도이자키 아카네의 사진만 들여다보며 지냈다.

지금껏 얼굴도 모르는 채 정보 수집 대상이었던 소녀가 이제 드디어 한 인간으로 다가왔다. 몇 번을 봐도 질리지 않았다. 그러나 사진 속 아카네의 가시 돋친 눈초리나 쓸쓸한 웃는 얼굴은, 그녀만 알고 있는 진실을 가르쳐주지는 않았다.

하지만 아카네가 실체화한 것이 커다란 전기가 된 듯, 혹은 지금까지 시게코가 애타게 찾던 스위치를 아카네가 직접 눌러주기라도 한 듯, 상황은 빠르게 흘러가기 시작했다.

"아키오를 찾아냈습니다."

아키쓰로부터 간단명료한 연락을 받고 시게코는 다시 우에노의 한 적한 찻집으로 갔다. 예전에 두 번 찾아왔을 때 아키쓰와 마주 앉았던 테이블의 건너편 자리에는 시게코와 비슷한 나이대의 야무진 인상을 한 여자가 앉아 있었다. 시원스러운 리넨 정장 차림이었다.

여자는 "아키쓰의 처입니다. 사카에栄恵라고 합니다" 하고 또랑또랑한 목소리로 자기소개를 했다.

"오늘은 남편이 도저히 제쳐둘 수 없는 일이 생겨서, 제가 대신 나왔습니다."

아키쓰와는 전혀 켕길 것이 없는 사이인데도 시게코는 묘하게 가슴이 두근거렸다. 아키쓰 부인은 그런 분위기를 눈치 챈 모양인지 곧장 이야기를 진행했다.

그녀는 테이블 위에 파일 한 권을 올려놓았다.

"먼저 이걸 봐주세요."

호적등본과 주민등록사본, 아키쓰가 쓴 것으로 보이는 메모가 끼어 있었다. 더 넘기자 사진 복사본이 나왔다. 20대 중반에서 후반쯤으로 보이는 젊은 남자의 정면과 좌우 옆얼굴을 찍은 것이었다.

이 사진이 어떤 상황에서 찍은 것인지는 시게코도 바로 알 수 있었다.

"가네카와 유기재의 가네카와 가즈오 사장에겐 열 살 아래의 나오코라는 여동생이 있습니다."

시게코는 사진을 뚫어지게 들여다보았다. 아키쓰 부인은 차분하게 말을 이었다.

"나오코 씨는 20대에 결혼해서 미와 나오코로 성이 바뀌었고, 아들 둘을 낳았습니다. 그 장남의 이름이 아키오―미와 아키오입니다. 현재 서른두 살이고요."

시게코는 그제야 눈을 들었다. 아키쓰 부인은 미소를 지으며 고개를 끄덕였다.

"이 사진이 그 사람입니다."

그리고 자신이 푸른하늘모임에서 목격한 남자라고, 아키쓰 부인은 엄숙한 투로 말했다.

"틀림없나요?"

"네. 사진보다 약간 살이 찌고 머리 색깔도 달랐지만, 분명히 이 사람입니다."

경리인 다나시 씨에게 전화로 호통을 치고, 단정치 못한 운동복 차림으로 푸른하늘모임에 쳐들어온 남자. 아르바이트생들도 무서워하고, 아라이 사무국장마저 목소리를 낮추게 하는 존재.

"이건 경찰서에서 찍은 사진이죠?"

"네. 미와 아키오에겐 전과가 있습니다. 사기와 상해, 협박, 미성년자 약취 및 감금으로요."

예능 프로덕션 프로듀서를 가장하고 젊은 여성들과 여고생을 꼬드겨, 강제로 비디오에 출연시키거나 사진을 찍었다. 물론 결코 목가적인 내용의 영상물은 아니었다. 속았다는 사실을 깨달은 여자와 소녀들이 도망치려 하면 감금하고 폭력을 휘둘렀다. 정체가 탄로나기 전에는 텔레비전에 출연시켜주겠다고 속여 돈을 뜯어냈다.

"이른바 여성의 적, 입니다. 여자를 먹이로 삼는 악당이에요."

그는 그 건으로 체포되어 재판을 받고 실형을 살았다.

"아마 그 문제로 친형제들과 말썽이 있었겠죠. 미와 나오코는 당시 남편과 이혼한 상태였습니다. 아들 둘 다 성인이 되었지만, 아키오는 나오코의 호적에, 동생은 아버지 호적에 들어가 있어요."

"이혼하고도 옛날 성을 되찾지 않았네요."

"어머니 쪽은 그랬죠."

아키쓰 부인은 떨떠름한 표정으로 웃었다. 남편과 웃는 모습이 닮았다.

"아키오는 그 뒤에 호적이나 성을 여러 번 바꾸었습니다."

"결혼과 이혼을 반복하면서요?"

아키쓰 부인은 눈을 살짝 동그랗게 떴다.

"알고 계셨어요?"

"그렇게 자기 신분을 세탁한 거죠?"

"남편 이야기로는 드문 수법은 아니라더군요. 전과를 지니고도 아직 정신을 못 차린 사람들에게는 고마운 시스템이겠죠."

누군가를 꼬드겨서 결혼할 때마다, 한동안 그 상대를 돈줄로 삼을 수도 있다.

"지금 현재는요?"

"미와 아키오는 독신이에요. 호적은 어머니 쪽으로 돌려놓았지만, 현주소까지는 모릅니다. 주민등록을 옮기지 않았거든요."

하지만 어머니인 미와 나오코의 현주소는 알아냈다고 한다. 아키쓰 부인이 그 페이지를 손가락으로 가리켰다. 도쿄다.

심장이 뛰었다. 손에 땀이 밴 시게코는 무의식중에 주먹을 꼭 쥐었다. 그 모습을 본 아키쓰 부인이 말했다.

"남편이 이 말을 마에하타 씨에게 꼭 전해달라고 하더군요. 제발 혼자서 쳐들어가지는 말라고요."

시게코는 웃음을 터뜨렸다.

"단단히 주의하겠습니다. 하지만 더이상 아키쓰 씨에게 도움만 청할 수는 없어요."

아키쓰 사카에도 미소 지었다.

"부담 가지실 필요 없어요. 남편, 아니, 남편이 속한 경찰 조직은 마에하타 씨에게 큰 빚을 지고 있으니까요."

"그건…… 어째서죠?"

"9년 전, 마에하타 씨가 몸을 던져 텔레비전 시청자들이 보는 앞에서 범인의 가면을 벗겨내지 않았더라면, 남편을 비롯한 경찰이 그놈을 잡기까지 훨씬 오랜 시간이 걸렸을 겁니다. 그 사이 또 누가 속아 넘어가서 희생되었을지도 모르고요."

아키쓰가 분명한 투로 그렇게 말했다고 한다.

"감사합니다. 절대 혼자 폭주하지 않겠다고 전해주세요."

아키쓰 부인은 시게코의 얼굴을 뚫어지게 바라보고는 파일에 있는 사진을 내려다보았다.

"이번에는 이 남자가 상대로군요."

"아마 그렇겠죠."

그런 상황에서 찍은 사진인데도 미와 아키오는 핸섬했다. 아카네가 맹목적으로 빠져 있던 남자답다.

"제가 받은 인상으로는, 미와 아키오는 모임 사무국을 자기 마음대로 쓸 수 있는 지갑 정도로 생각하는 것 같았어요. 태도도 거만하고, 으스대는 느낌이었고요."

"가네카와 회장의 조카니까요……"

미와 아키오의 그런 행동이 통한다는 것은, 가네카와 회장이 그것을 허락하거나 최소한 묵인하고 있다는 이야기다.

"푸른하늘모임 자체는 결코 수상한 단체가 아니라고 봅니다. 활동 취지도 훌륭하고, 사무국에 계신 분들도 성실하고 열성적이었고요."

그러더니 갑자기 아키쓰 부인의 표정이 심각해졌다.

"그런데 어째서 이런 일이 생겼는지…… 아무리 자기 조카라지만 가네카와 회장은 왜 이런 남자를 푸른하늘모임에 출입하게 했던 걸까요? 친척이라서? 전과도 알고 있을 텐데, 왜 그런 사람이 아이들 주위를 드나들게 하는 걸까요?"

불민하고, 경솔하고, 무책임하고, 어리석다. 아키쓰 부인은 내뱉듯이 그렇게 말했다. 미와 아키오는 그런 환경에서 올바르게 행동할 만한 인간으로 거듭나지 않았으며, 겉으로 드러나지 않았을 뿐이지 분명 지금도 무슨 문제를 일으키고 있을 거라고 화난 목소리로 단언했다.

"전부 폭로되기를 기다릴게요. 제가 조금이나마 도움이 되어 다행입니다."

둘이 함께 가게를 나와 헤어지려던 참에, 아키쓰 부인은 시게코를 불러 세웠다.

"요즘에는 거의 없어졌지만, 우리가 결혼했던 당시에는 남편도 자주 가위에 눌렸어요."

시게코는 두 팔로 파일을 껴안고 서 있었다.

"지금도 완전히 벗어난 것 같진 않습니다. 남편은 아마 살아 있는 한, 9년 전의 그 사건을 등에 지고 살아가야 할 거예요."

그러고 나서, 이런, 제가 무슨 말을 하는 걸까요, 하고 멋쩍어했다.

"어쨌든 마에하타 씨는 혼자가 아니라는 이야기예요."

그렇게 말하더니 힘있게 걸음을 옮겼다. 시게코는 한동안 고개를 숙이고 있었다.


일단 집으로 돌아온 시게코는 거실 탁자 한복판에 아키오의 사진을 올려놓고, 그 옆에 앨범에서 골라낸 아카네의 스냅사진 한 장을 나란히 놓아보았다. 얼굴이 크게 나온 사진으로 가슴께에 중학교 교복 리본이 보였다. 손가락으로 브이자를 그리고 있는, 넋을 잃을 만큼 아름다운 소녀의 미소다.

시게코는 숨을 멈추고 두 장의 사진을 들여다보았다. 그리고 아카네의 사진만 뒤집어서 덮었다. 이 두 사람이 바로 그 커플인지 아닌지는 아직 알 수 없다.

사진을 그대로 두고, 인터넷으로 정보를 수집해달라고 부탁했던 동료에게 전화를 걸었다. 그 뒤로 어떻게 되었어? 최근 들어 몇 번이나 같은 대화를 했지만, 지금은 이전까지와는 상황이 다르다. 미와 아키오라는 이름이 손에 들어온 것이다.

시게코 지인의 소개로 이 번거로운 작업을 맡아준 사람은 무척이나 신중했다. 뭘 경계하는지 확실한 이야기를 하려 들지 않았다. 조금 더 알아보고―라는 게 그의 말버릇이었다. 인터넷 안에는 괴물들이 많으니까 말예요.

"미와 아키오?"

그가 놀란 듯이 복창했다.

"이름을 알아냈어요?"

"네. 설마 그 이름만으로 바로 무슨 정보를 찾을 수는 없겠지만요."

혹시 모르니까, 하며 그가 검색을 해주었다. 약간 시간이 걸렸다.

"없는 건 아니지만, 이건 동명이인 같네요. 푸른하늘모임 관계자 중 미와나 아키오라는 이름은 안 나왔어요."

다만 말이죠…… 하며 그는 머뭇거렸다.

"정보의 정확도를 책임질 수 없어서 말하기 어렵긴 한데요."

그건 뭔가 있다는 이야기다.

"뭔가요? 알려주세요."

"그렇지만, 마에하타 씨는 이런 쪽에 익숙하지 않잖아요? 그게 무서워서 그래요. 제가 정보를 제공했다고는 절대 어디 가서 말하지 말아요."

몇 번이나 못을 박은 후에야 겨우 이야기를 해주었다.

"푸른하늘모임과 관련해서 몇 가지 수상한 글들이 보여요. 하지만 최근 일은 아니고, 작년이나 재작년 일 같아요. 글을 올린 사람들이 왠지 푸른하늘모임을 두려워한다고 할지, 조심한다고 해야 할지. 아주 단편적인 내용이지만요."

인터넷에서 그런 이야기를 흘리는 회원들이 가네카와 유기재의 사원이기 때문일까?

"어떤 아이가 이벤트 같은 데 참가했다가, 시끄럽게 떠든다고 인솔자 선생님에게 맞아서 다친 사건이 있었던 모양입니다. 앞뒤 정리한 이야기가 올라와 있는 건 아니에요. 여기저기서 나온 말들을 짜맞추면 이런 이야기가 아닐까, 하고 짐작할 수 있을 만한 수준이에요."

"그 '선생님'이 어떻게 되었는지 알 수 있나요?"

"모르죠. 그런 얘기는 없으니까요."

"다친 애는 남자아이인가요? 아니면 여자?"

상대방이 실소했다.

"그러니까, 그런 건 모른다니까요."

하지만 이래저래 문제가 있는 느낌은 든다면서 말을 이었다.

"아이를 때렸다는 그 선생님과 동일 인물인지는 모르겠지만, 선생님들 사이에서 성희롱이랄까, 어쩌면 성추행에 가까운 사건도 있었던 모양이에요. 다만 이 문제는 글을 올리는 사람도 소문으로만 알고 있는 것 같고요."

시게코는 저도 모르게 말했다.

"그거, 아마 동일 인물일 거예요."

"그래요? 아아, 그게 미와라는 사람이에요?"

그쪽에서 'M' 이라는 이니셜이 나온다는 중대한 내용을 그는 아무렇지도 않게 입에 올렸다.

"다른 것은 또 없어요?"

"올해 들어 올라온 글 중에서는 아무것도 없어요. 잘린 건가?"

미와 아키오가 회원 어린이들과 접촉하는 이벤트에 더이상 나오지 않게 된 걸까? 역시 가네카와 회장도 안 되겠다고 생각한 것이다.

"제가 이 정보를 모은 건, 교육잡지 편집자가 자주 드나드는 사이트에서예요."

미리 말해두지만 아무나 들어갈 수 있는 곳이 아니라구요.

네, 네. 알겠어요. 고마워요.

"요컨대 그 잡지에 정보가 들어왔었단 얘기죠. 그래서 그들도 문제를 캐고 싶었던 모양인데, 쉽게 실행에 옮기지 못했어요. 직접적인 관계자들이 모두 입을 다물었다는 걸로 봐서, 두 사건 다 모임에서 돈으로 해결한 게 아닐까요? 그 모임의 높은 사람과 연줄이 있는지도 모르고요."

뛰어난 추측이다.

"고마워요. 그 정도만으로도 충분해요."

"그거야 상관없지만, 이 얘기는 절대 어디다 쓰지 말아요! 마에하타 씨가 관계자 이름을 알아왔으니까, 나는 그저 떠도는 소문 이야기를 한 것뿐이에요. 책임은 못 져요."

상관없다. 책임은 다른 사람에게 지게 하면 된다.

시계도 보지 않고 집을 나와 푸른하늘모임 사무국으로 향했다. 도착했을 때는 이미 도서실 폐관시간이 지나 문이 닫혀 있었다. 하지만 사무국 창문에는 불빛이 보였다.

전화를 하자 아라이 사무국장이 받았다. 당황하는 기색이 뚜렷했다. 시게코는 다른 말 없이 다짜고짜 용건을 꺼냈다.

"그쪽에서 일하던 'M'이라는 인물에 대해 중요한 할 이야기가 있습니다."

15분도 지나지 않아 사무국장이 나왔다. 가네카와 유기재 사옥 쪽의 출입구로 나왔는지, 옆에서 부르는 소리가 들려 시게코는 고개를 돌렸다. 가로등 아래 아라이 사무국장이 서 있었다.

"미와 아키오."

시게코는 바로 말을 꺼냈다. 목소리를 조용하게 내리깔려고 애썼다.

"가네카와 회장의 조카죠? 그 사람이 여러 가지 문제를 일으키고 있다는 걸 알고 있습니다."

시게코의 귀에 아라이 사무국장의 피가 역류하는 소리가 들리는 듯했다. 사무국장은 얼굴이 점점 창백해지더니 울음을 터뜨릴 듯한 표정이 되었다.

"그런 걸 조사하다니…… 역시…… 그런 의도였군요."

"힘드시면 나중에 다시 찾아뵐까요? 다나시 씨와 함께 계셔도 괜찮고, 필요하다면 가네카와 회장을 직접 찾아뵙죠."

아라이 사무국장은 지나가던 택시를 세우더니 무턱대고 시게코의 옷자락을 잡아끌어 함께 택시에 올라탔다. 어쨌든 여기서는 도저히 이야기하기 곤란한 모양이었다.

10분가량 목적지도 없이 달려, 한 패밀리레스토랑 간판 앞에서 내렸다. 두 사람은 금연석 박스에 자리를 잡았다. 사무국장의 얼굴은 여전히 창백했다. 시게코는 말없이 미와 아키오의 사진 복사본을 테이블 위로 내밀었다.

"이 사람이죠?"

고급스러운 여름 정장을 입은 사무국장의 몸이 갑자기 움츠러들었다. 고개를 숙인 채 뭐라고 중얼거렸지만, 목소리가 너무 작아 들리지 않았다.

시게코는 가방을 집어들고 테이블 위에서 거꾸로 뒤집어 내용물을 쏟아냈다. 사무국장이 깜짝 놀라 몸을 뒤로 젖혔다. 이어서 반소매 재킷을 벗어 주머니들을 전부 뒤집어 보였다.

"보셨죠? 녹음기는 없습니다. 메모도 하지 않겠습니다. 여기서 한 이야기는 기록에 남기지도 않고, 다른 사람에게 누설하지 않겠습니다. 당신 이름도 입에 올리지 않겠습니다."

눈물을 머금은 사무국장은 그래도 피하듯 시선을 돌렸다.

"저는 푸른하늘모임에 대한 당신의 마음에 거짓이 없다는 걸 알고 있습니다. 가네카와 회장의 이상도, 당신이 그걸 존경한다는 것도 압니다. 그것을 실현하기 위해 노력하고 있다는 것도 잘 압니다. 그래서 당신의 입장이 매우 괴로울 거라는 것도 짐작이 갑니다."

가방의 내용물을 손으로 휙 밀치고, 시게코는 드러난 미와 아키오의 얼굴을 손으로 가리켰다.

"이 남자는 최근에도 사무국에 쳐들어와 당신과 다나시 씨에게 소리를 지르며 돈을 뜯어갔습니다. 그렇죠?"

사무국장은 말이 없었다. 텅 빈 가게 안에는 웨이트리스의 모습도 보이지 않았다. 그래도 시게코는 사무국장 쪽으로 몸을 내밀며 목소리를 낮췄다.

"왜 가네카와 회장은 이 사람을 방치하는 거죠?"

사무국장은 입으로 숨을 들이쉬고 있었다.

"부탁드립니다. 가르쳐주세요."

조카니까요…… 하고 사무국장이 중얼거렸다.

"가네카와 회장님은, 친척에게는 엄하지 않다는 말씀인가요?"

"아뇨, 그게 아닙니다."

사무국장이 얼굴을 들었다. 눈가가 촉촉하게 젖어 반짝거렸다.

"회장님은 아키오 씨를 재기하도록 도와주려 하신 겁니다. 그래서 푸른하늘모임의 일을 거들게 한 거고요. 어린이들 틈에 섞여 순진한 동심을 접하면 사람이 변할 것이다, 아키오도 원래부터 나쁜 아이는 아니다, 그렇게 생각하신 겁니다."

기가 막혔다. 이 얼마나 낙관적인 인간성선설인가.

"회장님은, 과거에 아키오 씨가 무슨 일로 교도소에 갔는지 아시는 거죠?"

사무국장이 풀죽은 목소리로 말했다.

"그 죗값은 이미 치렀잖아요."

"하지만 갱생하지는 못했지요. 아닌가요?"

시게코는 위협 삼아 회원 어린이를 때린 일, 여직원이 악질적인 성희롱을 당한 일 등을 전부 알고 있다며 하나하나 열거했다.

"둘 다 미와 아키오의 짓이죠. 출소하고 기껏해야 두세 달 사이에 또 그런 식이에요. 표면화되지 않게 회장님이 돈으로 무마한 거죠? 그게 과연 올바른 일입니까? 정말로 그렇게 생각하세요? 당신은 모임을 사랑하실 텐데요."

한손을 얼굴에 대고, 사무국장이 다시 고개를 푹 수그렸다.

"가네카와 회장님이 모를 리가 없습니다. 미와 아키오 같은 인간을 자신이 이끄는 조직 안에 불러들이면 어떤 일이 일어날지, 자신의 후광을 업고 어떤 짓을 저지를지, 상상 못 했을 리가 없죠."

"……새 삶을 살 수 있을지도 모르잖아요."

공허하기 그지없는 항변을 시게코는 웃음으로 날려버렸다.

"가능성으로서는 그렇죠. 하지만 현실은 어땠습니까?"

"너무 서둔 건지도 모릅니다."

"그게 회장님의 높은 안목인가요?"

"모두 지난 일입니다. 그래서 회장님은 올해가 되면서 아키오 씨를 아르바이트로 쓰는 걸 중지했습니다. 좀더 기다려보자고요."

"하지만 그는 지금도 돈을 뜯으러 사무국을 드나들고 있잖아요? 회장님은 그래도 괜찮다고 생각하시는 건가요?"

사무국장은 울먹이는 목소리를 짜냈다.

"회장님은 아키오 씨가 와서 돈을 요구하더라도 거절하라고 하셨어요! 그런 건 그애에게 도움이 안 된다면서……"

"하지만 당신들은 거절하지 못했습니다. 협박하니까 두려웠던 거죠. 당연해요. 회장님은 그런 일도 몰랐나요? 회장님이 원하는 대로 새 사람이 되지 않는 조카에게 질려서 그냥 내버려두기로 한 겁니까? 당신들에게 떠맡기고, 자기는 손을 놔버린 거예요? 훌륭한 외삼촌이시군요. 아니, 서른 살도 넘은 남자에게 버르장머리를 가르쳐야 한다는 게 더 꼴불견이긴 하지만요."

사무국장은 가만히 손수건을 꺼내 눈물을 닦고 코를 풀었다.

"회장님은 오히려 나오코 씨를 더 걱정하시는 거라 생각해요."

"아키오 씨 어머니인 회장님의 막내 여동생 말이죠?"

"형제간의 정이라는 게 있잖아요. 아키오 씨가 그렇게 되는 바람에 나오코 씨는 남편과도 이혼하게 되었어요. 딱하게도 말예요."

물론 가네카와 회장은 여동생에게 경제적인 도움을 주고 있다. 하지만 아무리 그가 손수 키운 회사라 해도 지금은 사장 자리에서 물러났고, 후계자인 자식들의 체면도 있으니, 나오코를 직접적으로 돌봐주는 건 꺼려질 것이다.

"나오코 씨를 임원으로 올리려 하신 적도 있지만, 가족들의 반대로 그러지 못했습니다."

속이 조금 후련해진 듯 사무국장이 담담하게 말을 이었다.

"그래서 그 다음에는 모임의 운영을 나오코 씨에게 맡기려고 하셨어요. 제대로 된 사회적 입장과 수입을 마련해주고 싶다면서요."

시게코는 저도 모르게 눈살을 찌푸렸다.

"그 모임의 진짜 설립 취지는 그거였습니까?"

푸른하늘모임의 존재의미 자체가 의심스러워졌다.

사무국장은 잠깐 사이에 무척 수척해진 얼굴로, 시게코와 눈을 마주치는 것마저도 두렵다는 듯이 주춤주춤 눈길을 들었다.

"회장님은 장남이시고, 형제자매가 많습니다. 모두 훌륭한 분들이지만 막내인 나오코 씨만은, 옛날부터 여러 문제가 있었다고 해야 할지—"

말괄량이였다고, 예스러운 표현을 썼다.

"그래서 결국 집에서 천덕꾸러기가 되었다는 건가요?"

시게코가 일부러 가시 돋친 표현을 썼지만 사무국장은 고개를 끄덕이며 인정했다.

"밖에서 보면 그렇게 말할 수 있겠죠."

애당초 나오코의 결혼부터가 남자와 눈이 맞아 도망간 거나 마찬가지라서, 한때는 부모가 인연을 끊은 딸로 취급했다고 한다. 그래서 나오코와 그 가족만은 가네카와 유기재와 계열사의 경영에서 밀려나 있었다.

"어렸을 때 너무 오냐오냐 키웠다고 호된 말씀도 하셨지만, 회장님은 나오코 씨를 늘 걱정하셨습니다. 형제자매와 가족들이 나오코 씨를 못 본 체하고, 나오코 씨의 남편마저도 떠나갔는데, 회장님만은 나오코 씨를 도와왔던 겁니다."

"그래서 나오코 씨의 변변치 못한 아들까지 끌어안고 돌봐주고 있다는 건가요? 주위 사람들의 불편은 생각도 않고?"

시게코는 한껏 심술궂은 목소리로 싸늘하게 말했다. 그러자 사무국장이 갑자기 허리를 곧추세웠다.

"그러면 어떻게 해야 된다는 거죠?"

뜻하지 않은 반격에 시게코는 눈을 깜빡였다. 테이블 건너편에서 아라이 사무국장의 공격이 다가왔다.

"친척 중에 품행이 좋지 않은 사람이 있습니다. 세상 사람들에게 손가락질을 당할 만한 일을 저지릅니다. 결국은 철창 신세를 지게 됐습니다. 그런 사람을 보고 가족은 어떻게 해야 하는 거죠? 그런 못된 것은 내버려둬라. 잘라내버려라. 마에하타 씨는 지금 그렇게 말씀하시는 건가요?"

사무국장의 기세에 눌려서뿐만이 아니라, 그때 문득 머릿속에 떠오른 광경에 압도되는 바람에 시게코는 차마 대답을 할 수 없었다.

그것은 도이자키 부부의 모습이었다. 시게코는 도이자키 부부와 마주 앉아 있다. 이번에는 부부의 입을 통해 모든 진상을 듣고 있다. 세세한 부분까지 들춰내면서 부부를 몰아붙이고 있다. 하지만 도달하는 질문은 단 하나. 시게코의 결론도 단 하나다. 과연, 그래서 당신들은 아카네 씨를 죽인 거로군요. 아카네 씨가 그런 아이였기 때문에 죽였던 거군요.

그러자 부부가 비로소 반문한다. 네, 그렇습니다. 달리 방법이 있었겠습니까? 우리가 대체 어떻게 해야 했을까요? 아카네를 그냥 내버려뒀어야 했을까요? 아카네를 쫓아내버려야 했을까요? 이런 인간은 자식도 아니다, 절연이다. 우리의 평화로운 삶에 넌 필요 없다. 방해만 될 뿐이다. 그러면서 아카네를 내쫓고, 그애가 무엇을 하든, 어떻게 되든 모르는 척하며 살면 되는 거였을까요?


'비둘기 집'의 불빛이 보였다. 취객들의 웃음소리가 골목까지 흘러나왔다.

시게코가 문을 살짝 열고 고개를 들이밀자 바로 알아본 하토코가 밖으로 나와 손을 뒤로 돌려 문을 닫았다.

가로등 빛과 창문에서 흘러나오는 희미한 불빛 아래서, 하토코는 시게코가 건넨 사진 복사본을 바라보았다.

"맞아요, 이 사람. 시게예요."

시게코는 그녀의 눈을 보았다. 하토코도 마주 바라보았다. 어둡고 깊은 눈빛이다.

"용케 찾아냈네요."

쉰 목소리에서 희미하게나마 그리움이 묻어났다. 혐오나 증오는 느껴지지 않았다. 하토코는 아주 먼 곳에서 온 손님을 위로하듯이, 부드럽게 시게코의 어깨를 두 번 두드렸다.

"그럭저럭 나이는 들었지만 인상은 안 변했네."

"하토코 씨가 시게를 알고 지내던 시절에서 10년은 지난 뒤의 얼굴이에요."

"이거, 경찰서에서 찍은 사진이죠?"

시게코는 말없이 고개를 끄덕였다.

하토코는 사진을 시게코에게 돌려주었다.

"결국 그런 식으로 살고 있었구나."

그럼 이만 갈게요. 하토코는 훌쩍 손을 들어 흔들어 보이며 가게 안으로 들어가려다, 문득 생각났다는 듯이 돌아보았다.

"이름이 뭐죠?"

"미와 아키오예요."

미와 아키오, 하토코가 중얼거렸다.

"저, 흐릿하기는 하지만 기억이 났어요. 시게라는 별명의 유래 말이에요. 그때 유행하던 야구만화에 시게라는 선수가 나왔거든요. 그애랑 얼굴이 닮았었어요."

누가 처음 시작했는지는 모른다. 하지만 어느새 다들 그렇게 부르게되었다. 본인도 마음에 들었던 모양이다.

"야구하고는 거의 인연이 없는 녀석이었는데 말이에요. 이따금 러거셔츠를 입을 때는 있었죠. 폼으로요."

"하토코 씨."

시게코가 불렀다.

"시게가 어떤 나쁜 짓을 하려 했을 때, 아카네 씨가 그걸 말렸을 거라 생각하세요?"

어둠 속에서 하토코의 눈이 고양이처럼 가늘어졌다.

"나쁜 짓? 어떤 나쁜 짓이요?"

범죄 말예요, 하고 시게코는 단호하게 말했다.

"적어도 내가 그런 일을 당할 때, 아카네는 말리지 않았어요. 말했잖아요?"

하토코는 흥, 하고 코웃음을 쳤다.

"다른 때도 시게가 하는 짓을 그애가 말렸을 거라는 생각은 안 드네요."

"오히려 거들었을지도 모른다?"

고개만 시게코 쪽으로 향하고 있던 하토코는 이제 몸 전체를 돌렸다.

"뭔가 알아냈어요? 뭔가―그런 일이 있었나요?"

"그런 일이 있었더라도 이상할 것 없는 건가요?"

하토코가 창문을 등지고 서는 바람에, 바로 옆에 서 있는데도 시게코 쪽에서는 하토코의 표정이 보이지 않았다.

"모르겠네요."

하토코가 말했다.

"난 모르겠어요. 안다 해도 말하고 싶지 않고. 나한테 그런 거 묻지 말아줘요."


이튿날 아침 일찍, 시게코는 하기타니 도시코에게 전화를 걸었다. 지금 찾아뵙고 싶다, 아주머니도 오늘은 일을 쉬셨으면 한다―그 말만으로 뭔가 눈치를 챘는지 도시코는 달리 여러 가지를 묻지는 않았다. 시게코가 찾아가자 커다란 슈퍼마켓 비닐봉투를 든 도시코가 막 현관문을 열던 참이었다.

"아아, 다행입니다. 엇갈리지 않아서."

"뭘 그렇게 잔뜩 사셨어요?"

도시코가 쑥스러워했다.

"대단한 건 못 하지만 선생님께 점심 대접을 하고 싶어서요."

역시 한결같다. 도시코는 이런 사람이다. 그런 생각이 가슴에 스몄다.

"우선 부탁이 있어요. 히토시가 모임 행사에 갔을 때 찍은 사진이 있나요? 있다면 보여주실 수 있을까요?"

하이킹처럼 멀리 나가는 행사 때는 늘 단체사진을 찍었다고 한다. 도시코는 앨범을 가져왔다. 사진은 깔끔하게 정리되어 있고, 날짜와 장소도 적혀 있었다.

시게코의 눈길이 그중 한 장에 머물렀다.

서른 명쯤 되는 아이들과 보호자가 두 줄로 늘어서 있다. 맨 앞줄 한 가운데서 가네카와 회장이 만면에 웃음을 머금고 있다. 옆에 앉은 사람은 아라이 사무국장이다. 회장과 나란히 서 있는 아이들이 커다란 모임 깃발을 들고 있다.

맨 뒷줄 왼쪽 끝에, 즐거운 얼굴로 카메라를 향해 웃고 있는 회원들과 약간 떨어진 곳에 젊은 남자가 한 사람 서 있었다. 웃는 얼굴이 아니었다. 카메라를 향해 눈을 살짝 가늘게 뜨고 있다. 흰색 폴로셔츠에 청바지, 운동화. 다른 어른 참석자들과 복장은 비슷하지만, 혼자만 무척 지루한 표정이었다.

미와 아키오였다.

시게코는 아이들 속에서 하기타니 히토시를 찾았다. 두번째 줄 오른쪽 끝에서 동그란 눈을 크게 뜨고 진지한 얼굴로 서 있다. 바로 뒤에서 얼굴을 내밀고 있는 도시코는 웃고 있는데.

"치바에 있는 목장에 다 함께 놀러 갔을 때 찍은 사진이에요."

도시코가 말했다. 2004년 11월. 놀러 가기에 딱 좋은 화창한 일요일. 사진 배경으로 단풍이 든 나무가 보였다.

히토시는 여기서 미와 아키오를 만났다.

마지막 통관절차가 끝났다. 서류를 정리했다. 이제 남은 건 언제 어디로 이 짐을 옮겨서 적당한 곳에 꺼내놓느냐 하는 문제뿐이다.

"이 사람은 푸른하늘모임 직원인가요?"

사진 속 미와 아키오의 어깨 부근을 가리키며 시게코가 물었다. 도시코가 사진을 들여다보았다.

"보호자치고는 젊네요."

"이 사람 얼굴이 기억나세요?"

글쎄요…… 도시코는 생각에 잠겼다.

"직원이라도 아르바이트하시는 분들은 자주 바뀌니까요. 이날만 도와주러 나온 자원봉사자 분들도 계시고요."

"이야기를 나눈 기억은요?"

"글쎄요…… 잘 모르겠습니다."

"이 행사 뒤에, 히토시가 여기서 만난 사람 이야기를 아주머니에게 한 적은 없었나요? 누구누구는 좋은 사람이라든가, 저 사람은 싫다든가."

도시코는 불안한 듯이 눈을 깜박이면서, 질문의 속뜻을 읽어내려는 듯이 시게코의 얼굴을 바라보았다. 시게코는 고개를 끄덕이고 가방을 끌어당겼다. 아카네의 사진과 미와 아키오의 사진 복사본을 꺼냈다. 천천히, 천천히. 도시코는 그 손끝을 보고 있었다.

시게코가 두 사람의 얼굴을 나란히 놓았다. 눈썹을 찡그리고 미와 아키오의 사진을 바라보던 도시코의 입이 어머, 하고 움직였다.

"이 사람이 이 사람이네요……"

손가락으로 단체사진 속의 남자를 가리켰다.

"그리고 이쪽이…… 혹시 아카네 씨인가요, 선생님?"

심호흡을 하고 시게코는 설명을 시작했다. 말을 쏟아내는 것이 아니라, 상자 안에서 퍼즐 조각을 하나씩 꺼내 신중하게 늘어놓듯이. 순서에 주의하면서, 모서리가 뾰족한 조각은 살짝 들어내고.

도시코는 얼어붙은 표정으로 듣고 있었다.

"그럼, 선생님."

"네. 해답을 찾은 것 같아요. 히토시가 남긴 그림의 수수께끼는 풀렸습니다."

도시코는 단체사진을 내려다보았다. 이번에는 사진은 건드리지 않고 손을 잔뜩 움츠렸다.

"이 남자가…… 아카네 씨의……"

"죽음의 비밀을 알고 있었습니다. 그리고 도이자키 부부를 협박했죠."

머릿속 생각을 말로 표현하자 시게코도 차분해졌다. 마음의 동요가 멈췄다.

"히토시는 그 사람의 머릿속을 들여다보고 도이자키 아카네의 죽음을 알게 되었죠. 히토시로서는 이해할 수 없고 무섭기만 한 광경이었을 겁니다. 쉽사리 그려지지 않았을 거예요. 그래도 그림으로 토해내지 않으면 더 괴로웠을 거고요."

박쥐 풍향계가 달린 집의 마루 밑에 잠든, 차가운 회색 피부의 소녀.

그림을 그린 뒤에도 히토시는 그 광경이 의미하는 바를 정확하게 이해하지 못했을 수도 있다. 그래서 구체적인 이야기를 하지 못했고, 도시코에게 그림의 뜻을 설명할 수도 없었다. 하지만 한편으로 히토시는 이렇게 말했다. 슬프다고. 이 여자애는 이 집에서 나오지 못해서 슬퍼.

히토시가 본 미와 아키오의 기억에는 비애의 색이 묻어 있었다. 히토시는 기억에 얽힌 감정까지도 읽어낼 수 있었다. 그 비애는 누구의 것이었을까? 아카네? 도이자키 부부? 아니면 '시게'일까?

미와 아키오에게도 슬픔이 있었다고 한다면.

"이 사람은 아카네 씨의 시체가 그렇게 묻혀 있었다는 걸 알고 있었을까요? 본 적이 있었던 걸까요?"

도시코의 목소리가 떨리기 시작했다.

"그 문제는 본인이나 도이자키 부부에게 확인해보지 않고는 확실하게 말할 수 없어요. 하지만……"

보지는 못했어도 '그곳'에 있다. 아카네가 이 마루 밑에 있다는 사실을 알았다면, 그의 마음의 눈은 그 모습을 본 셈이다. 그리고 그것은 어두운 기억의 영상이 되어 그의 머릿속 어딘가에 계속 비치고 있었을 것이다.

하기타니 히토시는 그것을 보았다.

"선생님, 감사합니다."

도시코는 바닥에 손을 짚고 고개를 숙였다.

"저는—저와 히토시는 이걸로 충분합니다. 잘 알았습니다. 히토시에겐 보기 드문 능력이 있었던 겁니다. 그 아이는 그걸 그림으로 그리면서, 어떻게든 넘어서려고 했던 거예요."

도시코의 목이 메었다. 얼굴이 일그러졌다.

넘어선다.

시게코는 생각했다. 히토시가 목숨을 잃은 사고의 의문점을. 사쿠라 초등학교에서 히토시의 자살설이 퍼졌었다는 사실을.

이해되지 않고, 해석할 수 없어도, 히토시는 계속 다른 이의 기억과 마음속을 보아왔다. 거기 있는 것은 아름다운 광경만이 아니었다. 비밀은 항상 어둡고, 항상 위험을 안고 있다. 하기타니 히토시에게 살아서 커간다는 것은, 곧 그 에너지에 저항하기 위해 자신을 몰아붙이는 일이나 다름없었다.

열두 살이 될 때까지 히토시는 혼자 애써왔다. 하지만 늘 그것을 이겼다고는 볼 수 없다. 히토시는 아직 어렸다. 자기 내부에서 솟아오르는 원치 않는 능력과, 그 힘이 불러들인 압도적으로 어두운 영상과의 싸움은 치열한 것이었다. 무릎을 꿇고 만 적도 있었을 것이다.

히토시가 지닌 능력이 몸과 마음을 압도하는 순간이 찾아왔는지도 모른다. 그러면 히토시는 눈앞의 현실을, 길 저편에서 달려오는 자동차나 빨간 신호등의 존재를 잊고 만다. 밖에서 흘러들어오는 다른 사람의 기억과, 자신을 둘러싼, 눈에 보이는 현실의 경계를 구분할 수 없게 되어버린다.

히토시는 자주 멍하니 있었다.

자살―은 아니다. 오히려 이건 진정한 의미의 '사고'다. 히토시는 두 가지 세계를 살고 있었다. 히토시가 차에 치였을 때, 원치 않았는데도 태어날 때부터 지니고 있던 또하나의 세계가 그애의 시야를 앗아가버린 게 아닐까?

도시코는 손으로 얼굴을 가린 채 울고 있었다.

도시코에게 다가가 그 등을 어루만지며, 시게코는 책장을 넘기듯 기

억을 떠올렸다. 히토시가 남긴 여러 작품들. 이쪽의 히토시는 작은 거
장이었다. 저쪽의 히토시는 이 세상의 혼돈을 어떻게든 정리하려고 분
투한 고독한 관리자였다. 히토시가 그린 현실의 풍경은 무척 따스했
다. 그것은 히토시가 자기 어머니와 둘이서 만들어가던 세계를 그대로
옮긴 것이었다. 어머니와 아들의 낙원이었다. 히토시는 그 낙원에 파
고들려 하는 미지의 것—인간 세상의 악을, 비밀을, 갈등을, 집념을,
이기적인 욕심을 한 장의 종이 위에 고착시켜, 자신에게는 아직 너무
이른 인식으로부터 애써 거리를 두려 했던 게 아닐까?

하지만—시게코는 문득 깨달았다.

"그 매화 그림."

저도 모르게 중얼거렸다.

"아주머니와 히토시가 가이라쿠엔 공원으로 매화를 보러 갔다 와서
히토시가 그린 그 그림……"

눈물을 닦으며 도시코가 고개를 끄덕였다.

"예쁜 그림이었어요. 하지만 히토시가 실제로 보고 그린 건데도 '이
상한 그림' 쪽으로 분류되었고, 실제로도 좀 이상했죠?"

"아, 예."

"그건 말이죠, 혹시 아주머니의 기억에 남아 있던 매화나무를 그린
게 아닐까요?"

시게코는 도시코에게 미소를 지어 보였다.

"그러니까, 히토시의 분류로는 '이상한 그림'이 된 거죠. 그래도 그
것은 전혀 무서운 그림이 아니었어요. 이해할 수는 없어도, 무섭지는
않았어요."

그것 말고도 더 있었을지 모른다. 히토시 눈에만 보이는 따스한 것

과 아름다운 것. 누군가의 마음에 새겨져 있는, 히토시가 모르는 다른 나라의 웅대한 풍경. 누군가가 누군가를 그리워하는 희미한 설렘의 색조.

아, 그러네요. 도시코는 울면서 웃음을 터뜨렸다.

"선생님 말씀이 맞아요. 분명히 그랬을 거예요."

이번에는 둘이 함께 웃었다. 속이 후련해질 때까지 웃다가 울다가 했다.

한동안 그러고 나서 진정이 되자, 도시코는 불안하다는 듯이 입을 열었다.

"그런데 선생님, 앞으로 어떻게 하실 거예요?"

"어떻게라뇨?"

"세이코 씨에게 모든 걸 알려주실 건가요? 저기, 또다른 사건이 있을지도 모른다는 말씀도 하셨고……"

시게코는 단박에 현실로 돌아왔다. 그렇다. 하기타니 도시코가 의뢰한 건은 종료되었지만 또하나는 아직 진행중이다. 가장 심각한 최종 국면에 놓여 있는 것이다. 다만 진짜 종반전으로 넘어갈 수 있을지는, 시게코로서도 아직 알 수 없었다.

미와 아키오와 도이자키 아카네가 얽힌 또하나의 사건은 과연 존재하는 걸까.

"센주미나미 경찰서의 노모토 씨에게만 맡겨둘 게 아니라, 저도 움직여보려고 해요."

시게를 만나러 갈 생각이었다. 아키쓰와 아키쓰 부인에게는 폭주하지 않겠다고 약속했지만, 만나기만 하는 건 폭주가 아니다.

"그 사람의 현주소는 모르지만 어머니가 사는 곳은 알아요. 그게 실마리가 될 거예요."

그 말에 도시코가 천천히 자세를 고쳐 앉더니 입을 열었다.

"선생님, 그때는 저도 데려가주세요."

생각지도 못한 말에 시게코는 깜짝 놀랐다.

"아니, 왜요?"

"저 같은 사람이 가봤자 아무 도움도 안 된다는 건 잘 알지만, 선생님 혼자 그런 집에 가게 할 수는 없어요."

시게코가 말을 자르기 전에 이야기를 마치려는 듯이 말투가 빨라졌다.

"그리고 저도 만나고 싶습니다."

"미와 아키오를요?"

"예. 히토시에게 그런 풍경을 보여준 사람이에요. 어떤 사람인지 알고 싶습니다. 그 행사 때 만났을지도 모르지만, 저는 전혀 기억이 나지 않아요. 아무것도 몰랐습니다. 하지만 히토시는 봤어요. 그애가 본 것이 무엇인지 안 지금, 저도 다시 한번 그 사람을 만나보고 싶습니다."

도시코는 부탁드립니다, 하고 또 머리를 숙였다.

"그리고 선생님, 제가 함께 가면 이 사람의 어머니를 만날 때 구실이 될지도 몰라요. 우리 애가 모임에서 댁의 아드님에게 신세를 많이 졌습니다, 하면서요."

시게코는 웃고 말았다.

"아주머니, 요령이 많이 느셨네요."

"예, 덕분에요."

꼭 그렇게 하겠다고 약속하고, 시게코는 도시코와 헤어졌다. 역으로 가는 도중에 노모토 형사의 휴대전화로 연락하자 음성 서비스로 넘어갔다. 시게코는 메시지를 남기고, 도이자키 세이코의 집으로 향했다.

웬일로 부재중이었다. 어떻게 할까 고민하며 연립주택 입구에서 머뭇거리고 있는데, 눈에 익은 승용차가 다가왔다. 이노우에 다쓰오의 차였다. 건물 바로 앞에 멈추더니 조수석 문이 열렸다.

세이코가 내렸다. 운전석의 다쓰오가 뭐라 말하는데도 무시하고 고집스러운 표정으로 고개를 숙인 채 이쪽으로 다가왔다. 다쓰오도 운전석에서 내렸다. 세이코보다 먼저 다쓰오가 시게코를 발견했다.

"아, 마에하타 씨!"

세이코가 깜짝 놀라 고개를 들었다. 흘끗 다쓰오를 돌아보더니 달려와 시게코의 팔을 잡았다.

"어서 들어가요, 어서요. 다쓰짱은 그냥 내버려두세요."

둘은 불만스러운 표정으로 우두커니 서 있는 다쓰오를 남겨두고 돌아섰다.

"싸웠어?"

며칠 전에도 말다툼을 해서 울상을 지었다고 들었다.

"잔소리가 너무 많아요."

세이코는 입을 삐죽 내밀었다.

"아무 일에나 참견하고, 저한테 찰싹 달라붙어서. 저도 제 문제는 스스로 알아서 할 줄 알고 생각도 많이 하는데 말예요."

시게코는 말없이 바라보았다. 세이코가 그 다음에 무슨 말을 할지 대략 짐작이 갔다.

한숨을 내쉬며 세이코가 내뱉었다.

"우리 관계 이런 식으로 질질 끌고 가는 거, 좋지 않을지도 모르겠어요……"

역시 그렇게 되는 건가?

"너무 친절하게 해주니까 오히려 답답해?"

세이코는 힘주어 고개를 끄덕이고 나서 다시 취소하듯이 고개를 저었다.

"그렇지는 않아요. 하지만 다쓰짱이 이해 못 하는 것도 있으니까요."

절대로 이해 못 하는 것이 있다. 그런데 모두 이해한다는 듯이 행동하는 다쓰오가 화가 나고 거추장스러워 견딜 수 없는 순간이 있다 — 그런 이야기였다.

"우린 일심동체가 아니에요. 제 심정은 저와 같은 입장에 서보지 않으면 이해할 수 없잖아요. 하지만 다쓰짱은 그렇게 생각하지 않아요."

시게코는 현관 앞에서 신발도 벗지 않은 채 말했다.

"볼일은 없어. 그냥 잠깐 얼굴을 보러 온 것뿐이야."

세이코는 진짜 속뜻이 뭔지 짐작하려는 듯했다.

"무슨 일, 있었나요?"

"없어. 세이코가 어떻게 지내는지 갑자기 신경이 쓰였을 뿐이야. 지난번에 영 기운이 없어 보였거든."

괜찮은 모양이네, 하고 시게코는 웃어 보였다.

"다쓰오 씨에게 그런 모순된 기분을 느끼는 건 당연해. 하지만 서둘러 결론을 내지는 않는 게 좋을 거야."

세이코는 눈치가 빠르다. 시게코가 얼버무린다고 넘어갈 수는 없었다.

"그게 아니잖아요. 무슨 일 있는 거 아니에요?"

"없다니까."

"외삼촌 부부는 뭐라고 했어요?"

"잘 지내셔. 아카네 씨 이야기를 해주셨고. 세이코 씨도 이따금 얼굴을 보여주면 좋겠다고 하시던데."

세이코는 화난 표정을 지으며 입을 꾹 다물었다.

"때가 되면 모두 보고할게."

시게코가 말했다.

"그때는 세이코 씨도 그걸 받아들여줬으면 해. 그리고 홀가분한 마음으로 부모님을 만날 수 있도록, 내가 할 수 있는 일이라면 뭐든지 할게."

세이코는 옆에 있던 의자에 털썩 걸터앉더니 갑자기 아이 같은 표정을 지었다.

"알겠어요."

밖으로 나오자 다쓰오의 차는 보이지 않았다.

시게코는 걸었다. 걸으면서 두서없이 생각했다. 세이코는 뭘 원하는 걸까. 시게코에게서, 다쓰오에게서, 부모에게서, 그리고 아카네에게서 뭘 원하는 걸까.

진실이 반드시 사람을 치유하는 것은 아니다. 세이코는 현명하니까 알고 있을 것이다. 하지만 그러면서도 진실을 알기를 원한다.

기무라 부부는 세이코가 원하는 것은 제3자의 견해라고 했다. 그거야말로 세이코가 부모를 용서하고, 아카네의 죽음을 과거 일로 정리할 수 있는 바탕이 될 것이다. 그것은 혼자 힘으로 달성할 수 있는 것이 아니다, 라고.

하지만 불가능하지는 않다. 세이코는 다만 그렇게 하고 싶지 않은 게 아닐까? 시게코는 멈춰 서서 그런 생각을 했다.

히토시가 본 것을 만약 세이코가 볼 수 있다면, 세이코는 거기에 어떤 색을 입힐까. 히토시가 살아 있어서, 그애가 그 눈으로 '본' 것을 세이코에게 이야기할 수 있었다면, 세이코는 뭐라고 할까. 이 여자애는 슬퍼, 라는 히토시의 말에 세이코는 뭐라고 대답할까.

그래. 나도 슬퍼.


사흘 뒤 아침이었다. 시게코는 노모토 형사의 전화에 잠을 깼다.

"자다 일어나셨어요? 뉴스도 못 보셨겠군요?"

시게코는 얼른 텔레비전을 켰다. 무슨 사건이라도 일어난 듯, 주택가 길에 순찰차가 서 있고 그 옆에서 보도기자가 마이크를 손에 들고 있었다.

"정신 차리세요. 어젯밤 뉴스도 못 보셨습니까?"

노모토 형사가 시게코를 나무랐다.

스기나미 구의 한 동네에서, 어젯밤 초등학생 소녀가 귀가하지 않아 경찰과 지역 주민이 수색에 나섰다고 한다.

"잊지 않으셨겠죠? 거긴 미와 나오코의 주소지입니다. 지금 텔레비전에 나오는 건 그 사람 집이에요!"

잠이 확 달아났다.

노모토 형사에게는 이미 일련의 자료를 건넸다. 시게의 정체가 미와 아키오라는 사실도, 그의 전과 이력도 노모토는 알고 있다.

한편으로 미해결 살인사건의 검색 쪽은 난항을 겪고 있었다. 몇 가지 골라냈지만, 아직 수사중인 사건이라도 당시의 관계자가 이동해서 자세한 내용을 알 수 없거나, 관계자가 (노모토 형사의 말로는 신참 여형사를 경계하여) 입을 다물거나 해서, 좀처럼 범위를 좁힐 수 없다고 했다. 노모토를 마땅히 도울 방법도 없어서 시게코는 그저 기다리던 중이었다.

"행방불명된 소녀는 사토 마사코佐藤昌子라고 합니다. 이 여자애에게 무슨 일이 일어났는지는 아직 알 수 없지만, 동네에서는 미와 아키오의 과거에 대한 소문이 전부터 돌고 있었고, 마사코 양의 실종에도 관계된 게 아니냐고 의심하는 의견들이 있었습니다."

나쁜 소문은 그뿐만이 아니었다. 미와 씨 집에 젊은 여성이 들어가는 것을 보았다, 깊은 밤에 여자 비명이 들렸다, 하는 정보도 들어왔다고 한다.

"그럼 아키오는 어머니와 함께 살았던 건가요?"

"아마도 그런 모양입니다."

오늘 아침, 수색대 중 몇 명이 미와 나오코를 만나 이야기하던 중에 서로 흥분해서 다툼이 일어났다. 미와 나오코가 가벼운 부상을 입고 경찰에 신고를 했다. 그게 소동에 불을 붙였다.

"성범죄 전력자의 출소 후 주거지 정보를 공개하느냐 마느냐에 관해서는 의견이 갈리고 있으며—"

기자가 빠른 말투로 말하고 있다. 시게코는 수화기를 든 채 멍하니 텔레비전을 바라보았다.

"저, 현장으로 가겠습니다."

시게코가 말했다.

"네?"

노모토 형사는 자기가 먼저 급하게 연락을 해놓고도 깜짝 놀랐다.

"가서 뭘 하시려고요?"

"모르겠어요. 미와 나오코 씨를 만나겠습니다. 시게가 지금도 그런

짓을 계속하고 있다면 막아야죠. 막으려면 어머니인 미와 나오코 씨의
협력이 필요해요."

"마에하타 씨가 설득하실 수 있겠습니까?"

"하기타니 씨가 곁에 있어준다면요."

도시코에게는 히토시가 있다. 히토시의 짧은 인생이 헛된 것이 아니
었음을, 히토시의 능력이 그 아이를 괴롭힌 것만은 아님을 분명히 증
명해 보일 수 있을 것이다. 마에하타 시게코는 자리에서 일어섰다.

# 제13장

## 마침표

도이자키 내외분께


다시금 갑작스레 편지를 드리는 무례를 용서하십시오.

텔레비전과 신문 보도를 통해 미와 아키오가 체포되었다는 소식은 이미 알고 계실 겁니다. 또, 체포의 단서가 되었던 그의 어머니 미와 나오코가 관계된 사건에 대해서도 마찬가지일 거라 생각합니다.

그 보도에 제 이름이 함께 나온 것을 보고 아마 많이 놀라셨겠지요.

결론부터 말씀드리자면, 저는 그 소동이 일어나기 전부터, 16년에 걸쳐 두 분을 괴롭힌 인물 — '시게'의 정체가 '미와 아키오'라는 사실을 알고 있었습니다. 그날, 사건이 마무리되는 자리에 있게 된 것도 그 때문입니다.

그 뒤로 오늘까지 경찰 조사를 받는 한편, 저 자신도 언론의 취재 대상이 되었기 때문에 쉽사리 움직일 수 없는 상태였습니다. 그것이 이제 겨우 일단락되어 이 편지를 쓸 수 있게 되었습니다.

다카하시 선생님에게 연락했더니 "꼭 전하긴 하겠지만 두 분이 읽을지 어떨지는 알 수 없습니다"라고 하더군요.

저는 읽어주실 거라 믿고 쓰고 있습니다.

그날 바로 그 미와 아키오의 어머니인 미와 나오코의 집 근처에서 초등학교 여자아이가 실종되는 사건이 있었는데, 동네 사람들이 전과 이력으로 미루어 이번 사건도 미와 아키오가 저지른 짓이 아닌가 의심해서 소동이 일어났다는 소식을, 저는 센주미나미 경찰서의 노모토 형사로부터 들었습니다. 기억하시나요? 두 분이 출두하셨을 때 취조실에 동석했던 젊은 여형사입니다.

그 소식을 듣고 저는 곧장 현장으로 가기로 결정하고, 하기타니 도시코 씨에게도 함께 가자고 연락했습니다. 잘 생각해보면 그런 소동이 일어나, 보도 관계자들도 와 있을 그곳에 하기타니 씨를 데려가는 것은 무모하고 의미 없는 짓이라는 걸 알 수 있지만, 당시에는 히토시에게 아카네 씨의 죽음을 '보여준' 시계라는 인물과 맞닥뜨릴 때는 반드시 하기타니 씨와 함께 있어야 한다, 그리고 하기타니 씨에게는 세상을 떠난 히토시가 함께 하고 있다는 생각밖에 떠오르지 않았습니다.

결과적으로 옳았는지 틀렸는지는 접어두고, 그 판단은 맞아떨어졌습니다. 꼭 점이라도 쳐본 듯한 표현이지만, 그런 표현밖에 떠오르지 않습니다. 하기타니 씨가 없었다면 사태가 그렇게 전개되지는 않았을 것입니다.

물론 예상 밖의 일이기는 했지만요.

제가 냉정하지 못한 사람이라는 사실은 잘 아시죠? 노모토 형사를 포함해 우리 세 사람은 현장 근처에서 만났습니다. 저는 흥분한 상태였고, 노모토 형사는 예상 가능한 전개를 생각하고 신경이 날카로워져 있었습니다. (당연하죠.) 하기타니 씨가 제일 차분했을 겁니다.

텔레비전을 보셨나요? 미와 아키오가 자기 어머니와 함께 살던 집 말입니다. 네모난 회색 이층 건물인데, 창이란 창에는 모두 격자가 달려 있었습니다.

우리 세 사람이 찾아갔을 때는 텔레비전 방송국에서 나온 취재진 두 그룹이 그 집 바로 곁에 진을 치고 있었습니다. 여성 리포터가 번갈아 인터폰을 누르며 사람을 불렀지만 대답은 없는 모양이었습니다. 집 안에 아무도 없는 모양이라고 방송국 사람들이 말하는 소리가 들렸습니다.

취재진뿐만 아니라 물론 경찰도 그 자리에 와 있었습니다. 교통정리를 위해서였죠. 주택가 안쪽의 2차선 도로에 중계차가 서 있고 많은 구경꾼들이 모여 있어 무척 혼잡한 상태였습니다.

초등학교 4학년 사토 마사코 양의 실종과 미와 아키오를 연결하는 요소는, 적어도 그 시점까지는 구체적으로 드러난 것이 아무것도 없었습니다. 관할 경찰은 이런 소동만 일어나지 않았다면 미와 아키오와 접촉할 방법을 찾아낼 수 있었을지도 모르지만, 그 시점에는 어쩔 수 없이 교통정리밖에 할 수 없었던 겁니다. 미와 아키오를 둘러싼 '나쁜 소문' 때문에 흥분해 미와 씨의 집에 몰려들었던 사람들도 그때는 이미 파출소로 연행되었는지 보이지 않았습니다. 모여 있던 구경꾼의 대부분은 그 동네 사람들이 아니었습니다. 동네 주민들은 서로 분담해서 마사코 양을 찾고 있었으니까요.

미와 씨 집에 함부로 접근할 수도 없어서 우리는 일단 돌아섰습니다. 저는 차를 가지고 갔기 때문에 미와 씨 집에서 두 블록 정도 떨어진 주차장에 차를 세워놓고, 그 안에서 노모토 형사와 이제부터 어떻게 해야 할지 의논했습니다. 아니, 솔직히 말하자면 이런 상태에서는 당분간 미와 모자를 만나기 힘들 테니 여기 온 게 의미가 없다는 걸 확인했습니다.

"상관없어요, 선생님."

하기타니 씨가 위로해주었습니다.

"집에 가만히 앉아 있을 수가 없었는걸요."

노모토 형사는 관할 경찰서에서 조금이나마 정보를 모아오겠다며 나갔습니다.

"전혀 다른 건으로 미와 아키오를 찾아왔는데 이런 소동이 일어나 있더라는 것 정도까지는 솔직하게 말하고 오겠습니다. '다른 건'이 뭐냐고 하면 누가 물었는가에 따라 대답을 달리 할 생각입니다. 죄송하지만 그건 저한테 맡겨주세요."

하기타니 씨와 저는 차 안에서 기다렸습니다. 이따금 번갈아 미와 씨 집 쪽을 살피러 갔습니다. 갈 때마다 구경꾼들이 줄어들었고, 나중에는 텔레비전 방송국 중계차도 보이지 않았습니다.

노모토 형사가 돌아오기까지는 3시간도 넘게 걸렸습니다. 그 사이에 마사코를 찾는 지역 주민들을 몇 차례 보았습니다. 한번은 주차장에 차를 세우고 그 안에서 라디오를 듣고 있는 우리 둘을 수상하게 여겨 말을 걸어온 사람도 있었습니다. 차가 고장이 나서 오도 가도 못하는 게 아닌지 걱정해주는 친절한 말투라, 미와 씨를 아는 사람인데 텔레비전을 보고 왔더니 집에 없는 것 같아 돌아오기를 기다리는 중이라고 대답했습니다.

"미와 부인은 병원에 갔습니다."

나이 지긋한 남자였는데, 무척 지친 표정으로 그렇게 가르쳐주었습니다.

"다쳤습니까? 입원할 정도인가요?"

"그렇게 심하지는 않을 겁니다."

"어느 병원인지 아세요?"

"이 근처에 응급병원이 몇 군데 있는데, 어딘지는 우리도 모릅니다."

316

"미와 씨 집에는 지금 아무도 안 계신 모양이네요."

"아들이 어제 나가서 안 들어왔다고 하니까요."

"마사코 양의 행방은…… 실마리가 잡혔습니까?"

안타깝다는 듯이 고개를 젓고 그 사람은 다시 수색작업을 시작했습니다. 다음에는 자전거를 타고 순찰을 돌던 순경이 말을 걸었습니다. 취재온 매스컴 관계자로 생각했는지(분명히 수상한 아줌마 두 명이니까요), 상당히 꼬치꼬치 캐물었습니다. 어떻게 할까 고민하는 참에 마침 노모토 형사가 돌아왔습니다. 노모토 형사가 경찰수첩을 보여주어도 순경은 수상하다는 표정을 지우지 않았지만, 다른 추궁은 없이 넘어갈 수 있었습니다.

"미와 나오코는 여기서 차로 5분쯤 걸리는 응급병원에 있습니다."

밀려든 사람들과 현관 앞에서 승강이를 벌이다 넘어져 발을 삐었다고 합니다.

"치료는 끝났지만, 미와 나오코를 다치게 한 이번 상해사건의 조사와 함께 사토 마사코 양 문제에 대해서도 조사가 이루어지고 있습니다. 그래서 계속 병원에 머물고 있는 상태입니다."

미와 나오코는 전날 밤 저녁식사 때, 오후 8시경 이후로는 아키오의 얼굴을 보지 못했다고 증언했습니다. 식사 후에 외출한 것 같은데 그게 몇시쯤이었는지, 어디로 나갔는지는 모른다. 아들은 하는 일 때문에 자신과 생활습관이 다르고, 식사시간이나 수면시간도 불규칙하기 때문에 이런 일은 자주 있다. 사토 마사코라는 초등학생에 대해서는 전혀 모르고, 아키오와도 관계가 없다. 터무니없는 누명이며, 아무것도 모르는 상태에서 이런 소동에 휘말렸으니 아들은 지금 집에 오고 싶어도 오지 못하고 있을 것이다—

"미와 아키오의 차는 주차장에 있습니다. 동네 주민들 이야기로는 미와 아키오가 걸어서 외출하는 모습은 편의점에 갈 때 말고는 본 적이 없다고 하니, 아마 다른 사람 차나 렌터카를 이용했겠죠."

"동료가 있다는 건가요?"

"아마도. 어떤 '동료' 인지는 모르겠지만요."

동네 주민들이 지나친 행동을 한 건 사실이지만, 관할 경찰서에서도 마사코 양의 실종에 미와 아키오가 관계된 게 아니냐는 의혹을 품고 있다고, 노모토 형사가 알려주었습니다.

"아무래도 미와 아키오에게는 전력이 있으니까요. 이웃 주민들의 평판도…… 하지만 다른 이유도 있습니다. 미와 씨 집 앞을 지나는 길은 마사코 양의 통학로예요. 그뿐만이 아니라, 마사코 양이 그 집 앞에 멈춰 서 있는 모습이 여러 차례 목격되었습니다."

"멈춰 서 있었다고요?"

"마사코 양의 어머니는 미와 아키오에 관해 좋지 않은 소문을 듣고, 그 길로 다니지 말라고 주의를 주었다고 합니다만……"

그러자 하기타니 씨가 말했습니다.

"그런 걸수록 더 보고 싶어지는 거죠. 아이들은 원래 그래요. 마사코 양에게 그 집은 귀신의 집 같은 것이었을 거예요. 초등학교 4학년이면, 아직 '나쁜 소문' 의 내용을 제대로 이해하지 못했을 테니까요."

"그럼 경찰은 미와 아키오를 쫓고 있는 겁니까?"

"렌터카 회사와, 미와 아키오가 갈 만한 장소를 찾고 있습니다. 그런데 나오코 씨가 워낙 비협조적으로 나와서요. 아들이 하는 일이나 교우관계에 관해 아무것도 모른다고 잡아떼는 바람에 난항을 겪고 있는 모양이더군요."

미와 아키오가 갈 만한 장소. 저는 바로 '푸른하늘모임' 을 떠올렸습니다. 만약에 미와 아키오가 (어떤 이유에서든) 마사코 양의 실종에 관계돼 있고, 사건이 이런 형태로 발 빠르게 보도되고 있는 상황임을 안다면, 이제 집으로 돌아오지는 않을 겁니다. 지금 필요한 건 도주자금입니다. 또 사무국에 돈을 뜯으러 가는 게 아닐까. 가능성은 충분합니다.

그러자 제가 입을 열기도 전에 노모토 형사가 먼저 말했습니다.

"제멋대로 행동해서 죄송하지만, 푸른하늘모임 이야기를 경찰서에 하고 왔습니다. 정보를 교환한 셈이죠. 말이 통하는 아저씨 형사가 한 분 계셔서요."

그게 마사코 양을 조금이라도 빨리 찾을 수 있는 실마리가 된다면, 전혀 상관없었습니다.

"그런데……"

하기타니 씨의 안색이 갑자기 흙빛이 되었습니다.

"왜 초등학교 여자아이를 데리고 간 걸까요? 아, 그게 만약 미와 아키오라는 사람의 짓이라면요."

"모르겠습니다."

노모토 형사는 신중했습니다.

"다만, 미와 씨 집에 불특정다수의 젊은 여성들이 드나들었다는 건 확실합니다. 비명을 들은 적이 있다는 증언은 근거가 없으니 착각이거나 나중에 꾸며낸 것일 가능성도 있지만요."

미와 나오코는 아들의 전과 이력에 대한 소문이 이웃들 사이에 퍼져 있었다는 사실을 전혀 몰랐던 모양이라고 노모토 형사가 말했습니다.

"정작 장본인들만 몰랐던 셈이죠. 그러니까 아키오도 아무렇지 않게 여자들을 집으로 데려오곤 했을 겁니다. 대담하다고 해야 할지, 둔하다고 해야 할지."

"그것도 그 말이 통하는 아저씨에게 들은 정보인가요?"

노모토 형사는 웃으며 고개를 끄덕였습니다.

"푸른하늘모임에 관한 정보가 그 정도의 대가를 얻을 만한 가치가 있었다는 이야기죠. 미와 아키오가 모임 회원에게 폭력을 휘두른 적이 있다는 말도 했으니까요. 그 건도 상대방이 어린아이였어요."

우리가 이야기를 나누는 사이, 라디오 뉴스에서 마사코 양의 실종에 대해 보도하고 있었습니다. 어제 오후 학교 수영교실에 갔다가, 평소 같으면 2시나 3시쯤에는 귀가할 마사코 양이 돌아오지 않아서, 부모가 경찰에 수색을 요청한 것은 오후 6시였다―

"이런 주택가 도로에서,"

노모토 형사가 미간을 찌푸리며 중얼거렸습니다.

"그런 낮 시간은 의외로 공백이 되어버리죠…… 지금까지 밝혀진 정보에 따르면, 마사코 양의 모습을 마지막으로 목격한 건, 학교 교문 앞에서 헤어진 친구들뿐이라고 해요. 같은 반 여자아이요."

그러고 나서 노모토 형사가 우리 이제 어떻게 하죠? 하고 묻는 바람에 저는 난처해졌습니다.

"어떻게 하면 좋을까요?"

한심하게도, 뾰족한 수가 떠오르지 않았습니다.

"사건과 관련돼 있다면, 미와 아키오는 이제 이곳으로 돌아오지 않을 겁니다. 관련이 없다 해도 오는 즉시 한동안 경찰에 붙잡혀 있게 될 테니 바로 만날 수는 없을 겁니다. 만난다 해도 다른 취재기자나 리포터를 물리쳐야 하는데, 그 사람들이 우리 목적을 눈치 채면 일이 번거로워집니다."

"설마, 그럴 염려는 없어요."

도이자키 아카네와 미와 아키오의 관계를 알고 있는 사람은 우리뿐이니까요. 하지만 그 말에 노모토 형사는 어처구니없다는 표정을 지었습니다.

"마에하타 씨, 정말 그렇게 생각하십니까? 이런 사건을 취재하는 기자나 리포터들 중에는 9년 전 그 사건 때 화려하게 대미를 장식한 마에하타 씨의 얼굴을 아직도 기억하는 사람들도 있단 말입니다. 마에하타 씨가 여기 나온 이유를 그 사람들이 전혀 알고 싶어하지 않을 거라고 생각하시는 건가요?"

"선생님, 한방 먹었네요."

하기타니 씨도 저를 보며 웃었습니다.

"제가 참견하기도 그렇지만, 그 아키오라는 사람은 돌아오지 않아도 어머니는 돌아오지 않을까요? 자기 집이니까요."

어디 숨어버린다 해도 일단 소지품 등을 챙기러 돌아올 것이다. 혹시 입원한다 해도 그 준비를 위해 대리인을 보내지 않을까.

"그렇죠. 기다려볼 가치는 있을 것 같아요. 다행히 제일 골치 아픈 텔레비전은 인내심이 바닥나서 이미 다 물러갔고요. 그 사람들이야 미와 아키오 어머니의 집 같은 건 나중으로 미뤄도 상관없겠죠. 미와 아키오 본인의 영상이 필요한 걸 테니까요."

"그럼 이대로 차에서 잠복할까요?"

잠복! 하기타니 씨가 무심코 그렇게 되뇌었습니다.

"아아, 죄송합니다. 꼭 무슨 드라마 등장인물이 된 기분이 들어서요."

하기타니 씨는 얼굴이 계속 흙빛인 채 땀을 흘렸습니다.

"아주머니는 돌아가셔도 괜찮아요. 제가 생각 없이 아주머니를 모시고 와서……"

하기타니 씨는 힘차게 고개를 저었습니다.

"아뇨, 선생님. 만날 수 있다면 저도 미와 나오코 씨를 만나고 싶어요.

왠지는 모르지만요…… 왜일까요?”

잠시 자문하더니 이렇게 중얼거렸습니다.

“피차 자식을 둔 어머니이기 때문일까요?”

“알겠습니다.”

노모토 형사가 시원스럽게 대답했습니다.

“어쨌든 계속 여기다 차를 세워두면 너무 눈에 띕니다. 수색대에게도 폐가 될 테고요. 장소를 바꾸죠. 생각해둔 곳이 있습니다.”

대각선 맞은편에 신문보급소가 있다고 했습니다.

“산케이 신문 보급소인데, 부탁하면 협력해줄 겁니다. 다만 문제가 하나 있습니다.”

역시, 저도 짐작이 갔습니다.

“그 신문사 기자가 마찬가지로 잠복하고 있는 거죠?”

“맞습니다. 그 기자가 무슨 일이냐고 물으면 잘 얼버무려야 합니다. 가능하겠어요?”

그러겠다고, 저는 약속했습니다.

그곳은 노리야마 신문보급소라는 가게였습니다. 오래된 2층집으로, 찾아가자 안주인으로 보이는 여자가 나와서 “아, 아까 그 형사분이시군요” 하며 노모토 형사에게 인사를 했습니다. 이미 교섭을 끝낸 모양이었습니다.

“아까 말씀드린 것처럼 방을 좀 빌리고 싶은데요.”

“괜찮습니다. 들어오세요.”

안주인은 저를 힐끔 보고 고개를 갸웃했습니다.

“이분들도 경찰에서 나오신 건가요?”

저도 그렇지만 하기타니 씨는 도저히 형사로 보이지 않았을 겁니다. 도시코 씨는 또 땀을 흘렸습니다.

"그렇습니다. 그럼 실례하겠습니다."

삐걱거리는 계단을 올라가 위층으로 가려는데, 안쪽 방에서 초등학교 2, 3학년쯤 되어 보이는 남자아이가 고개를 쏙 내밀었습니다. 안경을 쓴 몸집이 작은 아이였습니다.

"히토시, 방에 들어가 있으렴."

안주인이 사내아이에게 말했습니다. 저도 놀랐지만, 하기타니 씨는 말 그대로 벼락을 맞은 듯한 표정이었습니다. 계단을 다시 쿵쾅쿵쾅 내려와서, 두 눈을 동그랗게 뜬 남자아이를 뚫어지게 바라보았습니다.

제가 보기에도 심상치 않은 행동이었습니다. 안주인이 흠칫 놀라며 위협을 느낀 것도 무리는 아니었습니다. 안주인은 얼른 남자아이를 등 뒤로 감추며 하기타니 씨 앞을 가로막았습니다.

"도시코 씨."

저는 하기타니 씨의 팔을 잡고 끌어당겼습니다. 하기타니 씨는 여러 차례 부른 후에야 정신을 차렸습니다.

"아아, 선생님."

"괜찮으세요?"

하기타니 씨는 마치 물속에 떠 있는 사람처럼 휘청거렸습니다. 눈의 초점이 풀린 듯했습니다. 제게 붙들린 채 조금 뒤로 물러서더니, 노리야마 신문배급소의 모자를 새삼스럽게 바라보았습니다.

"저어, 이댁 아드님인가요?"

안주인이 험악한 표정으로 고개를 끄덕였습니다.

"그렇군요. 히토시라고 했죠? 어떤 한자를 쓰나요?"

히토시라는 소년은 엄마 등 뒤에 숨어 여기저기 살피고 있었습니다. 이

분 아들 이름도 히토시랍니다, 하고 제가 설명했습니다.

그제야 안주인의 표정이 약간 풀렸습니다.

"우리 애 이름은 고를 균均자를 씁니다."

"아아, 그러세요?"

하기타니 씨는 미소를 지었습니다. 웃는 표정은 보통 때의 하기타니 씨와 다를 바 없었지만, 땀을 잔뜩 흘려서 피부가 차가웠습니다. 그리고 불쑥 이렇게 말했습니다.

"아드님은 마사코 양을 알고 있죠?"

이번에는 노모토 형사도 놀랐습니다. 노리야마 신문배급소의 안주인도 황급히 히토시를 내려다보았습니다.

"히토시, 그러니?"

히토시는 엄마 등에 바짝 달라붙어 있었습니다. 안주인의 표정이 다시 굳어지더니 이렇게 말했습니다.

"저는 압니다. 하굣길에 자주 이 앞을 지나갔으니까요. 미와 씨 집 앞을 어슬렁거린 적도 있고요."

"정말인가요? 직접 보셨습니까?"

다그치듯 묻는 노모토 형사에게 안주인은 고개를 끄덕였습니다.

"어서 집에 가라고 주의를 준 적도 있습니다. 하지만 히토시는 마사코란 애를 모를 거예요. 학년도 하나 아래고요."

"그래도, 알지?"

하기타니 씨가 또 물었습니다. 마치 잠꼬대 같았습니다. 꿈을 꾸는 듯한 눈이었습니다.

저는 등줄기가 서늘해지는 걸 느꼈습니다. 그때는 아직 왜 그런 느낌이 드는지 이유를 알지 못했습니다. 아니, 알고는 있어도 너무도 터무니없는 이유라서 인정하고 싶지 않았는지도 모르겠습니다.

노리야마 신문배급소 2층의, 길 쪽으로 난 세 평 남짓한 방에는 사회부 기자와 카메라맨이 있었습니다. 기자 쪽이 무척 젊은 사람이라 쉰 살이 넘은 카메라맨과 부자지간처럼 보였습니다.

"아니, 아까 그 경찰서에서 나왔다는 분 아닙니까?"

역시 왔군요, 하며 노모토 형사에게 웃음을 지어 보였습니다.

"잠시 여기 있겠습니다."

"우리야 상관없지만……"

베테랑으로 보이는 카메라맨이 제 얼굴을 유심히 바라보았습니다.

"혹시 마에하타 시게코 씨 아닙니까?"

이런.

"그런 이야기를 자주 들어요. 닮았나요?"

"에이. 농담하지 마세요. 본인 맞죠?"

젊은 기자는 무슨 이야기인지 몰라 의아한 표정이었지만, 카메라맨이 설명하자 갑자기 우리에게 흥미를 느낀 모양이었습니다.

"무슨 일이죠? 뭘 노리는 겁니까?"

"당신들과 마찬가지예요. 일단 미와 나오코 씨를 만나고 싶을 뿐이에요."

"무슨 말도 안 되는 말씀을. 그런 정도 일로 마에하타 씨가 여기까지 오시겠습니까? 게다가 센주미나미 경찰서가 끼어드는 것도 이상하군요. 정말로 무슨 일이 있습니까?"

"묻는다고 바로 대답할 것 같으세요?"

방어전은 노모토 형사에게 맡겼습니다. 하기타니 씨가 몸이 몹시 안 좋은지 안색이 점점 나빠지는 바람에 다른 데 신경 쓸 여유가 없기도 했습니다. 얼굴도 어느새 창백해졌습니다.

"죄송해요, 선생님."

하기타니 씨 자신도 겁을 먹은 듯했습니다.

"왠지 현기증이 나네요. 머리가 어지러워요."

머리가 어지럽다. 머릿속이 그림으로 가득하다. 머릿속에 가득 찬 그림이 빙글빙글 돈다ㅡ비슷한 이야기를 전에 들은 적이 있었습니다. 다른 사람이 아닌 바로 하기타니 씨의 목소리로. 하지만 그것은 하기타니 씨 자신에 대한 말이 아니었습니다. 히토시에 대한 이야기였습니다.

"갑자기 히토시 이름을 들어서일 거예요."

"그래요. 분명히 그럴 거예요, 선생님."

하기타니 씨는 제게 매달렸습니다. 음식을 내온 젊은 안주인이 "추우세요? 냉방을 끌까요?"라고 물을 정도로 덜덜 떨고 있었습니다.

"저쪽 아주머니, 몸이 좋지 않은 것 같군요."

땀을 닦고, 빌려온 담요를 몸에 두르자 하기타니 씨는 조금 진정이 된 듯했습니다.

기다리는 동안 가끔씩 기자의 휴대전화가 울렸습니다. 노리야마 신문배급소의 전화벨이 울리는 소리도 들려왔습니다. 통화 내용을 듣고 단편적으로나마 새로운 정보를 알게 되었습니다. 아이들이 곧잘 들어가서 노는 학교 부근에 있는 커다란 폐공장을 지역 수색대가 집중적으로 수색하다가 해가 져서 철수했다, 수색 재개는 내일 오전 7시 예정이다, 사토 마사코 양의 집으로 협박전화나 몸값을 요구하는 내용의 전화가 걸려오지는 않았다ㅡ

그리고 새벽 1시가 되었습니다.

"왔다."

창밖을 내다보던 젊은 기자가 벌떡 일어섰습니다. 노모토 형사는 아무 말 없이 움직이기 시작했습니다.

두 사람은 앞다투어 계단을 내려갔습니다. 카메라맨이 기자에게 "서둘지 마! 놀라면 도망간단 말이야!" 하고 말했습니다. 저는 하기타니 씨를 부축해서 제일 뒤에 나왔습니다.

길 왼쪽에서 세 사람이 천천히 이쪽으로 걸어오고 있었습니다. 둘은 여자고, 한 사람은 남자였습니다. 남자가 앞장서고, 그 뒤에서 한 사람이 다른 한 사람의 부축을 받고 있었습니다. 롱스커트 아래로 드러난 발목에 붕대를 감고 있는 사람이 미와 나오코일 것이다라고 생각했습니다.

바로 그때, 미와 나오코를 부축하고 있는 여자의 얼굴을 보고 저는 놀랐습니다. 푸른하늘모임의 아라이 사무국장이었기 때문입니다. 지금 생각해 보면 이상할 것도 없는 일입니다. 가네카와 회장의 지시로 나오코 씨를 도우러 달려왔겠죠. 그리고 내내 옆에 붙어 있었을 겁니다. 앞에 걷는 남자는 가네카와 회장의 전속 운전기사라는 것도 나중에 알았습니다. 차를 집에서 떨어진 곳에 세웠는데, 현관 앞에 직접 차를 대면 남들 눈에 띌 거라고 생각한 모양이었습니다. 쓸데없는 걱정이었던 셈이지만요.

"미와 나오코 씨 되십니까?"

기자가 말을 걸었습니다. 주위를 살피자 달려나온 사람들은 우리뿐만이 아니었습니다. 기자로 보이는 여러 명이 우르르 몰려들었습니다. 다들 각기 다른 장소에서 잠복했던 거겠죠.

"죄송하지만 잠깐 이야기 좀 하고 싶은데요."

"할 말 없습니다."

대답한 사람은 아라이 사무국장이었습니다. 고개를 숙인 채 얼굴을 숨기고 아픈 발을 절며 어떻게든 앞으로 나아가려는 미와 나오코를 사무국장이 온몸으로 보호하고 있었습니다.

"아드님 미와 아키오 씨에 관한 건데요―"

"할 말은 아무것도 없습니다."

비켜주세요, 운전기사가 기자들을 밀쳤습니다.

"미와 씨는 입원하셔야 합니다. 필요한 물건을 가지러 온 거예요. 비켜주세요. 경찰을 부르겠습니다."

이분은 피해자입니다, 하고 운전기사가 노기를 머금은 목소리로 말했습니다.

"아라이 씨!"

저는 큰 소리로 불렀습니다.

사무국장은 그야말로 깜짝 놀란 듯했습니다. 미와 나오코 씨를 껴안은 채로 화들짝 놀라더니 허둥지둥 도망치려 했습니다.

사무국장이 팔을 빼자 미와 나오코가 크게 비틀거렸습니다. 누군가가 얼른 뛰어나와 그녀를 부축했습니다. 그때 뭔가 부드러운 것이 제 몸을 스치며 떨어졌습니다. 담요였습니다. 제가 하기타니 씨에게 둘러주었던 담요였습니다.

미와 나오코를 부축한 사람은, 하기타니 도시코 씨였습니다.

"괜찮으세요?"

가로등 불빛에 두 어머니의 얼굴은 창백한 달처럼 보였습니다. 두 사람의 눈이 마주쳤습니다.

미와 나오코는 나중에 들은 실제 나이보다 훨씬 나이 들어 보였습니다. 상황이 상황이었으니까요. 지치기도 했을 겁니다. 어깨를 축 늘어뜨리고 있었습니다. 그런데 하기타니 씨가 괜찮으냐고 물으며 손을 뻗는 찰나, 힘껏 밀쳐냈습니다. 하기타니 씨의 친절한 팔이 아니라 마치 뱀에 감길 뻔한 사람 같았습니다.

그리고 뭔가 뒤집어쓰기라도 한 듯이 굳은 표정으로 두 팔을 문지르며 뒷걸음질치며, 하기타니 씨로부터 떨어지려 했습니다.

우리는 무슨 일인지 영문을 알 수 없었습니다. 사무국장마저도 입을 멍하니 벌리고 서 있었습니다. 기자들도 동작을 멈췄습니다.

"아, 저는—"

도시코 씨는 멍한 눈빛에, 목소리도 들떠 있었습니다.

"우리 히토시가, 푸른하늘모임에서 당신 아들에게 신세를 진 적이 있습니다."

마치 교과서를 읽는 듯한 말투였습니다. 정말로 해야 할 이야기를 쏟아내기 전에, 막힌 것을 흘려보내기 위한 말투—

"부인."

훨씬 더 큰 목소리가 들렸습니다. 지금까지 들어본 적이 없는 목소리였습니다. 하기타니 씨의 몸 안에서 울려나오는 낯선 목소리였습니다.

미와 나오코는 여전히 팔을 문지르면서도, 그 자리에 못 박힌 듯 꼼짝도 못 하고, 하기타니 씨로부터 시선을 떼지 않았습니다.

"부인, 아키오 씨는 어디 있습니까?"

초점을 잃은 눈을 크게 뜬 채로 하기타니 씨가 물었습니다. 시선은 미와 나오코 씨를 향하고 있었지만, 하기타니 씨의 눈에는 아무것도 보이지 않는 것 같았습니다.

아니, 우리에게는 보이지 않는, 하기타니 씨의 눈에만 보이는 무엇인가를 보고 있었습니다.

"아시죠? 부인은 알고 있습니다."

땀에 젖어 하기타니 씨의 뺨과 이마가 빛났습니다.

"아시죠? 아들을 막으려고 했잖아요? 예? 그렇죠? 부인은 그 사람들을 도망치게 해주려 한 적도 있잖아요? 자물쇠를—자물쇠를 열고,"

노모토 형사가 죽어가는 사람처럼 숨을 들이쉬었습니다.

"있잖아요, 그 녹색 카펫이 깔린 방 말입니다. 다들 거기 갇혀 있었잖아요. 도망치라면서, 그, 그, 머리카락이 빨간—"

하기타니 씨는 눈을 살짝 가늘게 떴습니다.

"손톱을 보라색으로 물들인 아가씨에게 부인은 갈아입을 옷을 줬죠. 갈아입을 옷과 돈을. 하지만 도망치지는 못했어요."

아아, 아아, 아아. 신음하는 듯한 목소리에 하기타니 씨를 제외한 모두가 제정신이 들었습니다. 미와 나오코가 절규하며 그 자리에 주저앉아 울음을 터뜨린 것은, 바로 그 직후였습니다—


미와 아키오와 공범인 20대 남자 3인조는 사토 마사코의 수색원이 나오고 33시간 뒤, 지바 시내의 대형복합시설 주차장에서 발견되었다. 순찰 경관의 불심검문을 뿌리치고 도주하려다가 붙잡혔는데, 그들의 밴(공범이 빌린 렌터카였다) 뒷좌석에는 손발을 접착테이프로 묶인 사토 마사코가 태워져 있었다. 아키오와 공범들은 그 자리에서 체포되었다.

사토 마사코는 쇠약한 상태였고 가벼운 탈수증세를 보였지만, 바로 병원으로 옮겨 치료를 받아 생명에 지장은 없었다.

범행에 대한 자백은 공범들이 먼저 시작했다. 아키오와 그들—그 밖에도 여러 남자들이 관련되어 있었고, 그중에는 미성년자도 있었다—은 주로 채팅 사이트에서 알게 된 여성들에게 '모델 일을 소개하겠다' 'CF나 드라마에 나오게 해주겠다'며 접근해서, 미와 아키오 어머니의 집이나 도쿄의 단기임대 아파트 등으로 불러내어 사기와 폭력을 행사하며 금품을 탈취했다. 피해를 당한 여성들은 현금카드나 신용카드를 빼앗겼고, 또 일당의 감시 아래 강제로 물건을 구입하거나, 소비자금융에서 돈을 빌리도록 강요당하기도 했다. 피해자가 도망치려하면 '가족을 몰살시키겠다' '사창가에 팔아넘기겠다' 며 위협해 입을 막았다. 여러 군데의 소비자금융회사를 도는 동안 피해자를 감금해두는 경우도 있었다.

미와 나오코의 집에 가택수색이 행해져 물증이 발견되어도 미와 아키오는 한사코 입을 열지 않았다. 한편 지금까지는 공포 때문에 가만히 숨어 있던 피해자들이 속속 증언하기 시작했다.

사토 마사코는 실종사건이 일어나기 열흘 정도 전, 하굣길에 미와 씨 집 앞을 지나가다 우연히 그 집에 감금되어 있던 여성이 도움을 청하려 창밖으로 던진 쪽지를 주웠다. 마사코가 그걸 주웠다는 사실은 아무도 몰랐다. 마사코는 부모에게도 아무런 이야기를 하지 않았고, 메모도 보여주지 않았다. 무슨 뜻인지 몰랐던 모양이다.

미와 아키오를 비롯한 일당은 감금한 여성이 밖으로 쪽지를 던졌다는 사실을 이튿날 눈치 챘다. 밖에 도움을 청했다는 사실을 그들에게 실토한 것이다. 바로 경찰이 들이닥칠 테니 자기를 풀어달라고 한 것이었다.

하지만 이것이 그녀에게는 정반대의 결과를 가져왔다. 미와 아키오 일당은 폭력을 휘둘러 쪽지를 주운 것이 초등학생 여자아이라는 사실을 밝혀낸 다음, 그녀를 살해했다.

먼저 실토를 시작한 공범자들은 그 여자를 죽인 것이 미와 아키오라고 했다. 그 말을 들은 후에야 겨우 입을 열기 시작한 미와 아키오는,

자신이 죽인 것이 아니라 몸이 쇠약해져 저절로 죽었다고 진술했다. 공범자의 증언을 따라 지바 현 북서쪽 구릉지대에서 시체를 발굴했고, 부검을 통해 사인이 밝혀졌다. 목이 졸려 질식사한 것이었다.

하기타니 도시코의 추측은 정확하게 맞아떨어졌다. 어린 사토 마사코는 미와 씨의 집을 진짜 '귀신의 집'처럼 생각했던 모양이었다. 적어도 본인은 그렇게 말했다. 귀신은 무섭지만, 무섭기 때문에 더 보고 싶었다. 주운 쪽지에 '경찰'이라고 씌어 있는 것은 알았지만 그 의미를 깨닫지 못했고, 그래서 미와 씨 집에 더욱 흥미가 생겨서 근처를 자주 어슬렁거렸다. 미와 아키오 일당에게는 뜻밖의 행운이었다.

사토 마사코를 끌고 가기 전, 미와 아키오 일당은 쪽지를 던진 여성의 시체를 집에서 옮겨내 묻었다. 아키오의 차를 사용했는데 돌아오는 길에 바퀴가 빠져 차체에 큰 흠집이 났다. 그래서 사토 마사코를 납치할 때는 렌터카를 사용한 것이다.

"그애를 특별히 어떻게 하겠다는 목적이 있었던 것은 아니다. 초등학생이니까, 쪽지를 아직 갖고 있다면 일단 그걸 빼앗은 다음에, 조금 겁을 주면 입을 다물 거라고 생각했다. 소동이 일어난 것을 뉴스를 보고 알게 되어, 집으로 갈 수는 없으니 몸값이라도 받아내자는 이야기를 하면서 이곳저곳 돌아다녔다."

그들은 계획성이 전혀 없고, 되는대로 움직이기 때문에 위험하기도 했다.

미와 나오코는 경찰 조사에서 때로는 심하게 흐트러지고, 때로는 담담하기도 한 모습으로 진술했다. 자식이 또 나쁜 놈들의 꼬임에 빠진 게 아닌가 하는 불안을 느끼면서도 자세한 범행 내용까지는 몰랐다. 자기 집에 여자가 감금되어 있다는 사실은 전혀 몰랐다. 분명 여러 여자들이 아키오의 방에 드나들고, 때로는 아키오가 큰 소리를 지르거나 여자가 우는 것도 들었지만, 애정 문제로 다투는 거라 생각했다.

감금된 여성을 본 적도 없고, 하물며 도와달라는 부탁을 받은 적은 전혀 없다. 도우려고 한 적도 없다. 아들이 무서워서 도울 수 없었다는 건 말도 안 된다. 물론 아들을 감싸려고 이런 이야기를 하는 것도 아니다.

"하지만 그렇다면, 사토 마사코 양 문제로 지역 주민들과 트러블이 있었던 그날, 그날 한밤중에 말입니다, 당신의 집 바로 앞에서 마주친 기자들이 보고 있는 앞에서 아들과 아들의 '나쁜 친구들'이 당신 집에서 저지른 범죄에 관해 알고 있다고, 그러니 아들을 말려달라고 큰 소리로 울면서 털어놓은 것은 어째서입니까?"

취조 담당자가 그렇게 되묻자 미와 나오코는 입을 다물어버렸다. 그리고 미와 나오코는 계속 팔을 문질렀다. 그날 밤 누군지도 모를 중년 여성이 팔을 건드린 순간, 무언가가 빨려나가는 느낌이 들었다. 그 중년 여성이 자기 머릿속을 들여다보는 듯한 느낌이 들었다. 하지만 취조 담당자에게는 그런 이야기를 하지 않았다. 누가 그런 말을 믿어주겠는가. 지금은 그녀 자신도 믿지 못하는데.

그렇다. 그러니 아무도 믿을 수 없다. 변호사에게 들었는데, 그 중년 여성 이야기는 기사에도 안 나왔다고 하지 않는가.


도이자키 내외분.

저와 하기타니 도시코 씨의 '체험'은 지금까지 말씀드린 그대로입니다. 앞으로 미와 아키오가 끌어안고 있는 어두움들이 경찰 수사로 밝혀지기를 기대할 수밖에 없습니다.

다만, 제 마음에 걸리는 게 있습니다.

지난번에 도이자키 겐 씨를 만났을 때 제가 주제넘은 말씀을 드렸습니다. 따님인 세이코 씨로부터 의뢰받은 입장이라 해도 분명 지나친 말이었습니다. 죄송합니다.

저는 두 분이 직접, 세이코 씨에게 16년 전 사건의 진상을 이야기하시라고 부탁드렸습니다.

지금도 그 생각은 변함이 없습니다.

저는 아직 세이코 씨에게 아무런 보고도 하지 않았습니다(그런 의미에서, 현시점에는 제가 세이코 씨의 의뢰를 제대로 수행하지 않고 있는 셈입니다). 세이코 씨에게서도 아직 연락을 받지 못했습니다.

세이코 씨는 미와 아키오에 관해 아무것도 모릅니다. 세이코 씨는 요 며칠 요란하게 보도된 사토 마사코 양 사건에, 저 마에하타 시게코와, 누군지 알아볼 만한 정보는 없지만, 아무래도 하기타니 도시코 씨라고밖에 생각할 수 없을 여자가 나란히 관련돼 있는 점을 매우 이상하게 여기고 있을 겁니다. 불안하기도 할 것입니다. 세이코 씨는 총명한 사람입니다.

다시금 두 분께 부탁드립니다.

세이코 씨에게 아카네 씨 이야기를 해주십시오.

저 마에하타 시게코가 세이코 씨에게서 받은 의뢰를 가장 성실하게 수행하는 길은, 두 분께 이렇게 부탁드리는 것이라고 생각합니다. 이런 제 생각을 세이코 씨에게도 편지로 전달할 예정입니다.

그러니, 두 분이 저의 바람대로 하셨는데 만약 세이코 씨가 '이젠 그럴 필요 없다'고 한다면 아무 이야기를 하시지 않아도 좋을 겁니다. 그것이 가족 분들에게는 가장 바람직한 상태일 거란 생각도 듭니다.

제가 마음에 걸려하는 부분들도, 그때 가서는 의미가 없어질 것입니다.

저는 도이자키 가족 분들과 아무런 관계가 없는 사람이 되겠습니다. 가족 분들께서도 저를 잊어주시고, 저도 여러분을 모두 잊는 것으로 마침표를 찍고 싶습니다.

그리고 변호사 다카하시 선생에게 말씀드린 대로, 저는 이 문제에 대해 아무런 글도 쓰지 않을 것이며, 발표하지도 않을 것입니다. 그것은 저뿐만이 아니라 하기타니 도시코 씨의 바람이기도 하니, 결코 그런 일은 없을 것입니다.

이 약속만은 다른 모든 것이 사라진 뒤에도 남을 것입니다. 반드시, 반드시 지킬 것임을 약속드립니다.

마에하타 시게코 올림

종장
낙원

2005년 8월 말, 정오가 조금 지난 시각이었다. 늘씬한 젊은 여성이 마에하타 철공소 간판 앞을 지나 부지 안을 가로질러 살림집 쪽으로 걸어왔다. 마침 빨래를 널고 있던 시게코는 누군지 바로 알아보았다. 노모토 기에였다.

"안녕하세요!"

시게코가 인사하자 노모토 형사는 눈이 부신 듯 이마 위에 손을 가리고 살짝 고개를 숙였다. 옅은 회색 정장에 흰색 반소매 블라우스. 정장 상의를 벗어 팔에 걸고, 묵직해 보이는 작은 종이봉투를 들고 있다.

"이리로 들어오세요."

시게코는 마루 쪽으로 손짓했다. 그러자 목소리를 들었는지 복도 끝에서 하기타니 도시코가 고개를 내밀었다.

"어머, 형사님이시네요."

아직 날이 덥네요. 그간 격조했습니다. 아뇨, 저야말로. 어떻게 지내셨어요? 바쁘시죠? — 세 여자는 인사를 주고받았다.

작업중인 마에하타 철공소에서 이따금 기계가 작동하는 소리와 날카로운 쇳소리가 들려왔다. 시게코는 창문을 닫고 발을 반쯤 내린 뒤 접이식 탁자를 내놓고 에어컨을 켰다. 도시코가 냉차를 따랐다. 노모토 형사가 종이봉투에서 과자상자를 꺼냈다.

고맙다는 인사를 하고 받아들며 시게코는 문득 기시감에 휩싸였다. 하기타니 도시코가 처음 노아 에디션을 찾아왔을 때도 같은 말을 주고받았다. 5월이었지만, 그때도 한여름 못지않게 더운 날이었다.

셋이 모여 이렇게 차분하게 얼굴을 마주하는 것은, 미와 씨의 집 앞에서 극적인 순간을 맞이하고, 관할 경찰서에서 조사를 받은 그날 이후로 처음이었다. 벌써 한 달 가까이 지난 셈이다. 정말로 오랜만에 만나는 얼굴이었다.

서로의 근황을 묻고 나서 노모토 형사가 말문을 열었다.

"이제 좀 진정이 되셨어요? 몸은 좀 어떠세요?"

하기타니 도시코는 수줍은 듯이 고개를 끄덕였다. 미와 씨 집에서의 일 뒤로 계속 긴장을 한 탓인지 몸무게가 2, 3킬로그램 정도 빠졌다. 혈색은 나쁘지 않지만 뺨은 야위었다.

"덕분에 잘 지냅니다."

이 댁에서 완전히 군식구 노릇을 하고 있어서요, 하고 도시코가 목을 움츠렸다.

"군식구라뇨. 아주머니 덕분에 저는 편한걸요. 집안일을 거의 다 맡아주셔서요."

시게코가 웃자, 노모토 형사도 "잘됐군요" 하고 밝게 웃었다.

"부럽네요. 하지만 그러다보면 그런 생활에 익숙해지지 않나요?"

"그럼요, 그렇게 되죠. 도시코 씨에게 계속 있어달라고 사정하는 중이에요."

노모토 형사는 작은 방 정면에 모신 불단을 바라보았다. 그 곁의 키 낮은 받침대 위에 하기타니 히토시의 위패가 놓여 있다. 다카오 산으로 하이킹을 갔을 때 찍은 사진도 나란히 놓여 있다.

사토 마사코 납치사건이 해결되고, 미와 아키오와 그 일당의 여성 살인사건이 드러난 뒤, 시게코와 도시코는 당연히 각종 미디어의 취재 표적이 되었다. 시게코는 자신은 어쩔 수 없더라도 도시코의 사생활은 어떻게 해든 지켜주고 싶었다. 후나야마 연립주택에서 다른 곳으로 거처를 옮길 필요가 있었지만, 어디든 도시코를 혼자 두는 건 역시 위험했다. 누군가 냄새를 맡으면 도시코 혼자서는 감당해낼 수 없을 것이다. 그렇다고 시게코가 하루 종일 지키고 있을 수도 없었다.

그러자 쇼지가 우리집으로 오시라고 하면 어떻겠냐는 이야기를 꺼냈다. 우리집에 숨겨드리자. 기자 녀석들이 설마 하기타니 씨가 당신과 함께 있으리라고는 생각 못 하겠지? 그게 맹점이라는 거야.

"과연.「도둑맞은 편지」*네."

"그게 뭔데?"

"아니야, 신경 쓰지 마."

그렇게 해서 하기타니 도시코는 일단 옷가지와 히토시의 위패, 사진만 갖고 이리로 옮겨오게 된 것이다.

당연히 슈퍼마켓 일도 그만두었다. 히토시의 그림을 발견한 '수다쟁이' 동료 아키요시 씨로부터 떼어놓기 위해서이기도 했다. 자칫하

----

* 에드거 앨런 포의 단편소설 제목.

면 와이드쇼의 리포터보다 골치 아픈 존재가 될 수도 있는 사람이다. 도시코도 그 점은 쉽게 이해해주었다.

쇼지는 더욱 신경을 써서, 취재 공세가 한창일 때는 자비를 들여 경비원까지 고용했다. 시게코를 취재하러 오는 기자나 리포터의 '교통정리를 위해서'였다.

"밖에서 손님이 너무 많이 오면 공장 일에 지장이 되잖아. 사원들에게도 피해를 주고."

경비로 처리하면 되지, 라고 했다. 마에하타 철공소의 고문 세무사가 경비로 인정해줄 리는 없을 것 같지만, 시게코는 진심으로 고마웠다.

처음 이틀간 시게코는 노아 에디션의 노자키와 다카하시 변호사의 지혜를 빌려 이번 사건에서 '표면적으로 공개할 스토리'를 완성시켰다. 그 기간 동안은 '경찰 수사에 협력하는 것이 우선이므로 지금은 아직 취재에 응할 수 없습니다'라는 모범생 같은 코멘트 하나만으로 버텼다. 하기타니 도시코를 보호하는 측면에서도 이런 대응 방법은 의외로 효과가 있었다. 언론사 중에는 아무래도 '그 마에하타 시게코'를 기억하는 사람들이 많아, 시선이 오로지 시게코에게 쏠려 있었기 때문이다.

덕분에 타격을 입은 것은 노아 에디션의 두 사람이었다. 사무실 전화가 하루 종일 울려댔다. 계속해서 기자와 리포터가 찾아왔다. 구경꾼들도 밀려들었다. 그런 엄청난 폐를 끼친데다가 시게코의 장기휴가 때문에 ― 해고해달라고 부탁해도 노자키가 받아들이지 않았다 ― 일손이 달려 쩔쩔맸다.

"괜찮아. 어차피 돌아오면 다 갚게 할 테니까."

"그래요. 저도 기다릴게요."

둘 다 너무 속도 없는 것 아니냐고 시게코는 벌컥 화를 낼 뻔할 정도였다. 그런 걸 두고 방귀 뀐 놈이 성낸다고 하는 거라며 쇼지가 잔소리를 했다. 좀 경우가 다르다고 생각했지만.

물론 시게코는 경찰조사를 받던 시점에서 이미 '표면적으로 공개할 스토리'라는 것을 80퍼센트 정도 완성해놓았다. 조사 때 시게코와 도시코가 계속 함께 있을 수 있었던 것도 운이 좋았다.

도시코는 시게코에게 키를 맡기고, 시게코가 이끄는 대로 고개를 끄덕이거나 동의하면서 그때그때 증언을 덧붙였다. 말을 짧게 하고, 필요 없는 이야기는 하지 않았다. 어떻게 대답해야 좋을지 판단이 서지 않는 질문이 나오면 '기억이 잘 나지 않는데요. 어떻게 된 거였죠, 마에하타 선생님?' 하는 식으로 시간을 벌어주기도 했다. 그 유연한 대응에 시게코는 속으로 감탄할 정도였다.

할머니 치야라는 폭군에게 인생을 지배당하고 흘려보내버렸지만, 하기타니 도시코는 그 속에 총명함을 숨기고 있었다. 지혜와 힘은 손상되지 않고 잠든 채 보존되어 있었던 것이다. 그것이 잠에서 깨어났다.

하지만 사실관계를 확인하는 것이 목적인 수사당국과, 아무리 사소한 요소라도 세간의 눈길을 끌 만한 것이면 뭐든 캐내려 하는 언론의 질문은 질적으로 다르다. 그래서 시게코는 나머지 20퍼센트의 스토리를 빈틈없이 짜넣기 위해 노자키와 다카하시 변호사에게 도움을 청했던 것이다.

표현이 좀 짓궂긴 하지만, 노자키는 무척 재미있어했다. 다카하시 변호사는 예상대로 매우 못마땅한 표정을 지었지만 열심히 도와주었다. 물론 그것은, 여기서 자칫하면 그의 의뢰인인 도이자키 가의 세 사람까지 소동에 휘말릴 우려가 있다는 사실을 잘 알고 있었기 때문이었다.

그렇게 해서 현재, 그 사건에 관해 일단 모순 없는 스토리가 유포되고 있었다. 시게코는 외아들인 히토시를 교통사고로 잃은 하기타니 도시코라는 어머니의 의뢰를 받아 도시코가 히토시의 추억을 담은 책을 쓰는 것을 도와주고 있었다. 그 과정에서 히토시가 참가했던 '푸른하늘모임'이 있다는 걸 알게 되고, 어디까지나 히토시의 추억담을 모으기 위해 '푸른하늘모임'을 취재하다가 우연히 그 조직의 암부를 알게 되었다. 그래서 더 깊이 취재해가던 중에 그 암부에 숨어 있던 가네카와 회장의 조카, 미와 아키오라는 존재를 알게 된 것이다.

초등학생 사토 마사코의 실종사건은 바로 그 취재활동중에 발생했다. 동네 주민들이 그의 전과를 이유로 미와 아키오가 사토 마사코의 실종에 관련되어 있을 거라고 생각한 것이고(결과적으로 빗나간 추측은 아니었지만), 사람들이 그의 어머니인 미와 나오코와 다투다 상해사건이 발생하고 만 일과 시게코나 도시코는 전혀 관계가 없다. 어느 날 시게코가 도시코를 데리고 센주미나미 경찰서의 젊은 여형사 노모토 기에와 함께 미와 씨네 집을 방문한 것은, 텔레비전 보도를 보고 놀라, 일단 상황을 파악하기 위해 현지로 가야겠다고 판단했기 때문이다. 또한 노모토 형사와 시게코는 '전부터 알던 사이'이며, 시게코가 미와 씨 집을 방문할 때 혹시 말썽이 일어날 경우를 대비해 동행했던 것이지, 노모토 형사 또한 사토 마사코의 납치나, 미와 아키오 일당에 의한 일련의 감금, 폭행, 협박, 그리고 살인사건에 관해서는 전혀 알지도 못했고 예상도 하지 못했다는 것이었다.

"우리는 어디까지나 '푸른하늘모임'과 미와 아키오를 뒤쫓고 있었던 것뿐입니다."

마에하타 철공소 주차장에서 여러 차례 열린 공동 인터뷰에서, 시게코는 반복해서 강조했다.

"그래서 그때 누구보다 놀란 사람은 저희였어요."

노자키는 일부러 심술궂게 웃으며 이렇게 평했다.

"시게코는 타고난 거짓말쟁이야."

지당하신 말씀입니다. 스스로 생각하기에도 어이가 없어요, 하고 시게코도 함께 웃었다.

"하지만 저를 능가하는 배우가 있다니까요."

"그렇지."

노자키는 인정했다. 웃음을 지우고 거의 두려움에 가까운 감탄을 담은 눈빛으로 말했다.

"그 아주머니, 참 대단했어……"

그 순간―하기타니 도시코가 미와 나오코에게 수수께끼 같은 말을 건네 미와 나오코를 무너뜨린 그 일에 관해서만은, 시게코도 막아주기 힘들었다. 이것만은 기자들이나 리포터들도 도시코로부터 직접 이야기를 들으려 했고, 도통 물러나지 않았다. 어쨌든 그 자리에 함께 있었던 기자들도 있었으니까. 그래서 시게코도 타협점을 찾아, 도시코의 개인정보를 기사화하지 않고 사진이나 영상은 공개하지 않는다는 조건으로 도시코를 기자들 앞에 세웠다.

도시코는 미리 입을 맞춘 스토리대로 이야기했다. 그뿐만이 아니었다. 도시코는 거기에다가 독자적인 연출효과를 더했다.

어린 아들을 잃고 홀로 남아 상심한 어머니의 모습. 소박하고 마음

씨 곱고, 언론이나 보도는 물론이거니와 범죄 같은 것과 전혀 무관한 선량한 중년 여성.

"그때…… 미와 씨 어머니에게 제가 그런 말씀을 드렸던 것은,"

기자들의 시선을 받으며 도시코는 고개를 숙이고 더듬더듬 이야기했다.

"마에하타 선생님과 함께 미와 씨 어머니가 돌아오기를 기다리는 동안, 이웃 분들로부터 미와 씨에 관한 나쁜 소문이 돈다는 말을 들었습니다. 여자 비명이 들렸다거나 하는 그런 이야기였어요. 그래서 저는, 그때 미와 씨의 어머니 얼굴을 보니, 너무도 슬퍼 보이고 괴로워 보이고, 그래서 문득 머릿속에 떠올랐다고 해야 할지, 느꼈다고 해야 할지, 그 나쁜 소문이 정말이라면 이 어머니는 몰랐을 리가 없다, 알고 있으면서 혼자 속으로 앓고 있을 거라는 생각에…… 이건 역시 자식을 키우는 어미의 직감이라고 말씀드릴 수밖에 없습니다만, 예, 그래서 그런 소리를 한 겁니다."

그게 우연히, 맞아떨어졌습니다.

"그래서 그건…… 이런 말을 하면 못 쓰겠지만, 지금 생각으로는, 허풍이라고 해야 할까요, 그런 소란을 피워서 정말 죄송하게 생각합니다."

살짝 눈물을 머금으며 그렇게 말한 것이다. 옆에서 듣고 있던 시게코마저 믿어버릴 뻔했다.

어미의 직감, 이라.

허풍이었다―라고?

정말로 그게 진실인 게 아닐까, 하는 생각마저 들었다.

이렇게 해서 시게코와 도시코는 취재 공세를 극복해냈다. 시게코가 만든 스토리는 멋지게 먹혀들었다. 타고난 거짓말쟁이도 쓸모 있을 때가 있다.

언론사들은 시게코와의 약속을 지켜, 하기타니 도시코의 존재를 보도하면서도 누구인지 짐작할 만한 정보는 숨겨주었다. 다만 인터넷 세계는 그리 만만치 않아, 몇몇 사이트에 도시코의 얼굴 사진이나 이름이 올라오는 바람에(모임에 관해 조사해준 예의 프리라이터가 체크해서 알려주었다), 시게코의 걱정거리가 되어 있었다. 기자들의 발길이 끊긴 지 보름이 지났는데도, 한사코 사양하는 도시코를 붙잡아 여기 머물게 하는 이유도 그 때문이었다.

노모토 형사가 점심을 먹지 않았다고 하자 도시코는 분주히 움직여 소면을 삶아 내왔다. 한 입 먹더니 노모토 형사는 눈이 동그래졌다.

"이 소면 국물 어느 회사 거예요? 슈퍼마켓에서 파나요?"

시게코는 마치 자기 솜씨인 양 자랑스레 대답했다.

"파는 게 아니에요. 아주머니가 직접 우려 만든 거예요."

도시코는 무척 멋쩍어했다.

"이제 일주일만 지나면 차가운 소면보다 더운 소면이 더 맛있어질 거예요."

그 뒤에는 셋이 함께 미와 아키오의 상태나 사토 마사코가 다시 건강해졌다는 등의 사건 관련 이야기를 두서없이 나누었다. 잽을 주고받지도 않는, 준비운동 같은 대화였다.

도시코는 분위기를 눈치 채고, 식사를 마치자마자 바로 자리에서 일어섰다.

"선생님, 저는 빨래하고 장 보러 다녀올게요. 세탁소에도 들러야겠네요. 오늘 공장 직원들 간식은 뭘로 할까요?"

"그럼 안미쓰*로 부탁드릴게요. 역 앞에 있는 오모리 상점에서 사면 돼요. 남편이 그걸 아주 좋아하거든요."

알았습니다, 다녀올 테니 천천히 이야기 나누세요. 노모토 형사에게 그렇게 말하고 도시코는 얼른 자리를 떴다.

"눈치 빠른 분이군요."

노모토 형사가 말했다.

"이제는 놀라지도 않아요."

시게코는 웃었다. 그리고 노모토 형사의 가방을 가리켰다.

"무슨 선물을 주실 건가요?"

지금까지의 보도를 보면—이제 미와 아키오 사건에 관한 보도는 빈도나 양이 급격히 줄어들기도 했지만—그의 전과 이력 이외에 과거에 저지른 '새로운 사건' 의 정보는 나오지 않았다.

도이자키 아카네가 관련된—관련되었을지도 모를, 밝혀지지 않은 사건에 관한 정보는.

가방은 건드리지도 않고, 시게코의 눈을 보며 노모토 형사가 물었다.

"어제 나온 주간 선데이 보셨나요?"

시게코는 고개를 저었다.

"비판하는 기사를 실었더군요. 마에하타 시게코는 '푸른하늘모임' 에 대해서도 그렇고, 미와 아키오에 대해서도 그렇고, 이번에는 제대로 글을 써야 한다고요."

그 제목은 '대형 사건을 탐지해내는 여성 리포터의 불가사의한 행적' 이었다고 한다.

---

* 삶은 완두콩에 과일과 우무를 썰어넣어 당밀을 치고 팥소를 얹은 음식.

"이젠 익숙해요. 푸른하늘모임에 관해서는 제가 손대지 않더라도 이미 충분히 기사가 나왔고요."

미와 아키오가 체포된 지 이틀 뒤, 경찰이 푸른하늘모임 사무국에 대한 수색을 실시했다. 최근에는 오히려 이쪽 이야기가 신문이나 잡지에 더 자주 나올 정도다. 가네카와 회장은 잔뜩 뜸을 들인 후에야 '해명회견'을 열어, 조카에게 특수한 전과 이력이 있다는 사실을 알면서도 푸른하늘모임의 운영에 관계하게 만든 데 대해 힘겨운 변명을 시도했다. 겨우 15분 만에 끝난, 질의응답도 없는 회견이었다.

그 뒤 얼마 안 있어 가네카와 회장은 푸른하늘모임에서 물러났다. 모임도 계속해서 탈퇴하는 사람들이 늘어나 공중분해되는 양상을 보이고 있다.

노모토 형사는 가방을 열었다. A4 사이즈의 클리어파일을 꺼내 시게코에게 내밀었다.

"대단한 건 아니에요."

노모토 형사가 접촉하는 관할서의 '말이 통하는 아저씨' 형사는, 가령 공소시효를 지났다 해도 미와 아키오가 과거에 다른 살인사건을 저질렀다면 절대 그냥 넘어가지 않겠다며 꽤 공을 들인 모양이었다. 하지만 미와 아키오가 이번 사건으로 검찰에 송치되기 전까지 이렇다 할 수확은 거두지 못했다.

"어쨌든 시효가 지났으니, 자칫 잘못해서 이번 사건이 꼬이면 곤란할 수도 있으니까요."

시게코는 파일에서 프린트용지 두 장이 묶인 서류를 써냈다. 가로쓰기로 되어 있다.

"이미 정년퇴직하신 분인데, 센주미나미 경찰서 소년과에 근무했던 선배를 만났습니다. 그래서 고등학교 시절 미와 아키오와 어울렸던 친구들 이름을 몇 사람 알아냈어요. 당시 소년과에서도 유명한 패거리였다고 하더군요."

현 거주지를 아는 사람이 두 명 있어서 만나고 왔다고 한다.

"거기에도 적었지만, 좀 흥미로운 증언입니다."

도이자키 아카네가 '가출한' 것으로 되어 있던 당시, 미와 아키오가 아카네와 함께 어울리던 친구들에게 아카네의 부재를 어떻게 설명했는가 하는 내용이었다.

도이자키 겐은 '그럴듯한 이야기로 속였겠죠' 라고 했지만—

"친구들이 아카네에 관해 물으면 아키오는 그때마다 적당히 꾸며댔다고 합니다. 잔소리꾼 부모 때문에 짜증이 나서 집을 나가 일하고 싶다고 하기에 아는 사람이 하는 가게를 소개해줬다느니, 자기 친척이 오사카에 사는데 거기서 미용사 공부를 하고 있다느니, 그 돈은 자기가 대준다느니 하는 식으로요."

어떻게 설명하든 간에, 아카네는 부모와 인연을 끊고 싶어하니까 어디 있는지 알게 되면 곤란하니 가르쳐줄 수 없다고 했단다.

"아카네는 아키오에게 푹 빠져 있었지만 아키오는 사실은 그렇지도 않았답니다. 아카네 말고도 같이 다니는 여자애들이 많았다고요."

"사실은 로미오와 줄리엣이 아니었던 거군요."

미와 '로미오' 는 금방 싫증을 내는 성격이었을 것이다. 그에게 여자란 소모품에 불과하다.

"안타까운 일이죠."

노모토 형사는 잠깐 아카네를 생각하는 듯 진심으로 괴로운 표정을 지었다.

“그래서, 아카네가 사라졌는데도 아키오가 태연했던 것을 친구들은 특별히 수상하게 생각하지는 않았다고 합니다. 다만……”

다만? 시게코는 이어질 이야기를 예상했다.

—당시 아카네와 아키오의 사이가 항상 원만했던 것만은 아니라서, 애인처럼 행동하는 아카네에게 아키오가 화를 낼 때도 있었다. 폭력을 휘두르는 모습도 보았다. 늘 그랬던 게 아니라 일시적인 다툼이기는 했지만 아카네가 우는 모습을 본 적도 있었다. 미와 아키오는 자기 친구들에게 아카네가 너무 따라다녀서 귀찮다는 말을 한 적도 있었다.

“그래서 친구들 중에는, 극히 일부이기는 하지만, 아카네가 모습을 감췄을 때 혹시 미와 아키오가 아카네를 어떻게 한 게 아닌가 하는 의심을 품은 사람도 있었다고 합니다. 그러니까,”

시게코는 일부러 냉혹한 표현을 썼다.

“귀찮아서 없애버렸다, 고요?”

“그렇습니다.”

하지만 그들은 누구 하나 그런 의문을 미와 아키오에게 캐묻지는 않았다.

—미와 아키오는 친구들 사이에서 우두머리 같은 존재였지만, 지도자로서 신뢰를 얻는다기보다 두려움을 주는 존재였다.

마음에 들지 않는 일이 있으면 무슨 짓을 할지 모를 녀석이었던 것이다.

“그리고 또 한 가지.”

노모토 형사는 손가락을 세웠다.

“미와 아키오는 자동차를 훔치는 게 특기였다고 합니다. 솜씨가 좋았다고요.”

친구들의 증언뿐만 아니라, 정년퇴직한 선배에게서 들은 이야기도 그 사실을 뒷받침했다.

"16년 전이라면 아직 자가용 도난방지 장치 같은 게 널리 보급되지 않은 때였고, 중고차 매매상이 쓰는 범용 키를 구하면 의외로 간단하게 주차장에서 차를 훔칠 수 있었다더군요. 유리창을 깨서 차 안에 숨겨둔 스페어 키를 찾아내 사용하는 경우도 있고요."

미와 아키오는 거기서도 교묘한 솜씨를 발휘했다고 한다.

하지만 그는 훔친 차를 팔아 돈으로 바꾸거나 하지는 않았다. 그런 루트가 없었던 것이다. 그냥 훔쳐서 실컷 타고 돌아다니다가 적당한 곳에 버릴 뿐이었다. 그 전에 차 안에서 돈이 될 만한 물건을 찾아내는 일은 잊지 않았지만.

"미와 아키오와 도이자키 아카네가 오토바이를 잘 타고 다녔다는 이야기는 들었는데요."

"아아, 그건 아키오의 오토바이였습니다."

"타고 돌아다니던 게 오토바이뿐만이 아니었다는 증언도 분명히 있었습니다."

'비둘기 집'의 우라타 하토코가 그렇게 말했었다.

노모토 형사는 살짝 한숨을 쉬었다.

"마에하타 씨, 그러니까 아키오와 아카네 커플의 비행 범위는 우리가 막연히 생각하는 것보다 훨씬 넓었을지도 모릅니다. 충동적으로 차를 훔쳐 드라이브를 했다면, 마에하타 씨가 있을지도 모른다고 생각하시는 미해결 사건이 — 만약 진짜로 있다 해도, 센주미나미 경찰서 관내에서 일어난 일이라고는 단정지을 수 없게 됩니다."

"그러네요."

시게코는 한숨을 내쉬며 고개를 끄덕였다.

"혹시 북쪽으로 갔을 경우에는 경시청 관할이 될지도 모르겠군요."

"네. 그래서 죄송하지만 저로서는 제대로 조사를 못 할 것 같습니다."

노모토 형사는 고개를 꾸벅 숙였다.

결국 미와 아키오의 고백을 기다릴 수밖에 없다.

혹은— 도이자키 아카네 부부의 고백을.

"잘 구슬리면 미와 아키오가 입을 열 수도 있을까요?"

고개를 젓고, 가능성이 희박합니다, 하고 노모토 형사가 대답했다.

"만만치가 않아요. 고집이 셉니다."

노모토 형사는 소리 없이 쓴웃음을 짓고 덧붙였다.

"게다가 담당검사가 추궁해줄지 어떨지도 모르죠. 그쪽은 가능성이 더 희박합니다."

시게코는 프린트용지를 다시 파일에 집어넣었다. 이번에는 노모토 형사가 시게코에게 물었다.

"반응이 있었습니까?"

시게코는 노모토를 바라보았다.

"도이자키 부부에게 편지를 보내셨죠?"

"네."

"대답은요?"

시게코는 고개를 저었다.

"세이코 씨에게서는 연락 없었습니까?"

"없습니다. 미와 아키오 체포 이후 한 번도 없어요."

노모토 형사는 깔끔하게 다듬은 눈썹을 찌푸렸다.

"마에하타 씨가 부모님에게 보낸 편지가 무슨 영향을 미친 모양이군요. 그렇지 않다면, 세이코 씨가 아무 이야기도 없다는 건 자연스럽지 않아요."

—마에하타 씨, 그 미와 아키오라는 남자 사건은 뭔가요? 어째서 그런 사건에 하기타니 씨와 함께 얽히신 거죠?

—그 사건이 혹시 언니와도 무슨 관계가 있는 거예요?

"다카하시 변호사는요?"

"무소식입니다. 저도 연락을 하지 않았고요."

표면적으로 공개한 스토리가 먹혀들어간 이상, 다카하시 변호사는 더이상 시게코와 접촉할 필요가 없다.

"다쓰오 씨…… 아, 세이코 씨의 헤어진 남편 말인데요."

"네. 두 사람 관계가 회복될 것 같나요?"

"그 사람으로부터도 전화 한 통 없어요."

이노우에 다쓰오에게는 상당히 날카로운 면이 있다. A와 C를 손에 넣으면 그 중간에 B가 있음을 바로 추측해내는 청년이다.

노모토 형사는 불안한 듯이 눈을 가늘게 뜨고 물었다.

"어떻게 하실 겁니까?"

시게코는 대답했다.

"기다릴 뿐입니다."

탁자 위에 놓인 클리어파일 안에 든 서류는 묘하게 행간이 넓다. 정보가 부족한 것이 미안해서 일부러 그렇게 만든 것 같았다.

그 행간을 닮은 침묵이 흘렀다.

아까보다 쇳소리가 더 크게 들려오자, 노모토 형사가 창 너머로 마에하타 철공소를 바라보았다.

"허풍이었을까요?"

"네?"

"하기타니 도시코 씨요."

도시코 씨가 발휘한 '능력' 말입니다.

"모르겠네요. 글쎄요."

"도시코 씨의 할머니인 치야라는 사람에게 그런 능력이 있었잖아요. 초능력이랄까? 사이코메트리라고 하던가요?"

"'제3의 눈' 이죠."

쇼지가 썼던 표현을 어느새 시게코도 즐겨 쓰고 있었다.

"제3의 눈이라. 그게 일종의 '자질'이나 '적성', 그런 거라 치면,"

딱딱한 음식을 깨물듯 힘겨운 말투로 여형사는 말했다.

"히토시뿐만 아니라 도시코 씨도 지니고 있다 해도 이상할 것은 없는 셈이네요."

이치로만 따지면 그렇다.

"도시코 씨는 뭐라고 하시던가요?"

도시코가 외출했는데도 노모토 형사는 목소리를 낮췄다.

"허풍이었다는 건 어디까지나 경찰과 언론용으로 만들어낸 말이잖아요. 실제로는 어땠습니까? 마에하타 씨에게는 솔직하게 털어놓았겠죠?"

물론이다. 시게코도 물어보았다.

— 모르겠어요.

도시코는 당혹스러워하며 고개를 숙이고 그렇게 대답했다. 몇 번을 물어봐도 대답은 같았다.

— 그때는 순간적으로 그런 생각이 들었습니다, 선생님. 그때만 제

게 히토시와 같은 능력이 생긴 건지도 모르겠어요. 아니면 기자 분들에게 이야기한 것처럼 자식을 키우는 어미의 직감이었을지도 모르죠. 저도 잘 모르겠습니다.

"저는 말이죠,"

시게코도 공장 쪽을 바라보며 말했다.

"그때 히토시가 자기 어머니의 몸 속에 들어온 거라 생각하기로 했어요."

노모토 형사는 시게코를 뚫어지게 바라보았다.

"그 신문배급소 집 아들, 기억하시죠?"

"네, 초등학생 남자아이요."

"한자로 쓰면 다르지만, 발음은 똑같이 히토시라는 이름이었죠."

노모토 형사는 천천히 고개를 끄덕였다.

"그게 계기가 되어, 순간적으로 히토시의 영혼이 도시코 씨에게 들어온 게 아닐까요?"

히토시—하고 살짝 중얼거렸다. 여형사는 눈을 내리깔고 있었다. 생각보다 긴 속눈썹이 뺨에 그늘을 드리웠다.

"그 모자 사이라면, 그런 일이 있어도 이상할 게 없다고 생각합니다."

하기타니 히토시는 생전에 여러 차례 어머니의 기억을 보고 그림을 그렸다. 그 매화 그림도 그중 하나다. 두 사람은 기억을 공유하고 있었다. 히토시 쪽만 어머니의 기억을 공유하는 듯 보였지만, 사실은 도시코 역시 히토시보다 훨씬 힘이 약하기는 해도 아들의 기억을 공유하고 있었던 게 아닐까.

"히토시가 있었던 겁니다. 미와 씨 집 앞에서, 밤길에 서 있던 어머니 곁에."

노모토 형사는 고개를 끄덕이지도 가로젓지도 않았다. 말없이 몇 차
례 눈을 깜박이고는, 열려 있던 가방 지퍼를 닫았다.

"노모토 씨."

여형사가 고개를 들었다. 시게코는 문득 가슴이 뜨거워지는 것을 느
꼈다.

"더 이야기하자면, 이번 사건 속에 있었던 건 히토시만이 아닙니다.
전…… 아카네의 모습도 보았어요. 분명히 본 것 같은 기분이 들어
요."

무슨 말이죠? 여형사가 몸을 앞으로 내밀었을 때 가방 안에서 휴대
전화가 울렸다.

시게코는 가슴에 밀려왔던 파도가 멀어져가는 느낌이 들었다. 타이
밍을 놓쳤다. 이제 노모토에게 이 이야기를 할 일은 없을 거라는 생각
이 들었다. 그래도 괜찮다고 생각했다.

급히 통화를 마치고 곧 늦더위가 심한 거리로 나갈 여형사를 위해,
차가운 녹차를 준비하려고 자리에서 일어섰다.


그 편지에 대한 반응은, 마에하타 시게코가 꿈꾸고는 있었다 해도
기대하거나 예상하지도 못했던 형태로 돌아왔다.

노모토 형사가 방문한 지 이틀 뒤, 아침의 일이었다. 거실에서 전화
벨이 울렸다. 시게코와 도시코는 분담해서 청소를 하던 중이라, 전화
기 가까이에 있던 도시코가 수화기를 들었다.

도시코는 상대방 목소리에 귀를 기울였다. 그러더니 갑자기 안색이
창백해졌다. 시게코는 청소기를 껐다.

"선생님."

도시코의 목소리가 이상했다. 시게코 쪽으로 내민 수화기도 떨리고 있었다.

"세이코 씨 어머니 전화예요."


이번에도, 그리고 아마 마지막일 테지만, 시게코는 다시 다카하시 변호사에게 도움을 청했다. 도이자키 고코와의 면담 장소로 변호사 사무실을 제공받은 것이다.

"이번주 일요일 오후 1시. 일요일이니 저는 없을 겁니다. 조카도 없을 거고요."

변호사가 단숨에 말을 뱉었다. 불쾌해 보이지는 않았지만 표정은 딱딱했다.

"다만 지금 취급중인 모 사건의 항소 취지서를 쓰기 위해 오후 2시에는 제가 사무실에 나갈 겁니다. 그러니 마에하타 씨가 자유롭게 쓸 수 있는 시간은 한 시간뿐입니다."

감사하다고 할 수밖에 없었다.

"하지만, 선생님이 동석하지 않아도 괜찮으시겠어요?"

시게코의 물음에 다카하시 변호사는 아주 잠깐 화를 냈다. 분노는 번개처럼 나타났다 사라졌다.

"더이상 제가 들을 필요가 없는 이야기입니다. 당신은 다를 테지만요."

말꼬리에 피로감이 묻어났다.

시게코는 12시 반부터 사무실에서 기다렸다. 스스로 생각하기에도 놀랄 정도로 차분한 마음으로 앉아 있을 수 있었다. 사들고 온 찬 음료

수를 사무실 냉장고에 넣어두고, 다다가 깔끔하게 닦아 선반에 엎어놓
은 잔을 두 개 꺼내 받침 위에 엎어놓았다.

1시 5분 전에 인터폰이 울렸다.

머릿속으로 상상만 하는 데는 보통 한계나 치우침이 있게 마련이다.
도이자키 고코는 시게코보다 키가 크고 뼈대가 굵은 체격이었다. 광대
뼈가 튀어나오고 콧날이 곧았으며 하관이 벌어졌다. 미인은 아니지만,
인상적인 얼굴이었다.

좀더 연약한 인상의 여자일 거라고만 생각했다. 가냘프고 갸름한 얼
굴에 금방이라도 울음을 터뜨릴 듯한 표정, 처음 만났을 때의 하기타
니 도시코와 기본적으로 비슷한, 분주하고 어수선한 느낌의 사람일 거
라고.

예상은 완전히 틀렸다. 도이자키 부인은 남편보다도 체격이 컸다.
두 사람의 체격차와 그 차이로 인한 영향은, 부부 사이와 가족 사이에
더 크게 다가왔을 것이 틀림없다.

시게코는 잘못 넘겨짚었던 것이다.

"처음 뵙겠습니다. 아카네와 세이코의 어미입니다."

낮고 쉰 목소리지만 떨리지는 않았다. 말꼬리를 흐리지도 않았다.
하지만 안색이 창백했다. 옅은 녹색의 여름 정장과 대비되기 때문만은
아닐 것이다.

소파에 앉기를 권하고 마실 것을 준비하는 동안 시게코의 심장은 크
게 뛰었다. 몸이 떨렸다. 흥분했기 때문이 아니다. 기를 압도당했다는
것을 자각했다.

도이자키 고코는, 마에하타 시게코와 담판을 짓기 위해 온 것이다.

"지난번에는 갑자기 전화를 드려 실례가 많았습니다."

무릎을 모으고 살짝 고개를 숙인 채로 고코가 먼저 말문을 열었다.

천만에요, 하고 시게코는 조용히 대답했다.

"제 연락처는 다카하시 선생님에게 받으신 거죠?"

편지를 쓸 때, 시게코는 한참 망설이다가 결국 전화번호를 쓰지 않았다. 보내는 사람 난에는 주소만 썼다. 전화번호까지 쓰면 도이자키 부부에게 뭔가를 기대하는, 혹은 요구하는 것처럼 보일까봐 두려웠던 것이다.

잠깐 뜸을 들였다가, 도이자키 고코가 불쑥 고개를 들었다.

"아뇨, 세이코에게 물어봤습니다."

시게코가 추측한 대로 미와 아키오 사건에 시게코와 도시코가 관련된 데 대해 세이코가 민감하게 반응한 것이다. 이노우에 다쓰오도 뭐라고 조언했던 모양이다.

"세이코가 우리에게 전화해서, 혹시 미와라는 남자가 언니와 무슨 관계가 있는 게 아니냐고 다그쳤습니다. 무척 흥분한 상태였습니다."

―그리고 엄마, 나 그 사람 낯이 익어. 옛날에 본 적이 있는 것 같아.

세이코가 어렴풋하게 기억하고 있다 해도, 그리고 그 기억이 지금 미와 아키오의 영상을 보고 떠올랐다 해도 이상할 것은 없다.

"세이코 씨는 저한테는 그런 연락을 하지 않았습니다."

변명같이 들려 시게코는 스스로 부끄러웠다.

고코의 딱딱한 말투와 밋밋한 표정에는 변화가 없었다.

"저나 바깥양반이나, 그 문제라면 마에하타 씨라는 분에게 직접 물어보라고 말했습니다. 그랬더니 세이코는, 마에하타 씨는 자기에게 사실대로 이야기해주지 않는다고 하더군요."

―뭔가 숨기고 있는지도 몰라. 혹시 엄마랑 아빠가 마에하타 씨에

게 그렇게 부탁한 거야?

맞다. 시게코는 분명히 도이자키 겐을 만난 일이나 부부가 협박을 받았다는 사실을 세이코에게 숨기고 있었다. 하지만 도이자키 부부의 부탁 때문만은 아니다.

"편지를 받은 건 그 뒤입니다."

고코는 담담하게 말을 이었다. 그녀가 지금 입고 있는 여름 정장은 아무래도 새것 같다. 나를 만나기 위해 산 걸지도 모른다. 시게코의 사고가 흐트러져서 잠시 궤도를 이탈했다.

"그래서 제가 세이코에게 말했습니다. 엄마가 마에하타 씨를 만나고 올 테니 그때까지 기다리라고요. 괜찮죠?"

물론입니다. 시게코는 말했다.

두 사람의 눈이 마주쳤다.

시게코는 시선을 피하지 않았다. 고코도 피하지 않았다. 벽시계의 바늘만 소리 없이 움직이고 있었다.

"세이코는 다쓰오와 이혼했습니다만,"

말을 이으며 도이자키 고코는 시선을 내리깔았다. 여자치고는 넓고 다부진 어깨에서 약간 힘이 빠졌다.

"다시 예전처럼 돌아가려 했던 모양입니다. 하지만 잘될 리가 없죠. 마침 그 무렵부터 자주 다투게 되어서, 세이코는 그 일로도 고민하고 있었던 모양입니다. 히스테릭했던 것도 반쯤은 그 문제 때문일지도 모르죠."

"저도,"

말을 하려다 목소리가 갈라지는 바람에 시게코는 헛기침을 했다.

"저도 세이코 씨가 다쓰오 씨와 다퉜다는 이야기는 들은 적이 있습니다."

두 사람의 관계는 점차 삐걱거리며 틈새가 벌어졌다. 미와 아키오 사건이 드러나기 전에도 세이코가 시게코에게 연락을 하지 않았던 것은, 다쓰오 문제로 머리가 복잡해 전화를 걸 계제가 아니었기 때문인지도 모른다.

"제 딸이니 저도 측은하게 생각하지만, 한번 그렇게 돼버렸으니 힘들죠. 애당초 관계를 되돌리려고 한 것부터가 잘못이었습니다."

세이코의 이혼 원인이 뭔지 생각해본다면, 상당히 싸늘한 말투다. 하지만 시게코는 그렇게 느끼지 않았다. 건조하다는 생각이 들 뿐이다. 메마르다. 황량하다.

여기서도 추측이 어긋났다. 도이자키 고코는, 시게코가 도이자키 겐과 세이코의 이야기를 통해 상상했던 여성이 아니었다.

"남편은……"

문득 그녀의 목소리가 달래듯이 부드럽게 변했다.

"마에하타 씨가 눈치를 챘다고 했습니다. 아마 여러 가지를 조사하고 있을 거라고. 편지에는 그런 분위기만 풍겼지만, 사실은 다 알고 있을 거라고요."

시게코는 다시 몸이 떨렸다. 고코가 눈치 채지 않도록 몸에 힘을 주었다.

"그건 어떤 뜻으로 하신 말씀이죠?"

틀렸다. 감당해낼 수 없다. 어느새 시게코가 먼저 고코의 시선을 피하고 말았다.

"마에하타 씨는 무슨 의미인지 아실 텐데요."

고코는 차분한 말투로 대꾸했지만, 시게코는 결국 눈을 감고 말았다. 히토시가 그린 그 그림이 눈앞에 떠올랐다. 박쥐 풍향계가 있는 집. 회색 피부의 소녀.

—이 여자애 불쌍해. 여기서 나올 수가 없어.

고개를 들고, 시게코는 입을 열었다.

"한 가지 여쭤봐도 괜찮겠습니까?"

도이자키 고코는 대답 없이 고개만 끄덕였다.

"아카네 씨는 혹시 중학교 배지를 두 개 갖고 있지 않았나요? 하나는 새것인데, 비닐봉투에서 꺼내지도 않은 상태였습니다. 쿠키상자 안에 들어 있었죠. 어쩌면 아카네 씨가 배지를 한 번도 안 달았는지도 모르지만, 어머니께서 그걸 가만히 놔뒀을 것 같지는 않아서, 이상하게 생각했습니다. 기억하시나요?"

방금 전까지 시게코는, 튼튼한 만듦새에 복잡한 기능을 지니고 있지만, 정작 조작 패널이 어딘지 알 수 없어 작동시키지 못하는 기계와 마주하고 있었다.

하지만 이제 그 기계가 움직이는 소리가 들려왔다. 이렇게 조용한 곳이 아니라면 알아듣지 못했을 정도로 희미한 소리를 내며, 기계가 움직이기 시작했다. 시게코가 우연히 스위치를 건드린 것이다. 어디 있는지 보이지도 않는 그 스위치를.

도이자키 고코의 눈빛이 흔들렸다. 손끝이 움찔했다.

"아카네를 묻을 때,"

다시 담담하고 메마른 목소리로 돌아갔다.

"교복을 벗겼습니다. 가출하면서 교복을 입고 나가지는 않았을 테니까요. 그래서 벗겨야 한다고 생각했습니다."

"1989년 12월 8일, 한밤중의 일이죠?"

고코는 바위처럼 끄떡도 않은 채, 턱만 움직이고는 말을 이었다.

"아카네가 집에 들어온 건 자정이 지나서였습니다. 그날은 중학교 교복을 입고 있었죠. 아카네는 사복 차림으로 밖을 돌아다니는 일이 많았지만, 교복을 입고 나가는 경우도 있었습니다. 단정하게 입지는 않았지만요."

"고쳐 입고 다닌 거죠?"

"네. 그것도 패션이었겠죠. 그 남자…… 미와 아키오라고 하나요?"

고코가 확인하자, 시게코는 고개를 끄덕였다.

"그때는 '시게' 라고 불렸다고 합니다."

"그 남자가, 아카네가 교복을 입는 걸 좋아했을지도 모르죠."

사복 차림으로 돌아다니는 것보다 훨씬 불량소녀처럼 보였을 테니까.

"어쨌든 옷을 갈아입혀야 했습니다. 그래서 벗기고 있는데, 배지가 달려 있지 않다는 걸 깨달았습니다. 제가 발견했죠."

목구멍이 막힌 듯이 말이 끊어졌다.

"어딘가에서 잃어버렸을지도 모른다고, 남편과 의논했습니다. 남편이나 저나 무척 당황했습니다. 어디서 잃어버렸을까 ― 혹시, 밖에서 ―"

꿀꺽, 침 삼키는 소리가 났다.

"남편은 오늘밤에 잃어버린 게 아닐지도 모르니 신경 쓰지 말자고 했습니다. 저희 둘 다 아카네의 학교 배지가 어떻게 생겼는지 전혀 기억하지 못했습니다. 남편 말이 맞을 거라고 생각했습니다. 그렇게 믿기로 했죠. 그래도 집 안을 뒤져보았지만 나오지 않았고, 그 이상은 어쩔 수가 없었습니다."

조금씩, 조금씩, 시게코의 심장이 크게 뛰기 시작했다. 시게코는 숨을 죽였다.

"가출신고를 하고,"

고코도 호흡을 가다듬는지 말이 자꾸 끊겼다.

"학교에도 그 사실을 알리러 갔습니다. 며칠 뒤였더라……"

"사흘 뒤입니다. 12월 11일이죠."

도이자키 고코는 기억해내는 걸 도와줘 고맙다는 눈짓을 했다. 시게코는 똑바로 바라볼 수가 없었다. 가슴이 아팠다.

"담임선생님을 만나고 돌아오는 길에 서무실 앞을 지나다 배지를 사야겠다는 생각을 했습니다. 아무래도 필요해질 것 같아서요. 있는 게 낫겠다 싶었습니다."

고코는 서무 직원에게 배지를 하나 샀다. 3백 엔이었다.

"집에 가지고 와서 밤에 세이코가 잠든 뒤에 남편에게 보여줬습니다. 남편은 버럭 화를 냈습니다. 그런 건 아무 도움도 되지 않는다, 누가 보면 오히려 수상하게 여길 수가 있다, 고요."

도이자키 아카네의 어머니는, 딸의 가출신고를 낸 그날 왜 학교 배지를 사갔는가, 의아하게 여길 사람이 있을지도 모른다.

"그래서, 그냥 넣어두었습니다. 그 상자 안에 넣었다는 사실은 잊고 지냈습니다. 이제 와서 세이코가 발견할 줄은 몰랐죠."

경찰에 출두한 뒤, 아카네에 관한 것은 모두 자기들이 가지고 갔다고 생각했다. 쿠키상자 하나를 남겨둔 것이 화근이 되었다.

시게코는 말로 표현할 수 없는 죄책감에 현기증을 느꼈다. 저도 모르게 손으로 뺨을 눌렀다.

"모든 걸 다 기억한다는 건 불가능한 일이죠."

작동음이 바뀌었다. 이번에는 스위치가 켜진 것이 아니었다. 엔진이 교체되었다.

갑자기 도이자키 고코가 두 손으로 얼굴을 가렸다.

"잊을 리가 없습니다. 저는 너무도 무서워서 단 하루도 잊은 적이 없었습니다. 아카네가 배지를 어디서 잃어버린 걸까, 그런 생각을 하지 않을 수가 없었습니다. 최악의 장소에 떨어뜨린 게 아닐까, 그게 발견되면 아카네가 한 짓이 바로 드러나버립니다."

'아카네가 한 짓'.

한밤중에 부모가 기다리는 집으로 돌아오기 전까지. 모든 걸 잊고, 누가 뭐라든 신경도 쓰지 않을 정도로 푹 빠져 있던 남자친구와 둘이서.

"사람을 치었다고 하더군요."

토해내는 듯한 목소리였다.

"차를 훔쳐서 드라이브하다가 사람을 쳤어. 그런 시간에 그런 델 지나가는 사람이 있을 줄 몰랐다니까. 그 사람 잘못이야. 우리는 잘못 없어. 시게 잘못이 아니야."

고코의 목소리에 열다섯 살 아카네의 고백이 겹쳐졌다.

도이자키 고코는 온몸을 떨고 있었다. 머리를 감싸안고 태아처럼 몸을 웅크린 채 계속 떨었다.

"위치 같은 건 몰라. 어느 시골길이었어. 산이 보였어. 어두웠고. 드문드문 불빛이 보였어. 사람이 있을 거라고는 생각도 못 했어. 이렇게 말하더군요."

몇 번을 캐물어도 아카네는 그런 말밖에 하지 않았다. 장소는 기억하지 못한다. 시골이다. 캄캄했으니까. 뭐 하러 갔냐고? 그냥 드라이

브였다니까.

"도이자키 씨."

시게코는 손을 뻗어 고코의 등 위에 얹었다. 땀이 밴 것은 시게코의 손바닥 쪽이었고, 정장에는 주름도 얼룩도 없었다.

"아카네 씨는 왜 그런 이야기를 시작한 거죠? 평소에도 자기가 먼저 말을 하는 편이었나요?"

질식할 듯이 거칠게 숨을 들이쉬고, 고코는 살짝 허리를 폈다.

"저희가 캐물었습니다."

"물었다고요?"

"집에 들어왔는데, 교복에 흙이 잔뜩 묻어 있었습니다. 손톱 사이에도 흙이 끼어 있었고 피가 들러붙어 있었죠. 손톱이 너덜너덜하게 벗겨진 상태였습니다."

아카네의 탈선을 바로잡길 포기하고 거기에 익숙해져 있었지만, 오늘밤은 뭔가 보통 일이 벌어진 게 아님을 직감한 것이다.

"아카네의 안색도 창백했습니다."

사람을 치었어.

"훔친 차를 타고 다니다가 뺑소니사고를 냈다는 건가요?"

그렇게 물으면서, 시게코는 귓속에서 경보가 울리는 것을 들었다. 머릿속에서 경광등이 빙빙 돌며 깜빡이고 있었다. 단순한 뺑소니사고였다면 왜 아카네의 교복이 흙투성이가 되었을까. 왜 손톱이 벗겨졌을까.

"크게 다치지는 않았다고 했습니다."

고코의 입에서 고백이 흘러나왔다. 뱃속에 든 것을 토해내듯이.

"젊은 여자였답니다. 길가에 쓰러졌지만, 그래도 의식은 또렷해서 고통을 호소하고 있었다고. 일어설 수가 없는 것 같았다고—"

시게와 아카네는 차에서 내렸다. 헤드라이트 불빛에 비친 쓰러진 여자의 얼굴이 보인다.

도망가자. 아카네가 말했다.

우리 얼굴을 봤어. 시게가 말했다.

그냥 두면 골치 아파.

다행히 차에는 흠집이 나지 않았다. 아무 흔적도 없었다. 그러니, 사실은 친 것이 아니라 저 여자 혼자 넘어진 것뿐인지도 모른다.

"그 여자를 둘이서 차 뒷좌석에 태웠다더군요."

병원에 데려다주겠다, 라면서.

그러나 실제로는 아카네가 뒷좌석에서 여자의 소지품을 뒤지고 있었다. 가방에서 지갑을 꺼내 돈을 훔치고, 여자가 하고 있던 액세서리도 빼앗았다.

어디로 데려가지?

"어디로 갔다고 했습니까?"

고코의 회상에 빨려들어가 함께 흐트러지는 것을 막기 위해, 시게코는 이를 악물고 질문했다.

"미와 아키오와 아카네는 다친 여자를 어디로 데리고 갔던 거죠?"

장소는 몰라. 모른다니까. 기억나지 않아. 아카네는 그렇게 말했다.

—무슨 가건물 같은 오두막이었어. 차로 달리다가 발견했어.

인기척이 없다. 주위에는 인가가 없다. 안을 들여다보니 낡은 공구 같은 것이 나뒹굴고 있었다. 쓰다 버린 헛간이나 창고인 모양이다.

두 사람은 여자를 그곳으로 데려갔다. 아카네는 거기서 여자의 옷을 벗겼다. 비싸 보이는 옷이었으니까. 그 옷이 마음에 들었으니까.

고코는 한쪽 손으로 입을 꼭 누르고 있었다. 그래도 말은 손가락 사이로 흘러나왔다.

"경찰에 신고할 수 없게 만들어야 한다고."

시게는 아카네가 옷을 벗긴 여자를 그 오두막 안에서 성폭행했다.

"말리지 않았습니다."

고코가 신음했다. 눈에서 눈물이 흘러내렸다. 부끄럽다는 듯 고코는 눈을 꼭 감았다.

"아카네는 말리지 않았습니다. 왜 말리지 않았느냐고 물었죠. 그애는 대답하지 않았습니다."

ㅡ그냥. 왜? 별 상관 없잖아?

왜 내가, 시게가 하고 싶어하는 일을 말려야 하는 건데?

도이자키 고코는 아카네의 대답을 암송하듯이 중얼거리더니, 목소리를 삼키고 울음을 터뜨렸다.

시게코는 어느새 자리에서 일어나 있었다. 그 다음에 무슨 일이 일어났는지는 추측할 것도 없다. 일을 마치고 흡족해진 시게는 여자를 처치하기로 한다. 그게 안전하다.

아니ㅡ그게 더 재미있겠다, 고 생각한 건지도 모른다.

여자는 이미 저항할 방도가 없었을 것이다. 정신을 잃었을지도 모른다. 도움을 청할 수도 없었고, 비명을 질러도 아무에게도 들리지 않았다.

"시게가 죽인 거죠?"

확인할 생각으로 묻자 고코가 거칠게 고개를 저었다.

"아카네 씨였습니까? 아무리 그래도, 열다섯 살 여자아이잖아요."

사전 준비가 있었던 것도 아니다. 흉기가 될 만한 것을 갖고 있지도 않았을 것이다. 여자아이 힘으로 성인 여성을? 어떻게?

시게코는 숨을 멈췄다.

아카네의 교복에는 흙이 묻어 있었다. 시체를 숨기려고 파묻은 거라 생각했는데 —

"죽었다고 생각했다더군요."

창백해진 얼굴로 숨을 헐떡이면서 고코가 말했다.

"그래서 오두막 뒤에 구덩이를 파서, 최대한 깊게 파서."

오두막 안에 있던 쇠막대나 망가진 나무틀 같은 걸 썼다. 정말 힘들었다. 그래서 손톱이 깨지고, 벗겨졌다.

"아카네의 손바닥에 찰과상이 나 있었습니다."

계속 땅을 파서 여자를 던져넣고, 위에 흙을 덮었다.

어쩌면 아직 살아 있을지도 모르지만, 알 바 아냐.

아카네는 왜 그렇게까지 전부 말한 걸까. 왜 그렇게 순순히 털어놓은 걸까. 그렇게 부모를 얕잡아보고, 말도 듣지 않고, 반항했는데.

무서웠기 때문이다. 그날 밤의 체험은 아카네에게 비정상적인 것이었기 때문이다. 누군가에게 이야기하지 않고는 견딜 수 없었을 것이다. 시게코는 머리가 공회전하는 느낌이었다. 틀림없이 그럴 것이다. 아카네는 겨우 열다섯 살짜리 여자아이였다.

"울음을 터뜨릴 듯한 얼굴이었습니다."

고코의 눈물은 멈추지 않았다. 핏기가 사라진 뺨을 적시며 차가운 눈물이 흘러내린다. 눈동자에 초점이 없고, 입을 멍하니 벌리고 있다. 입가를 떠난 손이 허공을 움켜쥐듯 주먹을 쥐고 있다.

"꼬리가 잡히면 골치 아프다고, 시게는 약국에 들르지도 않았다고 합니다. 가게도 없었고요. 피가 계속 멈추지 않았답니다."

─ 손이 아파.

치료해달라고 아카네가 말했다. 고코에게, 엄마에게 졸랐다. 아파, 엄마.

고코는 그 말을 들어주었다.

"남편은 꼼짝도 못 하고 앉아 있었습니다. 저는 구급상자를 꺼내왔죠. 소독해주려 했습니다. 그애 손을요. 정말로, 아파 보였으니까요."

아카네는 제 딸이니까요.

소독하고, 피를 닦고, 약을 발랐다. 가제를 댔다.

"붕대를 감아주려 했죠."

아카네는 엄마에게 기대어 있었다. 고개를 푹 숙이고 앉아 있는 아버지를 무시하고, 자신을 치료해주는 고코에게 몸을 맡기고 있었다.

교복 벗어. 흙이 묻었으니까 이대로는 붕대를 감아도 금방 더러워질 거야.

아카네는 순순히 옷을 벗으려다가 아버지에게 말했다. 저리 가 있어.

도이자키 겐이 고개를 들었다.

남편의 눈이 죽어 있는 것을 고코는 보았다.

딸의 가냘픈 뒷모습을 보았다. 무방비로 고코에게 등을 보이고 있다. 긴 머리카락이 흐트러져 가느다란 뒷덜미가 드러났다.

그 순간.

"손에 들고 있던 붕대로 그애 목을 졸랐습니다."

뒤에서 감아 목을 조르며 당겨올렸다. 갑작스러운 일이라 아카네는 소리도 지르지 못했다.

"남편이 달려들었습니다. 저를 말리려고 했겠죠. 저는 남편을 걷어찼습니다. 그런 짓을 한 건 그 전에도 후에도 없었습니다. 그때뿐이었습니다."

걷어차인 도이자키 겐은 버둥거리며 일어나서, 딸의 목을 조르고 있는 아내를 보았다.

저항하는 딸을 보았다. 손톱이 벗겨진 손가락으로 엄마가 조이는 붕대를 잡아당기려 했다. 필사적인 저항이었다. 고코도 온 힘을 짜내야 했다.

"하지만 마에하타 씨, 저는 성공했습니다. 아카네는 마른 편이고, 저는 보시다시피 이런 체격이니까요."

제가 아카네를 죽인 겁니다.

거짓말이다. 시게코는 생각했다. 그건 거짓말이다.

도이자키 겐도 아내를 도왔다. 둘이서 아카네를 꽉 누르고, 숨이 끊어질 때까지 목을 조였다.

하지만 시게코는 그런 생각을 입밖에 내지 않았다. 말하지 않아도 전해진다. 고코는 알고 있다.

"그런 겁니다. 그렇게 된 겁니다."

고코가 시게코를 바라보았다. 그제야 겨우 시게코도 자신이 아무 의미 없이 서 있다는 사실을 깨달았다. 무릎에서 힘이 빠져 털썩 주저앉았다.

"그 여자는……"

대답하기 전에 고코는 허리를 펴더니 핸드백에서 손수건을 꺼내 얼굴을 닦았다. 반듯하게 다리미질해서 곱게 접은, 수가 놓인 손수건이었다.

"발견되지 않았습니다. 지금도 그곳에 묻혀 있지 않을까요. 저희도 찾을 도리가 없었습니다. 아카네가 기억하고 있지 않았으니까요."

“미와 아키오는요?”

하긴 그가 자백할 리가 없다. 부부를 위협하기 위해서라 해도, 스스로 위험해질 짓은 하지 않을 것이다.

“이제 후련하십니까?”

내 목소리다. 내가 도이자키 고코에게 묻고 있는 것이다. 고백해서 후련하냐고. 그런데 왜, 내 목소리가 아닌 걸까.

아니다. 고코가 시게코에게 묻고 있는 것이다. 후련하냐고.

“마에하타 씨가 갖고 있던 의문은, 이제 해결되지 않았습니까?”

시게코는 아무 말도 할 수 없었다. 바보처럼 앉아서 고코의 얼굴을 바라보았다. 도이자키 고코는 조금씩 기운을 되찾았다. 엔진이 다시 교체되었다. 소리가 조용해졌다.

고코가 자세를 바르게 고쳐 앉았다. 이제 뺨은 젖어 있지 않다. 눈물도 멈췄다. 눈초리가 약간 붉어졌을 뿐이다.

“아카네는 제 딸입니다. 제가 배 앓아 낳은 자식입니다.”

목소리에 자신감과도 같은 힘이 되돌아왔다.

“그래서 제 손으로 그렇게 했습니다. 그애가 그런 인간이 된 건 제 책임입니다.”

16년의 세월에 걸쳐, 도이자키 고코는 그런 묘비명을 새겨온 것이다. 처음부터 죽일 생각이었을 리 없다. 아카네의 상처를 소독해준 어머니가, 그 손으로, 그만큼 확신에 차서 아카네의 목을 조를 수는 없었을 것이다.

“달리 방법이 없었습니다.”

그것이 결론이다. 고코의 표정이 안정을 되찾았다.

“왜 경찰에 출두하셨나요?”

칼끝을 들이대듯 시게코가 물었다.

"계속 숨길 수도 있었을 겁니다. 그런데 왜 고백하신 거죠?"

굳게 다물었던 고코의 입언저리가 느슨해졌다. 미소를 지은 것이다.

"남편이 그러자고 했습니다."

혹시 불에 탄 집터를 보셨습니까?

"집의 절반만 탔습니다. 우리가 아카네를 묻은 쪽만 탔어요."

그걸 본 도이자키 겐이 말했다.

―아카네가 이제 밖에 내보내달라고 하고 있어. 이제 용서해달라고 말이야.

시게코는 신문에서 본 사진을 떠올렸다. 분명 도이자키 씨 집은, 기묘하리만치 절반만 타서 무너졌다.

그리고 아카네의 시체가 묻혀 있던 장소가 흰 선으로 표시되어 있었다.

"남편은 저보다 마음이 약합니다."

하지만 그걸 탓하지는 않는다. 감싸주고 있다.

"말려도 소용없다고 생각했습니다. 제가 싫다고 했다면, 그 사람은 혼자 모든 걸 뒤집어쓰고 경찰에 갔을 겁니다. 그래서 함께 출두했죠."

부부니까요.

"오늘 제가 이렇게 찾아뵌 것도 마찬가지 이유에서입니다. 제가 마에하타 씨를 뵈려 하지 않았으면, 남편은 혼자 왔을 겁니다."

"그리고 모든 것을 자기 혼자 한 일이라고 말할 거라고요?"

시게코의 눈을 바라보며 고코가 고개를 끄덕였다.

"남편에게 그런 거짓말을 하게 만들 수는 없습니다. 아카네를 죽인 건 저니까요."

그 순간, 시게코는 기묘한 것을 보았다. 고코는 아주 조금 가슴을 편 것이다. 자식의 목숨을 빼앗을 권한을 가진 것은, 자식에게 생명을 준 부모밖에 없다고 주장하는 양.

"마에하타 씨가 남편의 거짓말을 믿어버린다면 그게 세이코에게도 전해지겠죠. 그건 안 됩니다. 절대로 안 됩니다."

시게코를 타이르는 듯 위엄 있는 말투였다.

도이자키 고코가 고개를 움직였다. 시게코의 눈도 고코의 시선을 뒤따랐다. 벽시계를 보고 있다.

"2시가 지났습니다. 다카하시 선생님께 폐가 되겠군요."

앉은 자리에서 고개를 한 번 숙이며, 실례했습니다, 하고 말하고 고코는 자리에서 일어섰다.

시게코는 움직일 수 없었다. 입만 겨우 열었다.

"세이코 씨에게는 말씀하실 건가요?"

고코가 멈췄다. 키가 크다. 정말 단단한 체격이다. 흔들림이 없다.

"이렇게 된 이상 어쩔 수 없죠, 마에하타 씨."

어쨌든 세이코에게 용서를 받을 수는 없을 거라고, 고코는 차분한 목소리로 말했다. 비애는 없었다. 자기 연민도 없었다. 그런 것은 이미 오래전에 잘라내버렸다. 과거의 어딘가에 버려두고 왔다.

고코에게 남은 것은, 16년에 걸쳐 새긴 묘비명뿐이었다.

"좀더 일찍 털어놓았다면 세이코가 당신을 만날 일도 없었을 텐데."

"죄송합니다."

대답은 없었다. 처음과 마찬가지로 말없이 고개를 숙이고 도이자키 고코는 걸어나갔다. 문 손잡이를 잡았다. 문을 열었다.

"도이자키 씨."

가냘픈 목소리였지만, 고코에게는 들렸다.

"저는 아카네 씨를 보았습니다. 아카네 씨가 있었어요."

노모토 형사에게는 말하지 않은 사실이다. 말하지 않길 잘했다. 이건 고코에게만 할 수 있는 이야기다.

의아하다는 듯이 고개를 돌린 고코는 열었던 문을 닫았다.

"아카네가요……?"

"네, 봤습니다."

그날 밤이 지나고, 이튿날 오전. 시게코와 도시코는 용의자가 아니었으므로 경찰서에 붙들려 있을 이유가 없었다. 근처 비즈니스호텔에서 묵고 조사를 받기 위해 다시 나오는 길이었다.

경찰서 앞이 어수선했다. 기자와 리포터들이 모여 있었다. 텔레비전 방송국 중계차도 서 있었다.

"사토 마사코가 병원에서 검사와 치료를 마치고, 부모와 함께 경찰서로 가는 중이었습니다."

시게코와 도시코는 담당 순경을 따라 경찰서 뒷문을 통과해 안으로 들어갔다. 취조실이 아니라, 전날 밤과 마찬가지로 작은 회의실로 안내되었다.

복도를 따라 도시코가 먼저 실내로 들어갔다. 그런데 그때—

"복도 반대편에서 마사코와 가족들이 다가오고 있었습니다. 마사코는 아빠에게 안겨 있었죠."

가족들은 복도 제일 앞방으로 들어가려 했다. 안내를 담당한 형사가 문을 열었다. 시게코는 걸음을 멈추고 그 모습을 바라보았다.

사토 마사코의 아버지가 일단 안고 있던 소녀를 내려놓았다. 이유는 모른다. 별다른 이유는 없었을 것이다. 바로 뒤에는 어머니가 있었다.

겨우 몇 초 동안, 소녀는 부모 사이에 끼인 듯한 모습으로 혼자 복도에 서 있었다. 시게코의 시선을 느꼈는지 이쪽을 돌아보았다.

아마 아버지 옷인 듯, 어른용 파카를 걸치고 있었다. 작은 나뭇가지처럼 가느다란 발목과 푹신푹신한 운동화가 보였다. 자그마한 얼굴은 피로와 긴장으로 창백했다.

크게 다치지는 않은 모양이다. 다행이다—

시게코는 소녀를 향해 미소를 지으려 했다.

그 순간 시게코는 자신이 무엇을 보고 있는 것인지 깨달았다.

"마사코에게도 여동생이 있습니다. 두 자매예요."

문 손잡이를 잡은 채 서 있는 도이자키 고코에게, 시게코는 말했다.

"이웃들로부터 조금 이야기를 들었습니다. 마사코는 아마도 반항기 초입인 모양이었습니다. 어린 여동생에게 질투를 느낄 나이이기도 했고요. 부모 말을 듣지 않아 항상 야단만 맞았다고 합니다. 다루기 힘든 애라는 소문이었습니다. 게다가 여동생은 얌전하고 착한 아이라서, 마사코는 더 비교를 당했겠죠."

소녀는 수척했고 지칠 대로 지쳐 있었다. 그 눈동자에는 안도의 빛이 보였지만, 또다른 빛도 있었다.

비뚤어졌다. 화가 났다. 상처를 입었다. 동생만 귀여움을 받는다. 동생만 칭찬받는다. 너는 언니인데 왜 말을 안 듣니. 늘 나만 야단치고, 엄마는 날 보고 웃어주지 않는다. 아빠는 상대해주지 않는다.

어째서? 어째서? 어째서?

나는 여기 있는데. 아니, 난 정말 여기 있는 걸까. 나는 어디 있는 거지? 난 대체 누구지?

그래서 나는 엄마 말을 듣지 않았다. 그러면 못쓴다고 야단맞을 짓을 했다. 가면 안 되는 곳에 갔다. 거기라면 나를 발견할 수 있을지도 모른다는 생각이 들었으니까.

아카네다.

시게코는 깨달았다. 내가 지금 보고 있는, 복도 끝에 서 있는 저 아이는 어린 아카네다.

여기에도 또 아카네가 있다.

몸이 떨리는 듯한 몇 초가 지나고, 사토 마사코는 엄마 품에 안겨 문 안쪽으로 사라졌다. 그때 마사코의 작은 손가락은 엄마의 등을 꼭 잡고 있었다. 가느다란 팔이 제 엄마를 꼭 끌어안았다. 엄마도 온몸으로 마사코를 끌어안았다.

시게코의 몸속에서 무언가가 소리를 내며 녹아내렸다. 녹아내린 그것은, 따스했다. 청결했다. 시게코의 몸 안을, 마음을 구석구석까지 씻어냈다. 기분 좋은 현기증이 일어서 저도 모르게 벽에 손을 짚고 몸을 지탱해야 했다.

"저는 자식이 없습니다. 아이를 키우는 일이 얼마나 어려운 일인지도, 얼마나 기쁜 일인지도 모릅니다."

조금씩 목소리에 힘을 주며 시게코는 말했다.

"그래도 이렇게 생각합니다. 생각했습니다. 어쩔 수 없이, 이유 같은 것 없이도, 이런 일이 일어날 때가 있는 거라고요."

애정을 기울여 정성껏 키워온 자식이, 부모 손을 떠나, 눈에 보이지 않는 흐름에 휩쓸려 점점 멀어져간다. 손이 닿지 않고, 목소리도 닿지 않는다. 뒤돌아본 자식과 눈이 마주쳐도, 이해하기 힘든 어두운 빛만 보일 뿐이다.

바로 그 직전에 부모가 사토 마사코를 들어안아주었다. 시게코는 그 순간을 목격한 것이다.

"두 분 역시 아카네 씨가 떠내려가는 것을 막으려 했습니다. 마지막 기회가 16년 전 그날 밤이었습니다. 당신은 손을 뻗어 아카네 씨를 붙잡았습니다. 붙잡아서, 되돌리려 했습니다."

그리고 아카네를 되찾았다.

아카네의 목숨과 맞바꾸어.

"저는 당신을 책망할 수도, 용서할 수도 없습니다. 하지만 저는 보았습니다. 아카네 씨를 봤습니다. 아카네 씨를 만났습니다. 이 말씀만은 꼭 드리고 싶었습니다."

가시는 길을 붙잡아 죄송했습니다. 시게코는 깊숙이 고개를 숙였다.

"앞으로 뵐 일은 없을 겁니다. 부디 몸 건강하시기 바랍니다."

시게코가 눈을 감고 고개를 숙이고 있는 사이, 사무실 문이 조용히 열렸다가 닫혔다.

도이자키 고코는 떠나갔다. 돌아갔다. 남편과 세이코와 아카네의 묘비명이 기다리는 곳으로. 자신의 인생 속으로.


그로부터 며칠이 흘렀을까. 시게코는 계속 얼이 빠진 듯한 모습으로, 쇼지나 도시코와도 거의 말을 하지 않고 지냈다. 쇼지는 화를 내고 울상을 짓다가, 또 화를 냈다가 했고, 도시코는 당황해서 어쩔 줄 몰라 했다.

시게코는 기다리고 있었던 것이다. 또하나의 종막이 오기를.

도이자키 세이코는 한밤중에 전화를 걸어왔다. 아마도 그러리라는 것을 시게코는 이미 몸으로 예감하고 있었다. 세이코와 대치하고, 헤어질 시간이라면, 아카네가 세상을 떠난 것처럼 한밤중이 어울린다.

세이코는 묘하게 밝은 음성이었다.

"여러 모로 신세를 졌어요. 그 동안 감사했습니다."

취해 있었다. 정신이 없을 정도는 아니지만, 조금은.

"부모님과 이야기했어요."

그래? 시게코가 말했다. 그대로 침묵했다. 세이코도 침묵했다.

전화가 그만 끊어지려나 싶을 때쯤, 세이코가 말을 이었다.

"핏줄일까요?"

도시코 아주머니와 히토시 말이에요, 라고 했다.

"할머니가 천리안이었으니까, 도시코 아주머니나 히토시도 그 피를 이어받았겠죠. 초능력자는 히토시뿐만이 아니었던 거예요."

시게코는 아무 말도 하지 않았다.

"덕분에 저는 겨우 엄마 아빠를 만났어요."

이야기에 맥락이 없다. 하지만 무슨 말인지는 이해되니 상관없다. 시게코는 귀를 기울였다.

"언니를 잘 이해하게 되었어요."

세이코는 살짝 딸꾹질을 했다.

"도이자키 아카네는 '쓸모없는 사람'이었어요."

저는, 엄마나 아빠나 훌륭했다고 생각해요.

"부모님은 저를 위해 언니를 그렇게 만들었던 거예요. 저를 위해 그렇게 해주신 거죠. 저를 지키기 위해서. 그렇죠?"

시게코는 대답하지 않았다.

"분명히 그럴 거예요. 그래서 언니가 없어진 뒤에도 계속 제게 진상을 숨겼던 거예요. 그런 남자에게 돈을 뜯기면서도. 모두, 모두 다 나를 지켜주기 위해서였어요."

그렇게 해줄 수 있는 사람은 부모뿐이에요. 저를 그토록 사랑해줄 수 있는 사람은.

시게코는 살짝 입을 열었다.

"다쓰오 씨는 잘 지내?"

"헤어졌어요."

엉뚱할 정도로 쾌활한 목소리로 세이코가 말했다.

"역시 안 되더라고요. 우린 이제 옛날로 돌아갈 수 없어요."

그 사람, 우리 아빠에게 돈을 빌려주었어요. 겨우 털어놓더군요. 아빠가 가출한 언니에게 돈을 보내고 있는 줄 알았대요. 그래서 제겐 비밀로 했다고요.

"바보처럼."

눈앞에 있는 다쓰오에게 장난을 치는 듯한 말투였다.

"다쓰짱은 바보예요. 아무것도 모르는걸요."

하지만 — 하지만.

"그런데 다쓰짱은 모두 알고 있어요. 그래서 저는 다쓰짱이 알고 있는 걸 알고 있죠. 다쓰짱은 자기가 알고 있는 걸, 내가 알고 있다는 사실을 알고 있어요. 어휴, 다람쥐 쳇바퀴 도는 것 같네. 그런데도 다쓰짱은 잘난 척하면서 제게 설교를 하는 거예요. 그러면서 둘이 행복하게 살자고 해요."

바보처럼. 그런 일은 있을 수 없는데.

세이코는 울고 있었다.

"마에하타 씨. 마에하타 씨도 다쓰짱과 마찬가지예요. 모든 걸 알고 있지만, 아무것도 이해하지 못해요. 그렇죠?"

그래. 시게코는 대답했다.

"그래서 내가, 도이자키 세이코가 가르쳐드리죠."

술이 취한데다 울기까지 하니 혀가 제대로 돌지 않았다. 발음이 부정확했다.

"있잖아요, 행복해진다는 거, 참 어려운 거예요. 핏줄이 이어진 사람이란 말이죠, 끊어버려야만 할 때도 있는 법이에요. 쓸모없는 인간이라면 어쩔 수 없잖아요? 그렇죠? 쓸모없는 사람이라면 말이에요."

제 언니 말이에요.

"제 부모님은 그래서 그렇게 해주셨어요. 그런 경우도, 있는 거예요. 마에하타 씨는 몰라. 절대 이해 못 해."

모른다니까. 또 딸꾹질을 했다.

"세이코 씨, 잠은 잘 자?"

"네? 나요? 그럼요. 잘 자요."

"그럼 오늘밤은 그만 자. 늦잠 자는 건 몸에 좋지 않아."

말이 끝나기도 전에 세이코가 소리를 질렀다.

"마에하타 씨가 그런 걱정 안 해줘도 돼요!"

귀가 쩌렁쩌렁 울렸다. 그래도 수화기를 귀에서 떼지 않았다. 그런 보람이 있었다.

세이코가 살짝, 미안해요, 하고 중얼거리는 소리를 들었으니까.

"나야말로 세이코 씨에게 사과해야지."

시게코가 말했다.

"난 세이코 씨에게 부탁받은 일을 제대로 해내지 못했어."

해냈어요. 세이코가 말했다.

"해줬어요. 그래서 내가 지금 울고 있는 거잖아요. 바보처럼."

나는 뭘 원했던 걸까.

"언니는 날 원망하고 있어요."

"그렇지 않아. 지난번에 도시코 아주머니가 이야기했잖아."

울다가 수화기를 떨어뜨린 모양이다. 시게코는 세이코가 다시 수화기를 들기를 기다렸다.

"도시코 아주머니는 잘 지내시나요?"

"응, 잘 지내셔."

"보고 싶어요, 보고 싶어. 보고 싶다고요."

어린아이가 떼를 쓰는 것 같았다.

"세이코 씨, 우린 이제 만나지 않는 게 좋을 것 같아."

세이코는 소리 내어 울더니, 조금 있다가 순순히 알겠다고 대답했다.

"이제 만날 수 없는 거네요."

"그게 나아. 세이코 씨에겐 이제 우린 필요 없어. 방해만 될 뿐이야."

"저, 힘내고 싶어요."

"그럴 수 있어."

"또, 행복해지고 싶어요."

"그럴 수 있어."

힘을 내서, 당신의 인생을 살면서, 행복해질 수 있어. 시게코는 수화기를 향해 말했다. 말이 전화기에 스며들어가 전화선을 타고 정말로 흘러가면 좋을 텐데. 그 말이 세이코에게 닿아서, 언젠가 내가 그랬듯이 세이코를 씻어주면 좋을 텐데.

"마에하타 씨."

"응."

"안녕히 계세요."

전화가 끊어졌다. 시게코도 천천히 수화기를 내려놓았다.

머릿속에 떠오른 것은 세이코의 얼굴도, 도이자키 부부의 얼굴도, '아카네의 모습'도 아니었다. 누구였을까. 누가 말했더라.

그렇다. 푸른하늘모임의 아라이 사무국장이다. 그 사람은 내가 미와 아키오 문제로 가네카와 회장을 비난했을 때 이렇게 말했다.

─그렇다면 어떻게 해야 된다는 거죠?

행복해지기 위해서는.

─친척 중에 품행이 좋지 않은 사람이 있습니다. 세간에 손가락질 당할 만한 일을 저지릅니다. 결국은 철창 신세를 지게 됐습니다. 그런 사람이 있을 때 가족은 어떻게 해야 하는 거죠? 그런 못된 것은 내버려둬라. 잘라내버려라. 마에하타 씨는 그렇게 말씀하시는 건가요?

누군가를 잘라내지 않으면, 배제하지 않으면 얻을 수 없는 행복이 있다. 시게코에게는 낯설게 느껴지는, 잘 만들어낸 이야기로밖에 여겨지지 않는 바다 건너의 종교는, 인간이 원죄를 안고 있다고 말한다. 금단의 열매를 먹은 뒤 지혜를 얻고, 부끄러움을 알게 되었지만, 그 때문에 신의 노여움을 사서 낙원에서 추방되었다고 한다.

그것이 진실이라면, 사람들이 추구하는 낙원은 이미 잃어버린 것이다.

그래도 사람은 행복을 추구하고, 확실히 그것을 손에 넣을 때가 있다. 착각이 아니다. 환각이 아니다. 바다 건너 이국의 신이 어떻게 가르치든, 이 세상을 살아가는 사람들은 어느 순간 반드시 자신의 낙원을 찾아낸다. 비록 그것이 아주 잠시일지라도.

도시코와 히토시처럼.

도이자키 부부처럼.

세이코와 다쓰오처럼.

아카네와 '시게' 처럼.

'산장' 의 주인 아미카와 고이치마저도 분명, 분명히 그랬다.

피투성이가 되든, 고난을 짊어지게 되든, 비밀에 의해 유지되는 위태로운 것이든, 짧고 덧없는 것이든, 설령 저주를 받는다 해도, 그곳은 그것을 추구한 사람의 낙원이다.

뭔가를 지불한 대가로, 낙원을 지상으로 가져올 수 있다.

하기타니 히토시는 그것을 그렸다. 이미 잃어버린 모든 낙원과, 그것을 되찾기 위해 지불할 모든 대가를.


침대로 돌아가려고 방을 나왔다. 방범등의 흐린 불빛 속에 몸을 숨긴 쇼지와 도시코가 시게코의 눈치를 살피고 있었다.

시게코는 웃음을 터뜨렸다. 쇼지와 도시코도 얼굴을 마주 보고 웃기 시작했다.

"한잔 하자."

시게코가 말했다.

"여보, 내일 회사 쉬어."

"억지 부리지 마."

"사장 권한이야. 괜찮잖아."

준비할게요, 하고 도시코가 부엌으로 갔다.

"어디서 마실까?"

"회사."

시게코가 선언했다.

"회사 사무실로 가자."

쇼지가 어처구니없다는 표정을 지었다.

"지금 몇 시인 줄 알아?"

"괜찮아. 히토시 그림 앞에서 마실 거야."

결국 시게코의 고집이 이겼다. 열쇠를 들고 집을 나와서, 셋이서 마에하타 철공소 사무실로 들어가 불을 켜고 바닥에 주저앉아 맥주와 소주를 마셨다.

"쇼지 씨나 선생님이나 정말로 잘해주셔서 저는 그저 감사드릴 일밖에 없지만요—"

도시코는 의외로 술이 셌다. 얼큰하게 취한 마에하타 부부에게 여느 때와 전혀 다를 바 없는 태도로 입을 열었다. 울지 않았다. 동그란 얼굴에 미소를 짓고 있다.

"저도 이제 슬슬, 히토시와 둘이 지내는 생활로 돌아갈까 해요."

"싫어요. 그런 말씀 하지 마세요."

버럭 소리를 지르는 쇼지의 등을 시게코가 찰싹 때렸다.

"철없는 소리 하지 마. 그래요, 아주머니. 히토시와 둘이서 말이죠."

"예, 선생님."

여러 모로, 정말 감사했습니다.

"하지만 예전에 살던 연립주택으로 돌아가는 건 아직 곤란하지 않을까요?"

"이사할 생각입니다."

"앗, 그래요?"

쇼지는 잠깐 말이 막혔다.

"하지만 그 집에는 추억이……"

도시코는 고개를 끄덕였다.

"예, 그래서 추억도 갖고 가려고요. 히토시가 함께 있으니 괜찮아
요."

도시코의 말이 맞다. 시게코는 미련을 못 버리는 쇼지의 잔에 소주
를 콸콸 따라주었다.

"오빠와 의논해서 새 집을 찾고 있었습니다. 일할 곳도 곧 생길 것
같고요."

도시코는 빰을 살짝 부풀렸다. 그 눈에, 벽에 장식된 히토시의 그림
색깔이 비쳤다. 그림을 넣은 액자의 유리에, 둘러앉아 술을 마시는 세
사람이 비쳤다.

그리고 이틀 뒤, 도시코는 히토시의 위패를 안고 시게코의 집을 떠
났다.


새 집으로 이사하는 날, 쇼지가 계속 고집을 부리는 바람에 시게코
도 함께 거들어주러 갔다.

그곳에서 도시코의 오빠 하기타니 마쓰오를 만났다. 부인인 다케코
와 함께 와 있었다.

시게코를 본 마쓰오는, 멋쩍은 듯이 시선을 피하며 말했다.

"도시코가 신세를 많이 졌습니다."

격식을 차려 인사하더니, 큰 목소리로 아내를 부르며 쌓아놓은 상자
들 옆을 지나 2층으로 사라졌다.

도시코의 새 집에는 제일 먼저 히토시의 공부책상이 들어갔다. 짐이
적어서 포장을 풀고 정리하는 건 하루 만에 끝났다. 히토시의 중학교
교복도 다시 책상 옆에 걸렸다. 그것까지 지켜보고 시게코와 쇼지는
집으로 돌아가기로 했다. 이삿날이니 메밀국수라도 먹고 가라고 도시

코가 붙잡았지만, 마쓰오와 다케코가 있으니 외부인은 자리를 피해주자는 생각이었다. 게다가 시게코는 이미 도시코로부터 육수 우리는 법을 완전히 전수받은 터였다.

집에 돌아와 우편함을 열자, 광고 우편물과 청구서에 섞여 시게코 앞으로 한 통의 편지가 와 있었다.

보낸 사람 이름을 보고 기억을 더듬다가 시게코는 갑자기 펄쩍 뛰었다. 2층 작업실까지 달려올라가 공책을 펼치고 확인했다. 틀림없다는 걸 확인하고 또 한번 펄쩍 뛰었다. 그것만으로 모자라 천장에다 대고 소리를 질렀다. 손뼉을 치며 빙글빙글 돌았다.

"무슨 일이야?"

계단을 올라온 쇼지가 깜짝 놀랐다.

"누구한테서 온 편지야? 러브레터?"

"그래."

시게코가 춤추듯이 기뻐하며 대답했다.

"바로 그거야, 러브레터야! 뭐 해? 당신도 어서 춤 춰!"

바로 그 다음날 시게코는 편지를 보낸 사람을 만나기로 했다. 확인하고 싶은 것이 셀 수 없이 많다. 산더미처럼 많다!

상대방 청년은 시게코의 질문에 모두 충분히 대답해주었다. 이 정도면 됐다.

"그래도 용케 얼굴을 알아보셨네요."

"기억하고 있었으니까요."

청년은 밝게 웃었다. 미남은 아니지만 좋은 인상이다. 웃으면 더욱 호감형이다. 이 사람의 아버지도 이런 타입이었을까, 시게코는 즐거운 상상을 했다.

"인터넷에 사진뿐만 아니라 이름도 나와 있었고요. 그게 오히려 걱정스러웠지만요."

"눈에 띄는 것은 삭제해달라고 제가 아는 사람한테 요청했는데도 그랬군요."

전부 삭제하지 못한 것이 오히려 잘된 일일까. 이 세상에는 정말로 생각지도 못한 일이 일어난다.

"아버지는 망설이셨어요. 지금 와서 만나러 가봤자 폐만 끼치는 게 아니겠느냐고요."

"심정은 이해가 갑니다. 망설여지는 게 당연하죠."

"하지만 저는 만나고 싶었어요. 아까 말씀드린 걱정 때문에도 더 그랬고요. 이러저러하는 중에 아버지가 갑자기 몸이 안 좋아지셨어요."

"지금은 어떠세요?"

"다음주쯤 퇴원할 수 있을 것 같습니다. 다행히 가벼운 증세였어요."

하지만 덕분에 망설임이 사라진 모양이에요, 하고 청년은 유쾌하다는 듯이 말했다.

"아무래도 건강할 때 만나고 싶으니, 네가 어떻게 좀 해달라고 하시더라고요."

이 마에하타 씨라는 사람에게 부탁하면 되지 않을까? 어때, 괜찮겠니?

부탁을 받은 시게코는 공범자처럼 즐겁게 웃었다.

"그럼 제가 나서드려야죠."

그주 토요일 오후, 시게코는 청년과 함께 하기타니 도시코의 새 집을 찾아갔다. 미리 연락을 해두었으니 도시코는 집에서 기다리고 있을 것이다.

그렇게 생각했는데, 당사자는 막 무거운 슈퍼마켓 봉투를 들고 문을 여는 중이었다. 시게코는 생각했다. 그래, 맞다. 도시코 씨는 이런 사람이다. 선생님이 오신다고 하셔서, 뭐라도 대접할까 싶어 장을 보러 갔다 왔어요.

도시코는 등을 돌리고 있어 눈치 채지 못했다. 새 연립주택은 자물쇠가 두 개 달려 있어서 여는 데 시간이 걸리는 모양이었다.

"아주머니."

시게코가 불렀다. 도시코가 돌아보았다.

"아, 선생님."

얼굴 가득 웃음을 짓다가 표정이 멈췄다. 그 시선은 시게코가 아니라, 옆에 서 있는 청년 쪽을 향하고 있었다.

시게코는 깜짝 놀란 듯 반걸음 뒤로 물러섰다.

도시코의 눈이 점점 커졌다.

자전거 두 대가 따르릉거리며 뒤를 지나갔다.

"아줌마."

청년이 불렀다.

"도시코 아줌마 맞죠?"

예전에 청년은 그렇게 불렀다고 했다. 아버지는 결혼하기 전까지는 '도시코 씨'라고 부르라 시켰고, 도시코는 도시코대로 "네 어머니는 널 낳아주신 어머니 한 분뿐이니까, 아줌마는 계속 '아줌마'라고 불러도 돼"라고 했다고 한다.

아줌마가 만들어주는 오므라이스는 기막히게 맛있었다고 한다. 친구들에게 자랑하고 다녔다고 청년은 말했다. 그래서 그 시절 청년과 가장 친한 친구는 도시코를 '오므라이스 아줌마' 라고 불렀다고 한다.

도시코는 여전히 눈을 크게 뜬 채였다. 열쇠고리가 손에서 미끄러져 바닥에 떨어졌다.

"아줌마."

청년의 목소리가 따뜻하게 떨렸다.

"저 요시미예요. 오가미 요시미."

오랜만이에요! 청년은 목소리가 떨리는 걸 억누르려고 일부러 쾌활한 목소리로 외쳤다. 학창시절에 럭비를 해서인지, 배에 힘이 들어간 듣기 좋은 목소리였다.

도시코의 눈이 튀어나올 것 같았다.

"오가미 미쓰오 씨의 아들이에요."

시게코의 목소리는 듣고 있지 않았다. 슈퍼마켓 봉투를 바닥에 내려놓더니 갑자기 실이 끊어진 듯 비틀거렸다. 그리고 그대로 비틀거리며 달려왔다. 오가미 요시미가 도시코를 얼른 껴안았다.

도시코가 평생 동안 단 한 번 원했고, 상대 역시 원했던, 하지만 이루지 못했던 꿈. 남편과 아들. 오가미 미쓰오, 요시미와 함께 꾸리는 가정.

"어머, 어쩌지, 이를 어째."

도시코는 요시미의 몸에 닿자 얼른 손을 움츠렸다. 자신이 건드리면 이 건장한 청년이 사라져버리기라도 할 듯이.

사라지지 않아요. 시게코는 속으로 말했다. 환상이 아니에요. 그러니까 사라지지 않아요.

"많이 컸구나. 정말, 정말 많이 컸어, 응?"

주저앉아버린 도시코의 어깨를 요시미가 큼직한 손바닥으로 쓰다듬

었다. 지나가던 사람들이 그런 두 사람을 보고 의아한 눈빛으로 곁에
서 있는 시게코를 바라보았다. 시게코는 미소를 지었다. 그것만으로
충분히 답이 될 거라 생각하고, 도시코가 진정될 때까지 몇 사람이나
지나가도 같은 미소를 지어 보였다.

속으로는 살짝 조바심이 나기도 했다. 도시코 아주머니, 어서 히토
시를 소개해주세요. 히토시의 형이잖아요.

길었던 늦더위도 이제 끝났다. 가을 냄새가 나는 바람이 도시코의
울음소리를 흐트러뜨리고 스쳐간다. 시게코는 눈을 가늘게 뜨고, 휘파
람이라도 불듯이, 바람에 실어 살짝 중얼거렸다.

엄마.

머릿속에, 매화가 가득해.

―예쁘구나. 예뻐.

바람 속에서 그렇게 대답하는 속삭임이 분명히 들려왔다고, 시게코
는 생각했다.

●●● 작가의 말

장편소설은 작가 한 사람만의 힘으로 완성되지 않습니다. 1년 남짓한 연재기간 중에 여러 모로 도와주신 산케이 신문 여러분께 깊이 감사드립니다. 또한 잔혹하고 구원이 없는 사건의 양상을 더듬어가는 과정에서 걸핏하면 마음이 약해지는 저를 구원해준 것은 미즈노 마호 씨가 그려준 아름다운 삽화들이었습니다. 이 『낙원』에서 진짜 낙원에 해당하는 부분을 창조한 것은 작가인 제가 아니라 미즈노 씨라고 생각합니다.

단행본에 관해서는, 분게이슌주文藝春秋 출판국 여러분, 그리고 장정과 디자인을 맡아주신 스즈키 마사미치 씨에게 감사드립니다. 미즈노 씨가 만들어준 연재판 『낙원』과 이 단행본 『낙원』의 두 가지 얼굴을 창조되는 과정부터 빠짐없이 지켜볼 수 있었던 것은 작가의 즐거운 특권이었습니다. 감사합니다. 또한, 맨 앞의 인용문은 요시노 미에코 씨가 번역한 문고판에서 인용한 것입니다.

이 책은 픽션이며, 등장인물, 단체명, 지명 등 이야기 속 내용은 모두 오로지 작가의 머릿속에만 존재하는 것들입니다.

원래 이 작품은 제 꿈에서 힌트를 얻었습니다. 제게 또 한 명의 언니가 있는데, 제가 모르는 사이에 살해되었으며, 그 시신이 집 마루 밑에 묻혀 있다—는 내용의 꿈이었습니다. 꿈에서 깼을 때 눈물이 날 정도로 허전하고 슬펐던 기억이 생생합니다. '또 한 명'이라고 말씀드린 것은 제게 진짜 언니가 있기 때문입니다. 꿈을 꾼 직후, '별 이상한 꿈을 다 꾸었네, 재수 없게' 하고 둘이 함께 쓴웃음을 지었습니다(생각해보면 범죄소설을 쓰는 작가의 가족이라는 건 스트레스가 쌓일 수밖에 없는 입장입니다).

그 꿈을 꾼 당시, 저는 『모방범』이라는 작품을 쓰고 있었습니다. 『낙원』에서 마에하타 시게코가 기억해내고, 주위 사람도 다시 떠올리는, '산장'을 무대로 한 '9년 전의 사건'을 그린 소설입니다. 이 작품 역시 매우 잔혹한 사건이 연속해서 일어나는 많은 분량의 장편소설이었기 때문에 저는 정신적으로 상당히 지쳐 있었고, 그래서 그런 어두운 꿈을 꾼 것이라고 생각했지만, 꿈이 너무도 선명해 줄거리까지 머릿속에 또렷하게 남아 있었기에 일단 메모를 해두었습니다.

세월이 흐르면서 책상 가장자리에 붙어 있던 그 메모는 지저분해지고 찢어져 결국 쓰레기통으로 들어갔습니다. 하지만 꿈의 기억만은 흐려지지 않았습니다. 거꾸로 말하자면, 기억이 남아 있기 때문에 메모는 필요 없어진 것입니다.

이 꿈을 소설로 쓰자는 생각을 하게 되었습니다. 그리고 구체적인 플롯을 짜기 시작했습니다. 단순한 꿈이 본격적인 소재가 된 것입니다. 제목도 '낙원'이라고 정했습니다.

마침 그 무렵에 산케이 신문 문화부에서 연재소설을 써달라는 의뢰가 들어왔습니다. 연재가 시작되기 2년 전 일로 기억합니다.

그야말로 타이밍이 딱 맞아떨어졌습니다. 제 생각을 말씀드리자, 그렇게 하라고 쾌히 승낙해주셨습니다.

하지만 연재에 들어가기 전, 기초 준비를 시작한 지 얼마 되지 않아, 도쿄의 모처에서 '공소시효' '범인이 피해자의 시신을 집 마루 밑에 묻어두고 오랫동안 그곳에서 생활해왔다'는 두 가지 점에서 『낙원』의 줄거리와 아주 흡사한 사건이 발생했습니다.

저는 무척 곤혹스러웠습니다. 실제 사건에는, 시효의 벽을 앞에 두고 원통한 마음을 달랠 길 없는 피해자 유족 여러분이 계십니다. 사건의 범인이 살던 지역 사회에 끼친 영향도 큰 것이었습니다. 『낙원』을 단념할까, 망설이기도 했습니다.

하지만 결국 이 작품을 썼습니다. 쓰고 싶다, 머릿속에 있는 이 이야기를 소설이라는 형태로 만들고 싶다는 욕망에 무릎을 꿇었다고 해도 좋을 것입니다.

이런 경위를 거쳐 탄생한 작품이지만, 스토리의 진전에 따라 조금씩 드러나는 사건들은 현실의 사건에서 소재를 얻은 것이 아니며, 어떤 모델도 존재하지 않는다는 점을 여기 밝혀두고 싶습니다.

그리고 또 한 가지.

전국의 도이자키 아카네 씨. 정말 죄송합니다.

범죄를 다룬 작품을 발표할 때마다, 범인이나 피해자와 이름이 같은 독자 분들은 무척 불쾌할 것이라는 생각을 하면 쥐구멍에라도 들어가고 싶은 심정입니다. 이름이 같은 독자 분들에게는 말 그대로 '재수 없는' 일이기 때문입니다.

이번에는 여느 때보다 훨씬 가슴이 아팠습니다. 그리고 작품 속의 '아카네'에 관해 쓸 때는 늘 무척이나 슬펐습니다. 그 꿈을 꾸고 깼을 때와 마찬가지로, 눈물이 날 것처럼 허전하고 슬펐습니다.

그것은 아마, 저 자신에게 지금도 아주 조금 남아 있을 '옛날에 소녀였던 부분'이, '도이자키 아카네'를 위해 슬퍼했기 때문이라고 생각합니다.


2007년 8월

미야베 미유키

옮긴이 **권일영**
동국대학교 경제학과를 졸업하고 중앙일보사에서 월간지, 멀티미디어 관련 기자로 일했다. 현재 전문번역가로 일하고 있다. 옮긴 책으로 『호숫가 살인사건』 『게임의 이름은 유괴』 『레몬』 『환야』 『편지』 『바티스타 수술 팀의 영광』 『나이팅게일의 침묵』 『아직 필름이 남아 있을 때』 『살육에 이르는 병』 『다크』 『암흑관의 살인』 『황금을 안고 튀어라』 『신으로부터의 한마디』 『GOTH』 『유니버설 횡메르카도르 지도의 독백』 『용은 잠들다』 『누군가』 『이름 없는 독』 『나는 지갑이다』 『스나크 사냥』 『쓸쓸한 사냥꾼』 등이 있다.

문학동네 블랙펜 클럽
낙원 2

1판 1쇄 2008년 7월 2일
1판 17쇄 2024년 3월 4일

지은이 미야베 미유키 | 옮긴이 권일영
책임편집 양수현 박여영 | 저작권 박지영 형소진 최은진 서연주 오서영
마케팅 정민호 서지화 한민아 이민경 안남영 왕지경 정경주 김수인 김혜원 김하연 김예진
브랜딩 함유지 함근아 고보미 박민재 김희숙 박다솔 조다현 정승민 배진성
제작 강신은 김동욱 이순호 | 제작처 영신사

펴낸곳 (주)문학동네 | 펴낸이 김소영
출판등록 1993년 10월 22일 제2003-000045호
주소 10881 경기도 파주시 회동길 210
전자우편 editor@munhak.com | 대표전화 031) 955-8888 | 팩스 031) 955-8855
문의전화 031) 955-1927(마케팅) 031) 955-1917(편집)
문학동네카페 http://cafe.naver.com/mhdn
인스타그램 @munhakdongne | 트위터 @munhakdongne
북클럽문학동네 http://bookclubmunhak.com

ISBN 978-89-546-0602-8 04830
    978-89-546-0600-4 (전2권)

잘못된 책은 구입하신 서점에서 교환해드립니다.
기타 교환 문의 031) 955-2661, 3580

www.munhak.com